O concílio de pedra

Outras obras do autor publicadas pela Editora Record

Rios vermelhos
O vôo das cegonhas

Jean-Christophe Grangé

O concílio de pedra

Tradução de
FLÁVIA RÖSSLER

EDITORA RECORD
RIO DE JANEIRO • SÃO PAULO
2003

CIP-Brasil. Catalogação-na-fonte
Sindicato Nacional dos Editores de Livros, RJ.

G788c Grangé, Jean-Christophe
O concílio de pedra / Jean-Christophe Grangé; tradução de Flávia Rössler. – Rio de Janeiro: Record, 2003.

Tradução de: Le concile de pierre
ISBN 85-01-06095-X

1. Ficção policial. 2. Romance francês. I. Rössler, Flávia. II. Título.

02-2090 CDD – 843
CDU – 840-3

Título original francês
LE CONCILE DE PIERRE

Projeto gráfico: Glenda Rubinstein

Impresso no Brasil

ISBN 85-01-06095-X

PEDIDOS PELO REEMBOLSO POSTAL
Caixa Postal 23.052
Rio de Janeiro, RJ – 20922-970

PARTE I

Os Primeiros Sinais

Capítulo 1

Ao todo, e para tudo, Diane Thiberge dispunha de quarenta e oito horas.

Do aeroporto de Bangcoc ela devia chegar a Phuket em um vôo doméstico, depois pegar a estrada para o norte até chegar a Takua Pa, na costa do mar de Andaman. Lá, passaria uma breve noite no hotel e recomeçaria a viagem às cinco da manhã, sempre no mesmo sentido. Ao meio-dia chegaria a Ra-Nong, na fronteira birmanesa, onde se enfiaria pelos mangues para alcançar o objetivo de sua viagem. Depois, precisaria apenas fazer o mesmo caminho no sentido inverso e pegar o vôo internacional para Paris na noite seguinte. O fuso horário estaria a seu favor – ela ganharia cinco horas em relação ao horário parisiense. Poderia se apresentar no trabalho na manhã de segunda-feira, 6 de setembro de 1999. Sem nenhum problema. Mas o vôo de Phuket não chegava.

Nada se passava como previsto. Diane correu para o toalete, o estômago enrolado como uma corda. Sentiu a náusea invadi-la e pensou: "É o fuso horário. Nada a ver com o projeto." No instante seguinte vomitou, até as entranhas lhe queimarem a garganta. O sangue latejava em suas artérias, tinha a testa gelada e o coração palpitava, em algum lugar, por toda parte, dentro do peito. Ela olhou-se no espelho. Estava lívida. As mechas claras e onduladas lhe pareciam mais do que nunca incongruentes nessa terra de morenas de cabelo liso, e sua altura – essa altura imensa que a deixava complexada desde a adolescência –, ainda mais despropositada. Diane refrescou o rosto, limpou a argola de ouro que lhe atravessava a narina direita e ajustou os pequenos óculos de *hippie*. Voltou para a sala de trânsito, flutuando dentro de sua camiseta como um fantasma. A refrigeração lhe pareceu glacial.

Examinou mais uma vez o painel de partida dos vôos. Nenhum aviso para Phuket. Esboçou alguns passos. Seu olhar se deteve nos cartazes espalhados por todo o recinto, redigidos em tailandês e inglês: qualquer pessoa detida com drogas pesadas em território da Tailândia seria condenada à morte, por fuzilamento. No mesmo instante, dois policiais passaram às suas costas. Uniformes cáqui. Armas de coronhas quadriculadas. Mordeu o lábio: tudo lhe parecia hostil nesse aeroporto horrível.

Sentou-se e tentou controlar seus tremores. Pela milésima vez naquela manhã, repassou o périplo em detalhes. Era preciso que se saísse bem. Era a opção que fizera. Sua vida. Não voltaria a Paris de mãos vazias.

Por fim, às duas da tarde, o aviãozinho para Phuket decolou. Diane perdera cinco horas e meia.

Foi lá que reencontrou, de fato, os trópicos. Foi um alívio. As nuvens azuladas se estendiam ao longe, braseiros de prata faiscavam no céu. À margem da pista, árvores pálidas se agitavam, enquanto a poeira turbilhonava em espirais alvoroçadas. E havia principalmente o cheiro. O cheiro da monção, queimante, sufocante, saturado de frutas, de chuva, de podridão. A embriaguez da vida quando ela ultrapassa o seu próprio limiar e se torna decomposição. Diane fechou os olhos extasiada e por pouco não se estatelou na escada do avião.

Quatro horas da tarde.

Correu à agência de locação de automóveis, arrancou as chaves das mãos da funcionária e entrou no veículo. Na estrada, a chuva começou. Algumas gotas a princípio, depois um verdadeiro dilúvio. O martelar na capota provocava um ruído ensurdecedor. Os limpadores de pára-brisa não davam conta daquela lama avermelhada. Diane dirigia com o rosto colado no pára-brisa, os dedos apertados no volante.

Seis horas. Pouco antes do anoitecer, a tempestade acalmou. No crepúsculo, a paisagem tornou-se luminosa. Os arrozais brilhantes, as casas escuras, erguidas sobre palafitas, os búfalos dourados de chifres afiados. Uma vez ou outra, também, templos cinzelados, de tetos arrebitados... E sempre o céu, riscado de relâmpagos, matizado de negro, que se estendia agora, à direita, numa vermelhidão preguiçosa.

Chegou a Takua Pa às vinte horas. Só então relaxou. Apesar do atraso, apesar do pânico, estava dentro do tempo previsto.

Encontrou um hotel no centro da cidade, perto de um alto reservatório d'água, jantou sob um alpendre. Sentia-se muito melhor. A chuva, que recomeçara, revestia todo o seu ser de um halo de saudável frescor.

Foi então que elas chegaram. Duas garotas supermaquiadas, apertadas em minissaias de couro sintético e miniblusas decotadas de malha. Diane observou-as. Dez, doze anos, não mais. Pareceram-lhe ultrajes de salto alto. Do outro lado da sala, alguns louros enormes se puseram logo de orelha em pé. Alemães ou australianos, fortes como traseiros de boi. De repente, Diane sentiu uma certa hostilidade em relação a ela, como se sua presença atrapalhasse tudo que se achava em jogo naquele pequeno mundo.

Sentiu a bile lhe queimar a garganta. Ainda hoje, perto dos trinta anos, não podia sequer pensar em sexo sem se sentir sufocada por um mal-estar, uma náusea radical. Refugiou-se em seu quarto, sem olhar para trás, sem experimentar a menor compaixão por essas crianças entregues à avidez dos machos.

Estendida sob o mosquiteiro, pensou mais uma vez em sua missão. Pouco antes de adormecer, reviu o painel ameaçador do aeroporto, os uniformes dos policiais, as coronhas de suas armas. Parecia ouvir os ruídos de ferrolhos longínquos, os zumbidos do helicóptero, mais distantes ainda...

Às cinco da manhã, estava de pé. Sua inquietação desaparecera. O sol estava lá. A janela transbordava de exuberância, como a escotilha de um navio aberta sobre uma tempestade vegetal. Diane sentia-se disposta a voltar à selva, se fosse preciso.

Retomou a estrada e chegou a Ra-Nong no fim da manhã.

Exatamente como previra. Descobriu o mar: ou melhor, uma longa hesitação de pântanos que se insinuavam por entre arabescos de árvores à flor da água. Em algum ponto, no fundo desse labirinto aquático, perdia-se a fronteira birmanesa. Sem uma palavra, um pescador aceitou levá-la. Deslizaram imediatamente sobre as ondas negras. O calor, a luz, as muralhas verdes que desfilavam: Diane suportava cada sensação, estóica, garganta seca, a pele ardendo ao sol. Uma hora mais tarde, chegaram a uma língua de areia sobre a qual erguiam-se construções de cimento. Ela pôs o pé na areia e experimentou a sensação de triunfo de uma menina: tinha chegado. Não havia um único lugar no planeta aonde não fosse capaz de chegar... Diante do dispensário crianças brincavam, indiferentes à fornalha do meio-dia. Diane observou suas cabeleiras negras, os olhos escuros sob as palmas leves dos cílios. Entrou no prédio principal e perguntou por Teresa Maxwell. Estava banhada de suor. Parecia-lhe que atravessava um espelho.

Espelho que se gastara de tanto sonhar com ele.

Apareceu uma mulher idosa, vestida com um pulôver azul-marinho de onde emergia um grande colarinho branco. Sob os cabelos curtos e grisalhos, o rosto, grande e bonachão, parecia dominado por uma expressão constante de desconfiança. Diane apresentou-se. A Sra. Maxwell levou-a até o fundo de uma galeria vazada, a um escritório desprovido de mobília, à exceção de uma mesa e duas cadeiras.

Diane tirou da bolsa o dossiê, reduzido ao essencial. Teresa perguntou, em tom de suspeita:

– Seu marido não veio?

– Não sou casada.

O rosto enrijeceu. A mulher observava a argola de ouro na narina.

– Que idade você tem?

– Vou fazer trinta anos.

– É estéril?

– Não creio.

Teresa folheou o dossiê. Resmungou: “Não sei que confusão eles fazem em Paris..." Depois falou mais alto, os olhos fixos nos de Diane:

– Você não tem exatamente o perfil, senhorita. É jovem, bonita, solteira. O que está fazendo aqui?

Diane retesou-se, elétrica. Sua voz estava rouca – não falava há dois dias:

– Senhora, levei quase dois anos para chegar até aqui. Precisei preencher uma batelada de papéis, submeter-me a interrogatórios. Vasculharam meu passado, meus rendimentos, minha vida íntima. Tive de me submeter a exames médicos, a testes psicológicos. Precisei fazer novos seguros, vir a Bangcoc duas vezes, gastar verdadeiras fortunas. Hoje meu dossiê está inteiramente em ordem, inteiramente legal. Acabo de percorrer doze mil quilômetros e volto ao trabalho depois de amanhã. Então, por favor, será que podemos ir ao que importa?

O silêncio se alongou, ardente, na peça de cimento cru. De repente, um breve sorriso dissipou as rugas da velha senhora:

– Venha comigo.

Atravessaram uma sala com ventiladores de teto. As cortinas oscilavam nas janelas e um odor de fenol pairava no ar, como trazido por ondas de febre. Por entre as alamedas de camas de cabeceira metálica, crianças de todas as idades gritavam, brincavam, corriam, enquanto as atendentes tentavam controlar a situação. A energia da infância parecia lutar contra uma atmosfera mitigada de convalescença. Logo surgiram detalhes assustadores. Doenças. Atrofias. Cicatrizes. O olhar de Diane pousou sobre um bebê sem pés nem mãos. Teresa Maxwell comentou:

– Ele vem do sul da Índia, do outro lado de Andaman. Fanáticos hinduístas o mutilaram depois de matar seus pais. – Muçulmanos. Diane sentia a náusea voltar. Ao mesmo tempo, um pensamento absurdo atravessou-a: como essa mulher conseguia suportar um pulôver com esse calor? Teresa retomou a caminhada. Entraram numa segunda sala. Camas, sempre. E também balões coloridos que atravessavam o espaço. A mulher apontou para um grupo de meninas, prostradas sobre um único leito:

– As Karens. Seus pais foram queimados vivos, num campo de refugiados, no ano passado. Eles...

Diane apertou-lhe o braço até ficar com as juntas brancas.

– Senhora – sussurrou –, quero vê-lo. Agora.

A diretora sorriu, sem qualquer alegria:

– Mas ele está ali.

Diane voltou a cabeça e avistou, num recanto da sala, o combate de toda a sua vida: um menino isolado que brincava com fitas de papel crepom. Ela o reconheceu imediatamente – tinha recebido fotos de polaróide. Seus ombros eram tão frágeis que parecia que o vento o ajudava a levar sua camiseta. O rosto, muito mais pálido do que o dos outros, exprimia uma concentração forte, tensa – quase nervosa demais.

Teresa Maxwell cruzou os braços.

– Ele deve ter seis ou sete anos. Como saber? Não sabemos nada a respeito dele: sua origem, sua história. Deve ser fugitivo de um campo de prisioneiros. Ou o filho enjeitado de uma prostituta. Foi encontrado em Ra-Nong, no meio da costumeira horda de mendigos. E engrola uma língua complicada que ninguém compreende aqui. Acabamos entendendo duas sílabas, sempre as mesmas, "Lu" e "Sian". Foi apelidado de "Lu-Sian".

Diane tentou sorrir, mas seus lábios ficaram petrificados. Esquecera o calor, os ventiladores, as náuseas. Afastou os balões que revoluteavam sem parar, ajoelhou-se perto do menino e lá ficou, admirando-o:

– Lu-Sian, hein? – murmurou. – Então você se chamará Lucien.

Capítulo 2

Diane Thiberge havia sido uma menina como as outras.

Uma criança apaixonada que a tudo se aplicava, se concentrava, se entregava com fervor. Quando brincava, cabeça baixa, era com um ar de gravidade tão grande que os adultos hesitavam em perturbá-la. Quando via televisão, era com tamanha concentração que parecia querer enfiar as imagens no fundo dos olhos. Até mesmo seu sono parecia um ato de vontade, um compromisso de todo o seu ser, como se tivesse jurado saltar de manhã, das dobras de seu edredom, mais viva e luminosa do que nunca.

Diane crescia com confiança. Deixava-se embalar pelas histórias que são contadas às crianças quando a noite chega. Via seu amanhã através dos filtros, coloridos e enganosos, dos desenhos animados, dos livros de gravura, dos teatros de marionetes. Seu coração estava repleto de plumas e seus pensamentos se cristalizavam, como uma neve de abril, ao redor de certezas felizes. Sabia que sempre haveria um príncipe para carregá-la consigo, uma madrinha para revesti-la de luz quando soasse a hora do baile. Tudo estava escrito, em algum lugar. Bastava esperar.

Então Diane esperou.

Mas foram outras forças que vieram buscá-la.

Aos doze anos, sentiu crescer dentro de si desejos estranhos. Teve a impressão de que seu corpo se dilatava, se enchia de confusão. Não tinha mais aspirações leves, mas sim impulsos sombrios, angustiantes, que faziam uma dor misteriosa atravessar seu peito. Falou disso com as amigas. As meninas riram dela, deram de ombros, mas Diane compreendeu que elas experimentavam as mesmas sensações. Apenas tinham preferido esconder-se atrás das tentativas inseguras de maquiagem ou da fumaça de seus primeiros cigarros. Tais estratégias não diziam nada a Diane. A adolescente queria olhar a realidade de frente, por pior que fosse.

Além disso, uma lucidez implacável tomava conta dela. Sentia-se agora capaz de desmascarar, no ato, as mentiras, os comprometimentos das pessoas que a rodeavam. O universo dos adultos tombava de seu pedestal. Os homens e as mulheres que sempre lhe tinham sido apontados como modelos apareciam como seres comprometidos, fracos, hipócritas, insidiosos.

A começar pela sua mãe.

Certa manhã, Diane decretou que a mulher com quem vivia desde seu nascimento não a amava, jamais a amara. Por mais que Sybille Thiberge falasse e fizesse, a adolescente não acreditava no seu comportamento de mãe modelo. Pelo contrário: desconfiava dela cada vez mais. Loura demais. Bela demais. Sensual demais. Diane repassava os pequenos detalhes que constituíam a seus olhos os indícios da natureza artificial da mãe, totalmente voltada para si e para seus poderes de sedução. Seus modos afetados, sempre que um homem a elogiava um pouco mais. Sua maneira extravagante de rir, sempre que um macho surgia nas redondezas. Tudo em sua mãe era falso, calculado, afetado. Ela não era mais do que um bloco de mentiras – e a vida em comum das duas, uma impostura. A prova disso veio com o acidente, em junho de 1983, quando Diane voltava, sozinha, do casamento de Isabelle Ybert, sua madrinha. Sybille preferira seguir em outra direção, nos braços de um novo amante. "O acidente." A expressão não era apropriada, mas era assim que Diane designava mentalmente o que lhe acontecera nas ruelas de Nogent-sur-Marne. Ainda hoje, recusava-se a se lembrar daquilo. Era apenas uma faísca de tempo onde brilhavam as folhagens dos salgueiros, as luzes longínquas, e onde dava para ouvir, muito próximo, a respiração dentro de um capuz... E quando acabava por duvidar da própria realidade do acontecimento, bastava-lhe apalpar as finas cicatrizes que inchavam sua pele sob os pêlos pubianos.

A adolescente ignorava como um pesadelo desses pudera ter se tornado real. Mas estava convencida de uma verdade: tudo acontecera por causa de sua mãe. Por causa de seu egoísmo, de sua indiferença radical em relação a tudo que não fosse suas nádegas musculosas e o áspero desejo de seus amantes, que formavam uma espécie de círculo maléfico ao seu redor. Não fora essa a única razão para sua mãe deixá-la voltar sozinha para casa? Não tinha simplesmente esquecido dela? Essa agressão era a prova material do crime. A prova definitiva.

Diane completaria quatorze anos. Não contou nada a Sybille. Sua vingança lhe parecia mais perfeita, mais completa, se deixasse a mãe na ignorância do drama. Tratou-se sozinha e selou sua tristeza com esse segredo. Em retaliação, exigiu, na primeira oportunidade, entrar para um internato. Sybille reclamou um pouco, por mera formalidade, mas concordou com o pedido, muito feliz, sem dúvida, por se livrar daquela grandalhona desajeitada e taciturna, que começava a lhe fazer sombra no campo da sedução.

Taciturna, com certeza, Diane era. Porque ela refletia. Tirava lições de sua experiência. O mundo – o real – não era mais que violência, traição, maldade. A existência se baseava nessa força irreprimível, nesse núcleo duro de ódio, que não procurava senão, à menor oportunidade, incandescer-se no interior de cada ser humano. Diane decidiu estudar esse poder. Apreender a violência estrutural do mundo, observá-la, analisá-la.

Tomou duas resoluções.

A primeira: dedicar-se, após o segundo grau, à biologia e à etologia – a ciência do comportamento animal. Já escolhera seu campo de especialização: os predadores. Mais particularmente, as técnicas de caça e de combate que permitiam às feras, aos répteis, até mesmo aos insetos, reinar sobre seus territórios e sobreviver graças à destruição. Era para ela uma forma de mergulhar na própria essência da violência. Uma violência natural, livre de toda consciência, de toda motivação estranha à lógica simples da vida.

Era também, quem sabe, um modo de legitimar seu próprio acidente, de atenuar o horror, inserindo-o numa lógica mais ampla, mais universal.

Isso para a cabeça.

Para o corpo, Diane escolheu o wing-chun.

Literalmente: a "primavera eterna". O wing-chun era a mais rápida e mais eficaz das escolas de boxe shaolin. Uma técnica que privilegiava o combate de aproximação e que, dizia-se, havia sido criado por uma monja budista. No retorno às aulas de 1983, Diane inscreveu-se numa academia especializada, perto de seu internato, na região de Fontainebleau. Em um ano, manifestou aptidões fora do comum. Naquela época já media mais de um metro e setenta e cinco e mal chegava aos cinqüenta quilos. Apesar dessa silhueta de varapau, dava provas de uma flexibilidade de acrobata e de uma força muscular excepcional.

Cientes do fenômeno, seus instrutores propuseram-lhe financiar uma formação mais profunda, incluindo a iniciação ao "wou-te" (a virtude, a disciplina marcial). Diane recusou. Não queria ouvir falar de filosofia nem de energia cósmica. Queria simplesmente forjar seu corpo como uma arma, a fim de nunca mais ser a jovem que podia ser apanhada de surpresa.

Os mestres – asiáticos sábios e rijos – ficaram desconcertados com suas respostas agressivas. Mas tinham ali uma campeã, isso era certo, e, filosofia ou não, essas oportunidades eram muito raras.

O treinamento intensificou-se. Sucederam-se as competições. Em 1986, a aluna Thiberge ganhou o campeonato da França, categoria júnior. Em 87, conseguiu o cinturão de prata do campeonato europeu e depois, em 88, o cinturão de ouro. Suas vitórias eram fulgurantes. Os árbitros ficavam espantados e o público ligeiramente decepcionado. Sempre próxima, sempre inclinada, Diane, olhar fixo nas mãos das adversárias, não as largava. Elas ainda procuravam uma saída quando se viam imobilizadas, ombros no chão.

Nada parecia capaz de deter a ascensão da jovem atleta. No entanto, em 1989, Diane abandonou as competições. Estava perto dos vinte anos e, por uma espécie de milagre, seu rosto jamais havia sido tocado nem seu corpo atingido seriamente. Cedo ou tarde, essa sorte acabaria por mudar e, além disso, ela atingira seu objetivo. Tinha se tornado o que decidira se tornar.

Uma jovem perigosa sob todos os aspectos, da qual era melhor ninguém se aproximar.

Capítulo 3

Diane Thiberge ouvia naquela época Frankie Goes to Hollywood num *walkman* minúsculo, saturado de baixos. Adorava essa banda. Porque ela representava a mistura de várias tendências, aparentemente contraditórias e no entanto conjugadas numa magia única.

Para começar, Frankie era um grupo de durões, de marginais, saídos diretamente de Liverpool. Era também um grupo pós-disco, que havia amadurecido um senso de ritmo, de harmonia, que enfeitiçava qualquer amante de uma pista de dança. Por fim, Frankie era um grupo *gay*. E o mais doido de todos: essa onda de gritos, de pulsações bárbaras, de palavras de ordem veementes emanava de uma banda de malucos que parecia ter vindo direto da corte de Luís XIII. Essa característica dava aos músicos uma leveza, uma mobilidade, uma agilidade alucinantes. E o quinto integrante do grupo não tocava nenhum instrumento. Pouco cantava... Dançava apenas, era o "homem em movimento", no fundo do palco, balançando as clavículas dentro de um blusão de couro. Diane ficava arrepiada: sim, de fato Frankie era um grupo mágico.

A loucura das noites da estudante limitava-se a seu *walkman*. Não saía, não dançava, não se encontrava com ninguém. Concentrava-se nos livros de etologia, revisando a cada noite as obras de Lorenz ou de Von Uexküll e consumindo sem parar sanduíches do McDonald's no seu conjugado do bairro Cardinal-Lemoine.

Entretanto naquela noite Diane decidira sair.

Nathalie – a colega chata das aulas práticas de biologia, que sabia atrair para suas garras tudo o que era considerado irresistível – organizava uma noitada e ela tinha decidido aparecer por lá. Era agora ou nunca o momento de agir.

O momento de saber.

Mais tarde, Diane se lembraria com freqüência daquela noite crucial. A chegada ao prédio de pedra, no bulevar Saint-Michel, o silêncio da vasta escadaria atapetada de veludo. A seguir, a pulsação profunda, como que dominada pelos graves, que descia dos andares superiores. Ela tentava reprimir as batidas de seu coração, que acompanhavam o ritmo em contratempo, e apertava os dedos em torno da garrafa gelada de champanhe, comprada para a ocasião. Atrás da grande porta de madeira envernizada, as batidas eram tão violentas que pareciam jogar o portal fora de seus gonzos. "Eles jamais me ouvirão", disse para si mesma, ao tocar a campainha.

Quase imediatamente a porta se abriu sobre torrentes de música. Reconheceu na hora a voz de Holly Johnson, o cantor do Frankie, que berrava: *"RELAX! DON'T DO IT!"* Era um bom presságio: seu grupo fetiche a acompanhava na provação. Uma morena de feições ossudas e reluzentes pela maquilagem exagerada agitava-se junto à porta. Nathalie, a Górgone em pessoa.

– Diane? – gritou. – Fico superfeliz por você ter vindo...

Ela sorriu diante da mentira, enquanto a moça a examinava da cabeça aos pés. Diane vestia um colete preto com botões de madrepérola e calças compridas escuras de moletom – material então quase obrigatório no corpo das jovens. Para completar, estava envolta em um casacão acolchoado, também preto.

– Veio de pijama e edredom? – perguntou Nathalie, com uma risada debochada.

Diane pegou com dois dedos o vestido de tafetá escuro da outra.

– Está ótima sua fantasia esta noite, não?

Nathalie deu uma gargalhada. Tomou-lhe a garrafa de champanhe das mãos e gritou:

– Entre. Ponha suas coisas no quarto dos fundos.

Lá dentro a festa chegava ao auge. Depois de tirar o casaco, Diane se plantou perto do bufê, ponto de ancoragem dos que não conheciam ninguém. Havia jurado a si mesma não tocar numa gota de álcool, a fim de conservar, acontecesse o que acontecesse, toda a sua lucidez. Entretanto, após uma hora de enfado, já estava no terceiro copo. Bebia em goles pequenos, lançando olhares rápidos na direção da pista de dança.

O trabalho de relógio havia começado.

Se Diane não possuía grande experiência de festas, conhecia menos ainda os ciclos rituais. A meia-noite abria as preliminares. As moças dançavam, giravam, exibiam-se, tirando efeito dos movimentos de cabelo e dos requebros, enquanto os rapazes, ao contrário, ficavam na defensiva: olhares doces, breves sorrisos, brincadeiras de aproximação...

Às duas da manhã iniciava-se um período de efervescência. A música ficava cada vez mais alta. O álcool varria as inibições. Todas as esperanças eram permitidas. Os rapazes passavam à ação, vociferando acima da confusão, atacando suas presas. Foi ainda Frankie que levou o público quase ao delírio. *Two Tribes*. Um canto de revolta contra a guerra, sustentado por um ritmo selvagem, do qual Diane conhecia as mínimas notas, os mínimos acordes.

Dessa vez, abandonou-se à música. Jogou-se no meio dos outros, tirando o máximo proveito de suas pernas de gafanhoto. Percebeu alguns olhares em sua direção. Diane mal acreditava. Tímida como ninguém, sabia que intimidava mais ainda. Quase sempre, sua beleza, sua cabeleira ondulada e sua altura desmesurada mantinham os pretendentes a uma boa distância. Mas nessa noite não havia dúvida: alguns temerários dirigiam-lhe a palavra.

Sentia agora seu corpo transformar-se em volutas leves, planar acima do ritmo, circular entre os outros. E foi então que um rapaz segurou sua mão para dançar um *rock*. Em todas as pistas do mundo sempre há um sujeito obstinado em fazer passos complicados ao som de não importa qual ritmo. Diane recuou imediatamente. O par insistiu. Ela ergueu as palmas das mãos, ameaçadora. Não. Não dançava *rock*. Não. Ninguém pegava na sua mão. Ninguém a tocava, houvesse o que houvesse. O rapaz desatou a rir e sumiu na multidão.

Ela ficou petrificada por um instante, a olhar a mão como se ela tivesse sido queimada pelo contato. Cambaleou, recuou, e escorregou pela parede. Tateando, encontrou um copo pela metade no chão. Bebeu-o de um trago e ali ficou, sem se mexer mais. A tristeza a invadia. A cena acabava de lembrar-lhe a verdade cruel: ela não suportava o menor toque na pele. Nem a menor carícia, o menor roçar. Sofria de uma fobia da carne.

Às três horas da manhã a música ganhou um tom mais esotérico: O *Superman*, de Laurie Anderson. Uma estranha canção de ninar, pontuada de suspiros mágicos. Era a última oportunidade. Na penumbra, não restavam mais do que alguns fantasmas solitários, que se retorciam ao ritmo da melopéia. Caçadores obstinados. E pobres garotas que não queriam se confessar vencidas.

Diane examinava os rostos desfeitos, as silhuetas trôpegas. Tinha a impressão de contemplar um campo de batalha, coberto de feridos e moribundos. Saiu à procura de seu casaco e passou discretamente pelo bufê juncado de garrafas vazias. Seu espírito já estava lá fora. Imaginava o ar gelado que dissiparia a bebedeira e lhe permitiria perceber plenamente seu fracasso.

Foi nesse momento que sentiu as mãos envolverem sua cintura.

Girou, apoiada no bufê, curvada como um arco.

Três sujeitos a rodeavam, hálito carregado de álcool.

– Ei, caras: a noite ainda não deu tudo o que tinha que dar...

Um dos agressores estendeu de novo as mãos. Diane evitou-as com um gesto dos quadris e virou-se para a mesa. Largou o casaco, passou a mão numa taça e fez menção de beber. Por um momento pensou que eles haviam ido embora, mas um bafo alcoolizado roçou sua nuca. A taça estilhaçou-se em suas mãos. Um caco exibia marcas de batom. Apertou a palma da mão sobre ele e sentiu o vidro penetrar sua carne.

– Porra, me deixem em paz – murmurou.

Às suas costas, os sujeitos cacarejaram:

– Ah, ah, ah, bancando a difícil?

Lágrimas ardentes transpuseram as fronteiras de madrepérola de seus óculos. Pensou, claramente: "Não faça isso." Mas um dos canalhas provocava agora ruídos de sucção junto de sua orelha, murmurando histórias de mulheres gostosas, de machões, de gatas. "Não faça isso", repetiu para si mesma. No entanto acabara de tirar os óculos e já prendia os cabelos em um rabo-de-cavalo. Mal acabara de fazer isso, um dos homens deslizou as mãos sob seu colete. Ela sentiu o calor dos dedos roçar seus seios, enquanto a voz sussurrava com um riso malicioso:

– Não me provoque, putinha, você...

O barulho da mandíbula encobriu a música do *Art Of Noise*. O rapaz foi jogado contra a lareira, dando de cara contra uma quina de mármore. Diane havia desfechado um golpe com o cotovelo – jang tow. Ela pensou mais uma vez: "NÃO", mas sua mão partiu em "mandíbula de boi", diretamente contra as costas do segundo adversário, desmontando-o com um único estalido. Ele foi se estatelar no bufê, que cedeu em meio a mil tinidos e dobras de toalha.

Diane não se mexia mais. O wing-chun baseia-se na economia absoluta do gesto e do fôlego. O último salafrário havia sumido. Só então ela tomou conhecimento das caras assustadas, dos murmúrios embaraçados que a rodeavam. Recolocou os óculos. Estava espantada – não com a violência da cena ou com o escândalo. Mas com a sua calma, só sua.

À sua direita, a voz de Nathalie se descontrolou:

– Você é... é... é doente ou o quê?

Diane virou-se lentamente para a jovem morena e disse:

– Sinto muito.

Atravessou a peça, depois ainda gritou, por cima do ombro:

– Sinto muito!

O bulevar Saint-Michel estava exatamente como ela esperava que estivesse.

Deserto. Gelado. Luminoso.

Diane caminhava através de suas lágrimas, ao mesmo tempo mortificada e liberada. Havia passado pela prova que esperava. A prova de que sua existência transcorreria sempre assim: fora do círculo social, distante dos outros. E pensou mais uma vez no acontecimento inicial. Aquela cena atroz que havia arrancado dela o impulso mais natural e erigido em torno de seu corpo uma prisão transparente, incompreensível – e inviolável.

Reviu os salgueiros, as luzes.

Sentiu as ervas na boca, a respiração por trás do capuz.

Viu surgir também, num reflexo de ódio, o rosto de sua mãe. Um sorriso de cansaço brincou em seus lábios: esta noite ela não tinha força suficiente para detestar quem quer que fosse. Chegou à praça Edmond-Rostand, cuja fonte faiscava de tanta luz, tendo à esquerda as copas generosas dos Jardins de Luxemburgo. Num impulso, ergueu-se e tocou com os dedos as folhas de árvore que ultrapassavam as grades pintadas de preto e dourado.

Sentia-se tão leve que imaginou que nunca mais voltaria a cair. Tudo isso aconteceu no sábado, 18 de novembro de 1989. Diane Thiberge acabava de completar vinte anos, mas sabia: enterrava para sempre sua juventude.

Capítulo 4

– Precisa de alguma coisa?

– Não, obrigada.

– Tem certeza?

Diane ergueu os olhos. A comissária de bordo, roupa azul e sorriso vermelho, envolveu-a com um olhar piedoso. Um olhar que acabou por deixá-la irritada. Ocupou-se em cortar os bolinhos fritos do "*menu* infantil" que haviam sugerido para o menino pouco depois da decolagem de Bangcoc. Sentia os invólucros de plástico se torcerem sob seus dedos, o alimento quebrar-se sob seus gestos demasiadamente bruscos. Parecia-lhe que todos a observavam, notando sua falta de jeito, seu nervosismo.

A comissária sumiu. Diane ofereceu outro pedaço ao menino. Ele se recusava a abrir a boca. Ela corou como um pimentão, totalmente desamparada. Mais uma vez pensou no espetáculo que ofereciam seu rosto em fogo, as mechas em desalinho e o filho de olhos negros. Quantas vezes as comissárias de bordo haviam contemplado essa mesma cena? Ocidentais desorientados, trêmulos, transportando seu destino em suas bagagens?

A silhueta azul voltou à carga. "Balas, talvez?" Diane esforçou-se para sorrir. "Não, não se preocupe: está tudo bem." Tentou ainda uma ou duas colheradas, em vão. Os olhos do menino estavam cravados na tela que mostrava desenhos animados. Ela convenceu-se de que deixar de fazer uma refeição não era uma questão de vida ou morte. Afastou o prato, colocou os fones nos ouvidos de Lucien, mas hesitou. Deveria sintonizar uma transmissão em inglês? Em francês? Ou simplesmente música? Cada detalhe a mergulhava na incerteza. Optou pela seleção musical e regulou o volume com cuidado.

A calma voltou ao avião. As bandejas foram recolhidas, as luzes enfraqueceram. Lucien cochilava. Diane estendeu-o sobre as duas poltronas livres à sua direita e instalou-se também, deslizando sob o cobertor de bordo. Durante os vôos de longa distância, era essa a sua hora preferida: a cabine mergulhada na escuridão, a tela luminosa brilhando ao longe, os passageiros imóveis, encolhidos como crisálidas sob a coberta e fones nos ouvidos... Tudo então parecia flutuar, planar entre sonolência e altitude, em algum lugar acima das nuvens.

Diane apoiou a cabeça no travesseiro e esforçou-se para ficar imóvel. Pouco a pouco seus músculos relaxaram, seus ombros se curvaram. Sentiu de novo a calma inundar suas veias. Olhos fechados, deixou desfilar, sob a tela negra de suas pálpebras, as diversas etapas que a haviam conduzido até ali – a esse momento capital de sua existência.

Seus êxitos esportivos e suas proezas mundanas estavam distantes. Diane tinha obtido com louvor o doutorado em etologia, em 1992: "As estratégias de caça e a organização das áreas de predação entre os grandes carnívoros do parque nacional masai Mara, no Quênia". Trabalhara em seguida para várias fundações particulares, que destinavam fundos importantes para o estudo e a proteção da natureza. Diane viajara pela África subsaariana, pelo Sudeste da Ásia e pela Índia, sobretudo por Bengala, num programa de proteção ao tigre de Sundarbands. Também se destacara pelo estudo, durante um ano, dos costumes dos lobos canadenses, que ela havia seguido e observado, sozinha, até os confins dos territórios do Noroeste, a parte mais setentrional do país.

Levara daí por diante uma existência de estudo e de viagens, ao mesmo tempo nômade e solitária, o mais perto possível da natureza, e finalmente bem de acordo com suas expectativas de criança. Contra tudo e contra todos, apesar de seus traumas, apesar de suas taras secretas, Diane havia construído para si uma espécie de felicidade só sua e que representava sua força de independência.

No entanto, naquele ano de 1997, vira-se diante de um novo fracasso.

Em pouco tempo teria trinta anos.

Isso em si nada significava. Sobretudo para uma moça como Diane: seu físico privilegiado e a vida ao ar livre a preservavam do desgaste do tempo mais do que ninguém. Mas, do ponto de vista biológico, o número 3 constituía um marco. Na qualidade de especialista em ciências da vida, sabia que nessa idade o ventre feminino começava, imperceptivelmente, a se degenerar. Na verdade, apesar dos costumes vigentes nos países industrializados, os órgãos sexuais da mulher tinham sido concebidos para funcionar muito cedo – à maneira das jovens mães africanas de no máximo quinze anos com quem o caminho de Diane tantas vezes cruzara. Essa passagem para a década dos trinta lhe recordava, simbolicamente, uma de suas verdades mais profundas: ela jamais teria um filho. Pela simples e evidente razão de que jamais teria um homem.

Não estava preparada para esta nova renúncia. Pôs-se à procura de soluções. Comprou livros especializados e mergulhou, com um nó na garganta, na noite rubra das técnicas de reprodução em laboratório. Para começar, havia a inseminação artificial. No seu caso, seria preciso considerar a fórmula ICD (inseminação com doador). Os tubos de esperma viriam de um banco especializado e seriam injetados no orifício interno do colo ou na cavidade uterina, durante o período do ciclo menstrual mais favorável à fecundação. Os médicos, nesse caso, fariam penetrar nela seus instrumentos pontiagudos, perfurantes, gelados. A substância de um desconhecido se insinuaria no seu ventre, se fundiria com o núcleo de seus mecanismos psicológicos. Imaginava seus órgãos – a cavidade uterina, as trompas de Falópio, os ovários... – reagirem, ativarem-se ao contato do "outro". Não. Jamais. A seus olhos, isso teria sido uma espécie de estupro clínico.

Informou-se sobre a segunda técnica: a fecundação *in vitro*. Tratava-se dessa vez de extrair os óvulos por punção e de fecundálos artificialmente em laboratório. A idéia dessa operação a distância, nas brumas geladas de uma sala esterilizada, a seduzia. Prosseguiu na leitura: colocava-se então um ou mais embriões no útero da mulher, por via vaginal. Diane fez uma pausa e compreendeu, uma vez mais, sua estupidez. Mas o que imaginara? Que sua gravidez transcorreria num tubo de ensaio, atrás de um vidro estrelado por uma camada de gelo cristalino? Que observaria o embrião se formando pouco a pouco, em uma mutação desencarnada?

Suas fobias persistentes levantavam um muro, uma parede indestrutível entre ela e qualquer projeto de gestação. Seu corpo, seu útero permaneceriam sempre estranhos a esses artifícios, a esses fantásticos desenvolvimentos. Diane entrou em um período de depressão profunda. Passou uma temporada em uma clínica de repouso, depois refugiou-se na vila de propriedade de Charles Helikian, o marido de sua mãe, nas encostas do monte Ventoux, no Lubéron. Foi lá, nessa doce estufa de sol e grilos, que ela tomou uma resolução diferente. Abandonar qualquer tentativa orgânica e optar por uma nova via: a adoção. Em definitivo, Diane preferia essa orientação, que constituía um verdadeiro engajamento moral e não mais uma tentativa torta de imitar a natureza. Na sua situação, era a decisão mais coerente e mais sincera. Para consigo mesma. Para com a criança que partilharia de sua vida.

No outono de 1997, tomou as primeiras providências. Tentaram de início dissuadi-la, por todos os meios. No papel, a adoção plena estava aberta aos solteiros. Na prática, era muito difícil conseguir o aval da DDASS – a Direção da Ação Social da Infância e da Saúde – numa situação dessas, que poderia sugerir hábitos homossexuais. Diane não se deixou desencorajar e redigiu seu processo de adoção. Tiveram início então longos meses de reuniões, exigências, exames que pareciam se movimentar em círculo e jamais chegar ao fim.

Quase um ano e meio depois do primeiro pedido, nada estava decidido. Seu padrasto propôs intervir em seu favor. Ele tinha condições, segundo dizia, de dar um empurrão no processo. Diane recusou de cara. Essa intervenção teria constituído uma ingerência, ainda que indireta, de sua mãe no seu destino. Depois, pensou melhor. Suas fantasmagorias e sua raiva não deviam interferir em projeto tão importante. Jamais soube o que Charles Helikian fez, mas um mês mais tarde obteve o consentimento da DDASS.

Restava encontrar o orfanato que lhe proporia a criança – Diane sempre imaginara que seria um menino e que ele viria de um país distante.

Consultou inúmeras organizações que patrocinavam locais de acolhimento nos quatro cantos do mundo e sentiu-se, de novo, perdida. Outra vez Charles desempenhou o papel de intercessor. Mecenas costumeiro, propiciava todos os anos fundos substanciais à Fundação Boria-Mundi, que financiava vários orfanatos no Sudeste da Ásia. Se Diane concordasse em procurar essa fundação, as tratativas finais poderiam ser aceleradas.

Três meses mais tarde, ela chegava ao orfanato de Ra-Nong, depois de duas viagens sucessivas a Bangcoc, para acertar os procedimentos administrativos. Charles tinha supervisionado a escolha do órfão e levara em conta que, ao contrário da maior parte das mães adotivas, Diane desejava acolher uma criança de mais de cinco anos. Em geral, as mulheres optavam por um recém-nascido, porque supunham que a adoção seria mais fácil. Essa tendência não agradava a Diane – revoltava-a até: a idéia de que certos órfãos, privados de tudo, tivessem tido ainda por cima o azar de crescer demais ou de ser abandonados muito tarde a levava naturalmente a se interessar por esses enjeitados.

De repente, o menino agitou-se ao seu lado. Diane abriu os olhos e percebeu que a cabine do avião estava ensolarada. Compreendeu que estavam prestes a aterrissar. Em pânico, apertou o filho contra si e sentiu o contato do trem de aterrissagem com a pista. Não eram os pneus que queimavam a pista, eram seus próprios sonhos, só seus, que tocavam agora a realidade.

Capítulo 5

Entre muitas outras resoluções, Diane decidira respeitar, desde o primeiro dia, seus horários de trabalho. Queria habituar Lucien, o mais depressa possível, ao ritmo de sua vida quotidiana. Naquele momento ela estava mergulhada na redação de um relatório sobre o "ritmo circadiano dos grandes carniceiros, no parque nacional de Hwange, no Zimbábue". Precisava acabar o documento com urgência, para que pudessem ser requeridos novos fundos junto à Fundação Internacional para a Vida Selvagem, que já havia co-patrocinado a missão na África austral. Por isso, dirigia-se todas as manhãs ao laboratório de etologia da faculdade d'Orsay, onde haviam arranjado para ela um pequeno escritório perto da biblioteca, a fim de que pudesse conferir cada uma de suas referências científicas.

Para tomar conta do filho, Diane contratara uma jovem tailandesa, estudante da Sorbonne, que falava um francês impecável e parecia cinzelada pela doçura e pela ternura. Na primeira semana, respeitou sua promessa. Saía às nove da manhã, voltava às seis da tarde. Mas, a partir da segunda-feira seguinte, começou a fraquejar. A cada manhã, partia um pouco mais tarde. A cada tarde, voltava um pouco mais cedo. Não cessava, apesar da resolução tomada, de prolongar sua presença em casa – como uma estação de amor, que tivesse aumentado suas horas de luz.

Era uma felicidade completa.

Suas angústias de mãe adotiva diminuíam à medida que os sorrisos do menino se multiplicavam, que sua vivacidade infantil ganhava terreno sobre seus primeiros medos. Por meio de gestos expressivos, de risos, de caretas, ele conseguia se fazer entender e parecia deslizar sem dificuldade para dentro de sua nova pele de citadino. Diane concordava, respondia em francês e tentava, da melhor maneira que conseguia, dissimular a própria surpresa.

Havia tantas vezes imaginado esse pequeno ser, que acabara por forjá-lo segundo os seus próprios sonhos. Mas agora o filho estava lá e tudo era diferente. Era um menino real, com um rosto real, um temperamento real. Ela via cada uma de suas suposições se esfarelar diante dessa presença. Tudo acontecia como se Lucien escapasse sem dificuldade do invólucro imaginário que ela esculpira e lhe oferecesse de volta toda a amplitude, toda a diversidade de seu ser, inesperado, surpreendente e sempre infinitamente preciso – porque infinitamente verdadeiro.

A hora do banho era um encantamento. Diane não se cansava de observar esse torso tão pequeno, as costas tão brancas, a ossatura de pássaro tão cheia de energia e de delicadeza. Admirava a pele leitosa, próxima da perfeição – tão diferente das outras crianças com quem havia cruzado no orfanato – e sob a qual palpitavam pequenas veias azuis e órgãos leves. Pensava num pintinho, cuja silhueta repleta de vida tivesse aflorado sob uma fina casca.

Outro momento de pura contemplação era a hora do sono, quando Diane contava alguma história na penumbra de seu quarto. Lucien não tardava a dormir e era a vez de ela se deixar embalar pelas sensações tênues que corriam sob seus dedos. O calor sutil da pele. A oscilação imperceptível da respiração. E os cabelos tão finos, tão delicados que pareciam requerer uma atenção especial por parte dos dedos – uma capacidade secreta de tocar. De onde viriam esses cabelos? De que floresta de genes? De longe. Era sempre essa expressão que lhe vinha aos lábios na escuridão.

De longe. Cada traço, cada detalhe desse corpo lhe recordava as origens longínquas do garoto e parecia, no entanto, aproximá-lo dela, uni-lo à sua solidão parisiense.

A personalidade de Lucien se construía como um edifício de vidro, que revelava no decorrer dos dias sua arquitetura, seus desvios, seus cumes. Ela sempre imaginara que Lucien seria um ser turbulento, agitado, imprevisível. Ele tinha, ao contrário, uma doçura, uma graça desconcertantes. Apesar de suas maneiras selvagens – comia com as mãos, não gostava de tomar banho, corria a se esconder com a chegada de qualquer visita –, comprovava sempre, com profundidade, uma sensibilidade, uma intuição que deixavam a jovem encantada. Por que negar? Lucien se parecia, traço por traço, com o menino que ela própria gostaria de ter gerado.

Todos esses motivos de admiração, Diane os encontrava reunidos em uma atividade especial, que ela provocava sempre que possível: as sessões de dança e de canto de Lucien. Seu filho adotivo, por gosto, por brincadeira, por um dom natural, se exprimia dessa forma ao menor pretexto. Ao descobrir essa paixão, comprara para ele um gravador vermelho vivo, ligado a um microfone de plástico amarelo-limão. O menino gravava a si mesmo, tocando, na ocasião, tambores improvisados. O clímax da apresentação era um balé original. De repente, sua perna se erguia em ângulo reto, os dedos tateavam embaixo de um véu imaginário, depois toda a silhueta rodopiava para retomar melhor um outro registro. Agachado, dobrado, arqueado, o pequeno corpo se abria como as asas de um escaravelho, para imediatamente se ondear ao sabor do ritmo.

Foi durante um desses números desenfreados que Diane ousou se felicitar. Jamais poderia ter imaginado uma felicidade mais completa. Em três semanas chegara a uma serenidade, a um equilíbrio que havia planejado para dali a muitos anos. Pela primeira vez na vida, estava conseguindo realizar um ato que dizia respeito à sua vida pessoal.

Nesse instante, percebeu os números vermelhos da data no seu despertador a quartzo.

Segunda-feira, 20 de setembro.

Talvez tudo acabasse bem, mas era impossível retardar o terrível compromisso.

O jantar na casa de sua mãe.

Capítulo 6

A porta blindada abriu-se sobre sua silhueta delicada.

As luzes do vestíbulo desenhavam em torno de seu coque um halo avermelhado, até o final da nuca. À sua frente, Diane permanecia na soleira, retesada como uma vela. Tinha Lucien adormecido nos braços.

– Ele está dormindo? Entre. Deixe-me vê-lo – sussurrou Sybille Thiberge.

Diane ensaiou um passo para dentro, mas em seguida parou. Acabava de perceber rumor de vozes no salão.

– Você não está sozinha com Charles?

Sua mãe adotou uma expressão confusa:

– É que Charles já tinha programado um jantar importante para esta noite e...

Diane deu meia-volta em direção à escada. Sybille agarrou-a pelo braço, com o misto de autoridade e doçura de que tanto gostava.

– O que está fazendo? Ficou maluca?

– Você disse: um jantar íntimo.

– Há imposições que não podemos evitar. Não banque a idiota, entre.

Apesar da penumbra, Diane distinguia a silhueta da mãe com precisão.

Cinqüenta e cinco anos, e ainda esses traços de boneca eslava, sobrancelhas louras, cabelos de ouro esvoaçando como em um cartaz de propaganda soviética. Ela usava um vestido chinês – pássaros brilhantes sobre fundo preto – que favorecia seu porte fino e arredondado. Uma fenda se abria sobre os seios perfeitos. Não retocados – Diane sabia. Cinqüenta e cinco anos, e a criatura não cedia um centímetro no terreno da sensualidade. Diane teve de repente a sensação de estar mais magra, mais desajeitada do que nunca.

Ombros caídos, deixou-se conduzir, mas murmurou, apontando para Lucien:

– Se falar sobre ele à mesa, eu te mato.

Sua mãe concordou, sem sequer perceber a violência da linguagem da filha.

Diane seguiu-a por um corredor muito comprido. Cruzou, sem prestar atenção, os espaçosos cômodos que conhecia de cor. Os móveis exóticos que recortavam suas sombras sobre os tapetes kilim, estendidos como vertentes de céu. As telas contemporâneas que riscavam com suas audácias coloridas as paredes inteiramente brancas. E, nos cantos e nas mesas baixas, as pequenas luminárias revestidas de feltro e discretas, que pareciam sentinelas de luxo.

Sybille preparara uma cama de madeira pintada em um quarto claro, repleto de seda e de tule. Diane teve medo de repente que sua mãe não se entusiasmasse com o papel de avó. No entanto optou por uma trégua. Felicitou-a pela decoração e depositou Lucien com cuidado no leito. Durante um breve momento as duas uniram-se na contemplação do menino.

Ao voltarem, Sybille partiu logo para a conversa frívola de sempre: amenidades e cuidados em relação ao jantar. Diane não escutava. À entrada do salão, Sybille virou-se e olhou com desdém a roupa da filha. Seu rosto exprimia consternação.

– O que foi? – perguntou Diane.

Ela vestia um pulôver muito curto, uma calça enorme de algodão, equilibrada sobre os quadris, e um casaco de plumas sintéticas pretas.

– O que foi? – repetiu. – O que aconteceu?

– Nada. Estava apenas me dizendo que você vai se sentar na frente de um ministro. Que está no exercício do cargo.

Diane deu de ombros.

– Estou me lixando para a política.

Sybille concedeu um sorriso ao abrir a porta do salão:

– Seja provocante, engraçada, tola. O que quiser. Mas não faça escândalo.

Os convidados bebericavam aperitivos com reflexos ocre e avermelhados em sofás do mesmo tom. Os homens eram grisalhos, idosos, barulhentos.

Retraídas, suas esposas se entregavam a uma disputa silenciosa, avaliando suas diferenças de idade como se fossem fossas repletas de crocodilos. Diane suspirou: isso tudo se anunciava mortal.

No entanto ela reencontrava também as pequenas manias de sua mãe, acima de tudo bizarras. Assim, a música do Led Zeppelin ronronava em surdina em alguma parte – sua mãe, desde a juventude desenfreada, não escutava outra coisa a não ser *hard rock* e *free-jazz*. Podia ver também, sobre a mesa posta, os estranhos talheres em fibra de vidro – Sybille era alérgica ao metal. Quanto ao menu, sabia que seria composto essencialmente por um prato agridoce ao mel, substância que a mãe adicionava a todos os seus pratos.

– Meu bebê! Venha me cumprimentar!

Ela encaminhou-se, sorriso nos lábios, para o padrasto, que lhe estendia as mãos. Pequeno, robusto, Charles Helikian parecia um rei persa. Tinha tez escura e barba curta. Os cabelos crespos aureolavam sua cabeça e se pareciam com nuvens de tempestade, com os quais os olhos escuros se harmonizavam estranhamente. "Meu bebê": o homem insistia em chamá-la assim. Por que "bebê", agora que Diane chegara aos trinta anos? E por que "seu", uma vez que, quando Charles a conheceu, ela já tinha quatorze anos? Mistério. Desistiu de decifrar esses galanteios de linguagem e dirigiu-lhe um gesto afável com a mão, sem se curvar. O homem não insistiu: sabia que a enteada não gostava de efusões.

Passaram à mesa. Como sempre, Charles conduzia a conversa com eloqüência.

Diane tinha gostado imediatamente desse enésimo companheiro de sua mãe, que logo se tornara seu padrasto oficial. Na vida profissional, o homem era uma eminência. Havia aberto consultórios de psicologia em empresas, depois se voltara para missões de aconselhamento, muito mais discretas, junto a grandes empresários e personalidades políticas. Que conselhos? Que missões? Diane jamais compreendera esse trabalho. Ignorava se Charles se contentava em escolher a cor das roupas de seus clientes ou se dirigia as empresas no lugar deles.

Na verdade, ela fazia pouco-caso desse trabalho, desse sucesso. Admirava Charles por suas qualidade humanas: sua generosidade, suas convicções humanistas. Antigo esquerdista, brincava com as próprias contradições, relacionadas com sua fortuna e sua posição social. Vivendo naquele apartamento deslumbrante, continuava a sustentar discursos altruístas, a defender o poder do povo e a igualdade social. Não temia igualmente glorificar uma "sociedade sem classes" ou a "ditadura do proletariado", que haviam no entanto provocado a maior parte dos genocídios e das opressões do século XX. Quando Charles Helikian utilizava essas palavras malditas, elas ganhavam toda a sua pujança. Sem dúvida porque o homem tinha a arte e o jeito – e porque conservava, no fundo do coração, uma fé, uma sinceridade, um vigor sempre intactos.

Diane experimentava uma nostalgia secreta por esses ideais que não conhecera e que haviam feito vibrar a geração de sua mãe. Ela parecia alguém que nunca tinha tocado num cigarro, mas que apreciava o perfume refinado do tabaco. Apesar dos massacres, das opressões, das injustiças, jamais conseguira se livrar de um estranho fascínio pela utopia revolucionária. E quando Charles comparava o socialismo vermelho à Inquisição, quando lhe explicava que os homens se haviam apoderado da mais bela das esperanças e a tinham transformado num culto do medo, ela o escutava com os olhos arregalados, exatamente como a menina tão séria que havia sido outrora.

Nessa noite a conversa girava sobre as perspectivas imensas, luminosas, infinitas do sistema de comunicação da Internet. Charles não estava de acordo: via, sob o brilho da tecnologia, um novo modo de alienação destinado a levar as pessoas a consumir mais, a perder um pouco mais o contato com a realidade e os valores humanos.

Em torno da mesa, os convivas concordavam. Diane os observava: esses empresários e essas figuras políticas, a exemplo de Charles, estavam sem dúvida pouco ligando para a Internet e seu eventual poder de alienação. Estavam lá por prazer – pelo prazer de escutar opiniões pouco habituais declamadas com fervor, de se deixar seduzir por esse fumante de charutos que fazia com que lembrassem de sua juventude e da raiva que fingiam ainda sentir.

De repente, o ministro dirigiu-se diretamente a ela:

– Sua mãe me disse que você é etóloga.

O homem tinha um sorriso oblíquo, nariz aquilino, olhos que se moviam como algas japonesas.

– É isso mesmo – respondeu ela, sussurando.

O político sorriu para os outros convidados, como para atrair sua indulgência.

– Devo confessar que não sei o que é isso – disse ele.

Diane baixou as pálpebras. Sentiu-se enrubescer. Seu braço estava estendido obliquamente, contra o canto da mesa. Explicou em tom neutro:

– A etologia é a ciência do comportamento dos animais.

– Que animais você estuda?

– As feras. Os répteis. As aves de rapina. Os predadores, essencialmente.

– Não é um universo muito... feminino.

Ela ergueu os olhos. Todos os olhares estavam concentrados nela.

– Depende. Entre os leões, só a fêmea caça. O macho fica junto dos filhotes, para protegê-los dos ataques de outros clãs. A leoa é, sem dúvida, a criatura mais mortífera da floresta.

– Tudo isso é bem lúgubre...

Diane bebeu um gole de champanhe.

– Ao contrário. Trata-se de uma das vertentes da vida.

O ministro riu com gosto:

– O eterno clichê da vida que se alimenta da morte...

– Um clichê como os outros: que espera apenas uma ocasião para se confirmar.

Um silêncio se seguiu a essas palavras. Em pânico, Sybille deu uma gargalhada:

– Isso não deve impedi-los de experimentar minha sobremesa!

Diane lançou-lhe um olhar malicioso e percebeu um tique nervoso no rosto da mãe. Foram passados os pratos de sobremesa, as colheres. Mas o político levantou a mão:

– Só mais uma pergunta.

Instantaneamente a mesa se imobilizou. Diane compreendeu que, para os outros, o homem não deixara de ser um ministro, durante o jantar. Ele continuou, olhando-a intensamente:

– Por que a argola de ouro no nariz?

Diane abriu as mãos, num sinal de que se tratava de uma coisa evidente. Seus anéis de prata capturavam as chamas das velas.

– Para me fundir na massa, suponho.

A esposa do ministro, à sua direita, inclinou-se entre dois candelabros para dizer:

– Não devemos pertencer à mesma massa!

Diane esvaziou sua taça. Somente nesse momento compreendeu que havia bebido demais. Falou, dirigindo-se ao político:

– De todas as espécies de zebra, somente algumas ainda existem em grande número. O senhor sabe quais?

– Não, claro que não.

– As zebras cujo corpo é inteiramente revestido de listras. As outras desapareceram: sua camuflagem não era suficiente para provocar um efeito de estroboscópio, quando corriam por entre a vegetação.

O ministro deixou evidente sua perplexidade:

– Qual a relação com a sua argola? O que quer dizer com isso?

– Quero dizer que, para funcionar, uma camuflagem deve ser completa.

Ela levantou-se, revelando o umbigo, este também atravessado por uma haste de ouro, à qual estava suspensa uma argola cintilante. O homem sorriu, agitando-se na cadeira. Sua esposa encolheu-se na sombra, os olhos fechados. Um murmúrio de embaraço correu por toda a mesa.

Diane estava agora em pé no vestíbulo. Lucien dormia nos seus braços, enrolado num cobertor de lã.

– Você é louca. Completamente louca.

Sua mãe falava em voz baixa. Diane abriu a porta.

– O que foi que eu fiz?

– São pessoas importantes. Eles te toleram na mesa deles e...

– Você se engana, mamãe. Fui eu que os tolerei. Você havia prometido um jantar íntimo, não é?

Sybille balançou negativamente a cabeça, consternada. Diane continuou:

– De qualquer modo, eu me pergunto o que teria sido dito...

A mãe brincava com suas mechas louras.

– Precisamos conversar. Precisamos almoçar juntas.

– É isso. Precisamos almoçar juntas. Tchau.

No patamar, apoiou-se contra a parede e permaneceu alguns segundos na escuridão. Respirava, enfim. Sentia o corpo morno de seu filho e esse contato bastava para dar-lhe confiança. Tomou uma nova resolução. Devia manter Lucien totalmente a distância desse universo artificial. E, acima de tudo, de suas próprias raivas, ainda mais absurdas do que esses jantares mundanos.

– Posso vê-lo?

Charles continuava no vão iluminado da porta. Aproximou-se para observar o rosto adormecido.

– Ele é muito bonito.

Ela sentia o cheiro do padrasto – uma mistura de perfume fino e eflúvios de charuto. O mal-estar começou a se infiltrar nela.

Charles passou a mão nos cabelos de Lucien.

– Ele vai acabar ficando parecido com você.

Ela tomou a escada, murmurando:

– Bom, vou descer a pé. Não suporto elevadores.

– Espere.

Charles segurou-a bruscamente pelo braço e puxou o rosto dela na direção de sua boca. Ela recuou, mas era tarde demais: os lábios do homem haviam roçado os seus. Num relâmpago, uma repulsa irreprimível a invadiu.

Desceu alguns degraus recuando, olhos arregalados. Sobre o patamar, Charles permanecia imóvel. Sua voz não era mais do que um sopro:

– Boa sorte para você, meu bebê.

Diane fugiu escada abaixo, mais ágil do que uma aranha

Capítulo 7

As luzes do túnel desfilavam com a velocidade de uma catarata.

Diane pensava nos filmes de ficção científica. Nas perseguições por subterrâneos luminescentes. Nas armas que lançam fachos ofuscantes. Na última entrada à esquerda do bulevar periférico, ela dirigia com o pé no fundo. Os vapores de álcool ainda nublavam seus pensamentos.

Seu único elo com a realidade parecia ser esse volante entre as mãos.

Dirigia um Toyota Landcruiser. Um utilitário 4X4, enorme, que havia recebido ao término de uma missão africana. Um motor velho, com carroceria metálica, incapaz de ultrapassar os cento e vinte quilômetros por hora, mas pelo qual Diane nutria uma afeição especial.

Saiu do túnel e reencontrou a chuva que castigava com um ruído metálico.

Por reflexo, lançou um olhar a Lucien pelo retrovisor – tinha regulado o espelho dentro de seu eixo de visão. A criança dormia sem se mexer, no fundo de seu assento alto.

Concentrou-se na estrada. Como de hábito, tinha tomado a rota periférica na porte d'Auteuil e agora se dirigia para a porta Maillot. Esse itinerário representava um desvio, mas Diane evitava sempre os meandros do 13eme arrondissement. Mil vezes seu padrasto tentara explicar-lhe o caminho exato. Mil vezes ela se recusara a entender essas circunvoluções. Charles então desistira, com uma gargalhada tonitruante.

Charles.

Que história era essa de beijo? Expulsou a lembrança como se a cuspisse e inclinou-se para a frente para enxergar melhor a via rasgada pela chuva. Por que ele havia feito aquilo? Era mais uma de suas atitudes excêntricas? Uma de suas poses copiadas de alguém? Não: aquele beijo não fazia parte de seus galanteios habituais. O gesto tinha algum outro significado. Além do mais, era a primeira vez que ele a abraçava assim.

As vagas da tempestade açoitavam com violência o pára-brisa. A visibilidade era quase nula. Diane tentou aumentar a velocidade do limpador. Em vão. Espiou pelo retrovisor. Lucien continuava a dormir. A claridade alaranjada das lâmpadas de sódio estriava seu rosto. Essa imagem a tranqüilizou. O menino selava seu destino. Proporcionava-lhe uma força insuspeitada. Nada mais contava em sua vida.

Quando voltou a olhar para a estrada, o terror a invadiu.

Um caminhão enorme atravessava as colunas gigantescas do aguaceiro, capotando ao longo das quatro pistas, desgovernado.

Diane freou. O caminhão atingiu o gradil central de segurança e arrancou as lâminas de metal com grande estrondo. A cabine soltou-se com violência, enquanto a carroceria tombava sobre as outras pistas. A boléia do veículo deu uma volta quase completa até bater na grade de proteção, dessa vez com o lado direito. O rangido do metal crescia sob a chuva, misturado às fagulhas incandescentes, enquanto os faróis do monstro varriam a tormenta.

Ela quis gritar, mas o grito ficou preso na garganta. Ainda freou, mas a tentativa de reduzir a velocidade transformou-se brutalmente em uma aceleração incontrolável. Diane ficou paralisada. Seu carro deslizava a toda velocidade, as rodas travadas, sem qualquer aderência à estrada. A carreta derrapava em um gigantesco cavalo-de-pau.

O Toyota estava a apenas poucos metros do monstro. Ela ainda tentava frear. Procurava interromper, com uma sucessão de pedaladas curtas, o fenômeno da aquaplanagem. Nada a fazer: a velocidade aumentava sem parar. No entanto essa fração de momento parecia não ter mais fim.

Ela se viu de repente batendo contra a parede metálica. Ela se viu, por assim dizer, transportando o choque. Atravessando o metal e incrustando-se na estrutura do caminhão. Viu-se morta, esmagada, despedaçada numa poça de sangue, carne e ferro.

Um grito brotou enfim de sua garganta. Deu um violento golpe com o volante para a esquerda.

O carro parou entre as grades arrebentadas. O choque cortou-lhe a respiração. Sua cabeça foi de encontro ao retrovisor. Tudo cobriu-se de negro, enquanto no mesmo instante, dentro dela, uma claridade explodia. Mais algum tempo. O prolongar de uma nota, sem contorno nem sucessão. Diane tossiu, soluçou, cuspiu uma baba sangüinolenta. Ainda confusa, compreendeu – seu corpo compreendeu – que continuava viva.

Abriu as pálpebras. A forma transparente que avançava em sua direção nada mais era do que seu pára-brisa, comprimido pelo amassamento da cabine. Tentou mexer a cabeça e provocou uma chuva de vidro. Sua nuca estava imobilizada pela cobertura do compartimento de bagagem que, arrancada, aterrissara sobre seus ombros como uma coleira de ferro. No meio da dor, Diane sentia crescer dentro dela uma nova angústia. Alguma coisa não estava certa: seu pára-brisa não se quebrara. De onde vinham os cacos de vidro?

Seu primeiro pensamento consciente foi para Lucien. Olhou para trás e ficou horrorizada: o assento alto estava vazio.

Em seu lugar, milhares de partículas translúcidas e vestígios de sangue manchavam o banco. A chuva forte se precipitava pelo vidro quebrado e molhava o tecido do assento enfeitado com desenhos de ursinhos. Com as mãos machucadas, tateando, Diane encontrou os óculos. Estavam trincados pelo choque, mas lhe confirmaram o horror: a criança não estava no carro. A colisão a havia lançado para fora através do vidro traseiro.

Diane conseguiu soltar o cinto. Forçou a porta com o ombro e conseguiu arrastar-se para fora. Caiu numa poça e rasgou o casaco nas pontas dos vidros. Apesar da confusão, captou a sensação da grama úmida, o cheiro de óleo queimado. Ergueu-se e caminhou cambaleando em direção à estrada. Faróis cortavam a noite. As buzinas se elevavam num clamor tonitruante. Ela não via nada com precisão. Exceto as poças de gasolina na estrada, que se matizavam sob as luminárias como fragmentos de arco-íris.

Titubeou ainda, recolhendo aqui e ali os detalhes do apocalipse. A carreta, deitada num V invertido em toda a largura do bulevar. O logotipo chamativo da empresa, que ocupava toda a extensão do encerado e batia sob a tempestade. O motorista, saindo apressadamente da cabine, cabeça entre as mãos, o sangue correndo pelos braços. Mas ela não via Lucien. Nenhum vestígio de seu corpo. Aproximou-se mais uma vez da carroceria. Parou de repente. Acabava de perceber um dos calçados do filho – um tênis vermelho – e depois, a alguns metros, a sombra fatídica. Ele estava lá. Na articulação do veículo, encaixado sob o sistema de arrumação da carroceria, escondido sob os cabos arrancados e os jatos de vapor. Percebia agora cada detalhe. O pequeno crânio repousava numa poça escura, o corpo enfiado nas ferragens até quase a metade do peito, o casaco de lã impregnado de gasolina e chuva. Diane juntou suas derradeiras forças e foi em frente.

– Não vá lá.

Uma mão a segurava.

– Não vá. Não deve ver isso.

Diane olhava o homem sem compreender. Uma outra voz ressoava à sua esquerda:

– Não há mais nada que a senhora possa fazer.

Cada som se diluía no redemoinho da tempestade. Ela não entendia o significado das palavras. Uma outra voz:

– Já vi de tudo... Meu Deus... É inacreditável que a senhora não tenha sofrido nada... O seu cinto de segurança é que deve tê-la salvo.

Desta vez Diane captou o sentido implícito das palavras. Libertou-se das mãos que a retinham e voltou ao seu carro. Contornou o veículo, apoiando-se na carroceria ardente, até alcançar a porta direita traseira do Toyota. Com grande esforço, conseguiu abri-la. Observou com atenção o banco alto, coberto de vidro moído.

O cinto de policarbonato repousava, intacto, ao lado do assento.

Diane não fechara o cinto de Lucien.

Por inadvertência, matara seu filho.

Dentro de si desencadeou-se uma tormenta. Raios. Um turbilhão de eletricidade.

O solo se ergueu: era ela que caía de joelhos.

Não conseguia mais pensar, não tinha mais consciência, mais nada. Não percebia mais que o martelar de seus anéis se misturando ao sangue e à chuva, à medida que ela batia no próprio rosto com os dois punhos cerrados.

Capítulo 8

O quarto de reanimação era constituído de três paredes envidraçadas voltadas para o corredor, por sua vez estriado pelas divisórias translúcidas dos outros quartos. Diane estava sentada no escuro. Vestia jaleco, boné e uma máscara de papel, e permanecia imóvel diante do leito cromado. Como se hipnotizada por ele. Hipnotizada por esse arco metálico quadriculado de fios e aparelhos, ao fundo do qual repousava Lucien.

Uma sonda de entubação ligada a um respirador artificial entrava pela boca do menino. Preso à mão direita, o tubo de uma incisão levava às seringas elétricas que permitiam, conforme lhe explicaram, injetar um tratamento dosado em mililitros e controlado quase que a cada minuto, durante as 24 horas do dia. No braço esquerdo, um cateter controlava a pressão, enquanto uma pinça, que brilhava no escuro como um rubi, prendia um de seus dedos e avaliava sua resposta à "saturação de oxigênio".

Diane sabia que havia também eletrodos, em algum lugar sob os lençóis, que vigiavam os batimentos do coração. Ela também não via – e era bom que fosse assim – os dois drenos enfiados sob o grande curativo do crânio. Seus olhos se detiveram, como por reflexo, sobre a tela suspensa à esquerda do leito. Ondas e números bem visíveis, verdes e luminosos, controlavam sem cessar a atividade fisiológica do menino em coma.

Cada vez que os contemplava, Diane pensava em uma capela. Um lugar de recolhimento e fervor, onde brilhavam fracamente iluminuras de ícones, cibórios, círios. Essas curvas cintilantes, esses números a quartzo, eram seus próprios círios. As centelhas votivas nas quais havia depositado suas esperanças, suas preces.

Ela vivia quase que permanentemente nesse quarto do setor de neurocirurgia pediátrica do Hospital Necker. Desde o acidente, não havia praticamente dormido ou comido o que quer que fosse. Também não tomara nenhum calmante. Contentava-se em ruminar, cada vez mais, as mínimas lembranças – cada minuto, cada detalhe acontecido após a colisão.

A chegada do primeiro veículo de socorro interrompeu sua crise de desespero.

Somente nesse instante parou de se golpear e examinou o caminhão que transpunha, sirenes uivando, o caos de carros parados. Vermelho. Cromado.

Equipamentos nas laterais. Os bombeiros saltaram com roupas de combate ao fogo, enquanto outro veículo já surgia, pelo acostamento, com o emblema da polícia. Os agentes se concentraram no trânsito. Vestidos com impermeáveis fosforescentes cor de laranja, balizaram a estrada e canalizaram o fluxo de veículos para a fila da extrema direita – a única que a carroceria do caminhão não bloqueava.

Diane colocara-se em pé, junto ao Toyota. Os bombeiros a empurraram para o lado com rispidez e encharcaram o veículo com espuma carbônica. Espantada, sentia-se cercada por um número cada vez maior de motoristas, de murmúrios, de ruídos da chuva. Mas não ouvia nada, a não ser suas próprias palavras, que lhe martelavam a consciência: "Matei meu filho. Matei meu filho..."

Virou-se na direção do caminhão e percebeu, entre as silhuetas que atravessavam a claridade do túnel abrigadas sob capuzes, um homem com roupa de couro que fugia do local exato onde o menino estava encaixado. Por instinto, caminhou na direção dele. O bombeiro mergulhou na cabine de seu veículo para apanhar um radiotransmissor. Quando Diane estava a alguns metros dele, pôde ouvi-lo gritar, VHF na mão:

– Temos um acidente aqui, na porta de Passy... Cadê a porra da unidade médica?

Ela transpôs as finas agulhas da chuva. O homem berrava:

– Há uma vítima. Um menino. Sim... Ele respira, mas...

O bombeiro não acabou a frase. Largou o aparelho e correu em direção ao furgão que acabava de surgir sob as colunas de água. Diane percebeu as letras que brilhavam sobre a carroceria: SAMU de Paris, SMUR, Necker 01. Todos os circuitos de seu ser se inverteram. Um segundo antes ela flutuava, petrificada, vazia, quase morta. Acompanhava agora cada detalhe, o coração aos saltos, vendo os homens da SAMU, equipados com grandes mochilas, acorrerem. Uma esperança. Havia uma esperança.

Seguindo-os de perto, conseguiu contornar a fileira de policiais. Encolheu-se o mais perto possível da cabine da carreta. Uma extensa camada de óleo e gasolina se estendia sobre o asfalto, recusando-se a se misturar com a água da chuva. Os vapores alaranjados das luminárias formavam desenhos na sua superfície. Todos os homens estavam curvados sobre um mesmo ponto. Diane não via mais seu filho.

Aproximou-se e tentou enxergar melhor. Seu corpo tremia, mas um vigor dentro dela controlava seu ser, forçando-a a observar sempre. Por fim, avistou a silhueta frágil. Suas pernas cederam quando percebeu o crânio ferido, no meio de uma poça escura. Por entre os cabelos arrancados, conseguiu ver uma meia-lua de carnes vermelhas, nuas, vivas. Caiu sobre um joelho e surpreendeu, uma vez no chão, um homem encolhido sob o chassi do caminhão, perto de Lucien. Ele vociferava no rádio:

– OK. Temos uma contusão cerebral. Bilateral, sem dúvida. Sim. Preciso de um pediatra com urgência. Com a máxima urgência. Você aí, anotou?

Diane apertou os lábios. As palavras se imprimiam em sua carne. O médico saiu da gruta de aço. Usava um jaleco branco muito mais comprido do que seu casaco.

– Coma, sim... Escala de Glasgow...

Com a rapidez de um raio, abriu os olhos da criança, tateou seu pescoço, apalpou seus pulsos:

– ...em quatro.

Abriu mais uma vez os olhos do menino.

– Confirmo: escala de Glasgow em quatro. O pediatra já saiu? – Examinando rapidamente o braço direito de Lucien, acrescentou: – Ele tem também uma fratura exposta no cotovelo direito – Remexeu nos cabelos ensangüentados. – Uma ferida no couro cabeludo. Sem gravidade. Seqüência do relatório em dez minutos.

A seu lado, um enfermeiro abria o velcro de uma mochila, enquanto outro colocava cobertores dobrados entre a criança e a lataria retorcida. Bombeiros estendiam toldos de plástico para se protegerem da chuva. Ninguém parecia reparar em Diane.

O médico agora massageava as mandíbulas de Lucien, desnudando, com extrema precaução, seu pescoço. Um dos enfermeiros colocou um apoio sob sua cabeça.

– OK. Vamos entubá-lo.

Um tubo transparente materializou-se na sua mão e ele imediatamente deslizou-o pela boca entreaberta. O segundo enfermeiro já introduzia um cateter na mão esquerda de Lucien. Esses homens pareciam governados pelos reflexos condicionados da urgência e da experiência.

– O que está fazendo aqui?

Diane ergueu os olhos. O médico não lhe deu tempo de responder, como se tivesse adivinhado, através da chuva, a resposta em seu olhar – lido sua tristeza nas aparas de ouro de sua íris.

– Que idade ele tem? – perguntou.

Ela balbuciou uma frase ininteligível, depois repetiu mais alto, encobrindo o martelar da chuva sobre o oleado:

– Seis ou sete anos.

– Seis ou sete anos? – gritou o médico. – Você está gozando com a minha cara?

– É meu filho adotivo... Eu... eu acabo de adotá-lo. Faz algumas semanas.

O homem abriu a boca outra vez, hesitou, e desistiu de responder.

Abriu o casaco de Lucien, tirou seu pulôver. Diane sentiu um nó no estômago. O peito do menino estava preto. Ela levou alguns segundos para entender que não se tratava de sangue: era apenas óleo. Com a ajuda de uma gaze, o médico limpou o tórax. Sem levantar o olhar, perguntou:

– Ele tem antecedentes?

– De quê?

Ele colocava pastilhas adesivas sobre o peito nu.

– Alguma doença? – rosnou. – Algum problema de saúde?

– Não.

Ele pinçava as pastilhas com eletrodos.

– Você o vacinou contra tétano?

– Sim. Há duas semanas.

Ele estendeu os fios ao segundo enfermeiro, que, em seguida, conectou-os à parte de trás de uma caixa revestida de lona preta. O médico envolvia já o bíceps do menino na braçadeira do medidor de pressão. Um bip ressoou. Ele estendeu novos cabos ao enfermeiro, que os conectou a um outro equipamento.

Um bombeiro apareceu sob o toldo. Usava enormes luvas de lona e uma jaqueta com capuz. Atrás dele, um caminhão aproximava-se lentamente, em marcha a ré. Na lateral estava escrito: RESGATE. Outras silhuetas avançavam, segurando instrumentos estranhos, ligados a cabos a ar comprimido, empurrando macacos hidráulicos sobre rodas, enquanto outros ainda, com equipamentos contra fogo, se postavam em semicírculo, mangueiras e extintores na mão. Um ataque em regra estava sendo preparado.

– Começamos?

O médico, rosto estriado de suor, não respondeu. Novos rasgões de velcro ressoaram. Uma tela apareceu nas mãos do enfermeiro. Luzes verdes brilharam: traços, números. Para Diane, era como se o impossível acontecesse. A linguagem da vida oscilava sobre esse monitor. A vida de Lucien.

– Começamos? – gritou o bombeiro. – Sim ou não, porra?

O médico dirigiu o olhar para o bombeiro de roupa acolchoada:

– Não, não começamos. Vamos esperar o pediatra.

– É impossível – Apontou o chão cintilante de gasolina. – Em um minuto vamos todos...

– Estou aqui.

Um novo personagem acabava de deslizar sob o toldo de oleado. Hirsuto, lívido, vestido com menos elegância ainda do que o primeiro médico. Os dois trocaram um discurso ininteligível de abreviações e iniciais. O pediatra curvou-se sobre Lucien e entreabriu suas pálpebras:

– Merda.

– O que foi?

– A midríase. A pupila está dilatada.

Um breve silêncio instalou-se entre os homens. O bombeiro deu meia-volta. Os engenhos mecânicos se aproximavam inexoravelmente.

– OK – disse por fim o novo médico. – Sedação geral. Um Pentotal. Onde está o rádio?

Enquanto o primeiro médico e os enfermeiros se agitavam, ele pegou o transmissor e encheu o ar de vociferações:

– Novo relatório sobre o acidente. Preparem o bloco neurocirúrgico. Temos forte suspeita de hematoma extradural. Repito: um hematoma num dos dois hemisférios! – Pausa. – Temos uma lesão neurocirúrgica e uma contusão cerebral. – Nova pausa. – Mas não sei! A midríase já está lá, é tudo. Merda: é uma criança. Ele ainda não tem sete anos. Daguerre. Precisamos de Daguerre no bloco cirúrgico! Ninguém mais!

O bombeiro reapareceu. O médico socorrista fez um breve sinal de concordância. Em alguns segundos, uma nova organização assumiu o local. Os enfermeiros protegeram o menino com cobertores de feltro, almofadas de tecido. Mais adiante, as lâminas dos macacos deslizavam sob o chassi do caminhão.

– Precisa sair daí – sussurrou o primeiro médico para Diane. Ela olhou para ele, espírito vazio, depois concordou, absorta. A última visão que teve de Lucien foi a de um perfil emoldurado de pranchas e cobertores, com óculos de tecido acolchoado sobre os olhos.

Um assovio cortante ressoou no quarto. Diane levou um susto. Quase no mesmo instante uma enfermeira apareceu. Sem sequer olhar para a jovem, ela suspendeu uma nova bolsa de cloreto de sódio na estrutura metálica e a prendeu.

– Que horas são?

A enfermeira virou-se. Diane repetiu:

– Que horas são?

– Vinte e uma. Pensei que já tivesse ido embora, senhora Thiberge.

Ela respondeu com um vago sinal de cabeça, depois fechou os olhos. Logo suas pálpebras arderam, como se qualquer repouso lhe fosse proibido. Quando as reabriu, a mulher tinha desaparecido. Uma vez mais suas lembranças a arrancaram do presente.

– Tem certeza que não quer ir à minha sala?

Diane olhava o doutor Eric Daguerre, em pé próximo à parede do negatoscópio. Sobre o painel de luz estavam as radiografias e tomografias do crânio de Lucien. As imagens se refletiam no rosto do cirurgião.

Ela fez que não com a cabeça e disse, com uma voz inexpressiva:

– Como foi?

A operação havia durado mais de três horas. O médico enfiou as mãos nos bolsos do jaleco.

– Fizemos o que foi possível.

– Por favor, doutor. Quero que me dê uma resposta precisa.

Daguerre não tirava os olhos dela. Todos a haviam prevenido: ele era o melhor neurocirurgião do Hospital Necker. Um virtuose que já havia recuperado dezenas de crianças das margens sem retorno do coma. Ele foi direto:

– Seu filho sofreu um hematoma extradural. Uma bolsa de sangue situada no hemisfério direito. – Apontou a área sobre uma das radiografias. – Abrimos a têmpora para chegar ao hematoma. Aspiramos o sangue coagulado de toda essa região. É o que chamamos de hemóstase. Tornamos a fechar, deixando um dreno de aspiração, pelo qual serão expelidos os resíduos de sangue. Sob esse ponto de vista, foi tudo bem.

– Sob esse ponto de vista?

Daguerre aproximou-se do vidro iluminado. Era impossível dar-lhe uma idade precisa – entre trinta e cinqüenta anos. Seus traços duros eram de uma palidez extrema, mas sua tez não evocava doença. Ao contrário: constituía uma espécie de luz. Uma claridade decisiva, que jorrava de todo o seu rosto.

Bateu com o indicador nas têmporas.

– Lucien sofre de outro traumatismo. Uma contusão bilateral, contra a qual não podemos fazer grande coisa.

– Alguma região do cérebro está em perigo?

O cirurgião fez um gesto vago.

– Impossível dizer. No momento, nosso problema é de outra ordem. O cérebro, como qualquer parte do corpo, tem tendência a inchar sob o efeito de um choque. Ora, a caixa craniana é fechada: ela não permite qualquer dilatação. Se o órgão se comprimir com muita força contra as paredes ósseas, não poderá mais exercer seu papel vital. Isso será a morte cerebral.

Diane apoiou-se contra a escrivaninha. Os reflexos azulados dos negativos oscilavam sobre as feições do médico. O calor da sala, acentuado pela luz de néon, era insuportável.

– O senhor... o senhor não pode fazer nada?

– Implantamos sob o crânio um segundo dreno, que nos permite sondar o tempo todo a pressão do cérebro. Se ela aumentar, abriremos o dreno e retiraremos alguns mililitros do líquido cefalorraquidiano. É a única maneira de aliviar o órgão.

– Mas o cérebro não vai se dilatar indefinidamente?

– Não. Essas crises vão se atenuar, depois desaparecer. Cabe a nós geri-las, até o momento de as coisas retomarem seu curso normal.

– Doutor, seja franco: Lucien... quero dizer... ele pode sair dessa? Recuperar a consciência?

Novo gesto vago.

– Se a pressão intracraniana diminuir rapidamente, isso será possível. Mas se as dilatações se repetirem com muita freqüência, nada poderemos fazer. A morte cerebral será inevitável. – Fez-se um silêncio. Daguerre concluiu: – É preciso esperar.

Há nove dias Diane esperava.

Há nove dias, toda noite ela acabava voltando para casa, trocando uma solidão por outra, em seu apartamento da rua Valette, perto da praça do Panthéon, cuja desordem não lhe trazia mais do que a imagem de seu próprio abandono.

Atravessou o pátio principal do hospital. O *campus* formava uma verdadeira cidade, com seus prédios, suas lojas, sua capela. Durante o dia reinava nesses lugares uma agitação enganosa, que fazia com que quase fosse esquecida a razão de ser daqueles prédios – o atendimento, a doença, a luta contra a morte. Mas à noite, quando o espaço se abandonava ao silêncio e à solidão, os edifícios reencontravam seu orgulho fúnebre e pareciam rodeados ao máximo pela inquietude, pelas doenças, pelo aniquilamento. Ela tomou a última alameda que conduzia à porta principal.

– Diane.

Ela parou e apertou os olhos.

Sobre os globos de luz do gramado, recortava-se a sombra de sua mãe.

Capítulo 9

– Como ele está? – perguntou Sybille Thiberge. – Posso subir para vê-lo?

– Faça o que quiser.

A pequena silhueta, sempre aureolada por seu coque muito claro, retrucou com brandura:

– O que houve? Cheguei tarde? Você me esperava mais cedo?

Diane fixava um ponto vago, distante, muito além de Sybille. Finalmente falou, olhando a interlocutora do alto – ela a ultrapassava em uns bons vinte centímetros:

– Sei o que você acha.

– E o que é que eu acho?

Imperceptivelmente, a voz de Sybille aumentara de tom. Diane afirmou:

– Você acha que eu jamais deveria ter adotado essa criança.

– Fui eu que lhe indiquei essa solução!

– Foi Charles.

– Falamos juntos.

– Pouco importa. Você não apenas acha que eu seria incapaz de criá-la, de fazê-la feliz, como também que sem sombra de dúvida a matei.

– Não fale desse jeito.

– Não é verdade, por acaso? – gritou Diane de repente. Não fui eu que não prendi o cinto? Que me ferrei na derrapagem?

– O motorista do caminhão dormiu no volante. Ele próprio admitiu. Você não foi responsável por nada.

– E a bebida? Se Charles não estivesse lá para mudar os resultados do teste de álcool, talvez eu estivesse no xadrez!

– Minha querida, fale baixo.

Diane inclinou a cabeça e apalpou os curativos que lhe cobriam a testa, as têmporas. Sentia-se quase desmaiando. A fome e a fadiga estavam acabando com o seu equilíbrio. Tomava a direção do portão, sem sequer se despedir da mãe, quando, bruscamente, retornou e disse:

– Quero que saiba de uma coisa.

– Que coisa?

Duas enfermeiras passaram empurrando uma maca. Distinguia-se vagamente um corpo, sob um cobertor, ligado a um frasco de soro.

– Quero que saiba que tudo isso é culpa sua.

Sybille cruzou os braços, pronta para o enfrentamento.

– Como é fácil – respondeu ela.

Diane subiu outra vez o tom:

– Você nunca se perguntou por que eu estava naquele estado? Por que minha vida era um naufrágio daqueles?

Sybille adotou um tom irônico:

– Não, é claro. Vejo minha filha afundar há quinze anos, mas não dou a mínima bola para isso. Eu a faço consultar todos os psicólogos de Paris, mas apenas para salvar as aparências. Esforço-me para falar com ela, para tirá-la de seu mutismo, mas é só para ficar com a consciência tranqüila. – Ela gritava agora. – Sou eu que procuro há anos a filha que nunca me visita! Como você pode dizer uma coisa dessas?

Diane riu com desprezo:

– É a velha história de enxergar um defeito no outro.

– O que está dizendo?

– Que o macaco não enxerga o próprio rabo.

Houve um novo silêncio. As folhas murmuravam no escuro. Sybille não parava de mexer nos cabelos, sinal claro de sua perturbação.

– Você fala demais, minha querida – disse ela. – Explique-se.

Diane foi tomada de uma vertigem. O passado viria finalmente à luz.

– Fiquei daquele jeito por sua causa – sussurrou. – Por causa de seu egoísmo, de seu desprezo radical por tudo o que não se refira a você...

– Como pode me julgar assim? Criei você sozinha e...

– Falo de sua verdade profunda. Não do papel que você representa na superfície.

– Você conhece minha verdade profunda?

Diane tinha a impressão de seguir uma trilha de fogo. Continuou:

– Tenho a prova do que afirmo...

Um momento de silêncio. Um momento de alerta. A voz de Sybille tremeu:

– A... a prova? Que prova?

Diane esforçou-se para falar lentamente: queria que cada sílaba fosse importante.

– O casamento de Nathalie Ybert, em junho de 1983. Foi lá que tudo aconteceu.

– Não estou entendendo. Do que está falando?

– Não se lembra? Isso não me surpreende. Durante um mês nos preparamos, não falávamos de outra coisa. E depois, mal tínhamos chegado lá, você se manda não sei para onde. Me deixa plantada lá, com meu vestido, meus sapatos novos, minhas ilusões de garota...

Sybille parecia incrédula:

– Mal consigo me lembrar dessa história...

Qualquer coisa quebrou-se no corpo de Diane. Sentiu as lágrimas aflorarem e tratou logo de refreá-las.

– Você me deixou na pior, mamãe. Você foi embora não sei com quem...

– Com Charles. Eu o conheci naquela noite. – A voz ficou mais alta de novo. – Seria preciso então que eu sacrificasse minha vida pessoal o tempo todo em seu benefício?

– Você me deixou na pior – repetiu Diane, obstinada. – Você simplesmente me deixou na pior!

Sybille pareceu hesitar, depois aproximou-se, abrindo os braços.

– Escute – disse, mudando de tom –, se essa história feriu você, peço perdão. Eu...

Diane fez um movimento de recuo:

– Não me toque. Ninguém me toca.

Nesse momento, compreendeu que não lhe contaria o acidente. Essa verdade não transporia a fronteira de seus lábios. Ordenou:

– Esqueça tudo.

Sentia-se mais dura do que o aço, rodeada de partículas de força. Esse era o único benefício de sua provação de outrora: uma tristeza, uma angústia que pouco a pouco se transformara em cólera fria, no domínio de si mesma. Com a cabeça indicou o bloco de cirurgia infantil – as janelas fracamente iluminadas do serviço de reanimação.

– Se você ainda tem lágrimas, guarde-as para ele.

Quando virou as costas, pareceu-lhe que o ruído das árvores a envolvia com um manto maléfico.

Capítulo 10

Houve outros dias, outras noites.

Diane não mais os contava. Somente os alertas da sala de reanimação marcavam seu cotidiano. Desde a última discussão com sua mãe, quatro novas midríases haviam ocorrido. Quatro vezes as pupilas do menino tinham ficado fixas, marcando a iminência do fim. A cada crise, os médicos haviam liberado, graças aos drenos, alguns mililitros do líquido cefalorraquidiano e aliviado o organismo. Tinham assim conseguido evitar o pior.

Ela vivia na dependência da palavra dos médicos. Interpretava a menor de suas palavras, a menor de suas inflexões de voz e se censurava asperamente por essa dependência. Somente essas interrogações habitavam seu espírito e vinham importuná-la constantemente, na forma de uma tortura lancinante. Dormia aos poucos, inconsciente a ponto de não mais saber às vezes se vivia ou sonhava. Sua saúde estava em queda livre – e se recusava ainda a tomar qualquer medicamento. Na realidade, essa mortificação acabava por embebedá-la, aturdi-la, como num transe religioso, e lhe permitia não encarar a vida de frente: não havia mais esperança. A vida de Lucien repousava apenas naquela legião de máquinas e numa tecnologia insensível.

Para acabar com isso, seria suficiente apertar o interruptor elétrico.

Naquele dia, por volta das três da tarde, foi seu próprio corpo que desmoronou. Diane desmaiou na escadaria da unidade pediátrica e deslizou de costas um andar inteiro. Eric Daguerre injetou-lhe uma dose de glicose na veia e ordenou-lhe que passasse a dormir em casa. Não adiantava reclamar.

Naquela mesma noite, no entanto, por volta das dez horas, Diane empurrou a porta da unidade médica, obstinada, enraivecida, doente – mas presente. Um pressentimento sombrio a invadia: as horas derradeiras haviam soado. Parecia-lhe que cada detalhe confirmava essa verdade. A atmosfera pesada dentro do edifício. Os néons mortiços do térreo. O olhar distante de um enfermeiro com quem ela cruzou e achou ambíguo. A cada sinal, um presságio: a morte estava lá, muito próxima, a seu lado.

Quando entrou no *hall* do segundo andar, percebeu Daguerre e compreendeu que sua intuição estava certa. O médico aproximou-se. Diane parou.

– O que está acontecendo?

Sem responder, o cirurgião pegou-a pelo braço e conduziu-a para uma fileira de assentos fixos na parede.

– Sente-se.

Ela desmoronou, murmurando:

– O que está acontecendo? Não... não é o fim, não?

Eric Daguerre abaixou-se para ficar da altura dela.

– Acalme-se.

Diane conservava os olhos abertos, mas não o via. Nada via, a não ser o nada. Não era sequer uma visão, era a ausência de qualquer visão, de qualquer perspectiva. Pela primeira vez na vida, Diane não conseguia projetar-se no instante seguinte, visualizar o segundo que sucederia o anterior. Ela já pertencia, à sua revelia, à morte.

– Diane, olhe para mim.

Ela concentrou-se no rosto ossudo do cirurgião. Continuava sem ver nada. Sua consciência não analisava mais as imagens captadas por suas retinas. O médico segurou-a pelos pulsos. Ela abandonou-os a ele – não tinha mais a força de suas fobias.

– Durante sua ausência, esta tarde – murmurou o médico –, Lucien sofreu duas novas midríases. Em menos de quatro horas.

Diane estava atônita, os membros amarrados, congelados de medo. O cirurgião acrescentou, após um minuto de silêncio:

– Sinto muito.

Dessa vez ela fixou o olhar no médico e enxergou-o através de sua cólera.

– Ele ainda não está morto, não é?

– Você não entendeu. Por seis vezes Lucien apresentou os sintomas de morte cerebral. Ele não pode mais voltar ao estado de consciência. E mesmo que imaginássemos um milagre, que ele manifestasse sinais de voltar a si, as seqüelas seriam grandes demais. Seu cérebro está inteiramente comprometido, entende? Não se pode desejar uma coisa dessas; ele teria uma vida vegetativa.

Diane observou Daguerre por alguns segundos. A beleza do médico atingiu-a de repente. Sua voz estava cheia de raiva:

– O senhor quer que ele morra, é isso?

O médico ergueu-se. Ele tremia.

– Você não pode dizer isso, Diane. Não para mim. Eu luto a cada dia, a cada noite, para tirá-los de lá. Pertenço à vida. – Apontou o corredor envidraçado, atrás da porta de vidro. – Pertencemos à vida, nós todos. Não peça que a morte exista entre nós.

Ela jogou a cabeça para trás e fechou os olhos. Seu crânio bateu na parede. Uma, duas, três vezes. O calor a sufocava. A claridade dos tubos fluorescentes, através de suas pálpebras, queimava-lhe as íris. Sentia seu corpo desmoronar, abrir-se num buraco negro e aspirar sua consciência nessa queda.

Entretanto, num último esforço, conseguiu levantar-se. Sem uma palavra, pegou a bolsa e dirigiu-se ao serviço de reanimação. O serviço dos pequenos corpos imóveis.

Do outro lado da porta tudo estava deserto.

Diane deslizou para o quarto de Lucien, tirou os óculos e caiu de joelhos. Cabeça enfiada nos lençóis, numa das extremidades do leito, explodiu em lágrimas. Com uma violência inesperada. Era a primeira vez, desde o acidente, que seu corpo lhe concedia essa libertação. Seus músculos se soltaram, seus nervos relaxaram. Os soluços a sufocavam, a tristeza a asfixiava, mas também sentia abrir-se nela um consolo, um prazer surdo, como uma flor nefasta que anunciasse o último apaziguamento.

Sabia que não sobreviveria à morte de Lucien. Essa criança fora sua última oportunidade. Se desaparecesse, Diane renunciaria à vida. Ou seria a sua razão que voaria em pedaços. De uma maneira ou de outra, ela tomaria uma decisão.

De repente, sentiu uma presença. Ergueu o olhar corroído pelo sal de suas lágrimas. Sem óculos, nada via, mas tinha uma certeza: na quase escuridão, havia alguém.

Então, docemente, misteriosamente, uma voz falou:

– Posso fazer alguma coisa pela senhora.

Capítulo 11

Diane enxugou os olhos com a manga e colocou os óculos. Havia um homem em pé, a poucos metros de distância. Ela entendeu que ele já estava no quarto no momento em que entrara. Tentou recuperar a lucidez.

O homem aproximou-se. Era um verdadeiro gigante, avizinhando os dois metros de altura, vestido com um jaleco branco. Seu pescoço enorme era coroado por uma cabeça igualmente grande, coberta por uma cabeleira branca. A luz tênue do corredor iluminava fracamente seu rosto. Tinha a pele vermelha, as feições vagas de uma estátua erodida. Uma certa mansidão emanava de seu aspecto. Diane observou os cílios longos e curvos.

– Posso fazer alguma coisa pela senhora – voltou a dizer, olhando na direção do menino. – Por ele.

A voz era calma, em harmonia com as feições, e possuía um leve sotaque.

Passaram-se ainda alguns segundos, antes que Diane dominasse a surpresa.

Percebeu o crachá, preso no jaleco.

– O senhor... O senhor trabalha aqui? – perguntou.

Ele avançou um passo. Não obstante seu volume, seus movimentos não provocavam qualquer ruído.

– Meu nome é Rolf van Kaen. Sou o anestesista-chefe. Venho

de Berlim. Hospital pediátrico Die Charité. Desenvolvemos um programa franco-alemão com o doutor Daguerre.

Seu francês era fluente, polido como um seixo conservado muito tempo dentro do bolso. Diane levantou-se e apossou-se da única cadeira existente. Atirou-se nela pesadamente. Nenhuma enfermeira passava pelo corredor.

– O que... o que o senhor está fazendo aqui? – perguntou ela. – Quero dizer: neste quarto?

O médico pareceu refletir, pesar bem suas palavras.

– A senhora foi informada esta noite da evolução do estado de saúde de seu filho. Eu mesmo li os resultados. – Deteve-se, depois continuou: – Acredito que a preveniram. Do ponto de vista da medicina ocidental, não há mais esperança.

– Do ponto de vista da medicina ocidental?

Diane arrependeu-se imediatamente da pergunta. Interrompera a reflexão do médico com pressa excessiva.

– Podemos tentar outra técnica – prosseguiu o alemão.

– Que técnica?

– A acupuntura.

– Caia fora. – Diane assoviou. – Não sou assim tão crédula. Pelo amor de Deus, caia fora, antes que eu mesma o expulse daqui.

O anestesista continuava imóvel. Sua robustez de dólmen se destacava no reflexo dos vidros.

– Minha posição é difícil, senhora – murmurou. – Não tenho tempo para convencê-la. Mas seu filho dispõe de menos tempo ainda...

Diane surpreendeu na entonação uma inflexão natural, espontânea, que a tocou. Era a primeira vez que uma voz evocava sem embaraço nem condescendência a relação mãe-filho entre ela e Lucien. O médico prosseguiu:

– A senhora sabe o que seu filho tem, não é mesmo?

Ela baixou a cabeça e balbuciou:

– Afluxos de sangue que...

– Vêm asfixiar seu cérebro, sim. Mas sabe de onde provêm esses afluxos?

– Do choque. O choque do acidente. O hematoma provoca esse fenômeno e...

– Certo. Mas mais profundamente? Sabe o que motiva essa corrente de sangue? Qual é a força que impulsiona a hemoglobina para o cérebro?

Ela ficou em silêncio. O médico curvou-se.

– E se eu lhe disser que posso agir sobre esse movimento? Que posso apaziguar esse impulso?

Diane esforçou-se para falar com calma, mas era melhor acabar logo com aquilo:

– Escute. O senhor sem dúvida tem boas intenções, mas meu filho está sendo tratado aqui pelos melhores médicos. Não vejo como...

– Eric Daguerre trabalha com os fenômenos mecânicos da vida. Eu posso agir sobre outra vertente, sobre a energia que ativa esses mecanismos. Posso atenuar a força que drena o sangue de seu filho e o mata progressivamente.

– O senhor pode dizer o que quiser.

– Escute!

Diane sobressaltou-se. O médico havia quase gritado. Ela lançou um olhar para o corredor: ninguém. O andar nunca lhe parecera tão deserto, tão silencioso. Começava a sentir um medo confuso. O alemão prosseguiu, mais baixo:

– Quando a senhora olha um rio, vê a água, a espuma, as ervas que se agitam mo meio da corrente, mas não vê o principal: o fluxo, o movimento, a vida do curso d'água... Quem ousaria afirmar que o corpo humano não funciona do mesmo modo? Quem ousaria dizer que, sob a complexidade da circulação sangüínea, das pulsações cardíacas, das secreções químicas, não existe uma corrente única que anima tudo isso: a energia vital?

Ela mais uma vez sacudiu a cabeça. O homem estava a poucos centímetros. O diálogo entre eles assumia uma ressonância de confessionário:

– Os rios têm suas fontes, suas redes subterrâneas, invisíveis ao olhar. A vida humana possui também suas origens secretas, seus lençóis freáticos. Toda uma geografia profunda que escapa à ciência moderna, mas que se organiza no interior de nosso corpo

Diane permanecia imóvel, o rosto mergulhado na sombra. O que o homem ignorava era que ela conhecia esse discurso: quantas vezes havia escutado seus mestres de wing-chun falar sobre o *chi*, a energia vital, o *yin* e o *yang* e esses truques todos! Mas ela não ligava para isso. Ao contrário, seu triunfo sobre os tatames demonstrava a vacuidade dessas teses: era possível ser uma campeã de boxe shaolin e desprezar totalmente esses valores. No entanto a voz se instilava na sua consciência:

– A acupuntura pertence à medicina tradicional chinesa. Uma medicina muitas vezes milenar, que não repousa sobre crenças, mas sobre resultados. É sem dúvida a mais empírica das medicinas, porque jamais alguém pôde explicar o porquê de sua eficácia. A acupuntura age diretamente sobre as redes de nossa fonte vital, o que chamamos de meridianos. Senhora, peço-lhe que confie em mim: posso deter o processo de contusão de seu filho. Posso limitar a hemorragia que está por matá-lo!

Diane olhou o corpo de Lucien. Minúscula silhueta envolta em bandagens, gesso e fios, ele parecia agora esmagado, controlado por uma maquinaria hostil – desumana, já num sarcófago complexo e futurista. Van Kaen continuava a murmurar:

– O tempo urge! Se não confia em mim, confie no corpo humano. – Endireitou-se e olhou para Lucien. – Dê-lhe tudo o que for possível. Quem pode saber como ele reagirá?

Diane passou a mão pelos cabelos – eles estavam molhados de suor. Suas referências e suas certezas cintilavam em sua cabeça, como taças de cristal sob o efeito de uma onda insidiosa.

Um som áspero e surdo elevou-se no quarto. Diane levou um décimo de segundo para compreender que se tratava de sua própria voz:

– Vamos lá, meu caro. Tente o seu truque. Traga-o de volta!

Capítulo 12

Ao primeiro toque do telefone, Diane compreendeu que estava no meio de um sonho. Ela via o médico alemão afastar os lençóis e a seguir desenrolar as ataduras de Lucien. Ele tirava os fios, os eletrodos, liberava o braço da fôrma de gesso. O menino agora estava nu. Só o curativo da cabeça e a perfusão o ligavam à medicina ocidental.

Ao segundo toque, acordou.

No silêncio que se seguiu ao trinado eletrônico, ela foi tomada por um clarão de lucidez. Seu sonho não era um sonho. Ou, pelo menos, ele se alimentava de um fato real. Ela revia distintamente a silhueta de Rolf van Kaen, que apalpava, massageava, alisava cada membro de Lucien. Seu rosto estava inclinado, atento. Diane, naquele momento, teve a seguinte sensação: o acupunturista "lia" o corpo magro e pálido. Ele o decifrava, como se conhecesse um código ignorado pelos outros médicos. Um diálogo silencioso se instaurava entre esse gigante de cabelos brancos e o menino inconsciente, quase morto, mas que parecia ainda poder murmurar alguns segredos a um iniciado.

Van Kaen pegara suas agulhas e as espalhara sobre a epiderme de Lucien. À medida que ele as picava no peito, nos braços, nas pernas do menino, essas pontas pareciam se iluminar, se revestir da luz verde da tela de vigilância, que dominava o cenário. Na extremidade do leito, Diane estava vencida. Esse corpo tão debilitado, branco como giz, espetado por agulhas que brilhavam como pirilampos no escuro...

Terceiro toque.

Na penumbra, Diane percebeu as reproduções de quadros que decoravam seu quarto: os quadrados pastel de Paul Klee, as simetrias mais vivas de Piet Mondrian. Baixou os olhos para a mesinha-de-cabeceira. O despertador marcava 3:44. Sua certeza voltou com força. Cinco horas antes, um médico misterioso praticara uma sessão de acupuntura em seu filho. Antes de desaparecer, dissera simplesmente: "É uma primeira etapa. Vou voltar. Essa criança precisa viver, compreende?"

Quarto toque.

Diane encontrou o telefone e o tirou do gancho.

– Alô.

– Senhora Thiberge?

Reconheceu a voz de uma das enfermeiras, a Sra. Ferrer:

– O professor Daguerre pediu-me para informá-la.

O tom era de uma neutralidade absoluta, mas Diane percebia a hesitação da enfermeira.

– É o fim, não é? – gemeu.

Houve um breve silêncio e depois:

– Ao contrário, senhora. Tivemos um sinal de recuperação.

Diane sentiu afluir nela uma indescritível força de amor.

– Um sinal de que ele está saindo do coma – prosseguiu a enfermeira.

– Quando?

– Há cerca de três horas. Fui eu que reparei que os dedos dele se mexiam. Chamei os plantonistas para que vissem por si mesmos. Eles são categóricos: Lucien mostra sinais de retorno à consciência. Chamamos o professor Daguerre. Ele me autorizou a avisá-la.

– Contou isso ao doutor van Kaen? – perguntou Diane.

– Quem?

– Rolf van Kaen. O médico alemão que trabalha com o doutor Daguerre.

– Não sei de quem está falando.
– Não tem problema. Estou indo.

No quarto de Lucien, a atmosfera lembrava um velório, mas como ao contrário. Em torno do corpo, falava-se em voz baixa, mas os murmúrios eram animados. E ainda que continuasse a reinar a penumbra, um verdadeiro fervor animava os rostos. Ali estavam cinco médicos e três enfermeiras. Ninguém usava máscara e, na febre do momento, os internos mal tinham se lembrado de vestir os jalecos.

No entanto Diane estava decepcionada. Seu filho continuava na mesma posição, inerte, no fundo do leito. Em sua excitação, ela quase esperara vê-lo sentado, os olhos abertos. Mas os médicos a tranqüilizaram. Diante dos sinais já notados, eles estavam entusiasmados e não conseguiam conter suas próprias esperanças.

Ela olhava o filho e pensava no gigante misterioso. Observou que as bandagens estavam outra vez no lugar, assim como o gesso, os eletrodos e os sensores. Ninguém poderia suspeitar que o alemão havia desnudado esse pequeno corpo e estabelecido um diálogo interior com ele. Tornou a ver as pontas verdes que oscilavam no ritmo de respiração de Lucien, os dedos poderosos fazendo as agulhas girarem na carne.

– Preciso vê-lo – disse ela.
– Quem?
– O anestesista de Berlim que trabalha com vocês.

Houve olhares embaraçados, um silêncio incômodo entre os médicos. Um deles aproximou-se e murmurou, com um sorriso nos lábios:

– O doutor Daguerre é que gostaria de vê-la.

– Lembre-se do que eu lhe disse, Diane. Nada de falsas esperanças. Lucien pode de fato sair do coma, mas ele sofreu danos cerebrais irreversíveis...

O consultório do cirurgião era de um branco uniforme, como irradiado de luz. Até as sombras pareciam mais claras, mais leves do que em qualquer outro lugar. Sentada diante do médico, Diane retrucou:

– É um milagre. Um milagre inacreditável.

Daguerre não parava de brincar com um lápis, num movimento que parecia canalizar todo o seu nervosismo.

– Diane – continuou ele –, estou muito feliz pelo seu filho. O que está acontecendo é com certeza... extraordinário, é verdade. Mas, insisto, é preciso não se alegrar muito depressa. O retorno à consciência pode também revelar traumatismos graves. E esse retorno não é uma certeza.

– Um milagre. Van Kaen salvou Lucien.

– Fale-me desse homem – disse Daguerre, suspirando. – Quais foram exatamente suas palavras?

– Que vinha de Berlim e que trabalhava com o senhor aqui.

– Nunca ouvi falar nele. – O médico pareceu irritado. – Como as enfermeiras deixaram entrar um fanático desses no serviço de reanimação?

– Não havia enfermeiras.

O cirurgião parecia cada vez mais inquieto. As batidas da borracha sobre a mesa ressoavam com regularidade.

– E o que ele fez exatamente com Lucien? Uma sessão clássica de acupuntura?

– Não sei dizer: foi a primeira vez que assisti a esse tipo de manipulação. Ele retirou as bandagens e enfiou agulhas em diferentes partes de seu corpo.

Sem querer, o cirurgião deixou escapar um riso irônico. Diane encarou-o:

– O senhor não deve rir. Repito: esse homem salvou meu filho.

O sorriso sumiu. O médico atacou num tom que misturava calma e recriminação – aquele que se utiliza para trazer uma criança à razão:

– Diane, você sabe quem sou. Conheço o cérebro humano, sob um ponto de vista neurobiológico, como apenas uma dezena de especialistas no mundo.

– Não estou duvidando de sua experiência.

– Escute: o sistema cerebral é de uma complexidade inacreditável. Sabe quantas células nervosas ele abriga? – Prosseguiu, sem esperar pela resposta: – Cem milhões, ligadas entre si por miríades de conexões. Se uma máquina dessas entra em funcionamento, acredite-me, é porque ela vai funcionar de novo. Foi o organismo de seu filho que decidiu por ele, compreende?

– É fácil dizer isso agora.

– Você esquece que fui eu que operei seu filho.

– Me desculpe. – Diane prosseguiu, com mais suavidade: – Doutor, eu lhe peço: me perdoe. Mas estou convencida de que esse médico desempenhou um papel importante na salvação de Lucien.

Daguerre largou por fim o lápis e uniu as mãos. Ajustou sua voz ao mesmo tom da interlocutora:

– Ouça. Não sou um médico obtuso. Eu mesmo já trabalhei no Vietnã.

Abriu um sorriso, como que voltado para o seu interior – para o seu passado, para os seus velhos sonhos.

– Depois da residência, fiz um pouco de humanitarismo. Aí estudei a acupuntura. Você sabe em que se baseia essa técnica? No que consistem os famosos pontos a escolher?

– O homem me falou de meridianos...

– Esses meridianos, sabe a que eles correspondem, fisicamente?

Ela ficou calada. Procurava lembrar-se das palavras do alemão. Daguerre respondeu por ela:

– A nada. Fisiologicamente, esses meridianos não existem. Foram experimentadas análises, radiografias, tomografias. Esses trabalhos nunca deram qualquer resultado. Os pontos de acupuntura não correspondem sequer a áreas particulares da epiderme, contrariamente ao que se diz. Do ponto de vista da fisiologia moderna, o acupunturista espeta as agulhas em qualquer lugar. É tudo bobagem. Conversa fiada.

O discurso de van Kaen lhe veio à cabeça. Ela interveio:

– O médico me falou da energia vital que circula por nosso corpo e...

– E essa energia vital estaria acessível assim – estalou os dedos – à flor da pele? E somente a medicina chinesa teria descoberto a geografia dessa rede? É grotesco.

Bateram à porta do consultório. A Sra. Ferrer entrou. Disse, quase sem fôlego:

– Doutor, encontramos o homem que invadiu a unidade.

Diane iluminou-se. Virou-se completamente, cotovelo apoiado no encosto da cadeira:

– Você falou para ele sobre Lucien? O que foi que ele disse?

A Sra. Ferrer ignorou a pergunta e concentrou-se de novo no médico.

– Há um problema, doutor.

O cirurgião pegou outra vez o lápis e o fez girar em volta do dedo indicador, como o bastão de uma baliza de banda musical. Tentou brincar:

– Um só, tem certeza?

A enfermeira não esboçou sequer um sorriso.

– Doutor, o homem está morto.

Capítulo 13

Diane esperava agora pacientemente no segundo andar do prédio Lavoisier. De acordo com a sinalização afixada na parede, ela se encontrava nos corredores do serviço de pesquisa genética. Por que a tinham levado para lá? Por que genética? Mistério. Mantinha-se em pé, apoiada na parede, mãos cruzadas, e não parava de oscilar entre ondas de alegria, relacionadas com a salvação de seu filho, e abismos de estupor, provocados pela morte de van Kaen. Eram cinco e meia da manhã, e ninguém lhe dissera nada ainda. Nenhuma informação sequer sobre o desaparecimento. Nenhuma palavra sobre como descobriram o corpo.

– Diane Thiberge?

Virou-se na direção da voz. O homem que se aproximava ultrapassava facilmente o metro e oitenta e cinco. Pensou no gigante alemão. Era muito agradável, finalmente, estar rodeada por pessoas do seu tamanho. O recém-chegado acrescentou logo:

– Patrick Langlois, tenente da polícia.

Devia ter uns quarenta anos. Rosto seco, sulcado, barba por fazer.

Inteiramente vestido de preto – sobretudo, casaco, suéter e *jeans*. Os cabelos e a barba que despontava eram de um cinza hirsuto – uma verdadeira palha de aço. Acrescentando-se o contorno vermelho dos olhos, obtinha-se uma espécie de quadro de cores frias. Um

Mondrian – preto, cinza e vermelho – articulado em uma única silhueta esguia e um sorriso de malícia.

Ele acrescentara: “Homicídios.” Diane estremeceu. O tira ergueu a mão, pedindo calma.

– Não entre em pânico. Estou nisso por engano.

Diane teria preferido manter o silêncio, demonstrar que controlava a situação, mas perguntou, sem querer:

– O que você chama de “por engano”?

– Ouça. – Ele juntou as palmas das mãos, como se fosse rezar. – Vamos pela ordem, de acordo? Você vai primeiro me explicar exatamente o que aconteceu naquela noite.

Em poucas frases, Diane resumiu as últimas horas que acabara de viver. O policial anotava suas respostas num pequeno bloco de espiral, com a língua ligeiramente para fora, no canto da boca. A expressão parecia tão incompatível com esse rosto rude que ela presumiu que fosse uma mímica voluntária, uma careta cômica. Mas a língua desapareceu assim que ele acabou de escrever.

– É estranho – exclamou.

Sem largar o bloco, pôs-se a imitar com as mãos os dois pratos de uma balança imaginária e adotou uma voz de comando:

– De um lado, a vida que volta, do outro, a morte que chega e...

Diane lançou-lhe um olhar de espanto. O policial deu um sorriso luminoso, como se a alegria esperasse a primeira oportunidade para saltar em seu rosto.

– Eu devia talvez evitar as frases de efeito...

– Comigo, pelo menos.

Langlois sacudiu os ombros dentro do sobretudo.

– Muito bem. Digamos então simplesmente que estou muito feliz por seu filho.

– Poderia me explicar como van Kaen foi encontrado?

Ele pareceu hesitar. Remexeu os cabelos eriçados, olhou para os dois lados do corredor, depois ordenou, encaminhando-se para o elevador:

– Venha comigo.

Saíram para o ar fresco do amanhecer, contornaram o prédio e se dirigiram para o edifício vizinho. A pequena cidade de Necker começava a se animar. Diane observou grandes caminhões estacionados na alameda central, que descarregavam carrinhos repletos de bandejas com tampas de inox. Ela não imaginava que o hospital trouxesse suas refeições de fora.

O tenente dirigiu-se para outro prédio. Somente as janelas do subsolo estavam iluminadas. Entraram pela porta principal e cruzaram com vários policiais uniformizados. Os habituais eflúvios químicos eram aqui substituídos pelo cheiro de comida. Langlois comentou:

– As cozinhas do hospital.

Apontou uma porta entreaberta e desapareceu atrás dela. Diane seguiu-o. Desceram uma escada estreita e chegaram a um amplo salão no subsolo, com paredes pintadas de azul. O encanamento se estendia de um lado e de outro do espaço deserto. O policial disse, sem se deter:

– No momento, eis o que podemos imaginar. Por volta das onze e meia da noite, o homem que dizia se chamar van Kaen acompanha você até a entrada do prédio de neurocirurgia. Pouco depois faz a volta, atravessa o pátio e se enfia aqui, nas cozinhas. Nessa hora, não há muita gente. Ninguém repara nele.

Langlois continuava a caminhar. Com um gesto largo, afastou uma cortina de lâminas de plástico.

– Ele atravessa esta sala...

As paredes de cimento tinham agora um tom alaranjado. Fornos imponentes, encimados por exaustores exagerados, lançavam cintilações de prata. O policial fez correr um segundo cortinado.

– ...e chega às câmaras frigoríficas.

Abriu-se um corredor de cor verde, pontuado de portas cromadas. O frio se tornava mais intenso. No teto, os néons pareciam estalactites horizontais. A atmosfera nua e colorida do local evocava um conjunto de blocos que teriam as dimensões de um *bunker*.

O investigador deteve-se diante de uma das portas, encaixada em um trilho de ferro lateral. Em cima, à direita, havia a inscrição: PRODUTOS FRESCOS PARA UTILIZAÇÃO IMEDIATA. Dois tiras, com a jaqueta de praxe, montavam guarda. Frisos de cristais mordiam as bordas de seus casquetes. A confusão de Diane não parava de aumentar. Com um gesto, Langlois mandou tirar a faixa amarela que interditava a porta de metal.

Tirou do bolso uma chave e enfiou-a numa fechadura no alto.

– Van Kaen escolheu esta câmara refrigerada.

– Ele... ele tinha uma chave?

– Possuía esta mesma. Ele sem dúvida a roubara do chefe do serviço.

Diane estava apavorada. Ela ainda não fizera a pergunta crucial: como o homem fora morto? O tira acionou o mecanismo de aço. No momento de abrir a porta, ele virou-se para ela e encostou-se na superfície de inox.

– Devo preveni-la: é por demais impressionante. Mas não é o sangue.

– O que quer dizer?

O tenente segurou a alça vertical, curvou-se e fez a porta deslizar sobre o trilho. Um novo sopro gelado atingiu seu rosto. Repetiu:

– Lembre-se disto: não é o sangue.

Com um gesto, convidou-a a segui-lo. Diane deu um passo em frente e parou. Diante das pias de plástico cor de cinza, uma parede de cimento branco estava borrifada de vermelho. Crostas purpúreas se aglutinavam, estrias escarlate raiavam a superfície, respingos escuros apareciam sobre o chão bruto, até a entrada da sala. Essa peça de cinco metros por cinco, abarrotada de caixas plásticas, parecia ter abrigado um verdadeiro massacre. Mas o mais surpreendente – e o mais repugnante – era o potente cheiro de fruta que planava no frio.

Patrick Langlois pegou, do alto de uma pilha de caixas, um pacote envolto em uma película transparente e estendeu o objeto a Diane.

– Airelas. – Fez de conta que estava lendo a etiqueta do embrulho. – Frutas vermelhas. Importadas da Turquia. Após a operação, van Kaen veio aqui para uma orgia de bagas.

Diane avançou pela câmara frigorífica, convencida de que os tremores que sentia eram provocados pelo frio.

– O que... o que significa isso?

O tira sorriu com ar triste.

– Nada além do que acabei de contar. A prioridade de Rolf van Kaen, após sua curta sessão de acupuntura, não foi a de desaparecer, mas sim de vir aqui se banquetear com pacotes inteiros dessas frutas. – Olhou ao redor. – Consumidas da forma mais selvagem possível.

– Mas... do que ele morreu? – indagou ela, balbuciando.

Langlois jogou a caixa plastificada em cima das outras da pilha.

– De indigestão, suponho.

Olhou sua interlocutora nos olhos e continuou:

– Desculpe: não é engraçado. Na verdade, não se conhece ainda a causa da morte. Mas foi, sem dúvida alguma, uma morte natural. O que eu, pessoalmente, considero "natural". De acordo com nossas primeiras observações, o corpo não apresenta nenhum sinal de ferimento. Van Kaen talvez tenha sucumbido a uma crise cardíaca, ao rompimento de um aneurisma ou a alguma doença, não sei o quê.

Langlois apontou a porta entreaberta. Reinava um silêncio angustiante.

– Isso explica por que as cozinhas foram colocadas de quarentena. Imagine o efeito de um cadáver, talvez doente, bem no meio de um lugar desses. É aqui que são preparadas as refeições das crianças. Vindo morrer nesta sala, nosso alemão aprontou uma confusão danada em Necker.

Diane apoiou-se em uma das pias. O odor de frutas e de açúcar lhe subia à cabeça.

– Vamos sair – murmurou ela. – Realmente, lá... não agüento mais...

O vento da aurora revigorou-a um pouco, mas levou algum tempo para recuperar a fala. Por fim, perguntou:

– Por que me contou tudo isso?

Langlois ergueu as sobrancelhas, em sinal de surpresa.

– Porque você está no centro da história! Contra o morto temos o exercício ilegal da medicina, a intrusão no hospital, sem dúvida uma usurpação de identidade... – Estendeu o indicador. – A partir daí, a queixa é sua.

Diane sentia-se mais calma agora. Encontrou a força necessária para dizer:

– Você não entendeu nada, tenente. Esse homem, seja qual for a sua identidade, sejam quais forem as suas motivações, salvou a vida de meu filho. E, a propósito, salvou também a minha. Então, pouco me importa o método utilizado. Minha única tristeza, neste momento, é não poder agradecer-lhe, entende? E não creio que a sua investigação poderá fazer muita coisa a esse respeito.

Langlois esboçou um gesto de indiferença.

– Você entende muito bem o que quero dizer. Há mais de um mistério neste caso. Na minha opinião, a história só está começando. Além do mais, eu...

A estridência de um bip ressoou. O tenente tirou do cinto uma tela minúscula e leu uma mensagem. Estendeu o objeto para Diane e murmurou:

– O que eu estava dizendo?

Capítulo 14

Diane sabia que os acontecimentos eram reais, mas via-os com uma incredulidade que lhe permitia mantê-los a distância, sem assumir completamente sua loucura. Mais tarde, ela os colocaria em ordem. Mais tarde tentaria extrair deles uma lógica. Por ora, captava cada fato, cada informação, com o distanciamento e a impotência de uma pessoa que sonha.

Langlois conduziu-a de novo ao prédio Lavoisier. Dessa vez ficaram no andar térreo. Diane reconheceu logo a sala a que se dirigiam: o espaço do CT SCAN (Computer Tomography Scanner), exatamente onde Lucien fora submetido aos primeiros exames.

Na porta, Diane hesitou – parecia-lhe que lá dentro seria assaltada por lembranças dolorosas. Mas o policial empurrou-a com autoridade e fechou a porta atrás deles. Os terrores que ela temia não apareceram, pelo simples motivo de que a sala mudara totalmente de atmosfera.

Reinava ali uma agitação singular. Diante do console, repleto de monitores e negatoscópios, dois homens de jaleco dedilhavam os teclados dos computadores e materializavam formas coloridas sobre as telas. Do outro lado do vidro, sob uma luz fraca, silhuetas iam e vinham, rodeando o tubo imponente do *scanner*, manipulando instrumentos cromados. Outros desligavam cabos no chão, apagavam os monitores suspensos, reajustavam tubos e estranhos instrumentos ópticos. Era evidente que apagavam os vestígios de sua passagem.

Nenhum deles vestia jaleco branco.

Diane observou outras anomalias. Todos os homens pareciam ter menos de trinta anos e a maior parte ostentava na cintura uma pistola automática, enfiada em um coldre fechado a velcro.

Tiras.

Compreendeu por que a tinham feito esperar no segundo andar do prédio: os policiais haviam instalado ali seu quartel-general. E tinham-se apoderado, por algumas horas, do material de reprodução de imagens médicas. Langlois perguntou-lhe de repente:

– Sabe o que é paleopatologia?

Diane voltou-se para o investigador. Respondeu com voz cansada:

– É uma técnica utilizada em arqueologia, que consiste em colocar uma múmia ou outros vestígios orgânicos em um *scanner*, um instrumento IRM ou em qualquer aparelho de reprodução de imagens, a fim de analisar seus componentes interiores, sem os deteriorar. Tornou-se possível autopsiar, de maneira virtual, corpos mortos há milênios.

– Você é perfeita – disse Langlois, sorrindo.

– Sou cientista. Leio revistas especializadas. Mas não vejo o que...

– Em nosso serviço médico-legal, temos um craque nessa área. Um pequeno gênio capaz de sondar uma múmia sem desenrolar uma bandagem sequer.

Diane lançou um olhar assustado para o outro lado do vidro. Percebia uma forma alongada sob um lençol, no interior da máquina. Murmurou, olhos fixos na mortalha:

– Você quer dizer que escanearam o corpo de...

– Tínhamos o material à mão. – O policial continuava a sorrir. – É interessante encontrar um morto em um hospital.

– Você está louco.

– Com pressa, digamos assim. Graças a esse recurso, pudemos realizar uma autópsia virtual em van Kaen. Vamos agora encaminhá-la ao setor médico-legal. Uma coisa nunca vista, desconhecida.

– Diga-me uma coisa, que espécie de policial você é?

Langlois estava prestes a responder quando a porta que separava as duas cabines se abriu.

– Estávamos enganados. – O tenente virou-se na direção do jovem que acabava de entrar. Cabelos louros ondulados, pele cinzenta, olhar apagado: parecia um charuto consumido. Ele repetiu: – Nós estávamos enganados, Langlois.

– O quê?

– Foi homicídio. Um homicídio espantoso.

O policial olhou para Diane. Ela pensou ter lido seus pensamentos e disse:

– Você decidiu me carregar de um lado para outro. Assuma então seus métodos. Não vou sair desta sala.

Pela primeira vez as feições do tira se contraíram, mas se abrandaram um instante depois. Passou as duas mãos no rosto, como para recompor uma máscara de malícia.

– Você tem razão. – E, voltando-se para o médico-legista: – Explique-se.

– Quando começamos as tomadas tomográficas do peito, esperávamos descobrir sinais de necrose na região. Uma superabundância de enzimas cardíacas e outras indicações de enfarto...

– Chega de conversa fiada. O que foi que descobriu?

O legista pareceu ficar desconcertado. Ao mesmo tempo, havia nele qualquer coisa de duro, de incorruptível. Suas pálpebras bateram rapidamente, e ele soltou a bomba:

– O cara teve o coração rebentado. O sangue concentrou-se no órgão, a ponto de explodir os tecidos.

Langlois enrubesceu, revelando dessa vez sua verdadeira natureza de caçador:

– Mas que merda! Você me disse que não havia nenhum ferimento!

O médico baixou a cabeça. A sombra de um sorriso passou sob suas mechas louras.

– E não há. Tudo aconteceu no interior. No interior do corpo – Apontou o computador. – Você precisa ver as imagens.

O tenente ordenou aos outros tiras, sem sequer olhar para eles:

– Desapareçam. TODOS!

A cabine ficou vazia. O legista iniciou o programa de computador, depois estendeu os óculos de plástico fumê a Diane e Langlois.

– É preciso colocá-los: o programa é em três dimensões.

Imitando os dois homens, Diane colocou a armação sobre seus próprios óculos e percebeu o sinistro espetáculo que se apresentava na tela principal.

A imagem em relevo de Rolf van Kaen, peito nu, desprovido de pilosidade, cortado à altura do umbigo. Sentado diante do monitor, o médico começou a exposição:

– Eis a reconstituição da vítima em três dimensões.

O busto girava sobre si mesmo e logo voltava à posição original, como no desenrolar de uma demonstração de infografia.

– Como eu disse – repetiu o cientista –, nos concentramos inicialmente no órgão cardíaco. Quarenta segundos de tomada tomográfica foram suficientes para recriar o relevo de...

– OK, OK. Prossiga.

O médico dedilhou o teclado.

– Veja o que descobrimos...

A partir dos ombros, a carne escaneada desaparecia por etapas. Primeiro as artérias foram destacadas, depois um quadro inteiro de órgãos e fibras, massas de carne avermelhada e de arabescos azuis entrelaçados. Tudo isso girava sem parar, numa espécie de carrossel abjeto. Diane estava repugnada – e ao mesmo tempo fascinada. Ela precisou de apenas um segundo para entender o que o médico queria mostrar: o coração não era mais do que uma explosão fixa de sangue e tecidos. Uma mancha negra espalhada por entre os meandros de veias e alvéolos pulmonares.

– Posso isolá-lo – disse o homem.

Apertou outra tecla e apagou num átimo tudo o que não era vestígio do órgão. O coração destruído apareceu na tela, nitidamente demarcado. Parecia um recife de coral, com galhos escuros e ramificações petrificadas. Um arbusto de pura violência.

– Como é possível alguém fazer uma coisa dessas? – perguntou Langlois, com voz rouca.

A voz do médico-legista mudou, como se viesse de muito longe, do fundo de uma análise fria:

– Fisiologicamente, é muito simples. Basta dobrar a aorta, para impedir que o sangue seja ejetado do coração, como uma mangueira de água, se preferir. A partir daí, o líquido vital, afluindo das veias cavas e das veias pulmonares, entope, até saturar, o órgão cardíaco.

Acionou de novo os comandos do teclado. Os demais órgãos e as redes sangüíneas reapareceram na tela.

– Vê-se nitidamente a torção aqui. – Clicou no cursor. – E aqui – Novo clique.

Langlois parecia incrédulo:

– Como é possível chegar a essa artéria, dentro do peito?

O investigador interrompeu e voltou-se para ele, cruzando os braços como para impedir o acesso de náusea e medo que o ameaçava.

– Isso é o mais terrível: o assassino mergulhou a mão nas vísceras da vítima, até alcançar a aorta.

O médico virou-se de novo para o monitor e deu um novo comando. O peito de van Kaen se reconstituiu, as entranhas se enterraram na carne cinzenta e brilhante. A imagem congelou no eixo do esterno, no alto da cavidade abdominal. Uma fina incisão apareceu.

– Eis o ferimento – continuou a voz. – Ele é tão fino que não havia sido percebido, em meio à pilosidade, por ocasião do exame externo.

– Foi por aí que o assassino enfiou a mão?

– Sem nenhuma dúvida. A ferida não ultrapassa dez centímetros de comprimento. Se levarmos em conta a elasticidade da pele, é ampla o suficiente para que alguém enfie um braço. Com a condição de que a vítima seja um homem baixo. Eu diria, com cerca de um metro e sessenta.

– Van Kaen era um gigante!

– Então foram vários homens. Ou a vítima estava drogada. Não sei.

Curvado sobre a tela, Patrick Langlois ainda perguntou:

– E durante a eventração o sujeito estava vivo?

– Vivo e consciente, sim. A explosão do órgão prova isso. Enquanto o canalha mexia nas vísceras, o coração enlouqueceu e desencadeou seu mecanismo de bombeamento. A saturação do sangue deve ter sido breve e muito violenta.

– Eu esperava um problema – murmurou o tenente –, mas não desse calibre...

No mesmo instante, os dois homens pareceram lembrar-se da jovem. Viraram-se num único movimento.

– Diane, sinto muito – disse Langlois. – De verdade, nós... Diane? Como você está?

Por trás dos óculos escuros, ela permanecia petrificada, os olhos fixos no monitor. Disse com uma voz sem brilho:

– Meu filho. Quero ver meu filho.

Capítulo 15

Ela conhecia esses jardins como seus próprios sonhos.

Em criança, passara todas as suas tardes junto a essa fonte, rodeada por aléias verdejantes. No entanto não sentia saudade especial em relação aos Jardins de Luxemburgo. Parecia-lhe que esse parque lhe trazia simplesmente a paz.

Mais de quarenta e oito horas depois, o milagre acontecera. E os sinais de recuperação de Lucien persistiam. Na véspera, o menino havia mexido várias vezes o indicador e o dedo médio da mão direita. Diane seria até mesmo capaz de jurar que, na sua presença, ele erguera o punho direito. Os exames médicos tinham demonstrado que os sinais da contusão no cérebro diminuíam. E as funções fisiológicas retomavam seu curso normal. Mesmo o doutor Daguerre parecia admitir que o menino daqui para a frente se encaminhava realmente para sair do coma. Já admitia, inclusive, a possibilidade de retirar os drenos nos próximos dias.

Era para Diane explodir de felicidade, mas havia agora esse assassinato, essa violência inexplicável, essas imagens que a haviam aterrorizado diante da tela do *scanner*. Como tinha sido possível tal atrocidade? Por que o homem que salvara seu filho teria de morrer naquelas condições, justamente algumas horas depois de sua intervenção?

– Posso me sentar?

Diane levantou os olhos. O tenente Langlois estava em pé diante dela, vestido do mesmo modo como o encontrara na antevéspera. Sobretudo preto, calça *jeans* preta, camiseta preta. Ela adivinhava que o policial possuía vários exemplares desses conjuntos de roupa jogados no armário. Por outro lado, ele não exalava água-de-colônia, mas um curioso odor de roupa recém-passada. À guisa de resposta, ela se levantou:

– Melhor caminhar, não?

O tira concordou. Diane tomou a direção dos patamares superiores. Três alamedas gramadas que subiam numa encosta suave. Ele comentou, com tom jovial:

– É uma boa idéia, esse local de encontro aqui.

– Para mim é ótimo. Moro ao lado.

Subiram os degraus de pedra. Sob o dia nublado, os caminhos estavam quase desertos. As árvores pareciam acolher com afetação o vento fresco em suas folhagens, como uma mulher que segura a saia ao passar sobre uma grade de metrô. O policial inspirou profundamente e disse:

– Acho que isso nunca me aconteceu antes.

– O quê?

– Abordar uma bela moça sentada num desses bancos.

– Ha, ha, ha... – Diane disse em voz baixa, assumindo um ar entre divertida e aborrecida.

Toda angústia, toda ameaça pareciam ter desaparecido do coração deles. Ela pensou, com alguma repulsa, no egoísmo irredutível dos vivos diante dos mortos. Naquele momento, as folhas polidas, o frescor do vento, os gritos distantes das crianças constituíam seu único presente – e a recordação de van Kaen não pesava muito diante dessa realidade.

– Quando eu dava plantão na escola de detetives – disse o tenente –, fugia todos os fins de semana para assistir a aulas de filosofia na Sorbonne. No fim do dia vinha aqui, nos Jardins de Luxemburgo. Nessa época, eu tinha a impressão de haver escapado a uma catástrofe natural: o desemprego. Mas já enfrentara uma outra catástrofe, ainda pior.

– Qual?

Ele abriu as mãos, em sinal de obviedade.

– A indiferença das parisienses. Caminhava por aqui e as olhava com o canto do olho, sentadas em suas cadeiras de ferro, a ler, aparentando uma superioridade intransponível. E eu me perguntava: "O que dizer para elas? Como abordá-las?"

Diane sorriu, uma tênue linha sobre os lábios, cúmplice da brisa.

– E então?

– Jamais encontrei a resposta.

Ela inclinou a cabeça para o lado e falou em tom de confidência:

– Agora, pelo menos, você pode mostrar sua carteira de policial.

– É isso. Ou chegar com uma patrulha e carregar todo mundo.

Diane deu uma gargalhada. Caminhavam em direção à saída para a rua Auguste-Comte. Adiante, era possível ver outros jardins, mais estreitos, mais escondidos.

– Como vai Lucien? – perguntou Langlois.

– Cada vez melhor. Já constataram reflexos nos quatro membros.

– É realmente fantástico.

Ela o interrompeu:

– A vida. A morte. Você já me disse isso.

Langlois ensaiou um leve sorriso. Seu ar de malícia lhe dava um encanto infantil. Ele prosseguiu, com voz grave:

– Queria contar-lhe as novidades. Identificamos o médico misterioso. Van Kaen era seu verdadeiro nome.

Diane esforçou-se para dissimular a impaciência:

– E quem era ele?

– Ele contou a verdade para você: dirigia o departamento de anestesia do serviço de cirurgia pediátrica do Hospital Die Charité. Uma coisa imensa, do tipo do Necker. Era também titular de uma cadeira de neurobiologia na Universidade Livre de Berlim. Van Kaen organizava seminários sobre a neuroestimulação e sua ligação com a acupuntura. Um verdadeiro astro, ao que parece.

Diane reviu o gigante de cabelos brancos em pé na penumbra do quarto, as mãos que faziam girar as agulhas na carne da criança.

– Onde ele aprendeu a técnica da acupuntura? – perguntou.

– Não sei exatamente. Mas passou cerca de dez anos no Vietnã, na década de oitenta.

Enquanto caminhava, o tenente havia tirado do bolso um bloco, que consultava de vez em quando.

– Van Kaen era um alemão do Leste. De Leipzig. Foi por isso que pôde viajar ao Vietnã, um país então completamente fechado.

– Você quer dizer que ele pôde viver lá por ser comunista?

– Exatamente. Nessa época, para um alemão do Leste era muito mais fácil instalar-se na cidade de Ho Chi-Minh do que fazer seus cursos em Berlim Ocidental. – Patrick Langlois folheou algumas páginas: – Até agora, só há um momento obscuro em sua carreira: entre 1969 e 1972. Ninguém sabe onde esteve nesse período. Com a queda do Muro, ele voltou para a Alemanha e instalou-se em Berlim Ocidental. Não demorou muito para que demonstrasse sua competência e fosse chamado pelo Serviço de Inteligência da antiga República Federal da Alemanha.

Diane voltou ao presente.

– Vocês não têm nenhuma pista para o assassinato?

– Não há um motivo, para dizer o mínimo. Todos o admiravam. A única coisa é que tinha um ar um tanto bizarro.

– Bizarro em que sentido?

– Ele era conquistador. A cada primavera, seduzia suas enfermeiras com a mais estranha das maneiras.

– Como?

– Cantando. Árias de óperas. Esse canto seduzia toda a ala feminina do hospital, ao que parece. Um verdadeiro Casanova. Mas não creio que o ciúme tenha sido o motivo do crime...

– Você acha o quê?

– Um acerto de contas. O pessoal do Oeste vingando suas famílias retidas no Leste, esse tipo de história... Na ocasião, van Kaen já estava noutra, pois vivia no Vietnã. E nada prova que freqüentasse o poder comunista. Mas estou investigando por esse lado.

Transpuseram o alto portão da rua Auguste-Comte e entraram nos jardins do Observatório. Rodeado de perto pelos edifícios, abrigado pelas folhagens, esse parque parecia encolhido na sombra e no frio.

– Na verdade – disse o policial após alguns segundos –, há uma questão que me interessa tanto quanto o assassinato em si; quero saber *por que* esse homem veio tratar seu filho.

Diane estremeceu.

– Você estabeleceu um elo entre o assassinato e Lucien?

– O que você investigaria? Sua intervenção faz parte de um enigma... E ela pode nos ajudar a decifrar melhor o personagem.

– Não vejo como.

Langlois assumiu um tom professoral:

– Temos um médico reputado, uma referência em seu país, que abandona bruscamente seu trabalho, corre para o aeroporto de Berlim a fim de pegar o primeiro vôo para Paris – conseguimos reconstituir precisamente cada etapa de sua viagem. Ao chegar a Roissy, ele se infiltra no hospital Necker, fabrica para si mesmo um crachá falso, apanha chaves, dá-se ao trabalho de chamar as enfermeiras ao andar do doutor Daguerre para melhor se enfiar na unidade de reanimação...

Ela lembrava-se da atmosfera silenciosa do corredor: van Kaen havia então tomado todas as precauções. O tenente prosseguia:

– Tudo isso para quê? Para aplicar sua misteriosa técnica em Lucien, com o máximo de urgência. É a história de um salvamento, Diane. E esse salvamento estava inteiramente centrado no seu menino.

Ela escutava em silêncio. As perguntas de Langlois eram as suas próprias. Por que esse alemão havia se interessado por Lucien? Quem o prevenira de seu estado crítico? Tivera ajuda de alguém de dentro do hospital? O tenente perguntou, como se tivesse seguido mentalmente o pensamento de Diane:

– Alguém de suas relações poderia ter feito contato com ele?

Ela negou prontamente com a cabeça. O policial envolveu-a com um olhar de aprovação. Diane supôs que ele já havia verificado isso. Ele prosseguiu, abrindo o portão do terceiro jardim:

– O pessoal do Necker está sendo interrogado. Os médicos, as enfermeiras. Talvez alguém o conhecesse. Pessoalmente ou simplesmente de ouvir falar. De sua parte, os tiras alemães verificam todos os seus telefonemas, todas as suas mensagens. Uma coisa é certa: ele foi informado logo após a última crise de Lucien, quando os médicos franceses cruzaram os braços.

Continuavam a caminhar sob a sombra impassível das árvores. O leve estalar dos seixos sob os sapatos marcava seus passos.

– Alguma novidade sobre a técnica do crime? – perguntou Diane.

– Não. A autópsia, de fato, confirmou os dados de nosso exame virtual. A violência do assassinato é de deixar qualquer um perplexo. Eu diria tratar-se de um ato... sacrificial, algum artifício desse gênero. Verificamos se existia algum precedente na França. Com certeza, nenhum. Nem um indício, uma pista, nada. A única coisa que a autópsia revelou foi que van Kael sofria de um mal curioso.

– Qual?

– Uma atrofia do estômago, que o obrigava a ruminar os alimentos antes de engoli-los completamente. É o que explica as manchas nas paredes da câmara frigorífica. Quando van Kaen foi agredido, expeliu todas as frutas vermelhas que tinha no esôfago.

Parecia a Diane que as palavras de Langlois entravam diretamente nela, sob sua carne, como ínfimos cristais de medo. Uma realidade oculta insinuava-se em seu ser, tomando pouco a pouco a forma de puro pesadelo.

Acabavam de chegar à fonte do Observatório: oito cavalos de pedra empinados sob as cascatas furiosas. Cada vez que chegava ali, enquanto as árvores se abriam ao vento e o ar se carregava de gotinhas d'água, Diane experimentava a mesma tristeza e o mesmo vazio. Agora, no entanto, a sensação ganhava uma força particular.

Langlois aproximou-se dela para se fazer ouvir por cima do ruído da fonte:

– Diane, tenho uma última pergunta: seu filho adotivo poderia ser de origem vietnamita?

Ela voltou-se lentamente para ele e o enxergou, como se estivesse muito longe, através do véu de suas lágrimas. Não estava decepcionada ou sequer chocada. Simplesmente descobria o motivo dessa caminhada matinal. Não respondeu logo. Langlois pareceu irritar-se com o silêncio e, talvez, com sua própria pergunta. Disse, num tom mais forte:

– Van Kaen passou dez anos no Vietnã. Não posso descartar essa possibilidade! Lucien talvez pertença a uma família que ele tenha conhecido, sei lá.

Ela estava gelada. Ele repetiu, com voz autoritária:

– Responda, Diane. Lucien poderia ser de origem vietnamita?
Ela olhou de novo os cavalos polidos. As gotas picavam-lhe o rosto, a bruma fina grudava nos seus óculos.

– Não sei. Tudo é possível.

A voz do policial diminuiu de intensidade:

– Você poderia se informar? Interrogar o pessoal do orfanato?
Diane estendeu o olhar para mais longe. Adiante do bulevar Port-Royal, o céu tempestuoso exibia seus cortejos monótonos. Ela sentiu saudades das nuvens da monção que lançavam em sua memória verdadeiras chamas de mercúrio.

– Vou telefonar – disse ela por fim. – Vou investigar. Vou ajudá-lo.

Capítulo 16

No caminho de volta, Diane entregou-se às mais fantásticas suposições. Bulevar Port-Royal afora, convenceu-se de que Lucien era mesmo de origem vietnamita. Na rua Barbusse, decretou que ele não era uma criança anônima. Rolf van Kaen havia conhecido sua família. De maneira misteriosa, o menino fora abandonado e, de maneira mais misteriosa ainda, o médico alemão tinha sido informado de sua presença na França. Na rua Saint-Jacques, imaginou que o menino era o filho oculto de uma personalidade importante, que havia contatado o acupunturista em regime de urgência.

Ter de acionar o código da porta de entrada interrompeu seus delírios. Reencontrou a calma dentro de seu apartamento. As sensações familiares, destiladas pelo seu pequeno três-peças, a acalmaram. Ocupou o tempo contemplando as paredes brancas, o parquê de mogno, as longas cortinas imaculadas que pareciam guardar na memória o sol e os dias de chuva. Respirou profundamente o odor da cera e dos eflúvios de detergente que pairavam no ar depois que se dispusera a fazer uma boa arrumação na casa. De fato, no dia seguinte à noite milagrosa, Diane havia limpado tudo, apagando qualquer vestígio que pudesse lhe recordar a tristeza e o abandono das duas últimas semanas. Esse cheiro de limpeza a tranqüilizava e confortava em sua resolução.

Consultou o relógio e calculou o fuso horário em relação à Tailândia. Meio-dia em Paris. Dezessete horas em Ra-Nong. Pegou o dossiê "Adoção" e instalou-se no seu quarto, sentada no chão, encostada na cama. Para lutar contra a emoção, concentrou a respiração na parte inferior do corpo, alguns centímetros acima do umbigo – uma técnica clássica de descontração, usada no wing-chun. Quando o ar se dissolveu no seu sangue e convergiu para esse ponto misterioso, quando a calma a invadiu como um grande vazio pacificador, soube que estava pronta.

Ergueu o telefone e discou o número do orfanato da fundação Boria-Mundi.

Após alguns trinados trêmulos, uma voz nasalada respondeu. Diane pediu para falar com Teresa Maxwell. Ela atendeu uns dois minutos depois com um "alô" forte, como uma porta batendo. Diane falou, com mais rigor do que teria desejado:

– Senhora Maxwell.

– Sou eu. Quem é?

A ligação estava ruim. A voz da diretora pior ainda.

– Diane Thiberge – respondeu. – Nos encontramos há cerca de um mês. Estive no seu centro no dia 4 de setembro. Sou a pessoa que...

– A argola de ouro?

– Exato.

– O que deseja? Algum problema?

Diane lembrava-se do semblante afável e dos olhos inquisidores. Mentiu sem hesitar:

– Não, de modo nenhum.

– Como vai o menino?

– Muito bem.

– Telefonou-me para contar novidades?

– Sim... Isto é, não exatamente. Eu queria lhe fazer algumas perguntas.

Apenas interferências ressoavam do outro lado da linha.

– Quando nos encontramos – prosseguiu Diane –, a senhora me disse que não sabia de onde vinha o menino.

– Exato.

– A senhora não conhece sua família?

– Não.

– Sequer viu sua mãe?

– Não.

– E não tem nenhuma idéia da sua origem étnica? Ou do motivo de seu abandono?

A cada interrogação, Teresa Maxwell respondia com um curto silêncio, carregado de hostilidade. Depois, foi a vez de ela indagar:

– Por que essas perguntas todas?

– Bem... sou a mãe adotiva. Tenho o direito de saber, para compreender melhor meu filho.

– Alguma coisa aconteceu. Você não está me contando toda a verdade.

Diane reviu o pequeno ser enfaixado, rodeado de máquinas, de tubos de perfusão. Com um nó na garganta, encontrou forças para dizer:

– Não estou escondendo nada! Quero apenas saber um pouco mais sobre meu menino e...

Teresa Maxwell suspirou e repetiu, um pouco menos agressiva:

– Contei tudo no nosso primeiro encontro. As crianças perambulam pelas ruas de Ra-Nong, sem pais, abandonadas. Quando uma delas adoece realmente, nós a tratamos, é tudo. Lu-Sian era uma delas.

– O que ele tinha?

– Estava desidratado. E subnutrido.

– Quando fui à procura dele, há quanto tempo ele estava no orfanato?

– Há uns dois meses.

– E a senhora não soube mais nada sobre ele?

– Não fazemos investigações.

– Ele nunca recebeu visitas?

As interferências voltaram com força. Diane teve a impressão de que sua interlocutora sumia, que lhe arrancavam toda a possibilidade de obter informações. Mas a voz rangeu de novo:

– Tenha cuidado, Diane.

Ela teve um sobressalto. A voz de repente parecia mais próxima. Balbuciou:

– Mas... com o quê?

– Com você mesma – sussurrou a diretora. – Tenha cuidado com o seu desejo de saber mais, essa tentação de investigar sobre Lu-Sian. Essa criança é sua agora. Você é sua única origem. Não vá além disso.

– Mas... por que não? – balbuciou Diane.

– Isso não vai levá-la a lugar nenhum. É uma verdadeira doença dos pais adotivos. Sempre há um momento em que você quer saber, em que procura, investiga. Como se tentasse recuperar esse tempo misterioso de que você não participou. Mas as crianças têm um passado e você não pode fazer nada a respeito. É a parte que permanece obscura.

Diane nada podia acrescentar. Sua garganta estava demasiadamente seca.

– Sabe o que é um palimpsesto? – perguntou Teresa.

– Sim... acho que sei.

Ainda assim, Teresa explicou:

– São os pergaminhos da Antiguidade que os monges da Idade Média raspavam para escreverem novos textos neles. Esses documentos eram recobertos por novos escritos e no entanto traziam sempre, em sua espessura, a antiga mensagem. Uma criança adotada reproduz a mesma situação. Você vai criá-la, ensinar-lhe uma porção de coisas, imprimir nela sua cultura, sua personalidade. Mas, embaixo, haverá sempre um outro manuscrito. A criança sempre possuirá suas próprias origens. A herança genética dos pais, do país. Os poucos anos vividos no seu meio de origem... É preciso que você aprenda a conviver com esse mistério. Que o respeite. É a única maneira de amar verdadeiramente seu filho.

A voz áspera de Teresa estava matizada de suavidade. Diane imaginava o orfanato. Sentia seus odores, seu calor, sua atmosfera de convalescença. A diretora dizia a verdade. Mas ela ignorava totalmente o contexto verdadeiro. Diane precisava obter respostas precisas para as suas perguntas:

– Diga-me somente uma coisa – concluiu ela. – Na sua opinião, Lucien... enfim, Lu-Sian, poderia ser vietnamita?

– Vietnamita? Meu Deus: por que vietnamita?

– Bem. O Vietnã não é tão longe e...

– Não. É impossível. Além do mais, conheço a língua. O dialeto de Lu-Sian era muito diferente.

– Eu lhe agradeço – murmurou Diane. – Eu... voltarei a telefonar.

Desligou e deixou ressoar nela, como numa nave gelada, as palavras da diretora.

Foi então que uma lembrança distante atravessou-lhe a mente. Fora na Espanha, por ocasião de uma missão exploratória, nas Astúrias. Em um de seus momentos de folga, Diane visitara um mosteiro. Uma construção rude e cinzenta, que ainda tinha vida nos momentos de meditação e de murmúrios de pedra. Na biblioteca, descobrira um objeto que a fascinara. Atrás de uma vitrine, um pergaminho estava suspenso por fios de aço. Seu aspecto rugoso e rosado lhe conferia um caráter orgânico, quase vivo. A escritura gótica estendia-se em linhas apertadas, justapostas, permitindo às vezes espaço para uma delicada iluminura.

Mas o que cativava era outra coisa.

A intervalos regulares, um lâmpada ultravioleta se acendia no alto, fazendo aparecer, sob as letras pretas, uma outra escrita, fluida e a carvão. Os traços de um texto anterior, datado da Antiguidade. Como uma impressão deixada na própria carne do pergaminho. Diane agora compreendia: se seu filho era um palimpsesto, se seu passado era uma espécie de texto meio apagado, ela possuía dele apenas vestígios.

Lu. Sian. E as outras poucas palavras que ele não tinha parado de repetir durante as três semanas que vivera junto dela, em Paris. As palavras que Teresa Maxwell não entendia.

Capítulo 17

Uma parte das instalações do Instituto Nacional de Línguas e Civilizações Orientais estava situada na rua de Lille, logo atrás do museu d'Orsay. Era um edifício enorme, sombrio e autoritário, marcado por essa majestade que caracterizava, aos olhos de Diane, os belos imóveis do 7eme arrondissement.

Ela atravessou o *hall* de mármore e enfiou-se no labirinto de escadas e salas de aula. No primeiro andar, entrou no departamento de línguas do Sudeste Asiático. Explicou sumariamente a uma secretária que era jornalista e que preparava uma reportagem sobre as etnias do Triângulo de Ouro. Seria possível falar com Isabelle Condroyer? Ela encontrara esse nome no volume da Pléiade consagrado à etnologia: a cientista parecia ser a maior especialista em povos dessas regiões.

A secretária respondeu com um sorriso. Diane estava com sorte: a Sra. Condroyer estava acabando de dar uma aula, ali mesmo. Bastaria esperar na sala 138, no andar térreo: a professora seria avisada.

Diane desceu para a sala de aula. Era uma peça minúscula, situada na sobreloja, com respiradouros em vidro trabalhado que se abriam no nível do chão para um pátio interno. As pequenas carteiras duplas, o quadro-negro, o cheiro de madeira envernizada lembraram a Diane seus tempos de estudante. Sentou-se no fundo da sala, movida por um velho reflexo de estudante solitária e depois mergulhou, quase sem sentir, nas lembranças do tempo de faculdade.

Quando evocava esse período de sua vida, não pensava tanto nas horas passadas em aula quanto nas missões que tinham balizado seus últimos anos de doutorado. Nunca fora uma aluna estudiosa. Principalmente porque não possuía um espírito inclinado à análise e à teoria. Diane se apaixonava exclusivamente pelo trabalho de campo. Morfologia funcional. Auto-ecologia. Topografia dos espaços vitais. Dinâmica das populações. Esses termos e disciplinas tinham representado para ela meros pretextos para partir – espreitar, observar, apreender a vida selvagem.

Desde sua primeira viagem, Diane conduzia uma única investigação: compreender o barbarismo da caça, a violência dos predadores. Vivia na obsessão desse enigma, que se resumia no estalido de uma mandíbula sobre a carne viva. Mas talvez não houvesse nada a compreender – somente a sentir. Quando observava as grandes feras na tocaia, agachadas entre os arbustos, imóveis a ponto de se confundirem com a vegetação, a ponto de se enfiarem, de se incrustarem na própria textura do instante, Diane tinha esta certeza: um dia, à força de concentração, ela se converteria nessa fera, nessa tocaia, nesse instante. Não era mais uma questão de compreender o instinto animal. Era preciso deslizar para o seu interior. Transformar-se nesse impulso cego, nesse movimento de destruição que não conhecia outra lógica senão ele próprio.

A porta abriu-se de repente. Isabelle Condroyer maquiava as maçãs do rosto altas como se usam saltos altos tipo agulha. Sob cabelos castanhos curtos, seus olhos eram ligeiramente fechados, mas suas íris eram de um verde chá. Verdadeiras amêndoas, ainda muito frescas, os ramos cheios. Uma gota de elixir asiático se diluíra no sangue dessa mulher, para dar-lhe não um encanto de boneca exótica, mas uma dureza de montanha, uma rugosidade de altitude. Diane levantou-se.

– Minha secretária disse que você é repórter – disse a cientista. – De que jornal?

Diane observou que a etnóloga vestia um *chemisier* vermelho justo demais. O tecido abria-se em pequenas fendas indiscretas. Tentou sorrir:

– Bem. Eu disse isso mais para poder vê-la.

– Como?

– Preciso de uma informação. Uma informação urgente.

– Você está brincando? Acha que não tenho nada para fazer?

Por um instante, Diane teve vontade de responder no mesmo tom, mas se conteve. Uma técnica de combate consistia em utilizar o ímpeto do adversário contra ele. Escolheu tocar a corda sensível para conter a agressividade da mulher.

– Acabo de adotar um menino – explicou. – Na Tailândia, nas cercanias de Ra-Nong. A senhora conhece, sem dúvida, essa região. O menino está com seis ou sete anos.

– E então?

– Ele pronuncia alguns pedaços de frases. Eu queria saber que língua ele fala, qual o seu dialeto de origem.

A etnóloga pousou a pasta sobre a escrivaninha colocada em frente às carteiras. Cruzou os braços. As aberturas de seu *chemisier* eram mais visíveis sobre o brilho do sutiã. Diane prosseguiu, imperturbável:

– Acabamos de sofrer um acidente de automóvel. O menino quase morreu. Ainda está inconsciente, mas os médicos acreditam que ele vá recobrar a consciência.

A mulher observava Diane com nova expressão. Parecia se perguntar se estava diante de uma louca ou se, ao contrário, era possível inventar uma história dessas. A mentira, clara e precisa, tomava forma no espírito de Diane:

– É isso o que está acontecendo. Os médicos acham que seria bom, quando o menino recuperar a consciência, que alguém fale com ele na sua língua natal. Ele está em Paris há apenas algumas semanas, compreende?

Isso soava tão coerente que ela de repente se perguntou se não acabara de dizer uma verdade, alguma coisa que de fato deveria ser levada em conta. O tom da professora se atenuou:

– Sua história é... Bem... Como ele está?

– Há alguns dias parecia desenganado. Mas hoje os médicos estão otimistas. Vários sinais estão mostrando que ele vai sair do coma. Resta o problema das seqüelas.

Isabelle Condroyer sentou-se. Seu rosto continuava duro, mas agora sem hostilidade. Era, antes de tudo, grave.

– Mas se ele não fala – sussurrou –, como você quer que eu...

– Ele repetia sempre as mesmas palavras. Principalmente duas sílabas. Lu-Sian...

– Você não tem qualquer informação sobre sua origem étnica?

– Nenhuma. Somente essas sílabas.

A etnóloga olhou demoradamente para sua interlocutora. Diane vestia um casaco cintado de tecido cru, blocos de quartzo formando um colar, uma agulha de prata para manter o cabelo preso. A professora disse por fim, mais uma vez doutoral e fria:

– Sabe quantas línguas e dialetos são falados na região dos Andamans?

– Ao certo, não.

– Mais de doze.

– Estou falando de uma região muito pequena. Um ponto no mapa. O orfanato é em Ra-Nong e...

– Com os movimentos nascidos dos conflitos birmaneses, das guerras causadas pela droga, com as migrações vindas do Triângulo de Ouro e das Índias, o número de idiomas sobe a uns vinte. Talvez chegue a trinta.

– Ainda assim, não tenho mais do que duas sílabas. Mas a senhora deve conhecer com certeza especialistas em cada dialeto. Posso...

O tom da cientista tingiu-se de exasperação:

– Alguns vocábulos não nos adiantam de nada! Sobretudo repetidos por você. Ainda mais que na língua tailandesa a mesma palavra pode ter vários significados diferentes, se a acentuação for colocada nessa ou naquela sílaba, conforme a palavra esteja no começo ou no final da frase...

Lá fora baixava o crepúsculo. A janela de vidro trabalhado brilhava com um vermelho ardente. A raiva da mulher parecia irradiar para o vidro. Ela concluiu, de maneira abrupta:

– Sinto muito. Sem a pronúncia, sua pesquisa é absurda. Nada posso fazer por você.

Diane mostrou um largo sorriso.

– Eu tinha certeza que a senhora diria isso.

Tirou da bolsa um gravador vermelho vivo. O aparelho de karaokê no qual Lucien registrava as próprias canções. Diane sabia ser impossível identificar um dialeto sem ouvir o sotaque e a pronúncia. Lembrara, então, da voz conservada naquela fita.

Diane apertou a tecla *play*. De repente, o timbre nasalado de Lucien elevou-se na sala. Suas sílabas curtas e sem harmonia, ligeiramente guturais, se destacaram como bolhas de sabão no silêncio da tarde. Isabelle Condroyer parecia perplexa.

Diane havia vencido. Mas não saboreava a vitória. A voz da criança surpreendia também a ela. Desde o acidente, não tinha escutado a fita. A modulação que se elevava, ocupando de súbito o espaço, cobria-o com a presença de Lucien, de seu rosto, de seus gestos suaves, trespassava-o como uma lâmina. Num segundo, a tristeza se liberou, emitiu uma pulsão ardente na direção de seus olhos.

Ela baixou a cabeça, escondeu o rosto entre as mãos. Não queria chorar. Curvou-se, enquanto a voz se erguia, na sala banhada de púrpura.

De repente, se fez silêncio.

Diane ergueu os olhos. A etnóloga acabava de parar a máquina, compreendendo o que se passava. Diane entreabriu os lábios, mas a professora já se levantara, pousando a mão no seu ombro. Sua voz, tão dura, tão áspera alguns segundos antes, murmurou:

– Deixe a fita comigo. Vou ver o que posso fazer.

Capítulo 18

Mãos junto ao corpo.

Era a técnica do wing-chun em que Diane era a mais experiente, a mais rápida. Uma técnica em que a proximidade com o adversário era tal que os ataques deviam ser iniciados ou evitados havendo sempre contato com o oponente. Socos. Cotoveladas. Golpes com a quina da mão. A chuva de violência caía sem que se pudesse fugir ou recuar – ficava-se sempre colado ao inimigo.

Diane deveria ter aversão por esses toques múltiplos, mas tratava-se então de combate, e o sinal de sua fobia não se desencadeava num contexto como esse. Ao contrário: o contato provocava nela um prazer abafado. Como se saboreasse interiormente a inversão desse gesto – a carícia transformada em golpe.

Além do mais, Diane possuía um segredo. Se era excelente nesse afrontamento de proximidade é porque era míope, e sua maior chance de vencer estava em se conservar sempre num campo vizinho, onde conseguiria perceber qualquer detalhe. Havia transformado sua desvantagem em força, aprendido a lutar colada ao oponente, com toda a sua força, assumindo riscos cuja intensidade desorientava os adversários.

Nessa mesma noite, a sessão de treinamento na academia de Maubert-Mutualité constituía uma forma de alívio ideal para as emoções do dia. Depois do telefonema a Teresa, depois do encontro com a etnóloga, Diane se dirigira ao hospital. Lucien estava sendo submetido a exames e proibiram-na de vê-lo. A princípio ficara furiosa, depois soube que o doutor Daguerre pretendia retirar os drenos na manhã seguinte.

No entanto, ao entrar em casa, Diane não conseguira ficar totalmente alegre. O assassinato de van Kaen passava a ser mais importante do que tudo – até mesmo do que a cura de seu filho. Não conseguia parar de pensar naquela atrocidade. Na mão que torcera as vísceras. Nas frutas vermelhas coladas contra as paredes. Na tela cintilante que pusera a nu as entranhas profanadas do acupunturista. Tudo se confundia em seu espírito. Não conseguia mais, mentalmente, dissociar o assassinato da recuperação de seu filho.

Além disso, o pavilhão pediátrico era agora vigiado por policiais uniformizados. Quando perguntara à Sra. Ferrer sobre a presença deles, a mulher respondera simplesmente "segurança". Mas que segurança? Diante de que perigo? Um assassino continuava a rondar os corredores do hospital Necker? Em vez de se cansar fazendo-se essas perguntas, tinha preferido voltar ao cheiro de suor e aos golpes na academia. Mãos coladas ao corpo. Uma maneira como qualquer outra de aliviar suas angústias.

Em casa, Diane tomou uma ducha bem quente e em seguida ouviu os recados da secretária eletrônica. Sempre as mesmas ligações – a eterna lista de amigos ou conhecidos que perguntavam pelas novidades e repetiam palavras de conforto. Havia também as mensagens de sua mãe. Mas, cada vez que reconhecia a voz detestável, Diane apertava a tecla *next*.

Passou para a cozinha. Cabelos encharcados e rosto em fogo, serviu-se de um Darjeeling bem forte e colocou sobre uma bandeja alguns amanteigados e iogurtes – ela alimentava-se quase exclusivamente de biscoitos e laticínios. Depois, instalou-se no seu quarto, com os livros que comprara à tarde.

Restava-lhe uma pista a explorar. Uma pista vaga, indireta, mas que a preocupava profundamente: a acupuntura. Queria tentar compreender como Kaen tinha agido sobre o corpo de Lucien. De uma maneira confusa, adivinhava que essa técnica tinha alguma ligação com os outros elementos da noite fatídica.

Uma hora de leitura foi suficiente para que confirmasse vários fatos.

Para começar, Eric Daguerre tinha razão. Fisiologicamente, o acupunturista não picava nenhum ponto em particular. Nem nervos, nem músculos, nem mesmo zonas cutâneas mais sensíveis – pelo menos, nem sempre. Jamais fora possível evidenciar, de maneira física, a existência de meridianos no interior do corpo. Os estudos haviam somente demonstrado que as agulhas liberavam às vezes endorfinas – hormônios que possuem efeitos analgésicos.

Outras pesquisas evidenciaram as propriedades elétricas de determinados pontos. Mas nenhuma dessas constatações podia ser generalizada, e não eram mais do que epifenômenos, se comparadas aos resultados prodigiosos conseguidos por Rolf van Kaen.

O médico alemão também dissera a verdade: a acupuntura, de acordo com a medicina chinesa, representava uma entidade misteriosa, a que os praticantes chamavam "energia vital" e que o anestesista comparara a uma espécie de impulso original – uma fonte primária. Por que não, afinal de contas? Apesar de seu sólido racionalismo, apesar de sua formação em biologia, Diane estava inclinada a tudo admitir diante da recuperação de Lucien. Era evidente que o acupunturista havia influenciado os mecanismos fisiológicos do menino em um nível que a medicação e os instrumentos da medicina ocidental não tinham sabido alcançar.

Diane prosseguiu em sua leitura. O que a interessava agora era a geografia dessas forças misteriosas. O alemão falara em "lençóis freáticos" e dera a entender que essa energia vital possuía, no interior do corpo humano, seus "rios": os meridianos que seguiam uma topografia subterrânea. Durante muitas horas Diane estudou esses fluxos complexos e seus jogos de correspondências.

O mais surpreendente era que essa energia parecia se situar ao mesmo tempo no interior do corpo e fora dele. Não se tratava somente de aquecer, de acalmar, de solicitar este ou aquele meridiano, mas sobretudo de equilibrar essa corrente com as forças exteriores. Em definitivo, as agulhas funcionavam como minúsculos transmissores voltados para o universo, que teriam servido para "harmonizar" o organismo com um hipotético poderio cósmico. Diane interrompeu sua leitura: esses conceitos e esse vocabulário a incomodavam – tudo isso lhe lembrava o jargão dos espiritualistas e os discursos destinados às almas perdidas à procura de gurus. No entanto ela se lembrava das agulhas, verdes e vivas, que haviam semeado a epiderme de seu filho. Ela mesma, naquele momento, havia pensado em passagens, em refúgios voltados para forças misteriosas e indizíveis.

Diane apagou a luz e refletiu. Esses livros sobre a medicina chinesa não lhe trouxeram nada exceto uma idéia: talvez o menino, por causa de sua herança cultural, tivesse sido mais sensível à acupuntura do que um outro qualquer. Talvez existisse uma espécie de aquisição genética, que permitira a seu corpo reagir melhor a essa técnica. Mas o que sabia ao certo sobre as leis atávicas? Não era uma suposição gratuita? Que, de qualquer modo, não trazia nenhuma informação precisa sobre o nascimento de Lucien.

Uma vez mais repassou mentalmente a sessão de van Kaen em seus mínimos detalhes. Uma frase lhe voltou à memória. Uma frase a que não prestara atenção na tormenta daquela noite mas que agora adquiria uma ressonância especial. Antes de deixá-la, o médico tinha dito: "Esse menino deve viver, compreende?" Essa reflexão parecia então exprimir somente a determinação do acupunturista. Mas poderia também significar que Lucien, por uma razão que ela desconhecia, devia sobreviver, a qualquer custo.

O alemão falara como alguém que conhece um segredo – uma realidade relacionada com a criança. Talvez uma origem excepcional, como Diane imaginara, feliz, naquela tarde. Ou uma particularidade fisiológica. Ou, quem sabe, uma missão, uma obra que Lucien deveria realizar quando fosse mais velho...

A doença das teorias absurdas tomava conta dela. Ao mesmo tempo, ouvia ainda, como um eco, a entonação do médico. Sentia a tensão extrema, a angústia velada, que ele se esforçara para esconder durante a sessão. Aquele médico sabia de alguma coisa. Lucien não era uma criança como as outras. E Langlois, com seu faro de policial, percebera isso. Por isso se interessava tanto por Lucien e sua origem.

Loucura por loucura, Diane imaginou outra possibilidade.

Um motivo tão imperioso para salvar o menino podia também constituir um motivo para destruí-lo... E se van Kaen fora assassinado porque, justamente, tentara tirar o menino do coma?

E se uma ameaça pesasse sobre Lucien?

Deteve-se de súbito. Uma última convicção acabava de lhe cortar a respiração.

E se essa ameaça já tivesse se concretizado?

E se o acidente do bulevar periférico não tivesse sido um acidente?

PARTE II

Os Sentinelas

Capítulo 19

Segunda-feira, 11 de outubro.

Diane vencia lentamente os contrafortes do monte Valérien, em Suresnes.

Atravessara o cemitério americano, estriado de cruzes brancas, depois percorrera as colinas verdejantes que dominam o Bois de Boulogne. Não era seu caminho habitual, mas certamente se perdera em algum momento, nas proximidades da ponte de Saint-Cloud. No carro alugado, descia agora a rua Bas-Rogers e voltava para a atmosfera cinzenta da cidade. Sob a chuva, via-se novamente em contato com a chatice monocórdica do subúrbio, as avenidas sombrias, as ruelas friorentas. Uma monotonia que pesava nos ombros de qualquer um.

Diane tinha-se lançado a fundo na investigação. Aproveitara o fim de semana para fazer algumas sondagens, mas agora é que penetraria na essência da investigação. Passou por baixo do aqueduto de granito, contornou uma rotunda que anunciava orgulhosamente a entrada do bairro Belvédère, depois pegou, à direita, a rua Gambetta. Encimada pela via férrea, a artéria exibia uma fileira de construções comprimidas umas contra as outras, que pareciam ter assim perdurado através dos tempos.

O 58 era um prédio de dois andares, sujo e caindo aos pedaços, de tijolo aparente e rodeado de sacadas de ferro negro. Diane estacionou sem dificuldade e entrou no prédio. Encontrou uma entrada vetusta, caixas de correspondência recobertas de sujeira, uma escada escura e mal pintada. Até o cheiro de mofo das lixeiras combinava com o cenário – uma espécie de azedume, ríspido e violento, escondido sob o vão da escada, que parecia resumir toda a história do imóvel.

Apertou o interruptor e constatou que a luz não acendia – não acenderia jamais. Aproximou-se de um painel de papelão mofado que continha a relação dos moradores e encontrou, à luz da rua, o nome que procurava – o nome que conseguira arrancar de Patrick Langlois ao telefonar para ele na noite anterior.

Degraus rangentes, corrimão empoeirado: as sensações esperadas se sucediam. Diane vestia uma capa longa impermeável, azul-petróleo, que chiava a cada passo. Sobre os ombros perolavam pequenas gotas de chuva e a presença desses brilhos líquidos a tranqüilizava. Chegou ao segundo andar e tocou a campainha da porta da esquerda.

Nenhuma resposta.

Tocou de novo.

Mais um minuto se passou. Diane preparava-se para dar meia-volta quando ouviu um ruído de descarga.

Por fim a porta se abriu.

Um jovem apareceu na soleira. Vestia um agasalho de corrida com capuz, sem forma nem cor. Na sombra, Diane não distinguia seu rosto. Conseguia apenas perceber que o personagem parecia mais jovem do que o rosto que lhe vinha à lembrança. Trinta anos, no máximo. Mais magro também. Sua atenção foi atraída sobretudo pela fumaça com cheiro forte que saía pela fresta da porta entreaberta. Ela surpreendera o cara tragando fundo um cigarro fino de maconha. Daí o barulho da descarga no banheiro.

– Você é Marc Vulovic, certo? – perguntou.

O rosto sombrio não se alterou. Depois, uma voz nasalada se elevou:

– O que é que há?

Diane ajeitou os óculos. Esse tom de resfriado confirmava – o homem não devia se drogar apenas com *canabis*.

– Sou Diane Thiberge.

Silêncio do homem.

– Você sabe quem eu sou, não sabe? – continuou ela.

– Não.

– Eu dirigia a caminhonete, na noite do acidente.

Vulovic não disse nada. Um minuto se passou. Ou alguns segundos, apenas. No seu estado de nervosismo, Diane não tinha certeza de nada.

– Entre – disse ele.

Diane atravessou um vestíbulo estreito coberto de CDs e fitas de vídeo, depois vislumbrou uma cozinha, à direita, revestida de linóleo e fórmica. Com um gesto, o homem convidou-a a entrar.

O dia pálido se derramava através das cortinas cinzentas. Uma pia, um aquecedor de água: duas manchas lívidas escondidas embaixo da louça suja. E o cheiro da droga que empesteava a atmosfera. Diane reparou numa cadeira junto à janela entreaberta. Sentou-se rapidamente, desencadeando uma nova onda de reflexos sobre o seu impermeável.

O homem a imitou, escolhendo um tamborete, do outro lado da mesa. Ele tinha um rosto longo e seco, que brotava como um tubérculo amarelado do capuz jogado para trás. Cabelos louros, arredondados na nuca, e um cavanhaque anelado que lembrava cabelo de milho. Ele já não tinha mais nenhum curativo. Apenas algumas crostas marrons na testa e no rosto.

– Eu queria ir ao hospital – murmurou, cabeça baixa –, mas...

Interrompeu a frase e levantou o rosto. Seus olhos verdes pareciam duas pequenas escotilhas abertas sobre um mar gelado.

– Ele está... Afinal, o menino... ele está...

Diane compreendeu que ninguém lhe havia contado nada.

– Ele está melhor – surrurou. – Não se esperava, mas ele deve ter alta em pouco tempo. Mas vamos deixá-lo de lado, OK?

Vulovic balançou levemente a cabeça, observando, indeciso, sua interlocutora. Ele tinha o corpo torcido e os ombros retesados. Um drogado, presa de seu tormento interior.

– O que você quer? – perguntou.

– Lembrar com você as circunstâncias do acidente. Saber o que aconteceu com você no volante.

O motorista pareceu não gostar. Um clarão de desconfiança atravessou suas pupilas. Diane não lhe deu tempo para falar.

– Você disse que, naquela noite, vinha do estacionamento da avenida Porta-d'Auteuil. O que fazia lá? Descansava?

O homem sorriu instintivamente. Um brilho lascivo brotou em suas íris.

– Você nunca passou por lá? Isto é, de noite?

Diane imaginou uma aventura anônima, escondida entre o bulevar periférico e o estádio de Roland-Garros, que levava diretamente ao Bois de Boulogne. De repente, visualizou esse mesmo quadro, de noite, e entendeu o que suas próprias obsessões lhe haviam ocultado até agora: as putas. Este homem tinha simplesmente ido atrás das putas.

Ele fez um sinal com a cabeça, como se tivesse adivinhado as deduções de Diane.

– É uma coisa clássica antes de uma viagem. Eu devia ir à Holanda. Hilversum. Ida e volta. Vinte e quatro horas de estrada.

– Tudo bem – emendou Diane –, mas li as estatísticas sobre a falta de cuidado. Oitenta por cento dos acidentes com carretas relacionados com motoristas que dormem na direção acontecem entre as onze da noite e a uma da madrugada. Segundo esses mesmos dados, esse tipo de acidente jamais ocorre no bulevar periférico. Por natureza, a proximidade da capital "acorda" os motoristas. Se você saía de...

– Você está fazendo uma investigação? – cortou de repente o sujeito, com tom agressivo.

– Quero simplesmente entender. Entender como você pode ter dormido, à meia-noite, quando acabava de estar com uma prostituta e se preparava para enfrentar vinte e quatro horas de estrada.

Vulovic parecia inquieto. Suas mãos se agitavam embaixo da mesa. Diane refreou o próprio nervosismo e mudou bruscamente de direção:

– O que é que você toma para se manter acordado?

– Café. A gente usa garrafa térmica.

Diane ergueu repetidas vezes as narinas – alusão muda ao cheiro que reinava na cozinha podre.

– Fuma também, não é?

– Como todo mundo.

– Estou falando de haxixe.

O homem não respondeu.

– Nunca pensou – prosseguiu Diane – que isso poderia acabar com você? Dormir no volante?

Vulovic espichou o pescoço. As veias pulsavam sob a pele.

– Todos os motoristas se drogam para agüentar. Cada um tem sua fórmula. Entendeu?

Diane debruçou-se sobre a mesa. Esse ar de durão não a impressionava. Ela passou a tratá-lo com menos formalidade.

– Não usa outra coisa? – insistiu Diane.

O motorista fechou-se no seu silêncio. Diane insistiu:

– Anfetamina, coca, heroína?

Ele fixou o olhar, oblíquo, na sua direção. Dois globos de ferro, brilhantes como balas, sob pálpebras veladas. Um lento sorriso insinuou-se nos seus lábios.

– Entendi. Você quer me trazer problemas. Me mandaram embora. Cassaram minha carteira. Corro o risco de ser preso, mas isso não a preocupa. Quer que eu vá para o xadrez, de cara. Por muito tempo.

Diane interrompeu-o com um gesto.

– Procuro a verdade, só isso.

– A verdade está escrita – gritou Vulovic –, preto no branco, no relatório dos tiras! Fiz os testes para ver se tinha bebido. Fiz todos os exames no hospital. Não encontraram nada. Porra, eu estava limpo. Juro que estava limpo no momento do acidente!

Ele dizia a verdade. Tinham feito os exames na frente dela.

– OK – disse ela em tom mais baixo. – Então por que dormiu no volante naquela noite?

– Não sei. Não me lembro de nada.

Diane levantou-se.

– Como é que é?

O homem hesitou. Suava em bicas.

– Eu juro – murmurou. – Por mais que quebre a cabeça, a partir da porta de Auteuil não consigo lembrar de mais nada... Não sei sequer se bati. Eu devia estar hipercansado. Não sei. Não tenho nenhuma lembrança até a batida...

Diane via surgir uma verdade subterrânea. Uma realidade assustadora de que suspeitara e que tomava forma diante de seus olhos.

– Ninguém tocou no seu café? – perguntou.

– Você está delirando ou o quê? Por que isso?

– No estacionamento, não falou com ninguém?

Ele negou com a cabeça. Seu capuz estava encharcado de suor.

– Desse jeito, não vamos sair do lugar. Não me lembro de nada. Merda. Foi um acidente. Não consigo saber mais nada, ainda que eu mesmo ache isso estranho.

Diane puxou a cadeira e se aproximou. Apesar dos cabelos úmidos, apesar da chuva na sua nuca, ela sentia a pele queimar.

– Você não entende então a que ponto isso é importante para mim? Tente lembrar.

Vulovic abriu a gaveta da mesa da cozinha. Tirou dela um estojo e o abriu: cigarro, papel OCB, barra de haxixe enrolada em papel-alumínio. Ele declarou, começando a pegar duas folhas para enrolar:

– A porta fica atrás de você.

Com as costas da mão, Diane jogou os objetos no chão. O homem levantou-se de um salto, o punho erguido.

– Tome cuidado, dona.

Diane empurrou-o contra a parede. Ela era mais alta do que ele. E mil vezes mais perigosa. Sorriu por dentro. No fundo, preferia que fosse assim. Preferia que esse cara fosse capaz de lhe dar um tapa, de bater nela. Preferia que ele fosse um canalha que tivesse sido usado para matar seu filho.

– Escute bem, seu cretino – disse ela. – Durante nove dias o cérebro de meu filho não parou de dilatar, de se asfixiar no seu próprio sangue. Durante nove dias segui essas palpitações de morte. Hoje, não se sabe ainda em que estado ele vai recobrar a consciência.

Talvez ele volte ao normal. Talvez fique mais lento do que os outros. Ou talvez passe a ser, simplesmente, um vegetal. Imagine um pouco a vida que vamos ter, ele e eu.

O motorista baixou a cabeça. Ele estava nas mãos dela, sem nenhuma resistência. Ela o deixou desmoronar no tamborete. Abaixou-se e manteve o tom calmo:

– Então, se você pensa que houve alguma coisa estranha antes do acidente, se há, no seu íntimo, a menor suspeita, canalha, chegou o momento de falar.

Rosto inclinado, encharcado de suor e de lágrimas, o homem sussurrou:

– Não sei... Não sei... Tenho a impressão de que me fizeram alguma coisa...

– Que coisa?

– Não sei. Dormi de repente... Como se...

– Como se o quê?

– Como se fosse por encomenda... Foi a sensação que tive...

Diane reteve a respiração. Era um abismo de sombra e ao mesmo tempo uma luz. A idéia a invadiu, clara e difusa: de uma maneira ou de outra, esse camarada tinha sido influenciado. Ela pensou em hipnose. Não sabia se uma manipulação de tal envergadura seria possível, mas, se fosse esse o caso, era preciso que um sinal tivesse acionado a atitude programada.

– Você costuma ouvir rádio?

– Não.

– Tem um *walkman*?

– Não.

– Viu alguma coisa no acostamento?

– Claro que não!

Diane recuou com raiva. Retrocedeu, para voltar com mais força.

– Falou sobre isso com os tiras?

– Não. Não tenho certeza de nada. Por que teriam feito isso comigo? Por que teriam me aprontado uma coisa dessas?

Vulovic não estava falando tudo. Um ponto de terror, em alguma parte dele, palpitava. Por fim, murmurou:

– Quando repenso tudo isso, só vejo uma coisa.

– O quê?

– O verde.

– A cor?

– O verde-cáqui. Como... como o das barracas militares.

Diane refletiu. Ela não sabia como utilizar esse indício, mas sentia que ele era a ponta de uma verdade. O homem soluçava, as mãos fechadas sobre as têmporas.

– Meu Deus... Seu menino, penso nele todas as noites... Eu lhe peço perdão. Droga, eu lhe peço perdão!

Imóvel, Diane disse simplesmente:

– Não tenho nada a perdoar.

– Sou ortodoxo – continuou o cara. – Rezo a São Sava por ele, eu...

– Repito que não tenho nada a perdoar. Sem dúvida, você não tem nada a ver com a história.

O caminhoneiro levantou os olhos. As lágrimas turvavam seu olhar.

– O que foi... o que foi que você disse?

– Não sei o que eu disse – murmurou Diane. – Ainda não.

Capítulo 20

Em plena manhã, o estacionamento da avenida Porte-d'Auteuil não oferecia nada de especial. Os prédios do estádio Roland-Garros pareciam o cinturão de uma cidade proibida. Quanto ao bulevar periférico, ele vibrava lá embaixo, sem que fosse possível avistá-lo do parapeito. No entanto, quando Diane estacionou nas redondezas, no fim da manhã, imaginou imediatamente a atmosfera turbulenta que devia revestir o local com a chegada da noite. As carnes iluminadas pelos faróis, os automóveis à procura de alguém, as cabines dos veículos estacionados, afastados, escuros e fechados sobre os instintos liberados. Ela estremeceu. Parecia-lhe sentir esses desejos noturnos, vê-los planar, se entrelaçarem em toda a extensão do asfalto, como feras à espreita e ameaçadoras...

Ela tirou o relógio, prendeu-o ao volante, ligou a função "cronômetro" e arrancou. Subiu de novo a avenida e tomou a direita, na bifurcação. Margeou a praça dos Poetas, depois os jardins das estufas de Auteuil antes de chegar à porta Molitor. Dirigia a uma velocidade razoável: na cadência de um caminhão em plena noite. Alcançou por fim o bulevar periférico e tomou a direção Porte Maillot/Auto-estrada Rouen.

Dois minutos e vinte tinham-se passado.

Diane acelerou e manteve-se na fila da direita. Por sorte, o trânsito no bulevar fluía bem – tão bem quanto naquela noite. Noventa quilômetros por hora. Era a primeira vez que ela voltava a passar pelo bulevar periférico. Suas mãos apertaram o volante: não queria ceder à inquietação.

Porta de Passy. Três minutos e dez. Acelerou. Cem quilômetros por hora. O caminhão de Marc Vulovic não podia ter passado dessa velocidade. Quatro minutos e vinte. Entrou no túnel da Porta de La Muette.

Ela lembrava-se das cataratas de luz, de seus pensamentos embaçados pelo champanhe.

Estava de novo ao ar livre.

Setecentos metros adiante, atravessou mais um túnel.

Cinco minutos e dez.

Quando Diane viu surgir o último túnel antes da porte Dauphine, percebeu que estava por superar uma outra realidade. E que sua própria culpa talvez tivesse algum segredo a lhe confessar...

A cem metros do início do concreto, fechou os olhos e virou violentamente para a extrema direita. Ouviu rangido de pneus e toques de buzina. Reabriu os olhos *in extremis*, para frear junto da divisória metálica que separa as duas pistas do bulevar.

Com um gesto rápido, parou o cronômetro.

Cinco minutos e trinta e sete segundos.

Ela se encontrava exatamente no local do acidente. A grade de segurança acabara de ser trocada e as fissuras na pedra, na entrada do túnel, provocadas pela carroceria do caminhão, ainda estavam visíveis.

Cinco minutos e trinta e sete segundos.

Essa era a primeira parte da verdade.

Retomou a estrada e esperou a porte Maillot para sair do bulevar periférico norte, atravessar rapidamente a praça e se reintegrar ao tráfego na direção oposta. Voltou, assim, até a porte Molitor. Deixou mais uma vez a artéria e pegou o bulevar Suchet. Reduziu a velocidade perto do número 72 – o endereço de sua mãe. Ela esperava uma nova ansiedade, um novo fluxo de recordações. Nada aconteceu. Procurou lembrar-se de onde havia estacionado naquela noite. O detalhe ficou claro na sua memória: avenida Marechal Franchet-d'Espérey, ao longo do hipódromo de Auteuil.

Encaminhou-se para a avenida, parou perto da área da qual se lembrava e pôs o cronômetro para funcionar. Pegou em seguida a artéria arborizada até virar, um quilômetro adiante, à direita, na praça da Porta-de-Passy. Exatamente como fizera na noite fatídica. Pegou então o bulevar periférico.

Uma olhada no relógio: dois minutos e trinta e três.

Diane adotou voluntariamente a velocidade média do Toyota Landcruiser. Cento e vinte quilômetros por hora. Porta de la Muette. Quatro minutos.

Ela viu, por cima do contraforte da estrada, os prédios longilíneos da embaixada da Federação Russa.

Quatro minutos e cinqüenta.

Os edifícios da faculdade da universidade Paris IX.

Cinco minutos e dez.

Por fim, a entrada do túnel fatal. Diane parou dessa vez à direita, na faixa de estacionamento de emergência, depois de ligar o pisca alerta. Sem buzinas nem freadas. No entanto, quando segurou o mostrador do relógio, sua mão tremia: cinco minutos e trinta e cinco.

Ela não poderia ter imaginado sincronia mais perfeita. Fosse do estacionamento da avenida Porta-d'Auteuil ou da avenida Marechal Franchet-d'Espérey, eram necessários cinco minutos e trinta e cinco segundos para alcançar o ponto exato do acidente. Bastava, portanto, que Marc Vulovic, "programado" não se sabe como, arrancasse no momento em que Diane entrava com o filho no seu próprio carro, para que os dois veículos se encontrassem na entrada do último túnel antes da Porta Dauphine.

Diane considerou seriamente a hipótese de uma armadilha. Uma armadilha à base de sono, chuva e um caminhão lançado a toda velocidade. Uma tal maquinação supunha um vigia perto do imóvel do bulevar Suchet, controlando sua saída, enquanto no mesmo instante um outro homem, por hipnose ou outra técnica a definir, "acionava" Marc Vulovic. Bastava que os dois homens estivessem conectados por rádio – ou simplesmente por telefone celular. Até aí, nada de implausível.

Havia em seguida o problema do adormecimento, que devia ter acontecido no momento preciso em que a caminhonete cruzava o caminho da carreta. E era nesse ponto, justamente, que a armadilha parecia concebível: se ela tivesse razão, os assassinos teriam podido calcular o ponto de cruzamento e preparar, nessa área, um sinal que fizesse o motorista adormecer...

Diane fechou os olhos. Ela ouvia o barulho dos veículos que corriam enfileirados pelo bulevar periférico. Talvez estivesse em pleno delírio, talvez perdesse completamente seu tempo, mas sabia agora que nos confins extremos da razão uma emboscada como essa era concebível.

Restava um detalhe sem o qual nada teria sido possível. Um detalhe que, desde o início, não se encaixava no contexto. Diane desligou o pisca alerta e insinuou-se de novo no meio do tráfego.

Passou rapidamente as marchas e tomou a direção da Porta de Champerret.

Capítulo 21

– Se quiser encher o saco de alguém, minha cara, vai ter que esperar pelo chefe.

Do outro lado da vidraça do escritório, Diane podia observar a oficina mecânica. De tão pretas, as paredes pareciam absorver as luzes das luminárias. Instrumentos de ferro faziam ao longe um ruído surdo. Macacos engraxados choramingavam em algum lugar, como pulmões torturados. Ela sempre nutrira uma estranha aversão por oficinas. Por essas correntes de ar que gelavam os ossos. Esse cheiro de graxa que inundava as narinas. Essas mãos maculadas que manipulavam objetos cortantes e frios. Lugares tão duros, tão sombrios, onde não se lavavam mais as mãos com água, mas com areia.

Atrás de sua mesa, o cara enorme, uniformizado, repetia o seu refrão:

– Autorização não é comigo. É com o chefe.

– Quando ele volta?

– Foi almoçar. Vai voltar daqui a uma hora.

Diane simulou intensa contrariedade. Na verdade, tinha cuidadosamente esperado pelo meio-dia para ir à oficina, na esperança de dar de cara com um subalterno como esse com quem estava falando. Era a única chance de se aproximar de seu carro, cuja perícia ainda não tinha sido feita.

– Veja – disse ela, suspirando. – Meu filho está no hospital. Gravemente ferido. Preciso voltar logo para lá, mas antes devo pegar um certificado técnico que está dentro do carro!

O mecânico estava agitado. Parecia não saber como resolver a situação.

– Sinto muito. Enquanto o perito não vier, ninguém pode entrar no carro. É por causa do seguro.

– É justamente minha seguradora que está me pedindo esse documento!

O homem continuava hesitante. Um caminhão que rebocava um carro acidentado baixou a rampa com enorme barulho de gás, a alguns metros do escritório. Diane sentia seu mal-estar aumentar.

– Está com as chaves? – sussurrou por fim o sujeito.

Ela as fez tilintar no bolso.

– Número 58 – murmurou ele. – Segundo subsolo. O estacionamento do fundo. Depressa. Se meu patrão chegar enquanto você estiver lá, vai ser...

Ela deslizou entre os carros e atravessou a oficina. Acompanhou as paredes de concreto escuro, evitou as poças de óleo, cruzou os elevadores para carros. Na penumbra, a luz das lâmpadas de néon pareciam monstros frios a dormir um sono de metal. Diane sentia-se cada vez mais inquieta. A graxa grudava na sola de seus sapatos. Um cheiro de gasolina queimada se insinuava em sua garganta. Ela via desfilarem números quase apagados no chão. A simples idéia de enfrentar o Toyota destruído dava-lhe um aperto no estômago. Mas precisava verificar um detalhe.

O detalhe do cinto de segurança.

A criança tinha sido lançada do banco porque o cinto não estava afivelado. Os assassinos – se existissem – contavam portanto com uma eficácia máxima nesse aspecto. Como poderiam estar certos de que Diane não prenderia o cinto do filho, de que não faria esse gesto protetor?

O Toyota Landcruiser apareceu, a alguns metros. Diane avistou o capô amassado, o pára-brisa comprimido, o pára-lama esquerdo estofado por tantas dobras violentas. Ela precisou apoiar-se numa coluna. Dobrou-se para a frente e achou que ia vomitar, mas, progressivamente, o sangue se concentrou na sua fronte inclinada e deu-lhe uma espécie de equilíbrio, de inesperada estabilidade. Reunindo suas forças, aproximou-se do veículo e alcançou a porta direita dianteira.

Tirou da bolsa uma lanterna halogênica, acendeu-a e abriu a porta. De novo, o choque. O sangue escuro e seco sobre a beirada do assento do menino. As pequenas pérolas de vidro espalhadas sobre o banco.

Duas imagens contraditórias se sobrepuseram em sua mente.

Ela via a faixa de tecido e a fivela de metal repousadas ao lado do assento de Lucien. Um cinto que, como era evidente, não havia sido colocado. Mas ela se via também, mentalmente, trancando esse sistema depois de instalar o menino no banco alto. Isso não era novidade. Com o passar dos dias, sua convicção ganhara em força e clareza, apesar das provas em contrário: ela estava certa de ter afivelado o cinto. Agora, naquela cabine, não havia mais nenhuma dúvida.

Como essas duas verdades poderiam coexistir? Ela segurou a lanterna com os dentes e entrou no carro. Observou atentamente a disposição das coisas. Pensara numa sabotagem: uma tira cortada, um parafuso rebentado... Mas não: estava tudo intacto. Escorregou para o assento de trás. Sobre o banco acumulavam-se pastas contendo cópias de estudos, caixas de plástico com clipes de marcação, uma coberta cáqui caída até o chão. Todos esses objetos foram atirados contra o encosto no momento da colisão. Observou-os, ergueu-os, colocou-os de lado. Não encontrou nada.

Continuou a remexer. Um joelho sobre o estofamento, passou o torso por cima do encosto para olhar a parte de trás da caminhonete. A força da colisão tinha arrancado a cobertura do compartimento de bagagem. Diane lembrava-se de ter recebido esse painel de plástico na nuca. Curvada, ela passeou seu pincel de luz: mais pastas, uma bolsa antiga de tecido, tênis de corrida, um abrigo esportivo encharcado de gasolina. Nada de estranho, nenhuma suspeita.

No entanto, lentamente, um pensamento se formou na sua mente. Uma hipótese impossível, mas que não conseguia descartar.

Apagou a lanterna e apoiou-se contra o encosto do banco dianteiro. Para confirmar sua suposição, era preciso interrogar a única testemunha da cena.

Ela mesma.

Precisava reavivar suas próprias lembranças para decidir se, sim ou não, estava perdendo a razão ou se esse caso superava os limites do possível.

Ora, havia uma técnica para conseguir um tal mergulho dentro de si mesma.

E só um homem poderia ajudá-la.

Capítulo 22

Depois de um vestíbulo em mármore, o restaurante se abria para uma grande sala decorada com colunas brancas, cortinas de veludo escuro. Algumas mesas se aninhavam nos nichos em arco. O laqueado de um piano brilhava na penumbra, os quadros crepusculares lançavam reflexos acobreados e, através dos largos vãos envidraçados, os jardins dos Champs-Elysées respondiam ao luxo do lugar com um contraponto delicado de folhagem e fachadas claras. Hoje, o céu de tempestade difundia uma luz suave, nacarada, que se harmonizava à perfeição com a suavidade da sala, atravessada por trovões abafados. A essa parcimônia de tons e luzes se unia um certo silêncio específico: o murmúrio pontuado de tilintar de cristal, de ruído de prata, de risos compassados.

Diane acompanhou o *maître*. Ela sentiu alguns rápidos olhares à sua passagem. A maioria dos fregueses eram homens, que usavam ternos escuros e sorrisos afáveis. Ela não era boba: atrás dessa doce atmosfera e desses rostos tranqüilos pulsava o coração secreto do poder. Esse restaurante era um dos lugares de prestígio onde se decidia, todos os dias ao meio-dia, o destino político e econômico do país.

O *maître* desapareceu e abandonou-a diante do último nicho, o mais próximo possível das grandes janelas. Charles Helikian estava lá. Ele não lia o jornal. Não conversava com outros homens de negócios sentados em mesas vizinhas. Ele esperava. Isso parecia lhe bastar plenamente. Diane estava grata a ele por esse gesto de respeito implícito.

Ao sair da oficina, telefonara para o celular do padrasto – uma dúzia de pessoas, no máximo, devia ter esse número em Paris. Ela insistiu em que ele a encontrasse o quanto antes. Charles respondera com uma risada, como quem cede ao capricho de uma criança, e propusera esse encontro no restaurante onde ele devia almoçar com um de seus clientes. Diane mal tivera tempo de passar em casa, fazer sumir o cheiro de haxixe e de graxa dos cabelos e aparecer envolta, como devia, em indolência e descontração.

Charles levantou-se e acomodou-a na banqueta arredondada. Diane tirou o impermeável. Ela usava um vestido preto de *stretch*, sem mangas, tão simples que parecia não ter uma costura sequer. Apenas um colar de pérolas esplendorosas cobria de estrelas seu colo, respondendo como gotas d'água aos brincos da mesma natureza. A grande jogada, à moda de Diane.

– Você está...

– Soberba?

Charles sorriu.

– Magnífica? – propôs Diane.

O sorriso se alargou. Seus dentes perfeitos dividiam o rosto sombrio.

– Sedutora? *Sexy*? Encantadora? – insistiu ela.

– Tudo isso de uma só vez.

Ela suspirou e segurou o queixo com seus longos dedos.

– Então por que devo ser a única a me considerar desengonçada e sem graça?

Charles Helikian tirou um charuto de um bolso interno.

– Em todo o caso, sua mãe não tem culpa de nada.

– Eu disse que tem?

Ele amassou as folhas marrons entre os dedos.

– Ela me falou da sua... conversa.

– Ela fez mal.

– Não temos segredos um com o outro. Desde o acidente, ela telefona para você, deixa recado e...

– Não quero falar com ela.

Ele lançou-lhe um olhar grave.

– Essa atitude é absurda. Primeiro, você recusou todo o apoio dela. Agora que Lucien está melhor, afunda cada vez mais nesse mutismo e...

– Pare com isso, por favor. Não vim aqui para falar dela.

Charles levantou a palma da mão aberta, como uma bandeira branca. Depois chamou um garçom e fez o pedido. Café para ele. Chá para ela. Ele falou com voz áspera:

– Você queria me ver e parecia ter pressa. O que quer?

Diane olhou-o de lado. A lembrança do beijo lhe voltava à mente. Ela sentiu uma inquietação crescer dentro de si, uma incandescência inflamar suas faces. Concentrou-se no seu discurso para expulsar o mal-estar:

– Um dia, na minha frente, você falou sobre hipnose. Contou que recorreu algumas vezes a essa técnica para curar seus pacientes.

– É verdade. Para problemas de medo, de elocução. E daí?

– Você disse que a hipnose possui poderes quase ilimitados para vasculhar a memória.

Charles adotou um ar irônico:

– Às vezes banco o entendido.

– Lembro-me perfeitamente. Você explicou que, graças à hipnose, é possível usar a própria memória como uma câmera, voltada para as lembranças. Disse também que, sem saber, conservamos no nosso inconsciente os mínimos detalhes das cenas que vivemos. Detalhes que nunca afloram à nossa consciência, mas que permanecem lá – ela levantou o dedo indicador na direção de sua têmpora –, inscritos na nossa cabeça.

– Eu estava inspirado.

– Não estou brincando. Segundo você, a hipnose permite que a pessoa reviva cenas passadas e pare nesse ou naquele instante, focalize um ou outro detalhe. Que utilize sua própria mente como se fosse um videocassete. Que faça interrupções, que dê um *zoom* neste ou naquele ponto da imagem...

Charles parou de sorrir e perguntou:

– Aonde quer chegar com isso?

Diane ignorou a pergunta.

– Você falou também de um psiquiatra – disse ela. – O melhor hipnotizador de Paris, na sua opinião. Um especialista nesse tipo de coisa.

Ele repetiu, com voz mais forte:

– Aonde quer chegar com isso?

– Gostaria de ter o endereço dele.

O garçom depositou uma pesada bandeja de prata sobre a mesa. Brilho negro do café. Doçura avermelhada do Earl Grey. As cores se harmonizavam com suavidade, enquanto os perfumes envolviam o delicado ritual do serviço. O homem de branco eclipsou-se.

– Por quê? – perguntou Charles em seguida.

– Quero reviver a cena do acidente sob hipnose – respondeu Diane com voz calma.

– Você está maluca.

– Minha mãe influencia você. É sua fórmula preferida em relação a mim.

– O que está querendo?

Ela pensou no olhar perdido de Marc Vulovic e na sua operação de cronometragem. Pensou de novo na sua hipótese: uma tentativa de assassinato disfarçada em acidente, organizada por diversos homens. Disse simplesmente:

– Os fatos não se encaixam nesse acidente.

– Que fatos?

– O cinto de segurança – respondeu ela. – Tenho certeza de que o fechei.

Charles parecia quase calmo. Ele disse com voz tranqüilizadora:

– Escute. Entendo que essa história atormente você, mas...

– Não. Você é quem deve escutar.

Diane plantou os dois cotovelos sobre a mesa e inclinou-se.

– Falando sério, você pensa mesmo que sou maluca?

– É claro que não.

– Você sabe que já fiz tratamento diversas vezes por causa desse tipo de problema. Você mesmo me ajudou a camuflar em meu dossiê essas temporadas em clínicas na hora do pedido de adoção. Por isso quero saber como você me vê hoje. Na sua opinião, estou totalmente curada?

– Está.

O tom da resposta traía uma reticência.

– Mas?

– Você ficou... original.

– Espero que me dê uma resposta clara. Acha que fiquei com seqüelas de meus problemas? Ou, ao contrário, que recobrei de verdade o equilíbrio?

Charles esperou o tempo necessário para soprar a fumaça de seu charuto.

– Sim – respondeu ele, por fim –, está totalmente curada. Totalmente equilibrada. Você é o contrário de uma excêntrica, de uma lunática. É muito terra-a-terra. Pragmática. Obstinada até, ao querer que as coisas se desenrolem bem. Uma verdadeira cientista.

Pela primeira vez, Diane sorriu. Ela sabia que ele falava com toda a sinceridade.

– Então – continuou –, como você explica que eu tenha esquecido de fechar o cinto do menino?

– Tínhamos bebido muito, era tarde, nós...

Diane bateu forte na mesa. As xícaras tilintaram. Os últimos comensais olharam na direção deles.

– Lucien é a razão de toda a minha vida – gritou ela. – O que fiz de melhor desde que cheguei à idade de tomar decisões. E por causa de algumas taças de champanhe eu teria esquecido o gesto de prudência mais elementar? Eu o teria jogado no banco de trás do carro como uma simples mochila?

Charles apertou os dedos que seguravam o charuto.

– Você está errada em ruminar tudo isso. Deve virar a página. Deve...

Diane pegou sua capa.

– OK. Pensei que pudesse contar com você, mas me enganei. Encontrarei no catálogo algum...

– Ele se chama Paul Sacher.

Charles tirou do bolso uma caneta grande revestida de marfim e anotou o endereço atrás de um cartão de visita.

– Ele está sempre com os horários tomados, mas se telefonar em meu nome ele a receberá em seguida. Tome cuidado: é um conquistador. Quando dava aulas, apossava-se sempre da aluna mais bonita da sala. As outras só tinham o direito de ficar de bico calado. Um verdadeiro chefe de matilha.

Diane enfiou o cartão no bolso. Não agradeceu. Sequer sorriu. Em vez disso, falou:

– Há uma outra coisa que poderia ter me perturbado naquela noite.

– O quê?

– O fato de você ter me beijado na escada.

As sobrancelhas se arredondaram em sinal de indecisão. Charles Helikian acariciou a barba.

– Ah, isso... – murmurou.

Diane não desviou o olhar.

– Por que você me beijou?

O padrasto agitou-se dentro de seu terno caro.

– Não sei. Foi... espontâneo.

– Charles Helikian, o grande conselheiro em psicologia. Tente achar uma desculpa melhor.

Ele parecia cada vez mais embaraçado.

– Não, na verdade, foi uma coisa do momento. Havia a criança adormecida. Você ali em pé, na penumbra, sempre estóica. E naquela noite você tinha estado tão diferente... Tão... livre. Eu queria lhe desejar boa sorte, só isso.

Diane pegou a bolsa e levantou-se.

– Então você fez bem – concluiu ela. – Porque sinto que vou precisar dela.

Girou sobre os calcanhares e abandonou o rei persa na sua alcova. Atravessou a sala em poucas passadas. O restaurante estava agora deserto. Apenas os quadros dourados e os vidros batidos pela chuva brilhavam no claro-escuro.

– Diane!

Ela já chegara ao *hall* de mármore. Deu meia-volta. Charles apressou-se.

– Diga lá, o que está querendo? Você não me contou tudo.

Ela esperou que ele se aproximasse para repetir:

– Estou querendo apenas saber. Esclarecer essa história do cinto.

– Não – respondeu ele. – Você está querendo reviver esse acidente porque pensa que não foi um acidente.

Diane sentiu uma súbita admiração pelo psicólogo. Ele lera sua mente como se ela vestisse uma roupa de papel transparente. Mesmo além do limite racional, ele seguira seus pensamentos.

– É isso mesmo – confirmou ela. – Acho que essa batida tem alguma relação com o assassinato de van Kaen. Como não pensar nisso? Não pode ter sido obra do acaso. Estou convencida de que Lucien está no centro de um caso ainda incompreensível.

– Meu Deus... – sussurrou Charles.

– E não me diga que estou maluca.

O homem de cabelos crespos tinha perdido a cor bronzeada.

– Esse acidente seria... uma tentativa de assassinato?

– Ainda não reuni todas as provas.

– Que provas?

– Tenha paciência.

Diane virou-se. Ele segurou-a pelo braço. Suas pálpebras se agitavam como asas de borboleta.

– Escute. Nós nos conhecemos há dezesseis anos. Jamais me meti na sua educação. Jamais me ingeri no seu relacionamento com sua mãe. Mas desta vez não deixarei você fazer nenhuma besteira. Não a esse ponto.

Ela deu um sorriso insolente, um sorriso de menina atrevida.

– Se tudo isso é coisa da minha cabeça, não há nada a temer.

– Malcriada! Talvez você esteja brincando com o fogo e nem perceba!

Ele gritara. À sua esquerda, Diane sentiu o olhar dos garçons imóveis: era sem dúvida a primeira vez que eles viam Charles Helikian naquele estado.

– Você não está entendendo – falou ele, em tom mais baixo. – Admitindo... repito: ainda que tenha razão, você não pode se meter nisso. É um assunto para a polícia.

Ele perguntou, sem lhe deixar tempo para contestar:

– E o cinto? Como poderia ser o indício de alguma outra coisa? Ele não estava fechado: o relatório do perito é categórico quanto a isso. Então, o que é que...

– Tenho certeza que o fechei.

Uma leve cor voltava ao rosto de Charles.

– E daí? Pode ter sido Lucien que...?

– Lucien estava ferrado no sono. Eu o observava pelo retrovisor.

– O que está imaginando? Que o cinto se abriu sozinho?

Diane aproximou-se. Charles mal chegava ao seu ombro.

– Você conhece a fórmula – sussurrou ela, em tom de confidência. – Quando se esgotam todas as possibilidades, o que resta? O impossível.

Charles olhou-a fixamente, a fronte brilhante, o olhar sombrio.

– Qual é o impossível?

Diane curvou-se mais. Ela reviu o interior do veículo: o sangue, o vidro, as zonas de sombra, a coberta amassada. Sua voz soou suave, lânguida e ao mesmo tempo envolta no medo:

– O impossível é que eu não estava sozinha com o menino dentro do carro.

Capítulo 23

Do lado de fora, os jardins dos Champs-Elysées formavam um círculo de chuva e de luz. O temporal acentuava os raios do sol que trespassavam as nuvens aqui e ali. A folhagem sussurrava ao vento, respondendo aos riscos da chuva com finos arabescos verdejantes. Diane botou os óculos escuros e hesitou no patamar.

Ela estava transtornada por ter revelado sua suspeita em voz alta. A de que um homem estaria escondido no seu Toyota, sem dúvida sob a coberta ou no compartimento de bagagem, e que teria aberto o cinto de segurança de Lucien durante o trajeto pelo bulevar periférico. Uma espécie de homem suicida, disposto a morrer imprensado no metal retorcido simplesmente para garantir que o menino ficaria desprotegido.

É claro que isso não se sustentava. Quem se exporia a tal risco? Por que alguém se sacrificaria, trancando-se no coração de uma armadilha? Além disso, depois do acidente não fora encontrado nenhum vestígio de outro passageiro. No entanto Diane não conseguia abandonar essa convicção.

O responsável pela guarda dos carros apareceu.

– Seu carro vai chegar logo, madame – disse ele, apressado.

O tom de voz e os traços do rosto exprimiam exatamente o contrário.

– O que está acontecendo? – perguntou Diane.

O homem uniformizado lançou um olhar desesperado na direção do estacionamento.

– É seu amigo. Ele disse que se encarregará de tudo...

– Que amigo?

– O senhor alto que a esperava. Disse que manobraria até aqui, mas... – ele olhava assustado para todos os lados –, eu... não vejo o...

Diane viu seu carro, a trinta metros, sob um pé de tília. Atravessou o terraço de cascalho em grandes passadas. Nos reflexos ondulados do pára-brisa, identificou a silhueta de Patrick Langlois, manuseando a chave de contato. Ela bateu no vidro da janela. O policial teve um sobressalto, sorriu, confuso, e abriu a porta.

– Esqueci que esses carros alugados têm um código. Desculpe. Queria lhe fazer uma surpresa...

Diane não estava certa de estar com raiva.

– Vá em frente – disse ela.

O gigante passou com dificuldade para o banco do carona. Ela entrou e perguntou:

– O que está fazendo aqui? Está me seguindo?

O policial assumiu uma expressão sombria:

– Mandei um de meus homens buscá-la para almoçar. Quando ele chegou na sua casa, você estava saindo. Ele não resistiu. Seguiu-a até aqui e me chamou.

– Por que não entrou no restaurante?

Ele fez um sinal com a mão em torno do pescoço.

– A gravata. Eu não tinha previsto.

Diane sorriu; ela decididamente não estava irritada.

– Eu sei – disse o policial. – Podia mostrar minha carteira. Tentar forçar a entrada.

Ela teve um acesso de riso. No contato com esse homem e sua aparente indiferença, ela se sentia mais leve, mais serena, como se lavada de suas angústias. No entanto Langlois perguntou, apontando o restaurante:

– Você se entende bem com seu padrasto?

O tom da pergunta decepcionou Diane.

– O que você acha?

O homem tamborilou no vidro da janela com a ponta das unhas e lançou um olhar distraído na direção dos jardins.

– Não acho nada. Vejo muitas coisas, só isso. – Seus olhos riram. – No meu trabalho, quero dizer.

Foi a vez de Diane olhar na direção dos jardins. A tempestade tinha expulsado os transeuntes, as mães com seus filhos, os negociantes de selos. Não havia mais nada, a não ser uma paisagem cintilante, repleta de reflexos. Poças imóveis. A ondulação do verde. Fachadas de pedra, verniz da chuva. Ela pensou em uma praia com maré baixa. Sentiu de repente saudade de tranqüilidade, de repouso, de doces e de balas de menta.

– Por que queria me ver? – perguntou.

O dossiê do policial materializou-se em suas mãos.

– Queria lhe dar notícias. Falar de minhas suspeitas.

Ele remexeu nas fichas. Langlois parecia pertencer a essa nova escola, esnobe e obsoleta, que recusava o domínio da tecnologia sobre a vida quotidiana. O tipo que podia se lançar na apologia do caderno de espiral ou se recusar a ter telefone celular.

– Neste caso – começou ele –, estamos colecionando aberrações. Temos a selvageria do assassinato. A força aparente do assassino. Ao mesmo tempo, seu suposto tamanho: não mais de um metro e sessenta. Mas há ainda um outro mistério. Puramente anatômico.

Langlois parou. A chuva martelava sobre o teto uma sarabanda leve. Com um sinal de cabeça, Diane encorajou-o a prosseguir.

– Não sabemos como o assassino conseguiu, pelo tato, encontrar a aorta no interior das vísceras. Segundo nossos legistas, nem mesmo um cirurgião experiente conseguiria fazer isso... – Ele teve uma nova inspiração e continuou: – Isso gera muitas impossibilidades. Por isso mudei de enfoque. Perguntei a mim mesmo se não se tratava de um rito, de uma técnica de sacrifício praticado, por exemplo, no Vietnã.

– O que descobriu?

– Primeiro, nada de tangível. Não no Sudeste da Ásia, pelo menos. Mas um etnólogo do Museu do Homem orientou-me sobre a Ásia Central – Sibéria, Mongólia, Tibete, noroeste da China... Encontrei outros especialistas. Segundo um deles, uma técnica desses países poderia coincidir com o método do assassino.

– O que está dizendo? Um tipo de sacrifício?

– Não. Uma prática muito mais prosaica. A mesma usada para matar o gado. Basta fazer uma incisão sob a caixa torácica, deslizar o braço no interior do animal e torcer a aorta, com a mão mesmo.

Um clique produziu-se na mente de Diane. Isso lhe trazia de repente algumas lembranças vagas. Langlois continuou:

– De acordo com o etnólogo, essa técnica é muito utilizada na Mongólia. É a melhor maneira de matar uma ovelha ou uma rena sem derramar uma gota de sangue. Nesses países frios, eles economizam toda a energia possível do animal. Parece que, além disso, há também a obsessão do sangue. Um tabu.

– O assassino teria vindo da Ásia Central? – perguntou Diane com tom cético.

– Talvez. Ou poderia ter passado uma temporada lá e conhecido esses costumes. Segundo meu médico-legista, nossa anatomia não é muito diferente da de uma ovelha.

– Isso me parece muito vago – disse ela, em voz baixa.

– A mim também. A não ser por um detalhe.

Ela virou-se para o policial. Ele estendeu-lhe a cópia de um formulário, redigido em alemão, em papel timbrado de uma agência de viagens.

– Rolf van Kaen se preparava para ir à Mongólia.

– O que está querendo dizer?

– A BBK está investigando, na Alemanha. Verificaram todos os telefonemas do médico. Van Kaen pediu informações sobre os vôos para Ulan Bator, a capital...

– ...da República Popular da Mongólia.

O policial lançou um olhar surpreso para Diane.

– Você conhece?

– De nome, apenas.

– O acupunturista informou-se também sobre os vôos domésticos, para uma pequena cidade do extremo norte... – Ele leu nas suas anotações: – Tsagaan-Nuur. Aparentemente, a única coisa que ele não determinou foi a data da partida. Em resumo, se pensarmos na técnica utilizada, isso pode constituir um elo. Frágil, mas um elo, de qualquer forma... – Langlois parou por um instante e depois perguntou em voz baixa: – E você? Tem novidades para mim?

Ela ergueu os ombros e colocou-se de novo de frente para os jardins. A chuva caía sobre o pára-brisa em ondas de paetês.

– Não. Telefonei ao orfanato. Eles não sabem de nada.

– Só isso?

– Dei aos especialistas uma fita cassete na qual Lucien canta na sua língua de origem. Há uma chance de eles reconhecerem o dialeto.

– Bem pensado. Algo mais?

Diane pensou na sua hipótese de acidente criminoso, na sua idéia de um assassino camicase ter se enfiado no seu carro.

– Nada mais – respondeu ela.

Langlois perguntou:

– Por que me pediu o endereço do motorista?

Ela teve um sobressalto, mas esforçou-se para não demonstrar.

– Queria falar com ele, só isso. Dar notícias de Lucien.

O homem suspirou. A chuva pontuava o silêncio com longos murmúrios metálicos.

– As pessoas nunca se interessam pelo que nos acontece.

Ela virou-se, desconcertada.

– Por que está dizendo isso?

– Vou dizer o que penso: você está fazendo sua investigação pessoal.

– Foi exatamente o que me pediu, não?

– Não banque a idiota. Estou falando de uma investigação sobre o assassinato de Kaen.

– Por que eu faria isso?

– Começo a conhecê-la um pouco, Diane, e, francamente, me pergunto sobretudo por que você não faria...

Ela ficou calada. A voz do policial revestiu-se de seriedade:

– Preste atenção. Não conhecemos nem dez por cento deste caso. Podemos quebrar a cara com isso de uma hora para a outra. E não se sabe de que jeito. Portanto, não banque a Alice detetive.

Ela concordou como uma criança resignada. Langlois abriu a porta do carro. Uma rajada de chuva entrou na cabine.

– Da próxima vez – concluiu ele –, eu é que vou convidá-la para almoçar. – Saiu do carro e acrescentou: – Os tiras conhecem os melhores restaurantes de *fast-food* de Paris. Os *milk-shakes* não têm todos o mesmo gosto, você sabia? Há uma verdadeira escola de nuances.

Diane forçou uma expressão de alegria:

– Tentarei estar à altura.

Langlois continuava curvado, enquanto as gotas batiam nas suas costas.

– E lembre-se: nada de imprudência, nada de heroísmo. Se qualquer coisa der errado, você me telefona. Entendido?

Diane concordou com um último sorriso, mas, quando a porta se fechou de novo, o barulho ressoou como o da tampa de um esquife.

Capítulo 24

Ela o via como uma fonte de luz, mas através de suas próprias trevas.

As ataduras tinham sido modificadas. Mais apertadas, menos espessas: envolviam seu crânio como uma simples camada de gaze. Os drenos haviam sido retirados, sem dúvida naquela manhã mesma. Era um passo decisivo: Lucien não estava mais ameaçado de nova hemorragia.

Ela aproximou sua poltrona e, com a extremidade do dedo indicador, acariciou a fronte do filho, o contorno de seu nariz, o arco dos lábios. Recordava as primeiras noites, quando lhe contava histórias em voz baixa e sua mão percorria no escuro a fisionomia que aos poucos relaxava, o relevo desse corpo lânguido que se movia suavemente com as ondas da respiração. Ela se sentia de novo pronta para uma viagem através desses cumes minúsculos, desses vales misteriosos... Adivinhava com prazer a vida palpitar, se definir, se afirmar através desse corpo envolto em ataduras.

Mas uma dor podia esconder outra. Agora que o perigo da morte estava afastado, Diane via nascer nela novos tormentos. Da mesma forma como o sofrimento se revela em um corpo quando a contusão principal se atenua, ela descobria os níveis suplementares de sua aflição. Sentia cada ferimento, cada hematoma do filho na sua própria carne, com raiva e impotência. Diane começava a sentir um novo desespero – o da dor por procuração.

Acima de tudo, ela não podia tirar da mente uma certeza: em algum lugar, ao redor deles, pesava uma ameaça. Essa convicção transformou-se em obsessão. Ela jamais poderia projetar o futuro se não ajudasse a solucionar esses enigmas. Por isso acabara de marcar um encontro com o hipnotizador Paul Sacher para o fim daquela mesma tarde, às dezoito horas.

De repente, prestou atenção no painel preso na armação da cama, que indicava as doses dos medicamentos administrados a cada dia e a curva da temperatura de Lucien. Ela arrancou a folha milimetrada. A linha a lápis indicava três picos de febre entre as onze da noite anterior e as dez horas daquela manhã. Eram importantes aqueles picos: os três passavam dos quarenta graus.

Diane pegou o telefone e discou o número de Eric Daguerre. O médico estava no centro cirúrgico. Ela chamou a Sra. Ferrer. Um minuto mais tarde, os cabelos grisalhos apareceram atrás dos vidros do corredor. Antes mesmo que pudesse abrir os lábios, a enfermeira avisou:

– O doutor Daguerre pediu-me que não lhe falasse sobre isso. Ele acha que a senhora não precisa se preocupar.

– É mesmo? – disse Diane, furiosa.

– Essas altas não duraram mais do que alguns minutos. É uma reação benigna.

Ela brandiu o diagrama.

– Benigna? Quarenta e um graus?

– O doutor Daguerre calcula que esses aumentos de temperatura sejam apenas contragolpes dos choques do menino. O sinal indireto de que seu metabolismo retomou o funcionamento normal.

Com um gesto de puro nervosismo, Diane curvou-se e arrumou as cobertas da cama.

– A senhora precisa me avisar se acontecer qualquer coisa. Entendido?

– Entendido, é claro. No entanto repito que não é nada grave.

Diane alisava os lençóis, ajustava a roupa de papel. De repente, teve um acesso de riso agressivo, à beira das lágrimas:

– Nada de grave, é? Mas suponho que mesmo assim o doutor Daguerre queira me ver?

– Assim que sair da sala de operações.

Capítulo 25

– Está tudo bem, Diane. Queria lhe dizer logo isso.

Era o pior início de conversa que ela já ouvira.

– E as crises de febre? – perguntou.

Eric Daguerre repeliu a alusão com um gesto de indiferença. Ele estava em pé, de jaleco branco, atrás de sua mesa de trabalho.

– Nada sério. Lucien está cada vez melhor. Não há um sinal sequer que não confirme seu restabelecimento. Retiramos os drenos hoje de manhã. Em breve vamos trocá-lo de setor.

Alguma coisa soava falso nessa alegria toda. Diane fixou o olhar nas pupilas que brilhavam no fundo das órbitas. Os anarquistas de *Ana Karenina*, aqueles que lançavam bombas à passagem dos príncipes, deviam ter esses olhos. Perguntou, como quem não quer nada:

– O que mais o senhor tem a me dizer?

O médico enfiou as mãos nos bolsos e deu alguns passos. De dia ou de noite seu consultório era iluminado com a mesma intensidade.

– Gostaria de apresentar-lhe Didier Romans – disse ele, por fim. – Ele é antropólogo.

Diane dignou-se a virar a cabeça na direção da terceira pessoa presente na peça e que ela até então ignorara. Era um homem mais jovem do que Daguerre. Moreno, magro, inflexível como uma tora de madeira, usava óculos espelhados escuros sobre um rosto rigorosamente fechado. Ao contemplá-lo, qualquer um pensaria em uma equação ou em uma fórmula abstrata.

– Didier é antropólogo no sentido moderno do termo – continuou o médico. – Especialista na biometria e na genética dos povos.

O homem de traços herméticos balançou a cabeça. Um sorriso tímido tentou insinuar-se em seu rosto, mas recuou quase no mesmo momento.

– Você sabe o que é? – perguntou Daguerre a Diane.

– Mais ou menos.

Daguerre lançou um sorriso ao cientista:

– Eu falei: ela é fantástica!

O tom amigável parecia cada vez mais vazio.

– Falei de Lucien a Didier. Pedi que ele fizesse alguns exames.

Diane eletrizou-se.

– Exames? Espero que...

– Não exames clínicos, é claro. Simplesmente comparamos certas características fisiológicas de seu filho com outros critérios, digamos, mais gerais.

– Não estou entendendo.

– Minha especialidade é o polimorfismo, senhora – interveio o antropólogo. – Trabalho com a caracterização das diferentes populações do mundo. Em cada povo, em cada etnia, algumas características voltam com mais freqüência do que outras. Ainda que nem todos os membros da comunidade correspondam a elas, há sempre as médias, que nos permitem traçar um retrato geral da família étnica.

O médico sentou-se e prosseguiu:

– Pareceu interessante compararmos os caracteres fisiológicos de Lucien com a média das populações que habitam as regiões de onde ele vem. Talvez esse método possa nos informar sua origem... precisa.

A raiva de Diane subiu alguns níveis, mas era uma raiva voltada contra ela mesma. Como não pensara nisso antes? Fizera contato com o orfanato. Submetera a uma especialista as palavras que o menino pronunciava. Tentara compreender melhor a técnica que o havia salvo. Mas não pensara em estudar um outro sinal evidente: seu corpo. Esse corpo que talvez carregasse traços fisiológicos, ainda que ínfimos, que poderiam caracterizar a etnia da qual ele se originava.

Virou-se para Romans e perguntou com mais calma:

– O que o senhor encontrou?

O antropólogo tirou um maço de folhas de sua pasta.

– Comecemos pelo tamanho, se quiser. No momento da hospitalização, a senhora declarou que Lucien estava com seis ou sete anos de idade. Bem, se observarmos sua dentição, percebemos que ele ainda possui todos os dentes de leite. Isso significa que é mais provável que ele tenha cinco anos.

Ele passou a outro documento. Diane reconheceu a folha de registro que preenchera na noite do acidente.

– A senhora escreveu aqui que Lucien pertence às etnias do litoral do mar de Andaman.

Ela abriu as mãos em um gesto vago.

– Não sei nada sobre isso. Segundo a diretora do orfanato, as poucas palavras que ele pronunciava não eram tailandês, nem birmanês, nem qualquer dialeto conhecido na região.

Romans deu uma olhada rápida por cima dos óculos e disse:

– Mas a senhora acha que ele é originário dessa parte do mundo compreendida, digamos, entre a Birmânia, a Tailândia, o Laos, o Vietnã e a Malásia?

– Eu... é claro, sim – disse Diane, depois de alguma hesitação. – Não vejo razão para pensar que não seja isso.

O antropólogo baixou os olhos de repente.

– Se nos detivermos nas regiões que margeiam o mar de Andaman – disse ele – e mesmo se estendemos nossa zona de pesquisa ao golfo da Tailândia e ao mar da China, não encontramos ali nada além de etnias tropicais e silvícolas. – Novo olhar na direção de Diane. – Eric me disse que a senhora é etóloga. Sabe então que o meio natural exerce uma forte influência sobre o tamanho de seus habitantes. Na floresta, homens e animais são muito menores do que em outro ambiente, como nas planícies, por exemplo.

Ela lhe devolveu o olhar. Óculos contra óculos. Romans concentrou-se em suas anotações.

– O tamanho dos habitantes das florestas intertropicais do Sudeste da Ásia varia atualmente entre cento e quarenta e dois e cento e sessenta e cinco centímetros. Podemos deduzir então que, aos cinco anos, as crianças dessas famílias medem cerca de setenta centímetros. – Novo olhar por cima dos óculos. – Sabe quanto mede seu filho?

– Mais de um metro, acredito.

– Um metro e doze, precisamente. Ou seja, quarenta e dois centímetros acima da média.

– Continue.

Romans separou uma nova folha.

– Passemos à pigmentação cutânea. Numerosos estudos foram realizados quanto à cor da pele das populações, ainda que seja difícil definir esse critério e perigoso empregá-lo. Em geral, medimos essa luminosidade graças a uma técnica específica: a reflectometria. Projetamos um raio luminoso sobre a epiderme da pessoa e medimos os fótons refletidos por essa superfície. Quanto mais clara for a pele, maior é a quantidade de luz refletida.

Diane conteve sua raiva. Começava a perceber aonde Romans queria chegar.

– Fizemos esse teste em Lucien – continuou ele. – Obtivemos um resultado que oscila entre setenta e setenta e cinco por cento da luz refletida. A epiderme de seu filho reflete o raio quase que por inteiro. Sua pele é de uma brancura resplandecente. Muito distante dos tons escuros intertropicais. Para a senhora ter uma idéia, a média da zona de Andaman é de cinqüenta e cinco por cento.

Diane reviu a palidez extrema do menino – o corpo diáfano sobre o qual via serpentearem finas veias, quando lhe dava banho. Como esse motivo de admiração podia se tornar agora uma fonte de angústia?

O homem prosseguiu, folheando as páginas:

– Aqui está outro estudo. Sobre os mecanismos fisiológicos de Lucien. Pressão arterial. Ritmo cardíaco. Taxa de glicemia. Capacidade respiratória...

Diane o interrompeu:

– O senhor possui estatísticas para cada um desses critérios?

O antropólogo deixou escapar um sorriso de orgulho.

– E para muitos outros também.

– O senhor os comparou com os de meu filho?

– Lucien apresenta em um desses aspectos um resultado surpreendente – disse ele, aquiescendo. – Apesar de seu estado de convalescença, pudemos avaliar sua capacidade respiratória. E podemos dizer que ele tem um tórax fantástico. Bem, a senhora sem dúvida sabe disso: a capacidade pulmonar de um homem está diretamente ligada à altitude do lugar onde vive. As populações das montanhas têm um volume respiratório superior, assim como uma concentração de hemoglobina mais forte do que as populações dos vales, por exemplo. Essas características constituem uma adaptação ao meio de origem.

– Bem, vamos logo aos fatos.

O cientista balançou a cabeça.

– Em todos esses aspectos, Lucien atinge índices que lembram a vida em grandes altitudes. Bem diferentes dos índices das populações do litoral e da floresta.

O silêncio pulsava sob as têmporas de Diane. Um silêncio fechado, que não podia ser resolvido com palavras nem suposições. Didier Romans continuou com voz monocórdica:

– Se adicionamos os três resultados relativos à sua altura, pigmentação e capacidades fisiológicas, obtemos uma equação que associaria as planícies, o frio e a altitude...

– Algo mais? – murmurou Diane com voz abafada.

O homem levantou o conjunto de folhas.

– Isso continua assim por mais de cinqüenta páginas. Estudamos tudo: grupo sangüíneo, grupos teciduais, cromossomos. Nenhum resultado, posso garantir que nem um único resultado corresponde às médias das regiões do mar de Andaman.

– E suponho – Diane suspirou – que seus resultados indiquem uma outra origem...

– Turco-mongol. O menino possui todas as características dominantes das populações siberianas do Extremo Oriente. Lucien não é uma criança dos trópicos: é um menino da taiga. Ele sem dúvida nasceu a muitos milhares de quilômetros de distância do lugar onde foi adotado.

Capítulo 26

Diane levou mais de vinte minutos para localizar seu carro.

Atravessou a rua de Sèvres e chegou à Général-Bertrand. Pegou a rua Duroc, aventurou-se pela Masseran e pela avenida Duquesne. Estava sem fôlego e o coração batia forte. Tentava refletir. Em vão. Perguntas em demasia – e nenhuma resposta. Como uma criança turco-mongol poderia encontrar-se na poeira escaldante de Ra-Nong, na fronteira birmanesa? Como um homem como Rolf van Kaen poderia estar informado da agonia dessa criança – embora ele mesmo, ao que parecia, tivesse se apressado a partir para aquela região do mundo? E como um menino de cinco anos, qualquer que fosse seu lugar de origem, poderia suscitar essas apostas, essas maquinações maléficas de que Diane suspeitava?

Finalmente avistou o carro perto da praça de Breteuil. Entrou nele como num refúgio. Os pensamentos se enrolavam em sua cabeça. Golpes surdos que não conduziam a nada.

No entanto, por baixo dessas palpitações, ela percebia uma luz.

Via, de repente, como avançar rumo à verdade. A lembrança do mosteiro espanhol lhe veio à mente – os raios ultravioletas que revelavam de maneira intermitente a escrita secreta do palimpsesto. Ela também possuía seus próprios elementos para descobrir o rosto escondido de Lucien. Pegou o telefone celular e discou o número de Isabelle Condroyer, a etnóloga a quem havia pedido para identificar o dialeto do filho.

A cientista reconheceu-a imediatamente:

– Diane? É cedo demais para ter alguma notícia. Fiz contato com diversos pesquisadores do Sudeste Asiático. Faremos uma reunião para analisar a fita cassete e...

– Tenho uma novidade.

– Novidade?

– Seria longo demais para explicar, mas há grande probabilidade de Lucien não ser originário da zona tropical onde o adotei.

– O que quer dizer com isso?

– Que o menino provém sem dúvida da Ásia Central. De algum lugar da Sibéria ou da Mongólia.

– Isso muda tudo... – murmurou a etnóloga –, essa não é de forma alguma minha especialidade nem a de meus colaboradores...

– A senhora conhece bem os lingüistas que trabalham nessas regiões?

– O laboratório deles fica na faculdade de Nanterre e...

– Pode fazer contato com eles?

– Posso. Conheço um, especificamente.

– Faça, então. Conto com sua ajuda.

Diane desligou. O ritmo de seus pensamentos se acalmava um pouco. Consultou o relógio. Dezessete e trinta. Chegara a hora.

A hora de mergulhar dentro de si mesma.

De reviver, plenamente e em detalhes, o acidente no bulevar periférico.

Capítulo 27

Paul Sacher devia ter uns sessenta anos. Era alto, magro e de uma elegância rara, quase vistosa. Vestia um terno cinza de lã acetinada, lustroso como a lâmina de um machado. Por baixo, percebia-se o brilho de uma camisa preta e as listras chamalotadas da gravata de seda. O rosto estava de acordo com o resto de sua figura: traços verticais, acentuados por rugas, mas traduzindo toda a indolência, toda a pretensão de um sangue raro. Abaixo das sobrancelhas rebeldes, os olhos eram vivos, verdes, orlados de preto e com profunda transparência. O mais surpreendente era a barba: o homem usava nos lados do rosto costeletas onduladas, saídas diretamente do século XIX, realçadas por anéis de cabelo grudados na testa. Esse detalhe lhe conferia qualquer coisa de animal, de gente do mato, o que aumentava a preocupação e a surpresa provocadas por sua presença.

Diane sentia crescer nela uma vontade louca de rir. O homem postado na soleira da porta se parecia com o típico hipnotizador dos filmes de terror. Só faltavam a capa e a bengala com cabo de prata. Era impossível que um tipo como esse fosse um médico sério, um psiquiatra a quem Charles enviava seus clientes mais importantes. Ela estava tão surpresa que não ouviu sua primeira observação.

– Como? – perguntou hesitante.

O homem sorriu. Suas costeletas se ergueram.

– Apenas convidei-a para entrar...

Para coroar o conjunto, Sacher possuía sotaque eslavo. Ele rolava o *r* à moda de um fiacre velho, nas brumas da noite de Walpurgis. Dessa vez, ela recuou um passo.

– Não – respondeu. – Obrigada. Não me sinto em condições de...

Paul Sacher segurou-a pelo braço. A suavidade da voz atenuou um pouco a brutalidade do gesto.

– Entre. Por favor. Pelo menos para não perder a viagem...

A viagem: Diane não teria empregado este termo para se referir aos quatrocentos metros que percorrera de sua casa até o consultório situado na rua Pontoise, perto do bulevar Saint-Germain. Ela esforçou-se para recuperar a seriedade: temia de repente ofender este homem que havia aceitado recebê-la no mesmo dia de seu telefonema.

Entrou no apartamento e sentiu um certo alívio. Nada de cortinas pretas. Nada de objetos exóticos nem estatuetas lúgubres. Nada de cheiro de incenso ou poeira. Paredes austeras, cor de tabaco dourado, lambris brancos, mobiliário sóbrio e moderno. Ela seguiu o personagem por um corredor, atravessou uma sala de espera e entrou no consultório.

A peça estava banhada pela luz do fim da tarde. Uma mesa de vidro e uma biblioteca muito bem organizada reinavam no ambiente. Diane podia imaginar políticos ou empresários acomodados ali, ansiosos por resolver seus problemas de estresse.

O hipnotizador sentou-se e deu um segundo sorriso. Diane começava a se habituar a essa vestimenta prateada e a esses olhos de guru. Não tinha mais vontade de rir. Sentia agora até mesmo uma ponta de angústia ao pensar nos poderes de Paul Sacher. Ele poderia realmente ajudá-la a vasculhar sua memória? Ela de fato lhe entregaria sua alma? O médico enrolou algumas sílabas:

– Parece que eu a divirto.

Diane engoliu a saliva.

– É que... Eu não esperava...

– Alguém tão pitoresco?

– Bem... – Ela acabou sorrindo, confusa. – Sinto muito. Já passei maus bocados hoje e...

Sua voz ficava cada vez mais fraca. O médico pegou um peso de papéis em resina e se pôs a brincar com ele.

– Minha aparência de um velho mágico depõe contra mim. No entanto sou um racionalista. E nada é mais racional do que a técnica da hipnose.

Pareceu a Diane que o sotaque gutural diminuíra um pouco – ou ela se habituara a ele. O encanto do personagem agia como círculos na água, em ondas concêntricas. Ela reparava agora nos retratos alinhados sobre as paredes: fotos em grupo, onde Sacher reinava no papel de professor soberano. Em todas elas, a aluna mais encantadora estava ao seu lado, envolvendo-o com um olhar de adoração. Charles dissera: "Um verdadeiro chefe de matilha."

– Em que posso ajudá-la? – ele perguntou, repousando o peso de papéis com suavidade. – Charles falou-me que a senhora telefonaria.

Ela ficou tensa.

– O que ele lhe disse?

– Nada. Apenas que a senhora era uma pessoa muito cara a ele. Uma pessoa a quem eu deveria... dar muita atenção. Repito minha pergunta: em que posso ajudá-la?

– Eu gostaria primeiro de lhe fazer uma pergunta precisa sobre hipnose.

– Pois faça.

– É possível condicionar uma pessoa a fazer alguma coisa contra a sua vontade?

O psiquiatra apoiou os antebraços nas laterais cromadas da poltrona. Seus dedos exibiam vários anéis: de turquesa, ametista, rubi.

– Não – respondeu ele. – A hipnose nunca é uma violação da consciência. Todas essas histórias de assassinos condicionados, de mulheres violentadas são invenções. O paciente pode sempre resistir. Sua vontade permanece intacta.

– Mas... fazer alguém dormir? O senhor pode fazer uma pessoa dormir graças a essa técnica?

Sacher movimentou os lábios – suas costeletas acompanharam o movimento.

– O adormecimento é um caso diferente. Trata-se de um estado de abandono, muito próximo do transe hipnótico. Isso, sim, podemos provocar.

– E à distância? O senhor poderia fazer alguém dormir à distância?

– Como assim, "à distância"?

– O senhor poderia programar uma pessoa para que ela adormecesse algum tempo depois da sessão de sugestão, quando o senhor não estivesse mais presente?

– Sim – admitiu o homem. – É possível. Basta repetir o sinal convencionado durante a sessão.

– Que tipo de sinal? – perguntou Diane.

– Diane, não estou entendendo muito bem suas perguntas.

– Que tipo de sinal?

– Bem, pode ser uma palavra-chave, por exemplo. Durante uma sessão, depositamos essa palavra no fundo do inconsciente da pessoa e a associamos ao estado de adormecimento. Mais tarde, basta pronunciar a palavra para reativar o condicionamento.

Ela lembrou-se das palavras de Vulovic: "Quando repenso tudo isso, vejo uma única coisa... O verde... Como o das barracas militares..."

– O sinal poderia ser visual? – perguntou ela.

– Com certeza.

– Uma cor?

– Claro que sim. Uma cor, um objeto, um gesto, qualquer coisa.

– E depois, do que a pessoa se lembraria?

– Isso depende do grau de profundidade do trabalho hipnótico durante a sessão.

– Ela poderia esquecer tudo?

– No caso de hipnose muito profunda, sim. Mas nesse caso a senhora me leva ao limite extremo de nossa atividade. Nossa deontologia é severa e...

Diane não ouvia mais nada. Ela sentia, nas fibras de sua carne, que se aproximava da verdade. Era possível que um homem tivesse hipnotizado Marc Vulovic no estacionamento da avenida porte-d'Auteuil e que um sinal tivesse feito, mais tarde, com que ele adormecesse. Ela pensou também em Rolf van Kaen, colosso no vigor da idade, que se deixara abrir o ventre sem opor resistência. Por que não sob hipnose?

– Charles falou que a senhora teria vontade de se submeter a uma sessão de...

– Exatamente. Quero entrar em estado de sugestão.

– Em que contexto? Suas perguntas são muito estranhas. Em geral meus pacientes têm algum problema com cigarro ou alguma alergia e...

– Quero reviver um episódio de minha vida.

Sacher sorriu. Ele recolocava os pés em terreno de seu conhecimento. Afundou na poltrona, inclinou a cabeça para o lado – um pintor que estuda seu modelo – e perguntou:

– Do que se trata? Uma lembrança muito antiga?

– Não. O acontecimento data de pouco mais de duas semanas. Mas acredito que meu inconsciente oculte certos detalhes. Charles explicou-me que o senhor poderia me ajudar a lembrar desses fatos.

– Não há nenhum problema. Apresente-me primeiro o quadro geral e...

– Espere.

Diane compreendeu que estava aterrorizada com a idéia de abrir sua mente a esse homem. Ela disse, para retardar o desfecho:

– Explique-me primeiro... Como vai chegar à minha memória?

– Não tenha medo, será um trabalho de equipe.

– Um trabalho de equipe deve se basear na confiança. Diga-me precisamente como entrará na minha cabeça.

Sacher pareceu contrariado.

– Receio não poder explicar.

– Por quê?

– Quanto mais a senhora conhecer o método empregado, mais resistência oferecerá.

– Vim aqui de livre e espontânea vontade.

– Falo de seu inconsciente. Desse inconsciente que se recusa a dar-lhe certas informações. Se lhe der armas para se defender, acredite, ele vai usá-las.

– Não posso... oferecer-lhe assim meu cérebro...

O psiquiatra manteve-se em silêncio. Parecia avaliar o que podia estar em jogo para Diane. Pegou de novo o peso de papéis, colocou-o na mesa e falou:

– A hipnose nada mais é do que uma forma de concentração muito intensa. Evocaremos juntos sensações físicas – sua circulação sangüínea, por exemplo – que captarão progressivamente suas faculdades de atenção. A senhora esquecerá de tudo, com exceção dessas sensações. Não terá mais do que uma percepção muito distante de seu ambiente. Esse tipo de "desconexão" subsiste às vezes na vida quotidiana. Por exemplo, uma pessoa estuda intensamente um dossiê, todo o seu espírito está tomado por esse trabalho. Um inseto a morde: ela nem sequer percebe. Está em estado de hipnose, de transe. É o que acontece nas cerimônias religiosas em que as pessoas passam por provas físicas. O cérebro não "recebe" mais a mensagem do sofrimento.

– É graças a esse estado que o senhor consegue levantar as barreiras do inconsciente?

– Sim, porque não é mais a pessoa que levanta as defesas, mas a própria consciência. Assim, ao chegar a um certo estágio de concentração, não passamos mais pelo compartimento da razão. É um assunto privado entre o hipnotizador e o inconsciente da pessoa.

Diane pensou no acidente de sua adolescência. Ela consagrara uma parte de sua existência a apagar essa lembrança, a transformar, justamente, sua memória em um cofre.

– Até onde podemos chegar, dessa forma? – perguntou.

– Não há limite. A senhora se espantaria com o número de pacientes que assumem, nessa poltrona, suas identidades de bebê. Começam a balbuciar como crianças. Seu olhar é dessincronizado, como o de um bebê poucos dias após o nascimento. É possível chegar a antes disso, até.

– Antes disso?

– Até a memória que conservamos em nós. A memória de nossas vidas anteriores.

– Desculpe-me. – Diane tentou rir. – Não acredito em reencarnação.

– Não estou falando de lembranças de existências precisas. Falo dessa memória natural da qual somos o receptáculo. De certa forma, a genética nada mais é do que uma memória. A de nossa evolução, incrustada na nossa carne.

– Isso é apenas modo de dizer. Falamos de lembranças concretas...

– Pode tratar-se de lembranças muito concretas! Pegue o exemplo dos bebês-nadadores. Quando um bebê é jogado na água, tem o reflexo imediato de fechar as cordas vocais. De onde vem esse reflexo?

– De seu instinto de sobrevivência.

– Com alguns dias de vida?

Diane piscou repetidas vezes. O hipnotizador continuou:

– Esse reflexo vem de tempos imemoriais, quando o homem não era ainda homem, mas uma criatura anfíbia. Ao contato com a água, a criança lembra-se dessa época. Mais exatamente: o corpo lembra, sem depender da consciência. Quem sabe a hipnose não poderá nos trazer de volta esse tipo de lembrança, mais precisamente ainda, até nossa consciência?

Diane sentia-se invadida por estranha perturbação. Ela não tinha mais certeza de querer continuar, de querer efetuar ali o grande salto. Um detalhe acabava de incomodá-la: o dia se fora e o consultório estava coberto de sombra. No entanto os olhos do hipnotizador jamais tinham brilhado com tanta intensidade. Parecia mesmo que suas pupilas provocavam o reflexo característico de certos animais noturnos, como os lobos, que possuem plaquetas prateadas, situadas entre a retina e a esclerótica, que lhes permitem acentuar a luz. Sacher tinha esse mesmo olhar de prata... Ela estava decidida a ir embora quando ele propôs:

– E agora, que tal me falar da cena que quer reviver?

Diane voltou à razão. Ela se reviu no quarto de hospital, algumas horas antes, tomando a resolução. Encolheu-se na poltrona e contou, com voz calma:

– Quarta-feira, dia 22 de setembro, por volta da meia-noite, tive um acidente de carro com meu filho adotivo no bulevar periférico, na direção da porta Dauphine. Saí ilesa, mas meu filho ficou entre a vida e a morte durante quinze dias. Acredito que ele esteja hoje fora de perigo, mas... – Diane hesitou. – Gostaria de lembrar-me dos minutos que precederam o acidente – continuou. – Gostaria de reviver cada gesto, cada detalhe. Quero estar certa de que não cometi nenhuma falha.

– Uma falha ao volante?

– Não. O acidente foi provocado por um caminhão que atravessou as pistas. Não tive culpa de nada. Mas... eu tinha bebido um pouco. E agora queria ter certeza de que fechei bem o cinto de segurança de meu filho. Nova hesitação e, em seguida: – Preciso confirmar que, no momento da colisão, o cinto não estava mesmo afivelado.

Sacher cruzou as mãos sobre a superfície espelhada da mesa e inclinou-se na direção de Diane. Suas íris brilhavam em reflexos simétricos.

– Se não estava afivelado, é porque a senhora não o fechou, certo?

– *Sei* que fechei o cinto, e quero confirmar isso aqui, sob hipnose.

O médico parecia refletir. Ele sentia, sem dúvida alguma, o mesmo espanto de Charles Helikian.

– Admitamos que tenha tomado essa precaução – disse ele. – Como explicar que o cinto tenha sido encontrado aberto no momento do acidente?

– Penso em um homem. Um passageiro clandestino no meu carro. Acho que o acidente foi preparado, organizado, realizado em seus mínimos detalhes.

– Está brincando?

– Faça de conta que estou brincando e me hipnotize.

– É um absurdo. Por que alguém tramaria tudo isso?

– Me hipnotize.

– Um homem teria corrido o risco de estar com vocês no carro no momento do acidente?

Diane compreendeu que não conseguiria nada do psiquiatra. Pegou suas coisas e levantou-se.

– Espere – ordenou ele.

Paul Sacher esboçou um gesto cortês na direção da poltrona. Sorria de maneira afável, mas Diane percebeu que ele tremia.

– Sente-se – disse ele. – Vamos começar.

Capítulo 28

A primeira sensação foi a da água.

Seu espírito flutuava em um ambiente líquido. Ela se imaginava um volume esquecido no porão inundado de um navio de carga. O caroço de uma fruta de polpa muito fluida. Ela jogava de um lado para o outro, a partir de então, no interior de seu próprio crânio.

A segunda sensação foi a de que se dividia em duas.

Ou dupla.

Como se sua consciência estivesse dividida em duas entidades distintas e que uma pudesse observar a outra. Ela sonhava – e podia se contemplar enquanto sonhava. Ela se concentrava – e podia se observar, a distância, enquanto se concentrava.

– Diane, está me ouvindo?

– Sim, estou ouvindo.

O mergulho no estado hipnótico fora imediato. Paul Sacher primeiro pedira que ela se concentrasse em uma linha vermelha pintada na parede e que sentisse o peso de seus membros. Diane passara bruscamente a um estado de consciência intenso. Experimentara a inércia de suas mãos, de seus pés. A massa de seus membros, que pareciam pesar mais a cada segundo, enquanto seu espírito, ao contrário, se elevava, se liberava.

– Evocaremos a lembrança do acidente.

As costas eretas, mãos postadas sobre os braços da poltrona, Diane concordou, inclinando a cabeça.

– Você sai do imóvel de sua mãe. Que horas são?
– Mais ou menos meia-noite.
– Onde está exatamente, Diane?
– Estou parada no pórtico do prédio 72 do bulevar Suchet.

Crepitar de tempestade. Linhas translúcidas. Milhares de entalhes sobre a superfície negra da calçada. Altas fachadas de pedra cintilantes. Postes de iluminação azulados, arfando a bruma como bocas impacientes.

– Como se sente?
Os olhos fechados, ela sorriu sem responder.

O champanhe nas suas veias, como rios subterrâneos que se riem da tempestade lá fora. Diane ouve o bater das gotas, leves e fortes, sobre sua nuca. Sente-se bem. Sente-se solta. Esqueceu a raiva do jantar. O beijo de Charles. Ela está apenas aconchegada no momento.

– Diane, como se sente neste instante?
– Perfeitamente bem.
– Você está só?

Em seus braços, o calor da criança se cristaliza. Sua nuca quente, a languidez de seu corpo. A quietude de seu sono que a chuva não consegue perturbar.

– Estou com Lucien, meu filho adotivo.
– O que está fazendo agora?
– Atravessando o bulevar.
– Como está o trânsito?
– O bulevar está deserto.
– Seu carro: onde ele está estacionado?
– Ao longo do hipódromo de Auteuil.
– Lembra-se do endereço exato?
– Avenida Maréchal-Franchet-d'Espérey.
– Dê-me outros detalhes. Qual é a marca de seu carro?
– É um utilitário. Modelo antigo. Um Toyota Landcruiser da década de oitenta.

– Consegue vê-lo agora?
– Consigo.

A alguns metros de distância, o veículo se desenha sob a tempestade. Diane está agora agitada por um pressentimento. Ela sente remorso, culpa. Arrepende-se de ter bebido. De ter obedecido a esse ritual que ela abomina. Gostaria de voltar, imediatamente, a uma perfeita lucidez, assumir de maneira plena cada segundo.

A voz de Sacher ecoava na peça, ao mesmo tempo longínqua e próxima:
– O que está fazendo agora?
– Abrindo a porta.
– Qual porta?
– A de trás, da direita. A de Lucien.
– E depois?
Antes mesmo de definir seu pensamento, seu corpo lhe forneceu as respostas – sensações muito nítidas, quase vivas demais.

A chuva batendo em suas costas. O calor emanando do decote da blusa. Seu corpo curvado entrando com Lucien no carro.

A voz do hipnotizador ficou mais forte:
– O que está fazendo, Diane?
– Colocando Lucien na sua cadeirinha...
– Esse momento é muito importante, Diane. Descreva precisamente cada um de seus gestos.

Entre seus dedos, um ruído breve repercutiu. O "clique" do cinto. Imediatamente ela sente essa alegria tênue, secreta, egoísta, que remata cada um de seus atos, até o mais ínfimo, quando se trata da proteção de seu filho.

Alguns segundos mais. A voz de Diane, afinal:
– Eu... eu afivelei o cinto de segurança.
– Você tem certeza?

– Certeza absoluta.

O tom grave de Sacher calou fundo nela:

– Interrompa agora essa lembrança. Observe com atenção o interior do carro.

A parte consciente de Diane compreendeu que sua câmera mental estava a ponto de disparar. Ela voltava agora o olhar pelo centro da imagem memorizada.

O espaço escuro da cabine. Os assentos destruídos, cobertos de objetos diversos. A coberta cáqui amassada e jogada no chão. O compartimento de bagagem cheio de revistas velhas. As portas de metal, sem revestimento nem tecido...

Ela podia, literalmente, esquadrinhar sua lembrança, avaliá-la, examiná-la em todos os sentidos. Podia pesquisar esses detalhes que não observara, na ocasião, mas que sua memória havia retido sem que ela percebesse.

– O que está vendo, Diane?

– Nada. Nada em particular.

O silêncio de Paul Sacher estava tenso. Confusa, Diane sentia que o psiquiatra estava alerta.

– Continuamos? – perguntou ele.

– Continuamos.

O tom retomou a neutralidade:

– Você agora segue pelo bulevar periférico?

Ela concordou com a cabeça.

– Responda em voz alta, por favor.

– Sigo pelo bulevar periférico.

– O que está vendo?

– Luzes. Uma seqüência de luzes.

– Seja mais explícita. O que vê, precisamente?

De um lado e de outro de suas têmporas, as luminárias desfilam sob suas proteções de vidro. Diane pode quase perceber a gramatura do vidro laminado, aquecido pela incandescência laranja do sódio.

– As rampas de néon – murmura ela. – Elas me cegam.
– Onde está agora?
– Passo pela Porta de la Muette.
– Há outros veículos no bulevar?
– Muito poucos.
– Em que pista você está?
– Na quarta, a da extrema esquerda.
– A que velocidade está dirigindo?
– Não sei.
Sua voz ficou mais grave:
– Olhe o painel do carro.
Diane observou o velocímetro no interior de sua lembrança.
– Dirijo a cento e vinte quilômetros por hora.
– Muito bem. Na pista, à sua volta: percebe alguma coisa de especial?
– Não.
– Você nunca olha para trás, na direção de seu filho?
– Olho. Inclusive regulei o retrovisor interno na direção dele.
– Lucien está dormindo?

Silhueta opaca e leve no assento para criança. Intensidade e profundidade do sono. Cabelos pretos enredados nas trevas. Tufos formando um berço de quietude.

– Ele dorme profundamente.
– Não se mexe?
– Não.
– Não há nenhum movimento na parte de trás?
Diane varreu o campo de visão de seu retrovisor.
– Não, nenhum.
– Volte para a estrada. Onde está agora?
– Estou chegando à Porta Dauphine.
– Já pode ver o caminhão?
Uma ponta de angústia sob a pele.
– Sim. Eu...
– O que está acontecendo?

Na violência da tempestade, as paralelas do bulevar não estão mais em equilíbrio. Não: não são as paralelas. É o caminhão. O caminhão acaba de sair de sua pista – ele parece levar no seu rastro a estrada inteira. Não liga o pisca alerta. Não faz nenhum sinal. Atravessa em direção oblíqua as linhas de chuva e de luz…

Diane endireita-se na poltrona. A voz de Sacher aumenta um tom:

– O que está acontecendo?

– O caminhão... ele... ele... ele desvia para a esquerda.

– E depois? – perguntou o hipnotizador.

– Ele passa para a quarta pista...

– O que você faz?

– Piso no freio!

– E então, o que acontece?

– Minhas rodas estacam em cima das poças d'água. Eu derrapo, eu...

Diane gritou. A força da lembrança aflorava.

O caminhão bate na grade de proteção lateral da estrada. Faz um cavalo-de-pau em meio a um barulho de ferro rebentado. A cabine está na posição inversa, inundando com seus faróis o pára-brisa de Diane.

– O que está vendo?

– Nada, não vejo mais nada! Estou envolta na bruma d'água. Eu... eu freio. Eu freio!

A carreta vacila em sua estrutura. Suspiros furiosos de vapor. Chiado de freios. Fragmentos de ferro surgem do caos…

Diane sentiu uma mão agarrar seus ombros. A voz de Sacher, bem próxima:

– E Lucien, Diane? Você nem sequer olha para Lucien?

– Claro que sim!

Sua lembrança volta com pureza de cristal. Pouco antes do choque, pouco antes de bater com violência na grade lateral, Diane se voltara na direção do filho.

A frágil fisionomia adormecida. E de repente as pálpebras que se abrem. Meu Deus. Ele acorda. Ele verá o que está acontecendo...

– Diga-me o que está vendo!

– Ele... ele... ele acorda. Ele está acordado!

– Você vê o cinto? – Sacher gritava agora. – Ainda está afivelado?

O rosto do menino amedrontado... suas pálpebras escancaradas... as pupilas dilatadas pelo terror...

– Diane, olhe o cinto! Lucien está abrindo o cinto?

– NÃO CONSIGO!

Diane não conseguia mais desviar os olhos de Lucien. A voz de Sacher, com o mesmo terror:

– Olhe a estrada, Diane! Volte para a estrada!

Em um gesto reflexo, ela deu uma volta sobre si mesma. Um grito estridente brotou de sua garganta. Um grito cuja força a arremessou da cadeira.

– NÃO!

Ela jogou-se contra a persiana da janela. Sacher precipitou-se sobre ela.

– O que está vendo, Diane?

Ela continuou a gritar:

– NÃO!

– O QUE ESTÁ VENDO?

Diane não conseguia responder. A voz do psiquiatra mudou de registro. Mais calmo, mas muito firme, ele ordenou:

– Acorde.

Ela estremeceu, agitada por espasmos, encolhida ao pé da persiana.

– ACORDE! ESTOU MANDANDO!

Diane mexeu-se em plena consciência. Seus olhos pestanejaram. Uma lâmina da persiana devia tê-la ferido: o sangue corria pelo seu rosto, misturando-se às lágrimas em rios suaves. Sacher estava curvado sobre ela.

– Acalme-se, Diane. Você está aqui agora, comigo. Está tudo bem.

Ela tentou falar, mas suas cordas vocais se recusavam a funcionar.

– O que viu? – perguntou o médico.

Seus lábios tremeram: nenhum som saiu deles. Ele continuou, com um tom impregnado de benevolência:

– Havia um homem no seu carro?

Ela negou, sacudindo os cabelos:

– Não. No carro, não.

A fisionomia do psiquiatra demonstrava espanto. Diane tentou continuar, mas as palavras enfraqueciam na sua garganta.

Então sua última visão voltou a navegar na sua memória.

No momento exato em que se voltara para a estrada, ela vira: à direita, a cem metros de distância, entre as moitas do bulevar periférico, um homem se levantava na chuva. Vestido com uma capa longa, de cor cáqui, capuz apertado em volta do rosto ossudo, ele estendia o dedo indicador na direção do caminhão, como se tivesse provocado, com esse gesto, a fúria do acidente.

Com certeza, Diane reconhecera a capa verde: uma túnica antirradiação do exército russo.

Capítulo 29

– ASSIM?

O analista acrescentou maçãs do rosto salientes ao retrato falado. Diane concordou. Era meia-noite. Há quase duas horas trabalhava com um técnico fisionomista na sede da Polícia Judiciária, a fim de estabelecer o retrato do personagem do bulevar periférico. Depois da sessão de hipnose, apesar das perguntas insistentes de Paul Sacher, Diane o deixara e se dirigira imediatamente para o Quai des Orfèvres.

– E a boca?

Na tela do computador, Diane olhou desfilarem as diferentes formas de lábios. Bordas carnudas. Oval curta. Comissuras para cima. Selecionou lábios finos, retilíneos, com sulcos acentuados.

– E os olhos?

Novo desfile no monitor. Diane escolheu losangos com pálpebras baixas, para os quais optou por íris escuras e azuladas – bolas de gude pesadas, como as que tilintam nas mochilas das crianças. Era absurdo definir com tanta precisão um rosto que ela avistara a mais de cem metros de distância. No entanto podia jurar: os olhos do assassino, como os outros detalhes que selecionara, eram assim mesmo.

– E as orelhas?

– Ele usava um capuz – respondeu Diane.

– Que tipo de capuz?

– Um capuz próprio para enfrentar tempestades. Apertado em volta do rosto.

O técnico traçou ao redor da figura uma sombra franzida que simulava perfeitamente o invólucro de tecido. Diane recuou ligeiramente, apertou os olhos: o rosto tomava forma. Testa alta, lisa. Maçãs do rosto de sílex, circundadas por rugas. Olhos azul-escuros que possuíam, sob a indolência das pálpebras, um brilho de ágata. Diane teria querido surpreender nesse rosto uma monstruosidade, uma marca de crueldade – mas precisava render-se à beleza dos traços.

Patrick Langlois apareceu. Deu uma olhada na tela e virou-se para Diane. Uma ruga de inquietude marcava sua fronte.

– Ele se parecia com isso? – perguntou.

Diane aquiesceu. O tenente observava o retrato sem convicção. Ele havia concordado, às dez horas da noite, em voltar ao escritório e convocar um fisionomista para elaborar esse rosto. Sentou-se na borda da escrivaninha, mantendo sempre apertada contra o peito a pasta de cartolina.

– E você diz que ele vestia uma capa militar?

– Sim. Uma túnica soviética. De uma fibra anti-radiação.

– Como pode ter certeza disso?

– Há cinco anos realizei uma missão em Kamtchatka, na Sibéria extremo-oriental. Estávamos em um campo militar e assisti, por acaso, a uma manobra de alerta nuclear. Pude ver de perto essas túnicas. Elas são fechadas obliquamente e no pescoço são presas...

O tenente interrompeu-a com um gesto. Pediu ao técnico que imprimisse o retrato falado, depois levantou-se e disse para Diane:

– Venha comigo.

Eles seguiram pelos corredores onde se enfileiravam portas entreabertas e clarabóias escuras. Ela podia ver escritórios desbotados, nichos em desordem onde alguns policiais ainda trabalhavam.

Langlois destrancou uma porta revestida de veludo. Penetrou no seu interior e acendeu uma lâmpada de halogênio. O escritório evocava um antro de oficiais de justiça, atulhado de papéis velhos e de pedaços de couro usado. Ele indicou uma cadeira e sentou-se do outro lado da mesa. Tamborilou durante alguns segundos na superfície de madeira antes de levantar os olhos.

– Você deveria ter me prevenido, Diane.

– Eu queria ter certeza.

– No entanto eu a adverti: não banque a Alice detetive.

– Foi você mesmo quem me incumbiu de pesquisar sobre Lucien.

Com uma sacudida de ombros, o policial ajeitou sua túnica e falou:

– Vamos recapitular. Na sua opinião, o acidente seria na verdade uma tentativa de assassinato, é isso?

– É.

– O motorista do caminhão teria adormecido sob comando, por uma força exterior ou sei lá o que...

– Por hipnose.

– Por hipnose, admitamos. Como teria sido possível provocar a colisão naquele local exato, no momento em que você chegava pela pista da esquerda?

– Cronometrei os itinerários. O caminhão vinha de um estacionamento na avenida Porta-d'Auteuil, perto do Bois de Boulogne. Bastaria que ele pegasse a estrada imediatamente antes de eu própria arrancar. Considerando nossas respectivas velocidades, o ponto de encontro era fácil de ser calculado.

– Mas o adormecimento do motorista... Como ele foi provocado justamente naquele instante?

– É possível condicionar uma pessoa para que ela durma um sono profundo ao aparecimento de um sinal.

– Que sinal, neste caso?

Diane passou a mão pela testa.

– O motorista lembrou-se de uma cor verde. Talvez se trate da túnica militar. O homem com a capa estava na entrada do túnel.

O tenente continuava a encarar Diane. Seus olhos pretos brilhavam sob a franja prateada.

– Na sua opinião – continuou ele –, os assassinos trabalhavam então em equipe?

– Acredito que sim.

– Como se fosse uma operação militar?

– Uma operação militar. Exatamente.

– E toda essa operação teria sido organizada apenas para eliminar seu filho adotivo?

Ela concordou, mas considerava o absurdo de sua versão para os fatos. Langlois inclinou-se na direção dela e plantou os olhos no seu coração.

– Na sua opinião, por que eles teriam querido matá-lo?

Ela afastou as mechas de cabelo e murmurou:

– Não sei.

Langlois voltou para sua cadeira e atacou em outro tom, como se quisesse iniciar um novo capítulo:

– E você me diz que Lucien não teria vindo da Tailândia? Que ele seria na verdade uma criança vinda da Sibéria ou da Mongólia? Como ele conseguiu aterrissar no litoral de Andaman?

– Não sei.

Algum tempo depois Langlois declarou, com voz contrariada:

– Diane, como lhe dizer...

Ela levantou os olhos por cima da curva dos óculos.

– Você acha que sou maluca?

– Você não tem a menor prova do que afirma. Nenhum indício, nada. Tudo isso poderia existir apenas na sua cabeça.

– E o motorista? Ele não entende como pode ter dormido e...

– Como ele poderia afirmar o contrário?

– E o homem? O homem com a túnica de proteção: não posso tê-lo inventado, não é mesmo?

O policial preferiu tomar outra direção.

– Se eu admitir sua história, seriam os mesmos homens que mataram Rolf van Kaen?

Ela hesitou de novo.

– Acho que sim. Os assassinos, de alguma forma, puniram o alemão por ele ter salvado Lucien.

– E quem teria informado o acupunturista sobre o acidente?

– Não sei.

– Os policiais do BBK ainda não conseguiram encontrar nenhum vestígio de telefonema ou mensagem que mencionasse seu filho. Van Kaen parece ter sido chamado pelo Espírito Santo.

O que mais ela poderia acrescentar? Langlois respeitou primeiro seu silêncio, depois declarou em voz mais baixa:

– Peguei informações sobre você.

– Como assim?

– Telefonei a seus colegas, a seus pais, aos médicos que trataram de você.

– Como pôde...? – gritou ela.

– É a minha profissão. Neste caso, você é a minha principal testemunha.

– Nojento.

– Por que não me disse que passou por diversas psicoterapias, hospitalizações, sonoterapias?

– Eu devia carregar um cartaz?

– Eu poderia ter feito a pergunta antes, mas... por que adotou Lucien?

– Não é da sua conta.

– Você é tão jovem...

Seu rosto contraiu-se em um sorriso constrangido. As rugas reduziram sua expressão de confusão.

– OK: tão bonita. É isso que eu queria dizer. – Ele fez com os dedos o contorno de seu rosto. – Nunca consegui entender isso muito bem. Diane, por que não tentar... enfim, você sabe: encontrar um marido, formar um lar, a vida clássica, por que não?

Ela cruzou os braços e não respondeu. Langlois curvou-se e uniu as mãos em forma de prece, como na primeira vez, no hospital.

– Segundo sua mãe, você tem dificuldade em se... relacionar. – Ele deixou a frase em suspenso, esperou alguns segundos, depois falou: – Segundo ela, você nunca teve namorado firme.

– Isto é uma terapia ou o quê?

– Sua mãe...

– Minha mãe... Pois eu quero que ela se dane.

O tenente colou as costas contra a parede, apoiou o pé na cesta de papéis e sorriu.

– Foi isso o que pensei ter entendido, sim... E seu pai?

– O que está querendo saber?

Langlois abandonou sua posição e disse:

– Você tem razão. Não tenho nada a ver com isso.

– Não conheci meu pai – disse Diane, tentando resumir. – Na década de setenta minha mãe vivia em comunidade. Ela escolheu um cara no grupo e se fez fecundar. Foi um acordo entre eles. Ele jamais me procurou. Não sei sequer seu nome. Minha mãe queria criar sua filha sozinha. Evitar os grilhões do casamento, a submissão machista... Ela seguia as idéias de sua época. Era uma feminista declarada. – E acrescentou: – Existem filhos que puxam aos pais. Eu sou filha do "paz e amor".

Um sorriso passou pelo rosto do policial, esse frêmito de ironia de que Diane tanto gostava. Essa expressão lhe partiu o coração, porque ela sabia que contemplava uma paisagem proibida. Sentiu-se de repente prisioneira de uma geleira, enclausurada em uma prisão glacial. O tenente deve ter percebido sua tristeza: estendeu-lhe a mão, mas ela a evitou.

Ele ficou imóvel, esperou alguns segundos e atacou como conclusão:

– Diane, o termo *tokamak* lhe diz alguma coisa?

Ela não procurou esconder a surpresa:

– Não. O que é?

– É uma abreviação. Quer dizer: câmara magnética a corrente. Na verdade, vem do russo.

– Do russo? Por que está me dizendo?

Langlois abriu sua pasta: um fax estava bem à vista. Diane percebeu os caracteres cirílicos e o que seria uma foto de identidade, pouco clara por causa da transmissão via fax.

– Você se lembra, talvez, de que há uma espécie de buraco negro na vida de van Kaen...

– De 1969 a 1972, sim.

– Os tiras do BBK abriram hoje um cofre que o médico possuía no Berliner Bank. O cofre continha apenas essas peças. – Ele brandiu a fotocópia. – Documentos de identidade soviéticos, que demonstram que o alemão trabalhou, durante esse período, em um *tokamak*.

– Mas... o que é isso?

– Um sítio de pesquisa revolucionária. Um laboratório de fusão nuclear.

Diane pensou na túnica anti-radiação do assassino.

– Você quer dizer fissão nuclear? – corrigiu ela.

O tenente esboçou um gesto de admiração.

– Você é realmente surpreendente, Diane. Você tem razão, eu me informei: a atividade tradicional das centrais é fundamentada na fissão dos átomos, mas aqui, justamente, trata-se de uma outra técnica, baseada na fusão. Uma técnica diretamente inspirada pela atividade do sol, inventada pelos soviéticos na década de sessenta. Um projeto desmesurado, que os obrigava a construir fornos que chegavam a duzentos milhões de graus. É inútil dizer que tudo isso vai além da minha competência.

– Qual a ligação com os acontecimentos de hoje? – perguntou Diane.

Ele virou a fotocópia na direção dela e assumiu uma expressão de evidência.

– O *tokamak* no qual van Kaen trabalhou, o TK 17, era o mais importante de todos os que os russos construíram. Era um local totalmente secreto. E adivinhe onde ele foi implantado? No extremo norte da República Popular da Mongólia, na fronteira com a Sibéria. Em Tsagaan-Nuur, o mesmo lugar para onde o médico parecia decidido a ir.

Ela examinou o documento borrado de preto, reconhecendo, na foto de identidade embaçada, os traços de um van Kaen jovem, o olhar fechado. Langlois perguntou-se em voz alta:

– Por que ele queria voltar lá? Não tenho a menor idéia, mas tudo isso forma um todo. É evidente.

O analista entrou no escritório depois de bater na porta. Sem uma palavra, depositou vários exemplares impressos do retrato falado e se eclipsou. O tenente observou os rostos e concluiu:

– Vamos ver se nossos fichários reconhecem esse cara. Não acredito muito nessa possibilidade, mas nunca se sabe. Paralelamente, vamos orientar nossos pesquisadores sobre as comunidades turco-mongóis de Paris. Verificar os vistos de entrada e essas coisas todas. É a única notícia boa, porque não deve haver muitos deles.

Ele levantou-se e consultou o relógio.

– Vá dormir, Diane. Já passa da uma da madrugada. Vamos reforçar a guarda do quarto de Lucien: não tenha medo.

Ele a acompanhou até a porta. Apoiando-se no batente, acrescentou:

– Francamente, não sei se você é maluca, Diane, mas, em todo o caso, essa história é muito mais maluca do que você.

Capítulo 30

Cômodos brancos. Quadros pastel. Visor vermelho da secretária eletrônica.

Diane atravessou seu apartamento sem acender a luz. Entrou no quarto e jogou-se na cama. A claridade grená da secretária, perto dela, assumiu as proporções de um farol sobre um mar de sombras. Ela lembrava-se de ter desligado o celular antes da sessão de hipnose. Será que alguém tinha tentado falar com ela a noite inteira?

Apertou o botão de escuta e ouviu apenas a última mensagem: "É Isabelle Condroyer. São vinte e uma horas. Diane: é fantástico. Identificamos o dialeto de Lucien! Telefone logo."

A cientista deixou o número de seu telefone de casa e do celular. No escuro, Diane memorizou o primeiro número e discou. O telefone tocou várias vezes – já era tarde, talvez duas da manhã – até que uma voz amarrotada respondeu:

– Alô?

– Boa noite. É Diane Thiberge.

– Diane, ah, sim... – Ela parecia estar se desvencilhando dos seus sonhos. – Sabe que horas são?

Ela não tinha ânimo nem vontade de se desculpar.

– Voltei agora para casa – disse simplesmente. – Fiquei ansiosa demais.

– Está certo... – A voz ganhou uma certa clareza. Já temos o dialeto de seu filho. – Isabelle parou para reorganizar suas idéias, depois explicou: – O menino fala um idioma de origem samoiédica, usado exclusivamente na região do lago Tsagaan-Nuur, no extremo norte da República Popular da Mongólia.

Lucien vinha exatamente da região do laboratório nuclear. O que isso significava? Diane não conseguia ordenar seus pensamentos. Isabelle Condroyer perguntou:

– Diane, está me ouvindo? Imaginei que você ficaria entusiasmada com...

– Estou ouvindo.

– Há também as duas sílabas, Lu e Sian, que seu filho não pára de repetir na fita. Meu colega é categórico: esses dois fonemas formam uma palavra muito importante para a cultura tseven. Significa: o "Vigia". O "Sentinela".

– O... Sentinela?

– É um termo sagrado. Designa uma criança eleita. Uma criança que desempenha o papel de mediador entre seu povo e os espíritos, sobretudo durante a temporada de caça.

Diane repetiu, com tom vago:

– A temporada de caça.

– Sim. Durante esse período, a criança se torna guia de seu povo. É ela quem ao mesmo tempo atrai os favores dos espíritos e decifra as mensagens na floresta. Ela é capaz, por exemplo, de determinar a atmosfera propícia para a captura dos animais. A criança parte na frente e os caçadores do grupo a seguem a uma boa distância. É uma espécie de explorador, um explorador espiritual.

Diane espichou-se na cama. Ela podia ver, alinhados na parede, os quadrados em tom pastel de Paul Klee, ao longe, muito longe, como parte da vida comum despida de perigo. A etnóloga parecia intrigada com seu silêncio. Depois de alguns segundos, ela disse:

– Sinto que há algum problema.

Diane, a nuca afundada nos cabelos soltos, respondeu:

– Pensei ter adotado uma criança natural da Tailândia. Pensei em dar um lar a um menino que não teve oportunidade quando nasceu. Encontro-me agora com um xamã turco-mongol que espreita os espíritos da floresta. A senhora não vê nenhum problema?

Isabelle Condroyer suspirou. Ela parecia decepcionada. Tudo o que fizera estava reduzido a nada. Assumiu de novo um tom doutoral:

– O menino deve ter ficado um tempo suficientemente longo entre os seus para memorizar o papel que lhe era destinado. Ou pelo menos o nome desse papel. É uma história extraordinária. O etnólogo que decifrou a fita gostaria de encontrá-la. Quando pode vê-lo?

– Não sei. Telefonarei amanhã. Para o seu celular.

Diane despediu-se bruscamente da mulher e desligou. Virou para a parede e encolheu-se, os joelhos dobrados junto ao corpo. Uma alucinação obscura tomou conta dela. Sentiu-se envolta pelas sombras. Visualizava silhuetas vestidas com capas anti-radiação que a seguiam, que a observavam sob a chuva. Quem eram? Por que queriam eliminar Lucien, o pequeno "Sentinela"? Qual poderia ser o elo entre uma criança xamã e um sítio nuclear?

Para impedir essa visão confusa, procurou lembrar-se dos homens que demonstravam ser seus aliados. Buscou a imagem de Patrick Langlois, mas não viu nada. Tentou lembrar-se do doutor Eric Daguerre, mas nenhum rosto apareceu. Pronunciou o nome de Charles Helikian, mas não houve eco na sua mente. Sentiu-se só, desesperadamente só. No entanto, no momento em que sucumbia ao sono, foi sacudida por uma verdade. Ela não podia ficar tão isolada. Não em uma tormenta de tamanha amplidão.

Alguém, em algum lugar, devia dividir com ela seu pesadelo.

Capítulo 31

Algum tempo antes ela se inscrevera em um curso de teatro para tentar quebrar a timidez e se relacionar melhor com as pessoas. Pura perda de tempo. Mas conservara uma estranha saudade dessa atividade. Lembrava-se dos cenários, que cheiravam a serragem e poeira. Da atmosfera vagamente inquietadora da sala mergulhada na sombra, onde, num palco iluminado, os aprendizes de arte cênica recitavam textos de Sófocles e Feydeau praticamente no mesmo tom. Lembrava-se da atenciosa compaixão dos outros alunos, que acompanhavam em silêncio os esforços de seus colegas. Havia qualquer coisa de oculto, de ritualístico em tal disciplina. Como se esses ensaios visassem a invocar forças misteriosas, deuses desconhecidos que não poderiam ser atraídos senão por esse jeito falso de falar e esses gestos afetados.

No andar térreo do bloco A – o prédio de letras da faculdade de Paris X-Nanterre – Diane enfiou-se na sala 103 e compreendeu que acabava de entrar num desses templos fora de moda. Era uma peça de vinte metros de lado, sem janelas, praticamente vazia, à exceção das fileiras de cadeiras empilhadas, encostadas na parede da direita. Ao fundo, erguia-se um palco escuro, emoldurado por cortinas pretas, sobre o qual pedaços de cenários se recortavam sob a claridade polvilhada de partículas. Uma mesa, uma cadeira, formas indistintas, recortadas em poliestireno escuro, evocando uma árvore, um rochedo, uma colina.

Eram dez horas da manhã.

Isabelle Condroyer lhe fornecera somente esse endereço para encontrar Claude Andreas, o etnólogo especialista em dialetos turco-mongóis.

Ela perguntou a alguns atores que conversavam ao pé do palco. Entre eles estava o homem que procurava. Alto e magro, vestia um pulôver longo e ceroulão comprido preto. Diane pensou em um pergaminho finamente enrolado – um pergaminho que teria abrigado segredos de alquimia dos mais obscuros. Ela apresentou-se com poucas palavras. Ele desculpou-se com um sorriso:

– Perdão pela roupa de combate. Estamos ensaiando *Esperando Godot*.

Andreas apontou para uma mesa à direita:

– Venha. Vou mostrar-lhe um mapa da região. Sua história é simplesmente... inacreditável.

Ela concordou apenas por concordar. Naquela manhã, teria concordado com qualquer coisa. Apesar de ter tido algumas horas de sono, ainda não recuperara suas forças profundas – essa mistura de agressividade e nervosismo que constituía sua maneira mais autêntica de ser.

– Café? – propôs ele, segurando uma garrafa térmica.

Diane respondeu com um gesto negativo. Andreas estendeu-lhe uma cadeira, serviu-se de uma xícara de café e sentou-se do outro lado da mesa armada sobre dois cavaletes. Ela o observava. Seu rosto lembrava o desenho colorido de uma criança: olhos turquesa bem abertos, nariz vivo, boca fina, desenhada com um único traço – o conjunto circundado por uma cabeleira grisalha que parecia o capacete de um bonequinho Play-Mobil.

Ele largou o café e abriu um mapa. Todos os nomes estavam escritos em caracteres cirílicos. Indicou com o dedo uma região, no alto do documento, perto de uma linha fronteiriça.

– Acho que o dialeto de seu filho pertence a essa região, no extremo norte da Mongólia Exterior.

– Isabelle falou de uma etnia, os tsevens...

– Na verdade, é difícil ser assim categórico. São regiões de acesso muito difícil, que estiveram sob o domínio soviético durante quase um século. Mas eu diria que sim, segundo a pronúncia e a utilização de certas palavras, estamos diante do dialeto tseven. Uma tribo de origem samoiédica. Criadores de rena, em vias de extinção. Fico mesmo espantado que ainda exista algum. Onde conseguiu adotar essa criança? É...

– Fale-me sobre essa história de Sentinela e de caça.

Andreas sorriu diante do tom áspero. Ele parecia compreender que hoje não seria a sua vez de fazer as perguntas. Esboçou um gesto de desculpa pela indiscrição. Ele tinha a suavidade de uma sombra chinesa.

– Uma vez ao ano, no outono, os tsevens organizam uma grande caçada. Essa caçada obedece a regras severas. Os homens do grupo devem seguir um jovem explorador. Ele jejua na noite anterior e parte sozinho, de madrugada, para a floresta. Mais tarde os caçadores se põem em marcha e seguem o "Sentinela". O "Lüü-Si-An", no dialeto tseven.

As palavras do etnólogo se perdiam na mente de Diane. Ela olhava fixamente o mapa. O verde. A imensidão do verde, cortada, aqui e ali, pelas pequenas manchas azuis dos lagos. Eram essas planícies de vegetação baixa, essas florestas infinitas de pinheiros, esses lagos límpidos que corriam no sangue de Lucien. Ela recordava os momentos de intimidade em que o menino adormecia recostado no seu ombro e em que ressoavam no seu espírito essas palavras mágicas: "em outro lugar". Como uma onda distante, as explicações de Andreas chegaram de novo a seus tímpanos.

– Se seu filho adotivo é realmente um Sentinela, se ele foi designado por seu povo, significa que ele possui o dom da clarividência. Uma das faculdades agrupadas sob a sigla inglesa ESP, que significa *extrasensory perception*, percepção extra-sensorial.

– Espere.

Diane fixava seu interlocutor com olhar frio.

– Você quer dizer que as pessoas dessa etnia pensam que essas crianças possuem dons paranormais?

O homem vestido com o pulôver de gola alta sorriu. Ele teve um gesto de paciência que a irritou.

– Não – murmurou ele. – Não foi isso que quis dizer. De modo algum. Acredito que os Sentinelas possuem, realmente, esses poderes. Segundo testemunhos muito sérios, eles são capazes de captar fenômenos inteiramente inacessíveis aos cinco sentidos humanos.

Era só o que faltava: ela estava diante de um maluco. De um homem que passara muito tempo junto de etnias supersticiosas. Esforçou-se para demonstrar calma:

– A que fenômenos você se refere?

– Os Lüü-Si-An podem prever, por exemplo, o itinerário da migração dos alces. Eles antecipam também outros fatos espetaculares, como a aparição de estrelas cadentes ou cometas. Ou ainda a chegada de certas mudanças climáticas. São videntes, não resta dúvida. E seus dons se anunciam desde a mais tenra idade...

– Você se dá conta do que está dizendo? – atalhou-o Diane.

Um cotovelo apoiado na mesa, a outra mão girando lentamente a colher na xícara de café, o cientista disse simplesmente:

– Há dois tipos de etnólogos, minha cara. Os que analisam as manifestações espirituais de uma etnia sob o ponto de vista estritamente psíquico. Para eles, os poderes xamanistas e as experiências de possessão nada mais são do que simples desvios mentais – histeria, esquizofrenia. Para a segunda categoria de etnólogos, à qual pertenço, essas experiências são as manifestações das forças das quais levam o nome – isto é, dos espíritos.

– Como pode se ligar a crendices como essas?

Sorriso. Círculo no café.

– Se você soubesse o que já vi, ao longo da minha carreira... Considerar as manifestações xamanistas meras doenças mentais me parece simplista demais. Como um musicólogo que só se preocupasse com o volume sonoro de uma orquestra e não com a música em si. Há todo o material a reunir, os instrumentos. Há depois a magia que emana dela. Recuso-me a rebaixar as crenças religiosas de um povo a simples superstições. Recuso-me a considerar os poderes dos feiticeiros meras ilusões coletivas.

Diane calou-se. As lembranças se agitavam em sua mente. Também ela assistira a cerimônias estranhas, notadamente na África. Jamais explorara seu próprio sentimento diante desses fatos. Mas adquirira uma certeza: nesses momentos, uma força estava em jogo.

Uma força que parecia situar-se ao mesmo tempo no interior e no exterior do homem e sobretudo, curiosamente, no seu limite. Como se se tratasse de um contato sagrado, de um limiar indizível que fosse transposto.

Claude Andreas pareceu perceber sua inquietação.

– Vejamos as coisas sob outro ponto de vista – disse ele. Vamos deixar de lado o aspecto religioso dos fenômenos paranormais e nos perguntar sobre sua veracidade concreta, física.

– Já vimos tudo – cortou Diane. – Isso não existe.

A voz do etnólogo tornou-se mais grave:

– Você nunca teve sonhos premonitórios?

– Como todo mundo. Impressões vagas.

– Nunca recebeu um telefonema de uma pessoa em quem acabava de pensar?

– Os acasos da vida. Escute: sou uma cientista. Não posso me deixar embalar por esse tipo de coincidência e...

– Você é uma cientista: sabe, portanto, que existe um momento em que os acasos se tornam probabilidades. E ainda um outro momento em que essas probabilidades se tornam axiomas. Interesso-me por essas questões há muito tempo. E existem hoje laboratórios científicos na Europa, nos Estados Unidos, no Japão, onde esses limites são regularmente transpostos, onde as experiências de telepatia, de clarividência, de premonição são repetidas com sucesso. Tenho certeza que você já ouviu falar nisso.

– É verdade – disse Diane, aproveitando a ocasião. – No entanto, ainda que os protocolos desses testes sejam rigorosos, a análise de seus resultados dá sempre margem a discussões.

– É o que diz a maior parte dos cientistas, sim. Porque a implicação desses resultados seria muito importante. Admitir a validade dessas anomalias significaria atacar a física moderna e o estado atual de nossos conhecimentos.

– Estamos nos desviando completamente do assunto agora...

– Não, e você sabe. Falamos das competências subterrâneas do homem. Falamos de aptidões que são talvez, no caso de seu filho, exacerbadas. Aptidões que desafiam as leis ordinárias do universo sensível.

Ela não tinha necessidade de mergulhar em novas vertigens. No entanto uma força a retinha. Um murmúrio lhe soprava que essas faculdades eram talvez o objeto de toda essa história...

– Vejamos as coisas de outra forma ainda – disse Andreas, sempre no mesmo tom. Você é etóloga, não é? Trabalha com os modos de percepção dos animais.

– E daí?

– Grande parte dessas percepções parecia, muito tempo atrás, misteriosa e incompreensível, porque não conhecíamos sua fonte morfológica. O vôo dos morcegos na escuridão era um mistério. Até o dia em que descobrimos os ultra-sons, graças aos quais esses voadores noturnos se orientam. Cada uma dessas percepções possui uma explicação física. Não há nada de sobrenatural.

– Você está falando de minha profissão. Não vejo a relação com as pretensas faculdades psíquicas do homem e...

– Quem lhe garante que já passamos em revista todos os nossos aparelhos de percepção?

– O famoso sexto sentido... – disse Diane, rindo com sarcasmo e levantando-se. – Sinto muito, Andreas: acredito que estamos os dois perdendo nosso tempo.

O etnólogo levantou-se, por sua vez, e barrou, de leve, sua passagem.

– Quem lhe garante que as crianças das quais falamos não possuem um trunfo que nós não possuímos?

– Que trunfo?

Ele sorriu – uma vírgula sobre seu rosto de papel.

– A inocência.

Diane tentou dar uma gargalhada, mas sua garganta fechou-se. Claude Andreas prosseguiu:

– Nos laboratórios de que lhe falei está provado que os melhores resultados são sempre obtidos por ocasião dos primeiros testes, e sobretudo com as crianças. Por causa de sua espontaneidade.

– O que quer dizer com isso?

– Que nossos preconceitos constituem a principal barreira à manifestação das faculdades psíquicas. O ceticismo, o materialismo e a indiferença podem ser considerados verdadeiras poluições, escórias que perturbam o espírito e o impedem de exercer seu poder. Um atleta que não esteja convencido de sua força será derrotado. Nossa consciência funciona exatamente da mesma forma. Um cético não pode render-se a suas próprias competências mentais.

Ela contornou a silhueta esguia. Uma dúvida lancinante se apossava dela.

– Você não tem filhos, certo? – perguntou ele.

– Tenho Lucien.

– O que quero confirmar é que você nunca deu à luz.

Ela virou a cabeça para que ele não pudesse ler a expressão de seu rosto.

– Aonde quer chegar?

– Todas as mães confirmarão: elas se comunicam com os filhos durante a gravidez. O feto percebe os sentimentos da mulher que o carrega. Bem, trata-se já de duas entidades distintas. A gravidez é o berço da telepatia.

Diane sentia-se mais à vontade nesse terreno fisiológico.

– É falso – respondeu. – O que você qualifica de transmissão paranormal repousa sobre bases físicas efetivas. Se uma mulher grávida recebe uma notícia que a perturba, hormônios específicos, como a adrenalina, são imediatamente liberados no seu sangue e assimilados pelo embrião. Nesse estágio, não se pode considerar mãe e filho dissociados. Eles estão, ao contrário, em contato físico permanente.

– Concordo com você. Mas e depois do parto? A comunicação continua. É um fato incontestável. A mãe continua a perceber as necessidades de seu filho no instante exato em que ele as sente. O elo não é rompido. Que nome você dá a isso? Instinto materno? Intuição feminina? É claro. Mas onde acaba a intuição? Onde começa a clarividência? Essa relação não é também pura comunicação parapsicológica, que repousa sobre uma única base – o amor?

Diane estava em frangalhos. Essas alusões à relação mãe-bebê a destruíam. Ao mesmo tempo, eram palavras que a enchiam de uma estranha serenidade. Ela própria havia sentido isso: quando se comunicara melhor com Lucien do que nos momentos encantados, banhados de silêncio, em que o menino dormia nos seus braços?

– Você fala bem, meu caro Andreas, mas não creio ter progredido tanto quanto gostaria no que se refere à identidade de meu filho adotivo.

– Progredirá quando Lucien recobrar a consciência. Se for realmente um Sentinela, ele saberá persuadi-la dessa realidade.

Diane despediu-se de Andreas e encaminhou-se para a porta. Sentia um nó de tristeza apertar no fundo da garganta. O etnólogo chamou-a:

– Espere. – Ele continuou, indo na direção ela. – De repente pensei em alguém. Um homem que poderia falar mais sobre as particularidades psíquicas de Lucien. Sou um imbecil de não ter pensado nisso mais cedo. Ele viajou por essas regiões. Foi o único, na verdade. Devo confessar que eu mesmo nunca estive lá. Trabalhei apenas com fitas gravadas pelos dissidentes políticos da época, os cientistas do *gulag*.

Andreas já procurava na sua agenda o endereço da pérola rara. Anotou-o no verso de uma pequena folha quadriculada, junto com o nome da pessoa.

– Ele se chama François Bruner. Conhece os tsevens. E conhece a questão da parapsicologia.

Ela pegou a folha e leu.

– Ele mora em um museu? – perguntou.

– Ele é o curador de sua própria fundação, sim, em Saint-Germain-en-Laye. Possui uma fortuna colossal. Vá vê-lo. É um personagem fascinante. A viagem não lhe tomará mais do que algumas horas. E essas horas esclarecerão talvez o resto de sua vida.

Capítulo 32

Tudo aconteceu muito depressa.

Ela parou primeiro no hospital, para se informar sobre o novo quarto de Lucien, depois fez contato com o homem da fundação. A acolhida foi calorosa: François Bruner parecia intrigado com a presença de um Sentinela na França. Parecia também ansioso por expor suas lembranças e seus conhecimentos sobre uma região que ele fora um dos raros europeus a pesquisar. Marcaram um encontro para aquele mesmo dia, às sete da noite.

Diane calculou que levaria cerca de uma hora para chegar a Saint-Germain-en-Laye, no subúrbio oeste de Paris, por isso pegou a estrada, por precaução, às cinco e trinta. Depois de atravessar Neuilly, contornou o bairro de La Défense pelo bulevar circular e chegou à estrada nacional 13, interminável linha reta que deveria conduzi-la até seu destino.

No caminho, não se perguntou mais sobre a investigação. Sua mente estava preocupada unicamente com as palavras de Claude Andreas e os conceitos gerais que elas envolviam. Diane Thiberge, etóloga diplomada, tinha uma mente racional. Mesmo que tivesse ficado perturbada pela misteriosa eficácia da intervenção de Rolf van Kaen, mesmo que suas preleções sobre acupuntura tivessem inflamado sua imaginação, ela jamais acreditara, no fundo, em uma verdade que pudesse perturbar sua própria visão da realidade.

Como a maioria dos biólogos, Diane pensava que o mundo, na sua extrema complexidade, se resumia a uma seqüência de mecanismos – físicos e químicos – que envolviam elementos concretos e identificados, apresentando-se numa escala do infinitamente pequeno ao infinitamente grande. É claro que ela não negava a existência do espírito humano, mas o concebia como uma entidade à parte, cuja função era perceber e compreender. Uma espécie de espectador espiritual, sentado nos melhores camarotes do universo.

Ela sabia: era uma visão limitada e ultrapassada do mecanismo do cosmo. Uma visão herdada dos pragmatistas do século XIX, que excluía, implicitamente, a consciência humana da lógica do real. Bem, cada vez mais cientistas pressentiam que o espírito, por mais invisível e impalpável que fosse, pertencia à realidade tanto quanto uma molécula ou uma estrela de nêutrons. Que a consciência se inseria, de uma maneira ainda inexplicável, no seio da grande cadeia do ser vivo, da mesma forma que qualquer elemento tangível. Alguns pensavam até que essa consciência não era mais uma entidade passiva, mas que influenciava diretamente, além dos atos que podia suscitar, o mundo objetivo, já que era força pura.

Diane concentrou-se na estrada, atravessou Nanterre, onde as fileiras de plátanos faziam o papel de tapume para dissimular o habitual bricabraque dos subúrbios – mistura terna e sem graça de prédios velhos, casas pouco acolhedoras, construções modernas demais, vistosas e glaciais.

Em Rueil-Malmaison a paisagem se transformou. Os álamos tomaram o lugar dos plátanos, longas gavinhas agitando pequenas folhas que pareciam levar consigo promessas de água e verdor. Na avenida Bonaparte, nos arredores do castelo de Malmaison, brotaram as muralhas, as pedras se cobriram de vinha virgem e os portais se enfeitaram com coberturas delicadas. As imponentes moradias pareciam avaliar do alto o fluxo de veículos ao redor, com ares de grão-duques, como se o orgulho do castelo de Malmaison tivesse contaminado todas as moradias e solares próximos.

O trânsito fluía bem. Diane corria sem qualquer problema. Seus pensamentos fixaram-se de novo na investigação. Lucien seria um Sentinela? Seus supostos poderes existiriam? Alcançavam uma dimensão desconhecida da realidade? Rolf van Kaen dissera: "Essa criança precisa viver." Sem dúvida ele conhecia a verdade sobre Lucien – e essa verdade explicava sua própria intervenção. O que ele esperava do menino? Ela não tinha nenhuma resposta, mas estava persuadida a avançar na direção certa. Devia concentrar-se nessas faculdades psíquicas – ainda que não acreditasse nelas, ainda que, para ela, tais histórias fossem quimeras. O que contava, no momento, não eram as suas convicções, mas as dos assassinos do bulevar periférico e de Rolf van Kaen.

Em Bougival, retomou as margens do Sena, avistando ao longe as compridas ilhas arborizadas que se refletiam nas águas do rio. Uma ponte de pedra mostrava a inscrição "eclusas de Bougival". Diane observou durante algum tempo os barcos, as chalupas, a água lisa e tranqüila. Tudo aqui parecia respirar casa de campo, almoços na relva, a trégua roubada ao tumulto parisiense.

Ela dirigiu ainda por vinte minutos e chegou à Grande Praça do castelo de Saint-Germain-en-Laye. O relógio da igreja soou as dezoito horas e quarenta e cinco minutos. Ela subiu as largas avenidas que pareciam carregar ainda vestígios das carruagens e dos desfiles reais, e em seguida tomou, como Bruner aconselhara, a direção da floresta propriamente dita. Embrenhou-se em estradas estreitas, orladas de altos muros de lascas de pedra cobertos pela hera. O dia caía por trás das muretas, as árvores pareciam agitar-se, impacientes, como se exaltadas pela proximidade das trevas. Diane não quis acender os faróis para captar melhor a luz exterior, que lhe parecia cada vez mais intensa, mais precisa, à medida que a noite caía.

Por fim, estacionou diante de um portão de grades pretas altas. Ao sair do carro, foi atingida pelo frescor do ar: um envelope invisível que despertava seus sentidos e lhes conferia nova acuidade. Eram dezenove horas, e a escuridão se aproximava em grandes cilindros de sombra. Diane pensou uma vez mais no filho. Logo sua convicção assumiu uma ressonância definitiva: dentro de algumas horas, possuiria uma parte do segredo.

Capítulo 33

Ela tocou o interfone, encimado por uma câmera. Nenhuma resposta. Fez nova tentativa. Em vão. Sem refletir, empurrou o portão, que se abriu com vagar. Afivelou o casaco de antílope, cuja gola formava uma fina escova de lã, e avançou pela alameda de saibro. Caminhou durante vários minutos, margeando gramados imensos. Estava tudo deserto. Ela não percebia nada além do leve chiar dos irrigadores automáticos, invisíveis na escuridão. Por fim, depois de uma pequena colina coberta de grama, pôde ver a estrutura sombria do museu.

O prédio devia datar do início do século. Nada mais era do que linhas vigorosas, ângulos fortes, e parecia ter sido fundido nos materiais mais pesados disponíveis. Azinhavre dos bronzes. Marrom ocre dos cobres. Preto do folhado do aço. Diane aproximou-se. As duas folhas da porta principal estavam fechadas. As janelas da fachada, com esquadrias de metal, não deixavam transparecer nenhuma iluminação. Lembrou-se de que François Bruner a aconselhara a contornar o edifício e chegar à porta dos fundos, que dava diretamente para os apartamentos particulares.

O parque estava encoberto pelas árvores e pelas trevas. As copas, sacudidas pela borrasca, produziam uma confusa sinfonia de folhas. Ao chegar à fachada oposta, Diane tocou a campainha de uma porta pequena, mas não obteve resposta. O professor teria esquecido dela? Deu meia-volta, retomou a direção do portão externo, mas mudou de idéia. Dirigiu-se novamente para a entrada principal, escalou os poucos degraus de acesso e tentou ela mesma puxar a pesada porta.

Contra todas as expectativas, ela se abriu.

Diane entrou em um vestíbulo envolto na penumbra e descobriu a primeira sala. Ela jamais imaginaria que tal peça pertencesse ao *bunker*, tão ameaçador para quem olhava de fora. As paredes, o piso e o teto eram brancos. Refletiam com intensidade a claridade da lua, que se filtrava pelas janelas. Por si mesmas, essas superfícies nuas já constituíam uma carícia para o olhar. Mas havia ainda os quadros. As clarabóias de cores matizadas, vistosas, que pareciam passagens para um outro mundo. Diane seguiu em frente e percebeu que a fundação abrigava uma exposição de obras de Piet Mondrian.

Ela não era na verdade uma especialista em arte pictórica, mas admirava particularmente esse artista holandês, do qual possuía numerosas reproduções. Ao longo das paredes, identificou imediatamente as obras de seu primeiro período: os moinhos desordenados, as pás fantásticas, que se desenhavam sobre os céus em brasa e pareciam anunciar uma iminente combustão do mundo.

Na segunda sala, Diane descobriu outras telas do mesmo período. Árvores, dessa vez – árvores de inverno, escuras, hieráticas, salpicadas de brilhos, abrigando nos interstícios de sua casca os tons mais malucos. Havia também árvores primaveris – pretas e vermelhas, como injetadas de fogo, que pareciam prestes a se fundir em uma explosão pastoral. Diane sempre pensara que essa seiva inflamada, esses céus de fornalha carregassem em si uma promessa. Que eles já contivessem a profunda mutação da arte de Mondrian.

Ela sabia que encontraria essa mutação na terceira sala.

Atravessou a soleira e sorriu ao contemplar as telas da maturidade. A partir dos anos vinte, as árvores de Mondrian se tinham alongado, alinhado, afinado, seus céus estavam mais ordenados, suaves, e a verdadeira primavera do pintor eclodira. Não mais em flores nem em frutos, mas em quadrados, retângulos, formas geométricas de uma pureza absoluta. A partir desse momento, Mondrian pintara somente composições ascéticas, reunindo figuras austeras e monocromáticas. As pessoas costumavam falar de "ruptura" na sua obra, mas Diane não concordava. A seus olhos havia, ao contrário, uma alquimia natural. No final do lirismo incandescente dos primeiros anos, no fundo de suas paisagens de terra e de fogo, o artista encontrara a quintessência de sua própria pintura. A geometria perfeita de eixos e cores.

Fascinada, Diane prosseguia, sem avaliar o absurdo da situação. Estava sozinha em um museu particular, onde supostamente encontraria o especialista em uma etnia turco-mongol. Perambulava, sem qualquer vigilância, à vontade, entre as telas que deviam valer cada uma várias dezenas de milhões de francos. Passou para outra sala, já na expectativa de contemplar as famosas *Boogie-Woogie*, as derradeiras obras do artista, criadas em Nova York e...

Um ruído a fez girar a cabeça.

Duas silhuetas surgiram na sala precedente. Ela pensou em guardas do museu, mas logo caiu em si. Os dois homens, vestidos de preto, carregavam refletores e cada um tinha um fuzil com mira a *laser*. Uma certeza invadiu seu espírito: cúmplices do bulevar periférico. Eles a tinham seguido até ali e iriam assassiná-la, no fundo dessa sala de exposições.

Ela olhou para trás. Nenhuma porta, nenhuma saída. Os homens avançavam lentamente. Diane recuou. Suas armas dispararam uma faísca vermelha. De maneira absurda, ela foi golpeada pela beleza da cena: as telas que refletiam a claridade azulada da lua, os dois atacantes com olhar de escaravelho, a ponta grená de suas armas que se estrelavam nas trevas riscadas de giz.

Ela não sentia nenhum medo. Logo um outro pensamento criou forma em sua mente: de maneira obscura, ela esperara por esse confronto durante quinze anos. Era a sua hora da verdade. A hora de demonstrar que não era mais a jovem vulnerável de Nogent-sur-Marne. Ela reviu os salgueiros, as luzes transparentes. Sentiu a terra fria sobre seus quadris. As duas sombras se aproximavam cada vez mais. Estavam a poucos metros.

Mais um passo.

Ela viu uma das mãos enluvadas apoiada sobre o gatilho.

Era tarde demais.

Para eles.

Ela deu um salto e golpeou com a quina da mão – sao fut shou. O primeiro homem recebeu um golpe seco na garganta e caiu de joelhos. O segundo apontou a arma, mas ela já se virava, jogando a perna num pontapé violento. O assassino foi atirado para trás. Ela ouviu o "plop" da arma munida de silenciador, que arrancava um pedaço de uma parede. Depois disso, o silêncio. Nada mais se mexia. Tremendo da cabeça aos pés, aproximou-se dos dois corpos inertes.

Um golpe metálico a derrubou. Uma onda de dor invadiu seu corpo. Tentou levantar-se com o apoio de um joelho, mas um novo choque atingiu-a no rosto. Seus óculos voaram. Sua boca inundou-se de sangue. Ela desabou, deduzindo com algum atraso que havia um terceiro homem, escondido no ângulo morto da sala. Choveram golpes. Punhos fechados, pisadas de coturnos, coronhadas. Os dois outros homens tinham levantado e participavam da execução. As mãos fechadas sobre a cabeça, Diane tinha um único pensamento: "Minha argola! Eles vão arrancar minha argola." À guisa de resposta, sentiu um fluxo morno correr de seus lábios. Retraiu-se e apalpou o nariz, para sentir a pele fendida e a separação nasal em carne viva. Essa única idéia deu-lhe motivo para reunir as forças que lhe restavam: encolheu-se mais uma vez, não estremecendo mais sequer diante dos golpes que a bombardeavam.

Houve uma breve trégua. Ela rastejou, estendeu a mão para agarrar-se à parede. Não conseguiu concluir o gesto. Um calçado ferrado atingiu-a em cheio nas costas, impedindo-a imediatamente de respirar. O sufocamento violentou todo o seu ser. Um breve intervalo, apenas um nada de tempo e de espaço, e Diane caiu, sentindo-se vomitar em espasmos. Um punho enluvado segurou-a pelos cabelos e virou-a, deixando-a com os ombros contra o cimento. O homem tirou uma faca da bainha presa à perna. A lâmina dentada se aproximou, brilhando à luz da lua. O último pensamento de Diane foi para Lucien. Ela pediu-lhe perdão. Perdão por não ter sabido defendê-lo. Por não ter compreendido seu segredo. Por não ter sabido manter-se viva para dedicar-lhe todo o amor que...

A detonação ecoou.

Surda, abafada, profunda.

Sob o refletor, a expressão do matador se transformou.

Suas feições pareceram se abrandar, se congelar.

De novo a detonação feriu o silêncio.

O assassino dobrou-se, os lábios arredondados em uma expressão de estupor.

Diane levou um segundo para entender que fora ela quem atirara. Enquanto fazia mentalmente uma prece, seu corpo ainda decidido a viver, procurara outra via. Suas mãos tinham tateado, perseguido, encontrado a arma do assassino, enfiada na sua cintura. Com o polegar, levantara o pino do coldre. Com os outros dedos, retirara a arma, orientara o cano e puxara o gatilho.

Atirou mais uma vez.

O corpo estremeceu pesadamente. Caiu virado para ela, no momento em que ela recuava, braço estendido, para apontar na direção dos outros adversários. Eles tinham desaparecido. Mal teve tempo de perceber as estrias das miras a *laser* que passavam pela sala das *Composições*. Empurrou o cadáver, pegou o fuzil e atravessou o espaço em diagonal. Colocou-se em um ângulo morto, fuzil apertado contra o peito. Apesar do estado de choque, apesar do sangue que encharcava sua roupa, sentiu seu corpo converter-se em uma única frase: eles não teriam sua pele. De uma maneira ou de outra, conseguiria escapar dessa.

Espiou pelo vão da porta e teve outra idéia.

Os quadros.

Os quadros salvariam sua vida.

Ela já utilizara refletores para observar o comportamento noturno dos animais ferozes na selva africana. Sabia que o campo de visão desses aparelhos estava banhado de uma claridade verde e que não oferecia mais do que uma frágil distinção entre as cores. Pensou nas duas miras a *laser* – as miras vermelhas que os assassinos precisavam fixar para atirar e que deviam ser menos precisas nesse halo esverdeado. Se conseguisse alterar a nitidez desses pontos passando exclusivamente diante das telas vermelhas, obteria alguns segundos de trégua, que seriam suficientes talvez para atravessar a sala.

Sem mais refletir, precipitou-se. Viu em seguida os dois fachos de luz convergirem na sua direção e passarem por ela – os dois atacantes estavam escondidos, como ela previra, de um lado e de outro do vão da porta. Ela visou imediatamente a *Composição nº 12*, de moldura vermelha, depois lançou-se na direção de uma *Composição com vermelho, amarelo e gris*. Ela via os dois pontos escarlate dando viravoltas, como moscas cruéis. Continuou a correr. Sua técnica funcionava. Os assassinos não viam nada. Ela acompanhou os carmins do quadro seguinte e avistou o portal da próxima sala. Estava em vantagem.

Nesse momento, escorregou. Sua cabeça bateu no cimento. Estrelas explodiram no seu crânio. Uma dor atravessou-lhe a clavícula. Virou-se imediatamente: os assassinos estavam acima dela. Apoiou-se no flanco direito, puxou o gatilho do fuzil apoiado na dobra do seu braço. A força do recuo projetou-a contra a parede, mas ela viu, na claridade azulada do silenciador, uma sombra que se agitava em estertores de morte.

O segundo agressor parou. Ela continuou a atirar. O milagre não se reproduziu – sua arma engasgara.

Soltou a arma, sacou com a mão direita a automática que colocara na cintura e apontou para o homem postado a menos de um metro. Mais uma vez, um "clique" atroz substituiu a detonação esperada. Diane estava estupefata. Estava tudo acabado. O assassino apontava para ela. Percebeu sua perneira, lembrou-se da lâmina, atirou-se sobre a bainha. Arrancou a faca, deu um salto e enfiou-lhe a lâmina na garganta. Ela gritou para não ouvir o metal que chiava nas carnes abertas.

Com um gesto ela se afastou, abandonando a faca na laringe cortada. Desnorteada, coberta de sangue, recuou, colocando o pé esquerdo no chão e sentindo imediatamente uma dor aguda. Saltitou no mesmo lugar, enorme garça-real chapinhando em poça escura, depois percebeu uma porta, à direita, que se materializava como por milagre. Orientou-se nessa direção, pulando num pé só, caiu de novo, levantou-se com a ajuda de um dos joelhos e empurrou a porta. Compreendeu, no caos de pensamentos convulsivos, que acabava de entrar no apartamento de François Bruner.

Capítulo 34

Não se ouvia um ruído, um murmúrio. Ela não se movia, as costas contra a madeira, pregada pelo cóccix. Os homens com olhos de insetos tinham assassinado François Bruner? Ou ele conseguira fugir?

Diane tentou levantar-se. Esse movimento simples custou-lhe dores terríveis. Seu corpo esfriava. Dentro de alguns minutos, os golpes que recebera se agravariam e formariam coágulos de dor. A partir de então, não conseguiria mais completar o menor gesto. Era preciso, portanto, agir depressa, descobrir uma forma de escapar.

Mancando, penetrou na escuridão, a mão sobre o nariz que sangrava abundantemente. Sem óculos, avançava em um mundo de formas vagas e blocos indistintos. Apenas as lamparinas, no alto, a orientavam, e ela prosseguiu às apalpadelas. No fim do corredor descobriu uma sala retangular, ocupada por um tanque sem muita profundidade. Para transpor esse obstáculo, era preciso tomar uma passarela de ferro, imediatamente acima da água e depois subir alguns degraus até os cômodos seguintes. Diane dispôs-se a enfrentar a empreitada sem se deter para apreciar a singularidade da arquitetura. Atravessou a passarela de metal e reparou em pequenos copos de óleo que flutuavam, recheados com uma mecha iluminada. Verdadeiros nenúfares de fogo.

Chegou a uma nova sala, um quadrado perfeito. A seguinte era um retângulo, com paredes brancas e assoalho de parquê preto. Os raios da lua, filtrados por uma grande janela de vidro, iluminavam esboços enfileirados – ritos de sacrifício desenhados com tinta nanquim, cujo papel parecia ter sido torturado pela caneta.

Em outras circunstâncias, Diane teria ficado tocada pelo rigor e pela beleza do local. Naquele instante, no entanto, chorava e se esforçava para não espalhar demais pelo chão gotas vermelhas que se espatifavam tão pesadamente quanto cera quente. Ela começava a ficar desesperada para encontrar uma saída qualquer, quando percebeu, no fundo de um corredor, uma porta entreaberta por onde escapava um raio de luz. Os reflexos e o barulho da água confirmaram: uma sala de banho. Era uma solução intermediária: demorar-se um instante para lavar o rosto e depois ir embora com mais coragem.

A peça fora concebida sob o signo do jade e do bronze. Blocos e placas talhados nesses materiais apareciam por toda parte. Pesadas janelas coloridas se erguiam ao longo das paredes, como biombos de água do mar. Uma banheira estava colocada sobre uma pedra polida esverdeada. Penduradas em barras pretas, as toalhas irradiavam nuances de algas escuras. Em toda a extensão, acompanhando as janelas, seguindo os azulejos, na vertical das pias e da louça branca, hastes de bronze, duplicadas em paralelo, multiplicavam-se até se perder no jogo infinito dos espelhos.

Ela aproximou-se da pia e abriu a torneira. O jato de água fresca lhe fez bem. O sangramento diminuiu, as dores se atenuaram. Reparou então que a água, no fundo do tanque, continha fibras transparentes – membranas minúsculas. Levantou a cabeça e percebeu que, à esquerda, na banheira seca, essas mesmas películas rolavam, se torciam, em retalhos diáfanos. Imaginou que fosse um filme plástico, mas, quando pegou um dos fragmentos, compreendeu que a textura era orgânica.

De pele.

Pele humana.

Virou-se, e procurou instintivamente a origem dessa nova aberração. O que descobriu arrancou-lhe um grito. No centro da peça havia uma mesa de massagem em mármore preto. Sobre o bloco, um corpo estendido, coberto por uma cortina de boxe cor de esmeralda. Através das pregas transparentes ela podia perceber a forma de um homem muito magro. François Bruner? Com mão trêmula, puxou a cortina, que escorregou para o chão. O corpo apareceu de pronto, em toda a sua nudez.

O homem estava estendido, braços cruzados sobre o peito. Sua posição era a das estátuas de cavaleiros que repousam nas capelas edificadas na Idade Média. A comparação não acabava aí: esse corpo envelhecido, descarnado, os ossos salientes sob a pele, parecia ter um elo, uma conivência estética com a decoração simétrica da sala de banho, assim como os cavaleiros esculpidos dividem com a arquitetura gótica um ar de solenidade inalterável.

O cadáver parecia se desfiar, literalmente. Pedaços de pele muito fina pendiam de uma parte e de outra de seus membros, ou se amarfanhavam sobre o peito, revelando por baixo uma pele inteiramente nova – rosada. Diane esforçou-se para não perder os poucos vestígios de sangue-frio que ainda lhe restavam e se aproximou. Teve um novo choque. Agora que estava a talvez um metro do corpo, conseguia distinguir nitidamente seu abdome – e a fina incisão que riscava a carne, logo abaixo do esterno.

François Bruner tinha sido morto da mesma forma que Rolf van Kaen.

O que isso significava? Quem se encarregara dessa execução? Os três canalhas armados de fuzil? Ela não acreditava: esse não era o estilo deles. E por que teriam depois colocado sua vítima sobre o bloco de mármore?

Ela recuou quando viu o que devia ter percebido desde o início e que redistribuía todos os elementos: o rosto do velho. A fronte desguarnecida. As maçãs do rosto rijas como sílex. As pálpebras pesadas.

Era o homem com a túnica anti-radiação.

O homem que havia tentado matar ambos – ela e seu filho – três semanas antes.

Capítulo 35

À exceção do leito, seu quarto de hospital era desprovido de qualquer mobília. A peça estava mergulhada na escuridão. Deitada e com um braço dobrado sobre o rosto, Diane Thiberge não conseguia ver, sob o vão iluminado da porta, nada além dos pés do policial que fazia sua vigilância. Ela consultou o relógio. Seis da manhã. Dormira, portanto, a noite inteira. Fechou de novo as pálpebras e reorganizou os pensamentos.

Na sala de jade e bronze, no exato momento em que reconheceu o homem com pele de cobra, luzes giratórias haviam surgido no fundo do parque. A polícia. No mesmo instante, Diane sentira um estranho alívio: era o primeiro elemento racional dessa aventura. Havia, portanto, um sistema de alarme no museu. Os quadros estavam protegidos – era preciso que estivessem. A escaramuça provocara um alerta, um chamado ao comissariado de Saint-Germain-en-Laye. Ela lembrou-se então dos corpos e de suas impressões digitais nas armas abandonadas. Quem acreditaria que uma jovem conseguira eliminar três assassinos munidos de pistolas? Ela podia evitar confessar os crimes. Afinal de contas, não utilizara outra arma que não as automáticas deles mesmos...

Com esforço, retornara à sala das *Composições* e dispusera armas e corpos, respeitando a trajetória das balas que ela mesma havia disparado. Encontrara também seus óculos. Intactos. Essa descoberta contribuíra para aclarar suas idéias. Tinha arrancado as luvas dos homens e apertado as respectivas impressões digitais sobre cada uma das coronhas. No momento em que os policiais entraram no museu, nada mais viram além de uma mulher prostrada, cercada de cadáveres e de quadros de Mondrian.

A seqüência fora ainda mais fácil de representar. Na viatura, bastara entregar-se ao próprio abatimento. Os investigadores haviam formulado tanto as respostas quanto as perguntas, deduzindo eles mesmos que os três homens haviam-se matado uns aos outros depois de tê-la agredido. Curiosamente, eles pareciam convencidos de que ela não fora o objeto da escaramuça. Diane não insistira, mas pressentia que os policiais já tinham identificado os assassinos.

Na clínica de Vésinet-Le Pecq, o médico de plantão se mostrara confiante. Ela apresentava apenas hematomas. Quanto à dor na clavícula direita, era apenas um leve entorse. Seus únicos ferimentos para valer estavam ligados a seus próprios enfeites: a argola de ouro rasgara a asa direita do nariz até a cartilagem. Quanto ao *piercing* incrustado no umbigo, precisou-se de meia hora de cirurgia com anestesia local para recuperá-lo.

Depois de receber sedativos, ela fora instalada nesse quarto fechado. Adormecera imediatamente, mas agora, entorpecida pelos analgésicos, sentia-se planar no espaço, sem sentir dor alguma. Apenas uma lucidez intensa, quase irreal por causa da claridade, a invadia. E lhe permitia elaborar uma lista de suas convicções.

Em 22 de setembro de 1999, François Bruner, curador da Fundação Bruner, viajante habitual, especialista em tsevens e em parapsicologia, tentara assassinar Lucien planejando, com seus cúmplices, um acidente no bulevar periférico parisiense.

Em 5 de outubro de 1999, Rolf van Kaen, anestesista-chefe do serviço de cirurgia pediátrica do hospital Die Charité, praticara uma intervenção clandestina no menino, na esperança de salvá-lo graças à técnica da acupuntura.

Esses dois homens conheciam uma verdade sobre Lucien que Diane ignorava – talvez a verdadeira natureza de seu poder, que exigia de um que o destruísse e que, ao contrário, intimava o outro a salvá-lo.

Que poder seria esse? Diane descartou essa pergunta sem resposta para concentrar-se na sua última convicção. Talvez a mais terrível.

Havia um outro assassino nessa história.

O homem que tinha rebentado o coração de Rolf van Kaen nas cozinhas do hospital Necker, durante a noite de 5 de outubro de 1999. O homem que praticara a mesma operação no interior do corpo de François Bruner em 12 de outubro de 1999, sem dúvida algumas horas antes da chegada de Diane ao museu.

O clique do ferrolho chamou sua atenção. Dois tiras uniformizados entraram no quarto, aureolados pela luz do dia. Atrás deles surgiu uma silhueta alta. Diane pegou os óculos. Reconheceu o pulôver preto, os cabelos de palha de aço. Patrick Langlois parecia ainda mais sério do que o habitual.

Ao perceber o rosto intumescido de Diane, deu um assovio de admiração e ameaçou:

– Talvez seja hora de parar de fazer besteiras, não?

Capítulo 36

No carro, o primeiro reflexo de Diane foi baixar o pára-sol e olhar seu rosto no espelho. Um hematoma azulado partia da têmpora esquerda e descia até o queixo. Do mesmo lado a face já inchava, sem chegar no entanto a deformar suas feições ossudas. O branco do olho esquerdo, coberto de sangue, dava-lhe um curioso olhar gázeo. Quanto ao machucado no nariz, os fios e as crostas marrons estavam camuflados por um curativo anti-hemorrágico. Ela esperava que estivesse pior.

Sem uma palavra, Langlois arrancou e misturou-se ao fluxo de veículos matinais. Ele gastara algum tempo passando-lhe um sabão, no *hall* da clínica, por causa de sua imprudência e de sua mania de agir sozinha. Diane esperava que ele não recomeçasse – sua enxaqueca não iria tolerar. No entanto, no primeiro sinal vermelho, ele tirou de sua pasta de cartolina um maço de folhas e as colocou sobre os joelhos.

– Leia isto.

Diane sequer baixou os olhos. Depois de alguns minutos, sempre conservando um olho no tráfego, o tenente perguntou:

– O que mais está acontecendo?

Ela continuava com os olhos fixos na estrada.

– Não posso ler dentro de carro. Fico enjoada.

Langlois resmungou. Ele parecia saturado dos caprichos de Diane.

– OK – suspirou –, eu explico. Este dossiê é o de seu retrato falado.

– François Bruner?

– Ele se chamava na verdade Philippe Thomas. Bruner era um nome falso. Isso é muito comum entre espiões.

– Espiões?

Ele limpou a garganta, o olhar pregado na estrada.

– Ao compararmos este rosto com nossos registros, obtivemos logo um retorno por parte da Direção da Vigilância do Território. François Bruner-Philippe Thomas era fichado desde 1968. Nessa época, era professor de psicologia na faculdade de Nanterre. Um prodígio, com apenas trinta anos. Especialista em Carl Gustav Jung. Eu deveria ter me lembrado do nome dele. – Deu um sorriso de desculpas. – Eu mesmo tive minha fase Jung. Em resumo, em 1968 Thomas, que é, para início de conversa, filho de família importante, tornou-se um dos principais agitadores comunistas das barricadas.

Diane reviu o homem com o casacão verde erguendo o dedo indicador. O rosto batido pela chuva, no meio da vegetação da estrada.

– Em 1969, o sujeito desaparece – continuou Langlois. – Na verdade, decepcionado com o fracasso da revolução, Thomas decidiu ir para o Leste.

– O quê?

– O intelectual transpôs a Cortina de Ferro. Instalou-se onde a causa popular triunfava: na União Soviética. Posso imaginar a cara de seu pai, um dos maiores advogados comerciais da França gaullista, quando soube da novidade.

– E depois?

– Não se sabe muito sobre o que ele faz por lá. Mas é certo que viaja pelas regiões que nos interessam, sobretudo a República Popular da Mongólia.

O carro subia a nacional 13, na pista da esquerda. O sol banhava o cimo das árvores avermelhadas, que pareciam borrifar o ar com uma bruma púrpura. Diane olhava distraidamente as grades dos parques, os imensos solares, os imóveis claros, escondidos pela vegetação. Ela não conseguia reencontrar a realidade e a precisão de seu périplo da véspera.

– Em 1974, dá-se o grande retorno – prosseguiu o tenente. – Thomas bate à porta da embaixada da França em Moscou. O sistema soviético o aniquilou. Ele implora ao governo francês que o acolha novamente. Nessa época, tudo é possível. Assim, esse dissidente que passou para o Leste cinco anos antes pede asilo político... a seu próprio país!

Langlois sacode o dossiê, como se fosse um material de prova, enquanto segura o volante com a outra mão.

– Juro que tudo isso é verídico.

– E... depois?

– Tudo fica ainda mais confuso. Encontramos Thomas de novo em 1977, adivinhe onde? No seio do exército francês, na qualidade de conselheiro civil.

– Em que área?

Langlois sorriu.

– Ele trabalha como psicólogo em uma instituição de saúde do exército, especializada em medicina aeronáutica. Na realidade, essa instituição é uma fachada para receber e interrogar dissidentes comunistas que pediram asilo político à França.

Diane começava a entender a reviravolta da situação.

– Você quer dizer que é ele quem interroga agora os dissidentes soviéticos?

– Com certeza. Ele fala russo. Conhece a União Soviética. É psicólogo. Quem melhor do que ele poderia avaliar o grau de sinceridade e de credibilidade deles? Na verdade, creio que ele não tem muita escolha. Paga assim sua dívida ao governo francês.

Langlois calou-se por alguns segundos, retomou o fôlego e continuou seu discurso:

– Durante a década de oitenta, as coisas começam a se acalmar entre o Leste e o Oeste. É o período da *glasnost*, da *perestroika*. As autoridades militares afrouxam as rédeas de Thomas, que reencontra a liberdade. Ele não tem ainda cinqüenta anos. Acaba de herdar uma fortuna colossal da família. Não retoma o magistério. Prefere investir nas telas de mestres e criar sua própria fundação, que acolhe assim exposições temporárias, como a de Mondrian neste momento. Thomas não esconde seu passado de dissidente. Ao contrário, faz conferências sobre as regiões da Sibéria que visitou e sobre os povos que ele é um dos raros europeus a conhecer, notadamente os tsevens, a etnia de seu filho.

Diane refletiu. Essas informações davam voltas na sua cabeça. Os nomes. Os fatos. Os papéis desempenhados. Todos os elementos se encaixavam e incitavam uma verdade lógica. Por fim, perguntou:

– O que pensa de tudo isso?

Ele sacudiu os ombros.

– Volto à minha primeira teoria. Uma história que data da guerra fria. Um acerto de contas. Ou um caso de espionagem científica. Penso nisso cada vez mais, agora que estou debruçado sobre o laboratório nuclear...

– O *tokamak*?

– Sim. Pelo que entendi, a fusão nuclear não é uma tecnologia pronta ainda, mas é muito promissora. Essa técnica representa realmente o futuro da energia nuclear.

– Por quê?

– Porque as centrais atuais consomem urânio e porque esse é um material limitado na Terra. Por outro lado, a fusão controlada consome produtos extraídos da... água do mar. Em outras palavras, um combustível ilimitado.

– E daí?

– Daí que estamos falando de jogo muito pesado, de interesses mundiais. Nesse caso, tudo gira, na minha opinião, em torno dos segredos do *tokamak*. Van Kaen trabalhou lá. Thomas deve ter passado por lá, isso é certo, quando viajou para a Mongólia. E acabo de saber que o chefe do TK 17, Eugen Talikh, também passou para o Oeste, em 1978. Instalou-se na França, com o beneplácito de Thomas!

– Isso é um pouco complicado para mim.

– É complicado para todo mundo. Mas uma coisa é certa: eles estão todos lá.

– Eles quem?

– Os antigos membros da unidade nuclear. Na França ou no resto da Europa. Já fiz uma pesquisa sobre Eugen Talikh. Ele trabalhou nos primeiros centros de fusão controlada construídos na França, na década de oitenta. Hoje está aposentado. É preciso descobrir onde está, o mais depressa possível. Caso contrário, não ficarei surpreso se encontrar seu cadáver em algum lugar, o coração em pedaços.

– Mas... por que assassinar esses homens? E por que dessa maneira?

– Não faço idéia. Só tenho uma certeza: o passado está vindo à tona. Um passado que provoca não apenas essas mortes, mas obriga também os antigos especialistas a voltar lá.

Diane demonstrou surpresa. Langlois pegou uma nova folha fotocopiada.

– Encontramos estas anotações na casa de Thomas: horários de vôos com destino a Moscou e à República Popular da Mongólia. Ele também se preparava para partir para a RPM. Como van Kaen.

Diane sentia os efeitos dos analgésicos redobrarem. Perguntou, voltando às suas inquietações:

– E meu filho adotivo? O que tem a ver com tudo isso?

– Mesma resposta: não faço idéia. Já pesquisei a fundo, por via das dúvidas, a fundação através da qual você adotou Lucien...

– O que encontrou?

– Nada. Eles são brancos como a neve. Na minha opinião, tudo foi organizado sem que soubessem de nada. Acho simplesmente que a criança foi colocada nas proximidades do estabelecimento a fim de que fosse recolhida por eles.

Langlois virou de repente à esquerda e pegou uma via expressa. Aumentou a velocidade e entrou em um grande túnel, pontuado de fileiras de ventiladores suspensos. Diane não estava certa de suas hipóteses. Talvez fossem todas falsas. Talvez essa história não tivesse nada a ver com os pretensos poderes de Lucien e convergisse sobretudo para as pesquisas nucleares. No entanto, como para retomar a pista da parapsicologia, Langlois acrescentou:

– Há um último fato, em relação a Philippe Thomas, que me intriga... Parece que o intelectual era dotado de poderes psíquicos.

Diane prendeu a respiração.

– Isso quer dizer o quê? – perguntou Diane.

– Segundo vários testemunhos, ele era capaz de mudar objetos de lugar a distância, de entortar metal. Coisas *à la* Uri Geller. Os especialistas chamam isso de psicocinese. Na minha opinião, Thomas era sobretudo um cara habilidoso, uma espécie de manipulador, e...

– Espere. Você quer dizer que ele podia influenciar a matéria pelo pensamento?

O tira lançou um olhar divertido a Diane.

– Eu imaginava que essa idéia a faria rir. Como cientista, você...

– Responda ao que perguntei: ele podia influenciar a matéria?

– É o que diz seu dossiê, sim. Várias experiências teriam sido tentadas segundo um protocolo muito rigoroso – com objetos dentro de recipientes hermeticamente fechados, por exemplo –, e...

Diane teve um choque. Esse instante marcava uma mudança decisiva nas suas próprias investigações: ou ela recusava a vertente paranormal do caso e abandonava a investigação ou mergulhava nessa realidade obscura e dava um passo de gigante.

Na verdade, se admitisse o poder de Philippe Thomas, o último mistério de seu acidente estaria por fim explicado. Graças ao poder de seu espírito, o homem da túnica anti-radiação pudera abrir, à distância, o fecho do cinto de segurança de Lucien.

Um fecho de metal.

Diane estava abatida. Não podia acreditar em tal prodígio, mas, ao mesmo tempo, admitir a realidade dava uma nova coerência aos acontecimentos. Assim, como não supor que um homem capaz de tal milagre se convença dos poderes do menino Sentinela? Como não supor, de novo, que o motivo do assassinato estivesse ligado a uma eventual faculdade psíquica de Lucien?

– Diane, está me ouvindo?

Ela emergiu de suas reflexões.

– Estou ouvindo, sim.

– Os policiais de Saint-Germain identificaram os três homens que morreram no museu.

– Já?

– Eles os conheciam. No final de agosto, Thomas fez vir da Federação da Rússia três antigos militares de elite – os *spetsnaz* – convertidos em guardas. Oficialmente, ele os recrutou para reforçar a segurança de sua fundação durante a exposição de Mondrian. No entanto, de acordo com as informações colhidas, esses tipos já trabalharam para diferentes máfias russas. A história não diz como Thomas os encontrou, mas, na minha opinião, ele mantinha laços de amizade em Moscou.

Diane reviu a violência da noite anterior: as botas ferradas pisando no seu rosto, as silhuetas estremecendo sob suas balas. Como pudera sobreviver a isso?

– Ao que tudo indica – continuou Langlois –, Thomas os escolheu sobretudo para organizar o "acidente" do bulevar periférico. Mas acredito também que ele temesse alguma coisa. Ou alguém. Como o assassino que conseguiu se infiltrar no museu ontem de tarde... – Virou-se para ela e completou a frase: – "Nosso" assassino, Diane. O que eliminou Rolf van Kaen. A partir daí, fica fácil reconstituir os acontecimentos da noite passada: no fim do dia, os três russos descobriram o corpo e o colocaram na sala de banho. Depois brigaram, sem dúvida por causa de dinheiro – deviam estar tentados a levar um ou dois quadros com eles. Então você chega e isso bota ainda mais lenha na fogueira. Eles se matam uns aos outros com suas próprias armas. Não foi o que você disse aos tiras?

– Claro que sim.

– Eu diria que isso é mais ou menos convincente.

– Por que mais ou menos?

– Falta reconstituir a cena, verificar a posição dos corpos, a trajetória das balas. Espero que tudo coincida.

A voz de Langlois estava carregada de incredulidade, mas Diane fingiu não perceber. Seus pensamentos estavam cada vez mais confusos. Sobre essas águas sombrias boiava uma nova lembrança: o cadáver de Philippe Thomas, rosado e abjeto, as finas peles mortas enrugadas.

– O que sabe sobre a doença de Thomas? – perguntou ela.

– Você viu o corpo? – replicou Langlois, surpreso.

Diane cometera uma gafe. Era tarde demais para voltar atrás.

– Depois da matança, sim – respondeu. – Entrei no seu apartamento e...

– E voltou depois para o museu?

– Sim.

– Disse isso aos tiras de Saint-Germain?

– Não.

– Você está fazendo um jogo absurdo, Diane.

– Thomas estava muito doente, não é?

– A doença se chama eritrodermia descamante – respondeu o tenente, suspirando. – Uma forma de eczema muito intensa, que provoca verdadeiras peladas. Pelo que entendi, Thomas trocava regularmente de pele.

Diane pensou imediatamente que o homem talvez usasse um casacão para proteger o corpo em plena mudança de pele. Mas seus pensamentos se desfizeram. Ela se sentia tomada pelo sono. Percebeu que chegavam à porte Maillot. O tráfego se tornara muito mais denso, e Langlois, sem hesitar, colocou a sirene magnética sobre a capota do carro. Retomou, então, a avenida Grande-Armée, a sirene gritando. Ela se refugiou no fundo do banco e abandonou-se ao próprio torpor.

Quando acordou, o carro atravessava a praça do Panthéon. Sem saber por quê, a idéia de ter dormido enquanto o policial percorria a capital a toda velocidade lhe agradava. Patrick Langlois parou na entrada da rua Valette e tirou um jornal dobrado do bolso do casaco.

– O melhor para o final, Diane: o *Le Monde* de ontem à noite.

Ela viu imediatamente o artigo que ele lhe mostrava na página da direita. O jornal relatava em detalhes o assassinato de Rolf van Kaen na noite de terça-feira, 5 de outubro. O jornalista evocava também a cura milagrosa de Lucien e o acidente de Diane Thiberge, enteada de Charles Helikian, "personalidade importante" do mundo dos negócios e da política.

– Seu padrasto está furioso – comentou Langlois. – Chamou o chefe de polícia.

Diane levantou os olhos.

– De onde vazou a informação?

– Não tenho a menor idéia. Do hospital, sem dúvida. Ou talvez de nós. Francamente, estou pouco ligando. Nem sequer sei se isso poderá nos ajudar. Em todo o caso, vai provocar reações.

Langlois colocou o dossiê em ordem. Diane reparou que ele possuía também uma bolsa de couro, contendo marcadores de texto e lápis coloridos. Com voz velada, perguntou:

– Você não está usando muita "tecnologia", não?

Ele ergueu uma sobrancelha.

– Não ligue para isso. Simplesmente, para cada técnica seus meios. Para minhas investigações, prefiro os métodos antigos. Papel, caneta, marcadores de texto. Guardo o computador para o resto.

– O resto?

– A vida quotidiana, o lazer, os sentimentos.

– Os sentimentos?

– No dia em que tiver uma confidência a lhe fazer, Diane, enviarei por e-mail.

Ela saiu do carro. Patrick Langlois fez o mesmo. Acima dos dois, a cúpula imensa do Panthéon parecia uma concha monstruosa. O policial aproximou-se.

– Diane, se eu disser: Heckel & Koch, MP5, você lembra de alguma coisa?

– Não.

– E Glock 17, calibre 45?

– São armas, não?

– Sim, as armas com as quais os russos mataram uns aos outros. Na selva, durante suas viagens de estudos, você nunca utilizou armas automáticas?

– Estudo animais selvagens. Não faço tiro ao alvo.

Sob a franja prateada, o rosto iluminou-se com um sorriso.

– OK. Perfeito. Eu queria ter certeza.

– Certeza do quê?

– De que você não estava nesse massacre a troco de nada. Vá dormir. Telefonarei hoje à noite.

Capítulo 37

O primeiro detalhe que chamou a atenção de Diane ao entrar no seu apartamento foi a luz vermelha da secretária eletrônica, que continuava a piscar no seu quarto. Não estava certa de querer ouvir as mensagens. As que ouvira da última vez tinham provocado uma reação em cadeia que a impelira até a Fundação Bruner e sua violência.

Atravessou o salão, entrou no quarto, sentou-se na cama, exatamente como na véspera, observando a luz vermelha que pulsava como um coração. Ela já ouvia, mentalmente, as mensagens de sua mãe, rápidas como tiros. Ou os telefonemas dos colegas cientistas que por acaso tivessem lido o artigo no *Le Monde*. Essa última idéia fez com que ela se lembrasse de que não punha os pés no trabalho há... Há quanto tempo?

O telefone tocou. Diane deu um salto em cima de sua coberta de penas. Sem refletir, tirou o fone do gancho.

– Senhorita Thiberge? – ela ouviu.

A voz era desconhecida.

– Quem está falando?

– Meu nome é Irène Pandove. Estou telefonando por causa do artigo do *Le Monde* de ontem à noite, sobre a morte do senhor Rolf van Kaen.

– Co... como a senhora conseguiu meu número?

– Seu nome está no catálogo telefônico.

Diane pensou, estupidamente: "É verdade, meu nome está no catálogo telefônico." A mulher continuou, em tom grave e calmo:

– Você confia demais e comete um erro ao fazer isso.

Um formigamento eriçou sua nuca.

– O que a senhora quer? – perguntou com hostilidade.

– Gostaria de vê-la. Possuo informações que podem lhe interessar.

– A senhora conhecia Rolf van Kaen?

– Indiretamente, sim. Mas não é sobre ele que quero falar.

Diane continuou em silêncio. Pensou: "Talvez uma maluca que queira brincar com meus nervos. Ou apenas me extorquir dinheiro."

– Sobre quem, então? – perguntou.

– Quero falar sobre o menino que adotei há cinco semanas.

O frio calou mais fundo na sua pele. Ela pensou em suas veias – nervuras repletas de sangue gelado.

– Onde... onde o adotou?

– No Vietnã. No orfanato Huaï.

– Com a associação Boria-Mundi?

– Não. Pupilos do Mundo. Mas isso não é importante.

– O que é importante?

Irène Pandove ignorou a pergunta e continuou no mesmo tom tranqüilo:

– Você precisa vir aqui. Não posso me afastar. Há alguns dias meu filho não está muito bem.

Nas artérias de Diane o sangue passou ao zero absoluto.

– O que ele tem? Sofreu algum acidente? – perguntou.

– Febre. Muita febre.

Ela pensou em Lucien. Nos picos de temperatura que o menino estava tendo, em Daguerre, que garantia que o fenômeno não apresentava nenhuma gravidade. Lembrou-se de repente do pressentimento que a invadira duas noites antes, enquanto dormia: alguém, em algum lugar, devia compartilhar seu pesadelo... Irène Pandove prosseguiu:

– Venha me ver. O quanto antes.

– Onde a senhora está? Qual o seu endereço?

A mulher morava a uns mil quilômetros de Paris, em Daluis, na região de Nice, mas longe da costa. Diane anotou o endereço e as coordenadas. Refletiu depressa. Primeiro vôo da manhã. Automóvel alugado. Nenhum problema.

– Chegarei aí amanhã – confirmou –, no meio do dia.

– Estarei esperando.

A voz estava repleta de uma suavidade inquietadora. De repente, Diane teve uma idéia e perguntou:

– Seu filho... como ele se chama?

A suavidade, o sorriso, mais do que nunca presentes:

– Você me faz uma pergunta dessas? Não entendeu então o que está acontecendo.

Diane murmurou entre os lábios, como se soprasse uma vela, renunciando a qualquer esperança:

– Lucien...

Capítulo 38

Diane aterrissou em Nice às oito e meia da manhã. Trinta minutos mais tarde, dirigia rumo ao interior do país, sem sequer ter visto o Mediterrâneo. Ao longo da Rodovia Nacional 202, uma seqüência de casas, de centros comerciais, de instalações industriais acompanhava pequenos vales e colinas. Perto de Saint-Martin-du-Var, a paisagem se modificou, as construções se espaçaram, o verde-escuro e a rocha ganharam terreno e, por fim, surgiram as montanhas.

Ela navegou então em uma paisagem típica da altitude: pinheiros cerrados contra vertentes abruptas, cúpulas negras pregadas no céu, leitos sombrios e profundos de rios secos... O céu estava encoberto. Não havia mais suavidade, ar marinho, nem mesmo vegetação provençal. Era a pedra e o frio que dominavam agora. Diane continuava pela Rodovia Nacional, acima do leito seco do rio Var.

Ao cabo de uma hora de estrada, depois de intermináveis vias sinuosas, encontrou afinal a paisagem que esperava: o lago no fundo de um vale, que lembrava um espelho refletindo a luz da tempestade. Sua superfície oscilava entre o cinza e o azul. As pequenas ondas que se formavam pareciam lâminas de aço. Em volta, um entrelaçado de esmeralda. Os pinheiros, aprumados como facas, pareciam abençoar as nuvens. Diane estremeceu. Ela podia sentir a crueldade de cada cimo, de cada reflexo, de cada detalhe, aguçada pelo sol febril que perfurava a escuridão do céu.

Ao fazer uma curva, avistou uma clareira. Construções em toras de madeira compunham um lugarejo a alguns metros da margem. Irène Pandove dissera: "Um rancho em forma de U, na beira do lago." Diane pegou a estrada que serpenteava em direção ao vale.

Havia uma placa com a inscrição "Centro de Recreação Ceklo" sinalizando um caminho de cascalho um pouco abaixo. A cada curva, Diane via com nitidez sempre maior as construções de madeira. Eram muitas, formando um grande conjunto de cor marrom, rodeado por um parque. À esquerda, estendiam-se pastagens que, sem dúvida, acolhiam cavalos durante o verão. À direita, pórticos coloridos marcavam as áreas de recreação.

Estacionou o carro embaixo dos pinheiros. Inalou a plenos pulmões o frescor do ar, o perfume de resina, a abundância de ervas cortadas. O silêncio reinava como mestre. Nenhum pio de pássaro, nenhum ruído de inseto. A tempestade? Diane aproximava-se do prédio principal e se esforçava para afastar as apreensões.

Cruzou a porta de toras de madeira e atravessou uma área aberta com chão de vigas de pinho e viu, no lado direito, pequenos cabides. Através das janelas envidraçadas, à esquerda, avistou um grande pátio interno, emoldurado pelas duas alas do sítio, que chegava até uma colina fechada por uma cortina de árvores. Adiante, deveriam estar as águas calmas do lago. O silêncio e o vazio pareciam mais graves, mais pesados, ali, naqueles espaços concebidos para a balbúrdia infantil.

Diane descobriu um corredor que se abria para diversos cômodos. Enfiou-se nele com passos prudentes. Sobre as paredes de madeira, painéis de tecido com desenhos ingênuos pendiam como se fossem quadros. Ela pôde ver também, pelas portas abertas, tamboretes, papéis pintados com rosas ou violetas, lustres de papel de arroz. O conjunto tinha bem o cheiro dos anos setenta. Esse lugar teria agradado à sua mãe.

Seguiu em frente. Viu salas de jogos, ocupadas por mesas de pingue-pongue, de totó. Viu outro aposento, onde imperava uma televisão, atapetado de almofadas. No fundo do corredor, tropeçou em uma pequena gaiola que espalhou grãos e serragem pelo chão. Diane parou um instante junto do objeto: seu ocupante – porquinho-da-índia ou *hamster* – se mandara também.

Chegou, por fim, a um imenso escritório – o coração administrativo do sítio. Sua apreensão transformou-se então em certeza. Mais uma vez, chegara tarde demais. A peça tinha sido inteiramente revirada. Uma mesa de carvalho estava de pernas para o ar, as cadeiras espalhadas, os armários esvaziados, os arquivos destruídos, os fichários jogados no chão.

Diane pensou em Irène Pandove e não ousou ir mais longe em seus pensamentos. Nesse instante percebeu, fixos na parede, quadros que haviam escapado à catástrofe. Eram reproduções que mostravam sempre os mesmos dois personagens: uma mulher loura, de uns cinqüenta anos de idade, e um homem de tipo asiático, muito baixo, rosto enrugado e sorriso malicioso. Em alguns retratos, o homem e a mulher se abraçam. Em outros, estão de mãos dadas. As imagens irradiavam uma estranha alegria de viver. E uma leve impressão cômica – a mulher era quinze centímetros mais alta do que o homem, que vestia, em todas as fotos, uma túnica em astracã com a bainha dobrada. Sem conseguir explicar seu gesto, Diane pegou um quadro, quebrou o vidro no canto da mesa e pôs uma das fotos no bolso.

Ao levantar os olhos, percebeu um artigo sob o vidro de outro quadro. O texto, publicado na revista *Science*, importante referência em matéria de publicações científicas, estava assinado pelo Dr. Eugen Talikh. Diane estremeceu: era o nome pronunciado por Langlois. O nome do chefe do TK 17 que passara para o Ocidente em 1978. Ela leu em diagonal os parágrafos redigidos em inglês. Não entendia nada – o artigo falava de física nuclear e de isótopos de hidrogênio –, mas não ficou surpresa ao ver o retrato do autor: era o asiático baixinho das fotografias. Ela estava na casa do físico dissidente.

Essa descoberta acendeu outros fogos em seu espírito. Em primeiro lugar, compreendeu que Eugen Talikh não era um russo caucasiano, como se teria podido supor, mas um asiático, sem dúvida de origem siberiana. Compreendeu também, sem deduzir as implicações desse fato, que o homem acabava de adotar, com sua mulher, um menino vindo das terras do *tokamak*. Por quê? O que ele esperava dessa criança? Diane quebrou o vidro também desse quadro e enfiou o artigo no bolso.

Continuou a vasculhar e encontrou cópia dos horários de vôos para Ulan Bator, via Moscou, mas nenhum sinal de uma reserva precisa. Como Rolf van Kaen, como Philippe Thomas, Eugene Talikh se aprontava para voltar para a República Popular da Mongólia, mas não parecia ter decidido a data da partida.

Nesse instante, ouviu um gemido.

Diane deu meia-volta. Alguém se mexia atrás da escrivaninha revirada. Aproximou-se do platô de madeira e, lentamente, atreveu-se a olhar. Uma mulher, estendida no chão, repousava em uma imensa poça preta, sob uma enxurrada de restos de papel. Diane não se lembrava de alguma vez ter visto tanto sangue – nem mesmo na Fundação Bruner. O corpo estava completamente imóvel, voltado para a parede. Diane lembrou-se de um antigo costume judeu, que consiste em virar o rosto do moribundo para a parede, a fim de que ele não possa mais ver as feições da Morte.

Contornou a mesa e pegou com cuidado os ombros da vítima para virá-la na sua direção. Reconheceu-a imediatamente: era a mulher das fotografias. Seu abdome se abria em duas paredes de carne. O ferimento começava no umbigo e subia até os seios. As roupas e a carne se misturavam em uma turfa imunda. Diane apelou para a compaixão com todas as suas forças, mas nenhum sentimento conseguia superar seu próprio medo. Pensou no assassino de van Kaen e de Thomas. Essa lesão não correspondia ao estilo dele. Teria errado o golpe? Irène teria se debatido?

O que descobriu levou-a a um terror ainda mais profundo.

Irène Pandove tinha uma faca com lâmina dentada, escurecida pelo sangue, na mão direita.

De repente, ela apoiou-se sobre um cotovelo e murmurou:

– Ele veio... Eu não devia... Eu não devia ter falado com ele.

Totalmente atônita, Diane compreendeu que Irène tinha aberto o próprio ventre sob os olhos do agressor. Ela se matara para não falar, para não revelar as informações que os intrusos queriam sem dúvida arrancar dela. Apesar da desordem de seus pensamentos, Diane reparou na beleza do rosto, sob o coque em desalinho e as mechas empapadas de sangue.

– Eu não devia ter falado com ele – repetiu Irène.

– Com quem? Quem veio aqui?

– Os olhos... Eu não teria conseguido resistir... Não devia ter dito... onde está Eugen...

"Os olhos": o que isso poderia indicar? O violador de entranhas? Outros pistoleiros, enviados por Thomas? Ou outra pessoa ainda? Mas havia uma outra urgência. Diane inclinou-se e perguntou a Irène:

– Lucien... Onde está Lucien?

A moribunda esboçou um sorriso. Apesar de tudo, ela parecia contente de encontrar Diane, de ouvi-la pronunciar esse nome inocente. Movimentou os lábios. Sua boca encheu-se de sangue. Com a manga, Diane enxugou-a. O sussurro transformou-se em uma única palavra:

– Península.

– O quê?

Filamentos escuros correram de novo. Os lábios murmuraram:

– No lago. A península. É lá que ele vai sempre...

Reprimindo os soluços, Diane tentou transmitir-lhe confiança.

– Tudo vai dar certo. Vou telefonar para o hospital.

Irène segurou o pulso de Diane. Ela sentiu correr o sangue entre seus dedos cerrados. Fechou as pálpebras. Quando as reabriu, tudo estava acabado: as íris de Irène estavam paradas, num estupor eterno.

Capítulo 39

Diane contornou a ala direita do sítio, passou pelo portão e subiu de novo o caminho que serpenteava até a colina de pinheiros. A tempestade caía com violência. Diane avistou de repente a superfície brilhante da água, sob os relâmpagos. Desceu a vertente da colina e chegou à margem. Uma longa barreira de árvores e bambus se interpunha entre o caminho de terra e a água. Impossível passar. Instintivamente, Diane pegou a direita e se pôs a correr.

Em pouco tempo a terra perdeu a firmeza. O cheiro da vegetação tornou-se mais forte e, ao mesmo tempo, mais vivo, mais penetrante. As águas do lago pareciam deslizar entre as plantas para transformar a margem em um extenso pântano. Correndo sempre, Diane impregnava-se dessa metamorfose. A claridade verdejante das árvores baixas, a indolência da flora, lasciva, solta, que guardava cada vez com mais freqüência, entre duas dobras de ervas ou folhas, brilhos de transparência. Disse a si mesma que a água era ali o perfume da terra. Era um dedo sobre uma nuca de húmus, deslizando sob uma cabeleira de ervas... E agradeceu mentalmente à paisagem por sua força, sua onipresença, pois a impedia de pensar em qualquer outra coisa.

À sua esquerda, uma abertura entre as árvores: um caminho. Diane tomou-o e avançou sob a cobertura vegetal. Ela não sentia mais a chuva, mas captava as mil carícias dos juncos, dos bambus, das pontas dos ramos. Somente então chegou à margem e percebeu a superfície do lago. Do seu ponto de observação, mais parecia um mar. Uma imensidão gris e furta-cor que crepitava sob a chuva, sem margem nem orla.

Avistou então a península.

À sua direita, a poucas centenas de metros, uma língua de terra arenosa se destacava da margem e seguia à flor d'água até uma pequena floresta cintilante. Uma península de água doce, sem sequer admitir o sal, apenas a transparência. Seria possível que o menino estivesse escondido sob essas árvores?

Diane ajeitou os óculos e tirou os sapatos. Deu um nó nos cadarços e passou-os em volta do pescoço. Retomou seu caminho. Diante dela, tudo parecia calmo, verde, diferente. Ela chapinhava agora nas ondas do lago, misturada às plantas e à terra. Enfiava os joelhos na mordida fria das profundezas, que contrastava com a tepidez da tempestade. Impregnava-se, fluía, gotejava. Sentia-se ao mesmo tempo aspirada pelo lago e esmagada pela chuva. Ela era, literalmente, uma mulher entre duas águas.

Chegou afinal ao bosque da península. Mergulhou sob os salgueiros, abriu caminho entre as ervas, curvada, sem fôlego, solidária com cada interstício, cúmplice de cada folha. Onde estava Lucien? Ela continuava em frente. As bocas d'água, com seus lábios vorazes e verdes, se abriam e a retinham. Ela afundava até quase os quadris, balançando os braços para a frente e para trás. Já percebia, ao seu redor, as escamas furtivas de peixes perdidos entre os labirintos herbosos. De repente, sentiu que a terra voltava a se firmar sob seus pés. Chegara ao fim da ilha sem ter visto nada nem... Ela parou de repente.

O menino estava lá.

Sentado, de costas, a vinte metros dela, na extremidade da terra, voltado para o céu.

Ela o via mal, mas seu primeiro pensamento foi de alívio. Sua silhueta não parecia a de Lucien – o seu. Sem querer admitir, imaginara obscuras possibilidades de um gêmeo, de uma clonagem, do produto monstruoso dos trabalhos secretos soviéticos que teriam acontecido no *tokamak*.

Bem, as duas crianças eram inteiramente diferentes. Este aqui devia ser no mínimo dois anos mais velho. Ela retomou o fôlego e esboçou mais um passo. Ele continuava imóvel, sentado no chão, as pernas cruzadas. Diane deu uma volta ao redor do menino e percebeu seus olhos transtornados, o rosto escarlate: ele estava em transe. Seus membros pareciam mais rijos do que barras de metal. Ele tremia, mas era um tremor imperceptível, elétrico. Como uma onda prisioneira de seu corpo.

Diane estendeu a mão na direção de sua fronte e percebeu um calor de forno. Ela jamais teria suspeitado que um ser humano pudesse atingir tal temperatura.

Chegou mais perto e parou. Diante do menino, um santuário havia sido erguido: um círculo de pedras brancas e, no centro, uma treliça de pequenos ramos em pirâmide, sobre os quais estavam amarradas minúsculas fitas. No alto dos ramos, equilibrava-se um pequeno crânio afilado. O crânio de um *hamster* ou de um porquinho-da-índia, recentemente esfolado. Diane lembrou-se da gaiola vazia no sítio e compreendeu: o menino sacrificara o animal durante um ritual xamanista.

Capítulo 40

– Constatamos uma excitabilidade neuromuscular muito elevada, que se traduz pelos acessos de contratura e pelos espasmos musculares...

Mais uma vez, hospital.

Mais uma vez, o discurso de um médico.

Em poucos minutos, Diane voltara para a casa de Irène Pandove, enrolara a criança em um dos painéis das paredes e vestira uma capa de chuva. Depois, saíra apressadamente na direção de Nice e chegara ao serviço de emergência do hospital Saint-Roch. Eram apenas duas da tarde, mas ela tinha a impressão de ter envelhecido muitos anos.

– Ele tem também uma febre incomum – prosseguiu o médico. – O menino está com quase quarenta e um graus. Por enquanto, não identificamos as causas patogênicas desse fenômeno. O exame externo não acusou nada. A análise do sangue não revela qualquer indício de infecção. Precisamos esperar os resultados dos outros exames. Podemos também considerar a via crônica. Mas os sintomas não são de epilepsia e...

– Ele corre perigo?

Em pé, perto de sua mesa de trabalho, o médico parecia ter dormido com o jaleco, tão amarrotado estava. Ele esboçou uma expressão de dúvida:

– Em princípio, não. Na sua idade, os riscos de convulsão podem ser descartados. E a febre já está cedendo. Quanto ao estado cataléptico, parece recuar também. Eu diria que o menino parece ter tido uma espécie de... crise, mas o pior já passou. Resta-nos agora definir a origem do problema.

Diane via de novo o círculo de pedras, o crânio sobre a treliça de galhos. Ela poderia contar isso ao médico? Poderia revelar que o menino tinha, sem dúvida, passado por um transe xamanista?

– Qual é de fato sua relação com a criança? – perguntou o médico.

– Já falei: é o filho adotivo de uma amiga minha.

Ele olhou a ficha.

– Irène Pandove, é isso?

Ela dera esse nome no serviço de emergência. Queria que fosse possível identificar o menino depois de sua partida.

– E onde está essa senhora Pandove? – continuou ele.

– Não sei.

– Mas o menino... Como a senhora o encontrou? Ele estava sozinho?

Diane repetiu sua história: a visita à amiga, a casa vazia, a descoberta de Lucien no pântano. Ela omitira a morte. Não temia contar meias verdades: dentro de alguns minutos estaria longe. Alguém dá meia-volta quando está de costas para o precipício?

O médico parecia cético. Observava com insistência o impermeável encharcado de sua interlocutora, as marcas no seu rosto, a cicatriz escura no nariz – o curativo caíra.

– Preciso dar um telefonema – disse ela de repente.

Durante a corrida ao redor do lago, ela perdera o celular. O homem apontou o telefone na sua frente:

– Tudo bem. Pegue uma linha, eu...

– Prefiro estar sozinha.

– Vá para o escritório ao lado. Minha secretária completará a ligação.

– Sozinha. Por favor.

O médico resmungou, mostrando a porta com um gesto vago:

– Há cabines do lado de fora, no *hall* de entrada.

Diane levantou-se. Ele acrescentou, sobrancelhas franzidas:

– Eu a espero. Ainda não acabamos nosso assunto.

– É claro que não – disse ela, sorrindo. – Volto logo.

Ela acabara de fechar a porta quando ouviu o telefone ser tirado do gancho. "Os tiras", pensou. "Esse babaca está ligando para os tiras." Deslizou pelo corredor e acelerou o passo.

Chegou ao *hall* de entrada do hospital e comprou, na banca de jornais, um cartão de telefone. Refugiou-se na cabine e discou o número direto de Eric Daguerre. Uma nova angústia a atormentava. E se Lucien, por uma razão que ela não conseguia explicar, estivesse também em transe? Ela pressentia uma espécie de simultaneidade nos acontecimentos. Um jogo de ecos entre esses dois meninos e seus sintomas.

Aconteceu o de sempre: o cirurgião estava operando. Em desespero de causa, Diane pediu para falar com a Sra. Ferrer, que confirmou suas suspeitas: Lucien acabava de ter uma alta violenta na febre, com sinais de catalepsia. Mas tudo estava voltando ao normal – a febre baixava, os músculos relaxavam. O doutor Daguerre tinha pedido uma série de exames. Estavam à espera dos resultados. A Sra. Ferrer acrescentou, à guisa de conclusão, que Didier Romans queria falar com ela, com urgência.

– Onde ele está? – perguntou Diane.

– Aqui. Numa de nossas salas.

– Deixe-me falar com ele.

Um minuto mais tarde, ela ouviu a voz do antropólogo:

– Senhora Thiberge, venha imediatamente ao hospital!

– O que está acontecendo?

– Um fenômeno extraordinário.

– O senhor está querendo falar sobre o transe de Lucien?

– Há uma espécie de transe, sim. Mas há outra coisa agora.

– O QUÊ?

O homem pareceu captar as ressonâncias inquietadoras de seu discurso.

– Não tenha medo – apressou-se a dizer. – Não há perigo para seu filho.

Diane repetiu, articulando cada sílaba:

– O que está acontecendo?

– Seria muito demorado explicar por telefone. Venha vê-lo pessoalmente. É muito... visual.

– Estarei aí dentro de três horas – disse Diane.

Desligou. Ela sufocava de repente na atmosfera superaquecida do hospital. Sentiu as mechas de cabelo coladas de chuva, o colo encharcado de suor. Um novo abismo nos seus pensamentos: como essas duas crianças podiam ter tido a mesma crise, a oitocentos quilômetros de distância? E qual seria o novo fenômeno descoberto pelo antropólogo?

Duas e meia da tarde. Diane olhou para as portas do *hall*. Ela esperava agora ver surgir um grupo de policiais. Homens que a interrogariam sobre a origem de Lucien, a morte de Irène Pandove, cujo corpo seria logo encontrado.

Precisava voltar a Paris. Precisava ver seu filho. Precisava contar tudo a Patrick Langlois – somente ele poderia dar-lhe cobertura, protegê-la da máquina judiciária. Discou o número do celular do tenente. O policial não a deixou sequer falar.

– Meu Deus, onde você está até agora? – perguntou ele.

– Em Nice.

– O que está fazendo aí?

– Eu precisava ver uma pessoa...

O tom se matizou de alívio.

– Pensei que tivesse se mandado de vez...

– Por que me mandar?

– Nunca se sabe, quando se trata de você.

Diane deixou passar alguns segundos. De repente, nesse silêncio, instalou-se uma confiança, uma proximidade como ela nunca sentira com ninguém. Disse precipitadamente – para não se desmanchar em lágrimas:

– Patrick, estou atolada na merda.

– Está me assustando.

– Não estou brincando. Preciso vê-lo. Explicar tudo.

– Em quanto tempo você pode estar em Paris?

– Três horas.

– Vou esperar você no meu gabinete. Também tenho novidades.

– O que é?

– Estou te esperando.

Diane captou uma angústia de intensidade nova na voz do tenente.

– O que está havendo? – insistiu. – O que descobriu?

– Vou explicar quando você chegar. Mas tome muito cuidado.

– Por quê?

– Você pode estar envolvida mais profundamente nesse caso do que eu imaginava.

– Co... como assim?

– Espero você na chefatura de polícia.

Ela saiu da cabine e encaminhou-se para as portas automáticas. Do lado de fora, a avenida estava coberta de folhas vermelhas, secas, amarfanhadas. Quando Diane entrou no carro, pareceu-lhe que era o próprio outono que lhe fazia uma emboscada.

Capítulo 41

Diane Thiberge chegou ao Hospital Necker perto das vinte horas. Didier Romans a esperava, demonstrando extrema agitação. Ela pediu em primeiro lugar para ver Lucien, mas o antropólogo respondeu: "Está tudo bem, posso lhe garantir. Temos outra emergência." Já rumavam para o prédio Lavoisier. Era com ansiedade que ela tomava esse caminho. Muitas lembranças, muitas atrocidades.

Quando, no interior do prédio, se encaminharam para a sala de tomografia computadorizada, ela sentiu que sua ansiedade aumentava. Viu desfilarem as paredes brancas, os néons ofuscantes – e era como uma nova linha direta rumo à violência. O cientista, sem parar de andar, falou:

– Desde as primeiras investigações percebi alguma coisa nesse sentido, mas não quis preocupá-la.

Diane teve vontade de rir. Parecia que tinham jurado jamais importuná-la, quaisquer que fossem as circunstâncias. Havia uma espécie de complô da serenidade.

Entraram na cabine repleta de terminais de computadores e monitores. Romans sentou-se diante do computador principal, exatamente como fizera o médico-legista na noite do assassinato de van Kaen. Ele disse, enquanto clicava o mouse:

– As imagens falarão melhor do que grandes discursos.

Diane apoiou-se em um dos pórticos de metal. Esperava ver surgirem na tela as vísceras profanadas do alemão. Mas, para sua grande surpresa, o que apareceu foi o contorno de duas mãos. Mãos de criança, finas e brancas, como envernizadas pelo brilho do computador.

Sem uma palavra, Romans digitou alguma coisa e fez aparecer a mesma imagem, porém pelo lado das palmas. Enquadrou a extremidade dos dedos, revelando as impressões digitais.

– No meu estudo antropológico, eu já analisara os dermatóglifos de Lucien. Já notara espécies de cicatrizes, que me pareceram bem antigas, logo abaixo da primeira camada da epiderme. Como se... como se a pele tivesse sido afastada, em cima, está vendo?

A imagem dos sulcos ampliou-se. Diane reparou nas linhas minúsculas, verticais ou oblíquas, que não correspondiam ao desenho habitual das espirais digitais. O antropólogo acrescentou:

– Quando ele teve as crises de febre, a senhora Ferrer notou que essas anomalias se tornavam mais acentuadas. Os sulcos geométricos ficavam brancos, enquanto a extremidade dos dedos avermelhava. O próprio Daguerre constatou o fenômeno e me telefonou. Compreendi então o que se passava.

As impressões digitais ocupavam agora toda a superfície da tela: as estrias estavam visíveis. Pareciam ranhuras – pequenos riscos...

– Essas cicatrizes estão na verdade situadas sob as camadas superficiais da epiderme. E, se ficam esbranquiçadas, é porque se trata, acredito, de cicatrizes de queimaduras. Peles mortas, nas quais o sangue não circula mais. A alta da febre acentua o contraste entre a temperatura da carne irrigada e essas cicatrizes frias. É uma manifestação clássica: certas marcas são mais visíveis durante o estado febril.

Diane continuava a examinar as finas ranhuras: era difícil não pensar em um tipo de escrita. Ao mesmo tempo, as letras pareciam um tanto apagadas – e sobretudo invertidas, como se fossem lidas no espelho. O antropólogo pareceu captar no ar o pensamento de Diane:

– No início, pensei em letras que teriam sido escritas com a ajuda de uma ponta em brasa – explicou ele. – Mas os motivos estão invertidos: então pensei que seria preciso decifrá-los em impressão sobre o papel, "retornados" por essa manobra. Tentei impregnar de tinta esses sinais com o auxílio de uma almofada de carimbos...

A imagem da tela se modificou: os sulcos digitais, embebidos em tinta, se tornaram amarelados.

– Aqui está o resultado. Como você vê, a escrita continua invertida. É um problema insolúvel.

Diane apoiou os punhos cerrados nas estruturas de metal. Sentia nascer no seu íntimo uma arborescência de fogo. Romans executou um comando no teclado: nova representação apareceu. As duas mãos inteiramente pretas, sobre as quais os traços minúsculos apareciam, distintamente, em branco.

– Esta é uma imagem infravermelha. Vemos muito melhor a escrita, por causa da diferença de temperatura entre a carne viva e as cicatrizes. Foi desse modo que percebi do que se tratava.

– E do que se trata?

– Não são letras latinas, mas caracteres cirílicos.

Um grande plano de sinais, escritos sobre cada dedo do menino, enchia a tela: números e sílabas do alfabeto eslavo. Com voz rouca, Diane perguntou:

– O que... o que significa isso?

– Trata-se de uma data escrita em russo. Mandei traduzir.

Novo clique. Nova imagem:

20 DE OUTUBRO DE 1999

– Essa criança carrega uma mensagem – concluiu o antropólogo.

Acrescentou com voz tímida, na qual vibrava o medo:

– Uma mensagem que foi gravada com fogo e que é, digamos, a palavra "programada" para aparecer em caso de febre, graças ao calor que emana do corpo da criança. É totalmente... inacreditável. Na verdade, o único meio para decifrar essa data é a febre de Lucien.

Diane não escutava mais as explicações. Suas próprias respostas explodiam em sua consciência. Estava certa de que o segundo Lucien trazia as mesmas queimaduras. Os "Lüü-Si-An" mostravam, na ponta dos dedos, uma data, que apenas aparecia no momento de seus transes. Eles eram os mensageiros. Mas a que se destinavam essas datas? E o que significavam?

Num vislumbre, formulou a primeira resposta: sem dúvida alguma, a data era destinada a homens como Rolf van Kaen, Philippe Thomas e Eugen Talikh. Homens que tinham pertencido à equipe do *tokamak* e que esperavam essa mensagem para voltar aos lugares de seu passado.

Outros pensamentos vieram à sua mente. Essas crianças tinham chegado à Europa incógnitas, por intermédio das organizações de adoção, que não deviam estar a par – ela acreditava – do segredo. As fundações nada mais eram do que instrumentos, entre outros, da rede – como ela mesma fora ao adotar o pequeno Lucien. Por outro lado, se Irène Pandove tinha conseguido adotar o Sentinela de Eugen Talikh, Rolf van Kaen não se beneficiara desse conforto. Era Diane Thiberge, mulher jovem e desconhecida, que herdara essa responsabilidade. Eis por que o acupunturista alemão dissera: "Essa criança precisa viver." Ele esperava simplesmente a aparição da mensagem que lhe estava destinada e que jamais chegaria se Lucien morresse antes de seu transe.

Um outro fato surgiu automaticamente: ao provocar o acidente do bulevar periférico, Philippe Thomas, o espião marxista, tentara excluir van Kaen do encontro, impedindo-o de descobrir a data. Era uma coisa maluca, absurda, aterradora, mas Diane sabia que estava certa: não apenas esses homens estavam ligados pelo passado, como também interesses obscuros tinham levado um deles a excluir um de seus *alter egos*, ao tentar destruir seu mensageiro.

Mais profundamente ainda, Diane percebia uma última evidência: um outro homem tentava também impedir a volta dos membros do *tokamak* ao país. E da forma mais radical possível: fazendo rebentar seus corações.

Do fundo desses poços negros, Diane contemplava, no entanto, duas luzes distintas.

Primeiro, pressentia que Lucien – o "seu" Lucien – estava fora de perigo. Haviam tentado impedi-lo de entregar a mensagem, mas essa data já estava revelada. Lucien encontrava-se, portanto, fora do jogo. Ele tinha, por assim dizer, cumprido sua missão.

A outra luz estava ligada, paradoxalmente, à natureza da mutilação das crianças: as mãos queimadas. Era atroz, abjeto, revoltante – mas não era mágico. Não havia nenhuma paranormalidade nisso. Os Sentinelas eram, simplesmente, meninos que haviam sido marcados para sempre.

Atordoada, hesitante, Diane pensou no tenente Langlois e em suas revelações. Ela estava certa de que ele possuía elementos que se encaixariam nessas vertigens e lhes dariam uma nova coerência.

– Volto logo – disse para o antropólogo, num murmúrio.

Capítulo 42

Diane preencheu o registro de visitantes e passou pelo pórtico detector de metais. Eram dez da noite e os corredores da chefatura de polícia estavam desertos. Mais do que nunca, esses gabinetes cheiravam a couro e a papelada velha. Eram odores tão fortes, tão impregnados, que mais pareciam eflúvios animais. Diane experimentava a sensação de caminhar no ventre de uma baleia. Os couros vermelhos das portas faziam-na lembrar de paredes orgânicas, e as sombras transversais do vão da escada, as presas do cetáceo – essas lâminas em feitio de cornos que se elevam verticalmente na boca do monstro.

Diane chegou ao gabinete número 34. Uma pequena tabuleta trazia o nome do tenente Patrick Langlois, mas ela já reconhecera a porta forrada de veludo. Um raio de luz branca escapava da peça. Ela bateu. Seu gesto foi abafado pela superfície de tecido. Com dois dedos, empurrou a porta.

Ela imaginava que nunca mais seria surpreendida pelo medo, nem por qualquer outra emoção. Pensava ter definitivamente tramado ao seu redor uma teia delicada e invisível, tão infalível como a das aranhas com a qual se fabricam os coletes à prova de balas. Estava enganada. Mais uma vez, na sala banhada pela escuridão, onde apenas uma pequena lâmpada halogênica clareava de muito perto a superfície da mesa de trabalho de madeira envernizada, ela foi tomada pelo pânico.

Patrick Langlois tinha a cabeça pousada de lado sobre a mesa. Seus olhos pretos conservavam o brilho da malícia, mas não cintilavam mais. Também o corpo, curvado sobre a cadeira, não se mexia. O primeiro reflexo de Diane foi recuar. No entanto, ao chegar à porta, mudou de idéia. Olhou para um lado e para o outro do corredor: ninguém. Retornou ao gabinete, fechou a porta e aproximou-se do cadáver.

O rosto do policial estava mergulhado num mar de sangue, que coagulava pouco a pouco, como asfalto. Diane forçou-se a respirar devagar, pela boca. Pegou duas folhas de papel e levantou suavemente a cabeça, olhando de relance a ferida, localizada embaixo do queixo. O homem estava com a garganta cortada. O corte se abria como um bico negro sobre os entrelaçamentos da laringe, viscosos e escuros. Sem saber explicar por quê, Diane conseguia manter um certo distanciamento em relação a esse espetáculo sinistro – e a seu significado. Contava apenas os segundos, cada um dos quais trazia uma nova pergunta: quem assassinara o policial? Ela continuava no rastro do mesmo assassino solitário, o que matava fazendo rebentar os corações? Ou se tratava de um cúmplice dos russos da fundação? Ela estava atônita pela audácia do crime: um assassino ousara eliminar um tenente da polícia nas próprias dependências da chefatura.

Lembrou-se do dossiê: o maço de folhas do qual o investigador jamais se separava e que escondia uma parte da verdade. Começou a remexer nos objetos ensangüentados, a percorrer os papéis maculados espalhados pela escrivaninha. Não parava de murmurar, como numa ladainha mística: "Lucien, Lucien, Lucien..." Tudo o que ela fazia, fazia por ele. Era a sua força, sua fonte viva. Abriu as gavetas, examinou os documentos, considerou os detalhes de cada elemento. Vasculhou a pasta do policial, os dois armários que se erguiam na penumbra. Nada. Não encontrava nada. Ela sabia que procurava por procurar, que o assassino levara tudo. Havia matado precisamente para destruir as provas e os indícios.

Olhou uma última vez na direção do rosto do homem com cabelos de prata que se refletia no espelho de sangue. No telefone, ele dissera: "Você pode estar envolvida mais profundamente nesse caso..." O que descobrira, afinal? Ela estava apavorada, perdida. Pensou em Irène Pandove. Em Rolf van Kaen. Em Philippe Thomas. Nos três homens que ela havia matado. Como explicar tal carnificina? E sua presença nesse ossuário? Ela se viu como uma flor funesta que destruía tudo o que dela se aproximava. A queimação de soluços aflorou às suas pálpebras. Segurou as lágrimas e enfiou-se no corredor, como uma sombra.

Enquanto caminhava, pensou no registro de visitas que havia preenchido alguns minutos antes. Estava perdida: seu nome constava, preto no branco, como a última pessoa a encontrar a vítima. Precisava fugir. Fugir o mais depressa possível.

Diane atravessou o pátio interno e escapou discretamente do local por uma porta lateral. Com passo rápido subiu o Quai des Orfèvres, depois o Quai du Marché-Neuf. Chegou acelerada à praça da Catedral de Notre-Dame, parou diante do Hôtel-Dieu. O principal hospital de Paris brilhava em toda a sua incandescência: através das altas janelas arredondadas, as luzes aureolavam a fachada clara e insinuavam um estranho ar de festa, ao mesmo tempo solene e leve.

A lembrança de Lucien atravessou-a como uma lâmina. Ela não podia abandoná-lo, ainda que estivesse convencida de que ele não corria perigo. Quando acordasse, quem o acolheria no país dos vivos? Quem cuidaria dele? Com quem ele falaria antes que Diane voltasse – se ela algum dia voltasse? Pensou na jovem tailandesa das primeiras semanas.

Depois teve outra idéia. Encontrou uma cabine telefônica e enfiou-se nela. Podia ver, através do vidro, as telas que cobriam os andaimes de Notre-Dame, eretos como altos biombos na escuridão. A seus pés, a claridade das lâmpadas da rua pareciam figuras empanturradas de luz. Por um breve instante, pensou na acupuntura e em seus pontos principais, onde se liberava a energia vital do corpo humano. Na tipologia parisiense, o átrio de Notre-Dame poderia ter sido um desses pontos. Um lugar de liberdade e de absoluta vacância.

Discou o número de um telefone celular. Três toques e a voz familiar respondeu. Diane sussurrou simplesmente: "Sou eu." Seguiu-se imediatamente uma torrente de injúrias e lamentações. Sybille Thiberge fazia uso de todos os registros – cólera, indignação, compaixão –, misturando-os a uma pitada de indiferença para bem demonstrar que, apesar de tudo, continuava dona da situação. Por outro lado, Diane percebia nitidamente, ao fundo, ruídos de um jantar. Ela a interrompeu:

– OK, mamãe. Não telefonei para brigarmos. Ouça com atenção. Quero que me faça uma promessa.

– Uma promessa?

– Quero que me prometa cuidar de Lucien.

– Lucien? Mas... é claro. O que é que você...

– Preciso ir embora.

– Como, ir embora?

– Uma viagem. Impossível desistir.

– A trabalho?

– Não posso falar nada.

– Minha querida, Charles disse que você estava fazendo...

Diane tinha sido maluca em confiar no padrasto. Ele se apressara em contar tudo à esposa e deviam ter pensado, os dois, cheios de solicitude, na lucidez instável de Diane. Ela os considerou mentalmente duas víboras enlaçadas – patéticas.

Sem perder tempo em explicar a situação, Diane pensou no segundo Lucien. Um menino de sete anos, recentemente adotado, mas que acabava de perder a mãe adotiva. Diane ditou nomes e endereços e fez Sybille prometer que se informaria sobre esse segundo órfão.

Ela deveria ter igualmente advertido a mãe sobre os eventuais riscos: as suspeitas da polícia em relação a ela, a lista de mortes na sua trilha. Mas não havia mais tempo. Ainda hesitou. As palavras afluíram a seus lábios. Palavras de desculpas, de perdão por sua agressividade, raiva, hostilidade, mas suas mandíbulas recusaram-se a abrir.

– Conto com você – concluiu.

Desligou. Um gosto de cinza enchia sua garganta. Permaneceu imóvel, encostada no vidro da cabine, fazendo-se uma vez mais a pergunta que a perseguia desde a adolescência: ela tinha razão em tratar a mãe dessa maneira? Essa mulher era, realmente, responsável pelo seu destino fracassado? À guisa de resposta, Diane não conseguiu murmurar senão injúrias ininteligíveis.

Duas viaturas da polícia subiram a rua de la Cité, sirenes gritando. Ela as tomou por um sinal de advertência. O corpo de Langlois seria descoberto. Discou o número de informações e pediu:

– Poderia me ligar diretamente com o serviço de reservas do aeroporto Roissy-Charles-de-Gaulle?

No mesmo instante Diane ouviu um novo toque e, a seguir, uma voz feminina. Examinou sua mão esquerda. Unhas pretas de sangue. Veias salientes. Mão de mulher velha já.

– É possível saber qual o próximo vôo, de qualquer companhia – perguntou –, para um determinado destino?

– É claro que sim, senhora. Qual é o destino?

Ela continuava a examinar seus dedos, as palmas das mãos.

Mão de velha.

Mas uma mão que não tremia mais.

– Moscou – respondeu.

PARTE III

Tokamak

Capítulo 43

Cheremetievo 2, sala de desembarque.

Aeroporto internacional de Moscou.

Duas horas da manhã, sexta-feira, 15 de outubro de 1999.

Diane seguiu a massa de passageiros e tomou a direção da área de bagagem, tremendo dentro de seu casacão. Ela pegara o último vôo da Aeroflot, às dez e meia da noite, e encontrava-se agora em solo russo. Seu único trunfo era que conhecia a capital moscovita. Já estivera ali duas vezes. A primeira, em 1993, para participar de um congresso sobre a fauna siberiana organizado pela Academia de Ciências de Moscou. A segunda, dois anos mais tarde, em trânsito, a caminho de uma expedição para o Kamtchatka. Na volta, Diane ficara uma semana na cidade, entregando-se a uma visita fantástica, com a qual sonhara. Fora pouco. Mas pelo menos lembrava-se do nome do hotel onde se hospedara: Ukraïnia.

Por volta das três da manhã, as bagagens chegaram. O *hall*, de teto baixo, mal-iluminado, mais parecia um sepulcro. Os viajantes, debruçados sobre a pilha de malas, reclamavam em voz baixa, procurando seus pertences à luz de isqueiros.

Diane encontrou rapidamente sua mala. Em Paris, tivera tempo de passar em casa para juntar algumas roupas, pegando também um telefone via satélite que uma companhia especializada lhe emprestara. Tinha igualmente levado consigo sua pequena reserva de dólares – oitocentos ao todo – e esvaziado sua conta bancária: sete mil francos. Sentira então uma estranha sensação de liberdade. A que deve sentir o suicida quando se joga do alto de um prédio.

Já no exterior, compreendeu que pegara o avião no outono, mas que aterrissara no inverno. O frio não era mais um detalhe entre outros: era uma presença penetrante, implacável, que apertava o crânio e corroía as mãos, transformado-as em garras crispadas. A bruma estagnada parecia aprisionar o asfalto brilhante. Ao longe, a terra e o céu se uniam nas trevas, em uma extensa junção de gelo.

Não havia táxis, mas Diane também não os procurou. Conhecia as regras. Afastou-se dos turistas e, ao primeiro automóvel anônimo, fez sinal agitando os braços. O carro seguiu em frente. Precisou usar o artifício ainda três vezes até que um Jigouli, todos os faróis apagados, parasse. O nome do hotel e a cor dos dólares fizeram o motorista se decidir. Diane afundou-se no banco de couro sintético puído, mala sobre os joelhos, gorro enfiado até as sobrancelhas e afastou-se imediatamente na noite escura.

O carro tomou um caminho solitário, pontuado de bétulas fantasmagóricas e, depois de bairros despovoados, chegou ao bulevar periférico. A fumaça dos fogos provenientes dos terrenos baldios e o gás carbônico dos caminhões tomavam o lugar da bruma do campo. Sem faróis, a visibilidade do veículo não chegava a cinco metros. De vez em quando surgia o barulho ensurdecedor de uma carreta, os eixos batendo na estrada. Diane sentia nascer em si uma angústia que brotava do passado – a lembrança do acidente. O motorista, que não dera uma palavra desde a partida e cujo rosto estava encoberto por um gorro que só lhe deixava os olhos e a boca de fora, parecia sentir o nervosismo da passageira. Ele ligou o rádio. Um *rock* pesado uniu-se à irregularidade do asfalto para fazer vibrar o Jigouli. Diane estava prestes a gritar quando o homem tomou a rampa de saída e entrou na cidade.

Diane lembrava-se da direção a tomar: do norte, era preciso descer o bulevar Leningrado. Miríades de luzes apareceram: vitrines cintilantes exibiam tesouros à maneira de cavernas preciosas. Logotipos e *slogans* publicitários lançavam seus apelos ao consumo. Toda a cidade se coloria de néons e de fluorescência. Esse frenesi de eletricidade era como uma piscadela noturna do capitalismo que a cada dia ganhava mais terreno. Uma espécie de despesa obrigatória, de desperdício imposto, demonstrando que os tempos não eram mais de economia nem de restrição – ainda que a maior parte dos moscovitas não tivesse sequer o que comer.

Diane estava espantada que o motorista continuasse a atravessar a bruma na direção sul. Teria sido preciso agora seguir para o oeste, na direção de Minsk... De repente, mergulharam de novo na escuridão. Nesse bairro, as igrejas se multiplicavam ao ponto de se sucederem lado a lado na mesma calçada, ou ainda de se localizarem uma na frente da outra, nas ruelas. Era possível perceber suas fachadas destruídas, as abóbadas escurecidas, os portais fundidos na sombra. Sob as telas dos andaimes, estátuas erguiam cotos desfalcados, rostos carrancudos, hábitos pesados, petrificados como um manto molhado. Diane começava a se inquietar e a se perguntar se seu motorista não estaria querendo atacá-la em algum desvio de uma rua escura.

O carro fez uma curva e chegou à praça Vermelha. Diane recebeu como que uma bofetada. Viu o Kremlin, com seus paredões carmim, as cúpulas salpicadas de ouro. O motorista deu uma gargalhada. Ela compreendeu que ele quisera mostrar-lhe a "jóia" de sua cidade. Cabeça enfiada no casacão, queixo coberto pela gola, ela foi obrigada a render-se à evidência: estava feliz por estar ali. O carro voltou pelos cais ao longo do Moscou. Pegou depois a perspectiva Kutuzovski, atravessou a praça Lubianka – Diane lembrava-se dos nomes –, depois deslizou sobre as letras luminosas do hotel Ukraïnia, que se espalhavam na noite como uma gigantesca cápsula efervescente em água salobra.

Diane despediu-se de seu camarada enquanto os acordes de *Stairway to Heaven*, do Led Zeppelin, invadiam o carro. Sempre sem uma palavra, sem mostrar o rosto. No balcão de recepção, preencheu as formalidades de registro e pegou o elevador para o oitavo andar. No quarto, não se deu ao trabalho de acender a luz. A sede do Parlamento, bem na frente, estava tão iluminada que a proximidade fazia com que uma claridade forte invadisse o recinto.

O quarto parecia com o de sua lembrança. Quatro metros quadrados. Cortina e colcha da mesma musselina vermelha. Um cheiro que misturava restos de comida, mofo, poeira. Elegância à moda russa. Apenas o banheiro exibia porcelanas novas e belo encanamento aparente. Ela enfiou-se no calor da ducha: era disso que estava precisando. Relaxada pela água quente, cansada por toda a correria, meteu-se embaixo dos lençóis ásperos e adormeceu imediatamente.

Uma noite sem sonho nem pensamento.

Já era alguma coisa.

Capítulo 44

Quando Diane abriu os olhos, um sol ardente manchava as paredes de seu quarto. Ela olhou o relógio: dez horas da manhã. Xingou várias vezes, enfiou os pés dentro de sua mala e ainda esbarrou em um canto da mesa antes de chegar ao banheiro. Tomou outra ducha, vestiu-se rapidamente e abriu a janela.

Lá estava a cidade.

Diane avistou o Moscou, cujas águas escuras cintilavam na luz matinal. Ela conseguia ver também as igrejas ortodoxas, os arranha-céus stalinistas, os imóveis em construção, circundados por guindastes que pareciam querer competir com eles em altura e imponência. Sobretudo, impregnou-se do rumor ameaçador da cidade. Essa espécie de onda confusa, de melancolia, de barulho, de odores ácidos misturados que caracteriza todas as megalópoles e que parecia ali, talvez, mais violenta, mais forte ainda. Ela baixou os olhos na direção da perspectiva Kutuzovki, onde circulavam centenas de veículos. Fechou as pálpebras e uniu-se mentalmente a essa onda palpitante, com uma satisfação que lhe demonstrava que, apesar de suas viagens, apesar de sua paixão pela vida animal, seria para sempre uma citadina pura.

Quando o frio já havia atingido seus ossos, Diane fechou a janela e concentrou-se na investigação. Ela tinha uma única certeza: tudo, no seu pesadelo, estava ligado ao *tokamak*. O retorno de seus membros aos lugares do sítio. O papel singular dos Sentinelas, enviados por alguma autoridade misteriosa para prevenir esses homens. E mesmo os assassinos, que pareciam abater, um a um, os que haviam se aproximado do laboratório nuclear.

Ela imaginara uma estratégia para realizar a investigação. Uma estratégia muito simples, mas realista. Pediu em primeiro lugar o café da manhã e logo depois telefonou para a embaixada da França. Disse que queria falar com o adido científico – todas as unidades diplomáticas abrigavam, ao lado dos tradicionais adidos culturais, um responsável pelas ciências. Depois de um minuto de espera, uma voz autoritária falou ao telefone. Diane apresentou-se. Deu seu nome verdadeiro e explicou que era jornalista.

– De que revista? – a voz interrompeu-a.

– Bem... Sou *freelance*.

– *Freelance* para que revista?

– *Freelance* por conta própria.

O homem riu entre dentes:

– Conheço o tipo.

– O senhor pode me dar informações – disse Diane, mudando de tom –, sim ou não?

– Pode falar.

– Estou à procura de informações sobre os *tokamaks*. São fornos nucleares que...

– Sei perfeitamente do que se trata.

– Muito bem. Então o senhor sabe talvez onde posso encontrar os arquivos desses laboratórios? Deve com certeza existir uma academia em Moscou onde...

– O Instituto Kurchatov. Todos os documentos referentes aos locais de fusão controlada estão lá.

– O senhor pode me dar o endereço?

– A senhora fala russo?

– Não.

O adido científico deu uma gargalhada.

– Que tipo de pesquisa espera fazer?

Diane esforçou-se para manter a calma. Perguntou, com tom humilde:

– O senhor conhece algum intérprete?

– Conheço mais do que isso. Um jovem russo, especialista em fusão termonuclear. Kamil Gorochov: ele fala perfeitamente nossa língua. Fez várias viagens à França.

– O senhor acha que ele aceitará me ajudar?

– A senhora tem dinheiro?

– Um pouco.

– Dólares?

– Dólares, sim.

– Então não haverá problema. Telefonarei imediatamente para ele.

Diane deu seu endereço e agradeceu ao adido. No minuto seguinte chegou o café da manhã. Sentada na cama, com as pernas cruzadas e a bandeja no colo, devorou os pãezinhos dormidos e saboreou o chá forte. Ele viera servido em um copo com alça de prata trabalhada. A seus olhos, esse único detalhe valia todos os *croissants* do mundo. Ela se sentia estranhamente leve, tranqüila. Como se o vôo noturno tivesse erguido entre ela e os acontecimentos de Paris uma fronteira irreversível.

O telefone tocou: Kamil Gorochov esperava embaixo.

O *hall* do Ukraïnia carregava ainda as marcas da grandeza stalinista. Entrando pelas janelas altas, o sol transformava as cortinas em estalactites de um branco puro, enquanto o piso de mármore espelhava a luminosidade colorida. Diane reparou no tipo jovem que caminhava de um lado para o outro, perto do balcão, enfiado em um blusão com capuz grande demais para o seu tamanho. Ele lançava à direita e à esquerda olhares de um suspeito em fuga.

– Kamil Gorochov?

O rapaz virou-se. Tinha olhos de gato e longos cabelos pretos sedosos. À guisa de resposta, afastou nervosamente uma mecha da testa. Diane apresentou-se, em francês. O russo escutou-a, numa atitude tão desconfiada quanto agressiva. Ela hesitou: não tinha mais certeza de estar falando com a pessoa certa. Mas o felino perguntou de repente, num francês firme:

– A senhora se interessa pelos *tokamaks*?

– Interesso-me pelo TK 17 – especificou Diane.

– O pior de todos.

– O que quer dizer com isso?

– O mais forte. O único que conseguiu, durante alguns milésimos de segundo, a temperatura de fusão das estrelas.

Ele riu com um sarcasmo inquietador sob o bigode de cossaco e circundou o *hall* com olhar debochado, como se chamasse toda a sala a testemunhar. Sua beleza parecia alimentar-se exclusivamente de idéias sombrias.

– A senhora conhece o mito de Prometeu? – perguntou ele de repente.

Um russo evocando à queima-roupa um mito grego diante de uma desconhecida, no *hall* de um hotel poeirento: Diane não deixaria essa história ficar assim, sem mais nem menos. Decidiu entrar no jogo:

– O homem que tentou roubar o fogo dos deuses?

Novo ricto, novo gesto para afastar a mecha de cabelo. Kamil não parecia sequer reparar nos ferimentos e curativos de Diane – esse não era o seu mundo.

– Na época dos gregos – continuou ele – era uma lenda. Hoje, uma realidade. Os homens tentam *realmente* roubar os segredos das estrelas. Os arquivos do TK 17 encontram-se em um anexo do Instituto Kurchatov, ao sul da cidade. A senhora me enche o tanque, e eu a levo lá.

Diane lançou-lhe um sorriso radiante. Ele deu meia-volta e dirigiu-se para a porta giratória, irradiada de luz. Ela acompanhou-o de perto, ao mesmo tempo que vestia o casaco. Não conseguia abandonar o bom humor. Ela sentia: essa visita a Moscou seria fértil.

Capítulo 45

Kamil dirigia uma R5 maltratada, da qual parecia conseguir tirar o máximo. Depois de algumas circunvoluções, chegaram a uma avenida com oito pistas. Diane lembrava-se do bairro de igrejas e de brumas que atravessara na noite anterior: não era mais esse o caso agora. De um lado e de outro da artéria, blocos de cimento, cubos com fachadas de vidro, verdadeiros arranha-céus que se alinhavam simetricamente, numa perspectiva sem fim.

Atravessaram o rio e chegaram a uma grande praça, fervilhante de tráfego. As cidades-dormitório sucediam aos prédios colossais, mostrando tons sombrios que pareciam absorver o sol para alimentar sua própria melancolia. Passaram por casas noturnas, por uma estação com fachada de mármore e depois pelo estádio do Dínamo. Tomaram a seguir uma outra avenida, sobre a qual abriam-se ruas de pedestres.

Diane observava maravilhada a multidão. Afluentes de gorros forrados de pele, rios de barretes, torrentes de cachecóis, de peliças, de golas levantadas exibiam todos os materiais, todos os calores: lã, feltro, couro, pele... Através dos vidros embaçados, as manchas de cor, como se cristalizadas pelo frio, ganhavam em precisão, em vibração. Havia um clichê nos rostos melancólicos, nas silhuetas tristes dos habitantes de Moscou. Ela não via nada disso aqui. Ao contrário, à visão dessa multidão, Diane experimentava uma sensação estimulante. Uma mordida de frio e de alegria, como a que proporcionam os pequenos copos gelados que já escondem, antes mesmo de serem enchidos, a certeza de uma embriaguez.

Kamil perguntou, sem desviar o olhar da estrada:

– O que a senhora sabe exatamente sobre o TK 17?

– Nada, ou quase nada – admitiu Diane. – Era o maior forno termonuclear da União Soviética. Uma tecnologia inventada pelos soviéticos e que visava a substituir, num determinado prazo, a fissão nuclear. Sei que a unidade fechou as portas em 1972 e que era chefiada por um físico de origem asiática, chamado Eugen Talikh. Ele passou para o Ocidente por volta da década de oitenta.

O jovem físico alisou rapidamente o bigode.

– E por que tudo isso lhe interessa?

– Fiz uma reportagem sobre os vestígios da ciência soviética – respondeu Diane, improvisando. – Os *tokamaks* constituem um terreno pouco conhecido e...

– Por que o TK 17?

Ela refletiu, pega de surpresa. De repente, a lembrança do homenzinho da fotografia, com o gorro forrado de pele, lhe veio à memória.

– É sobretudo Eugen Talikh que me interessa – disse ela. – Gostaria de fazer seu perfil, como exemplo dos cientistas da época.

O russo entrou no bulevar periférico. Sob o sol, as nuvens de gás escuras e as cores sujas dos veículos pareciam mais sinistras ainda do que na véspera. Kamil respondeu, com sua extraordinária ausência de sotaque:

– Talikh é um caso atípico na paisagem russa. Em sua própria opinião, ele representava a revanche dos povos asiáticos sobre o império soviético. Em toda a história do comunismo não houve outro exemplo desse calibre. Talvez Jougdermidiin Gourragtcha, o primeiro cosmonauta mongol, mas isso foi em 1981 e os tempos eram outros...

– Talikh é de que origem?

– Ora... ele é tseven.

– Você quer dizer – perguntou Diane, endireitando-se de repente – que ele nasceu na própria região do *tokamak*?

O motorista deu um suspiro a meio caminho entre a irritação e o divertimento.

– Vejo que será preciso partir do princípio.

Muniu-se de inspiração e atacou:

– Nos anos trinta, a opressão stalinista chegou aos confins da Sibéria e dos territórios da Mongólia. O objetivo era destruir tudo o que pudesse deter o caminho ao poder do Kremlin. Os lamas, os grandes proprietários de gado, os nacionalistas foram presos. Em 1932, os mongóis se rebelaram. O exército soviético esmagou a insurreição com blindados e tanques. Os nômades estavam a cavalo e não possuíam nada além de fuzis e pedaços de madeira para se defender. Perto de quarenta mil pessoas foram aniquiladas. Tudo o que restou foi um povo sem líder, sem idéias, sem religião. Em 1942, os soviéticos impuseram, por decreto, a língua russa e o alfabeto cirílico.

"A partir dessa época, todas as crianças das estepes e das taigas foram escolarizadas. O projeto era fundir os mongóis e as etnias satélites no seio do grande povo soviético. Assim, no final da década de cinqüenta, na região de Tsagaan-Nuur, no extremo norte da Mongólia, um menino, entre outros, é enviado a Ulan Bator para ser alfabetizado. Ele tem doze anos e leva o nome russo de Eugen Talikh. Imediatamente, demonstra disposições excepcionais. Com quinze anos, parte para Moscou. Integra o Komsomol – a Juventude Comunista – e entra para a faculdade de ciências, com especialização em matemática. Aos dezessete anos, volta-se para a física e a astrofísica. Dois anos mais tarde, conclui uma tese de doutorado sobre a fusão termonuclear do trítio. Talikh se torna o mais jovem doutor em ciências da União Soviética.

Diane experimentava um impulso de simpatia por esse filho da floresta, que se revelara ser também filho do átomo. Kamil continuou:

– Em 1965, o superdotado é enviado para os arredores de Tomsk, no sítio do TK 8. Nesse momento, os testes de fusão consomem o deutério, um outro isótopo de hidrogênio, mas começa-se a pensar que o trítio ofereceria melhores resultados. É a especialidade de Talikh. Dois anos mais tarde, ele é transferido para um sítio crucial: o canteiro de construção do TK 17, o maior forno termonuclear já construído no mundo. Ele primeiro integra a equipe principal, que supervisiona a concepção e os ajustes da máquina; depois, em 1968, conduz pessoalmente os primeiros testes. Não esqueça: ele não tem mais de vinte e quatro anos na época.

O russo seguia pela auto-estrada, impossível adivinhar em que direção. Diane via passarem painéis, escritos em cirílico. Mas confiava no físico: sentia que ele estava feliz, sob a fachada agressiva, em compartilhar sua paixão.

– O mais incrível – continuou ele – é que esse sítio estava implantado justamente na região natal de Talikh, em Tsagaan-Nuur.

– Por que lá?

– Uma precaução suplementar dos russos. Do lado ocidental, começava-se a descobrir seus centros de pesquisa secretos, as vilas industriais e militares da Sibéria, que nenhum mapa jamais mencionara, mas que abrigavam milhões de habitantes, como Novosibirsk. Instalar um sítio na Mongólia era a garantia de estar realmente ao abrigo de qualquer olhar, de qualquer observação. Talikh, o pequeno nômade, volta então ao país na pele do grande líder. De repente, torna-se o herói de seu povo.

Eles seguiam agora por uma estrada mal pavimentada, rachada pelos golpes do gelo de invernos sucessivos. Campos negros, como encolhidos sobre seus sulcos, estendiam-se com tristeza. Às vezes, mulheres com mantas fortemente coloridas apareciam, como flores improvisadas. De repente, Kamil pegou uma pequena estrada de terra. Surpresa, Diane viu um pórtico alto, trabalhado em ouro. Do outro lado, caminhos e canteiros de grama se alternavam, relativamente bem-cuidados. No fundo, erguia-se um vasto palácio violeta, que devia datar do século XIX. Ela nunca teria imaginado que tais arquiteturas pudessem estar ainda em pé na Rússia pós-comunista.

– Não faça essa cara – comentou Kamil, ao estacionar no pátio de cascalho. – Os soviéticos não destruíram sistematicamente tudo.

Não era exatamente um castelo, parecia mais um grande pavilhão de caça, exibindo janelas com arremate de pedra branca, pórticos em colunas, ornamentos de estuque, emoldurado por pequenas torres estreitas de telhado arredondado. Eles subiram alguns degraus e chegaram a um terraço, coberto de calhaus claros. À esquerda, um homem uniformizado estava plantado no seu nicho de guarda. Kamil saudou-o vagamente e abriu uma das portas de vidro: ele possuía suas próprias chaves.

Chegaram a um vestíbulo grande, hexagonal, revestido de mármore. Um lustre de cristal se refletia no teto. À esquerda, uma ampla escada em curva levava até o primeiro andar. Lá em cima, portas entreabertas revelavam grandes fotografias em preto e branco, representando os sítios industriais. Era possível ver também turbinas de cobre polido, colocadas sobre pedestais, como Vênus. Diane adivinhou que esse andar abrigava um museu da Fusão Controlada.

Sem hesitar, Kamil tomou a direita. Atravessaram diversas salas com paredes rachadas, mas onde lambris e estátuas estavam sempre presentes. Diane identificava as alcovas onde jovens condessas esqueciam antigamente seus lenços, as poltronas onde príncipes abandonavam suas redes de caçar borboletas...

Kamil seguia em frente, engolido por seu casaco. Parecia um filhote de gato abandonado por seus donos em uma moradia que conhecia bem. Desceram uma escada estreita. O frio intensificou-se de repente. Embaixo, uma grade com cadeado fechava o espaço. Do outro lado, uma peça com teto abaulado perdia-se na penumbra, riscada pelas estruturas de metal que guardavam os arquivos. Kamil murmurou, enquanto abria a grade:

– Mantemos cuidadosamente o microclima indispensável à conservação do papel. Dezessete graus de temperatura. Cinqüenta por cento de umidade. Muito importante.

Acendeu uma luz de teto filtrada. Os dossiês cor de cinza se contavam aos milhares. Aglutinados nas estantes. Enfurnados em armários de ferro. Esparramados pelo chão. Havia igualmente coleções inteiras de livros, cujos dorsos trabalhados em ouro cintilavam nos recantos de sombra. Jornais velhos, amarrados em maços, chegavam quase ao teto.

Continuaram a caminhar e chegaram à última sala. Kamil tateou à procura do interruptor. Um halo irreal, violeta, revelou o cenário: uma pequena peça sem janela, com carteiras escolares alinhadas, revestidas de fórmica. O físico falou em voz baixa:

– Não se mexa.

Ele eclipsou-se para reaparecer quase que imediatamente, carregando nos braços uma grande caixa de papelão, que colocou sobre uma mesa. Tirou dela vários dossiês mofados, amarrados com correias de tecido. Abriu-os e folheou com destreza, totalmente indiferente à poeira que se soltava. Diane sentia os pequenos grãos do tempo rangerem sob seus dentes.

Por fim, ele estendeu um negativo preto e branco para Diane e falou com orgulho:

– A primeira fotografia aérea do TK 17, a máquina para se igualar às estrelas.

Capítulo 46

Era um círculo.

Um gigantesco círculo de pedra, de mais ou menos cem metros de circunferência, colocado aos pés dos contrafortes rochosos. Ao redor, prédios menores se estendiam até os limites das florestas vizinhas, formando uma cidade geométrica e cinzenta. Percebia-se também, a nordeste do sítio, as altas turbinas de uma central elétrica, às margens das torrentes que caíam pelas encostas da montanha.

– Sabe como isso funciona? – perguntou Kamil.

– Já falei: não sei nada.

O físico deu uma risadinha e, com o dedo, apontou o anel de concreto.

– No interior deste anel – explicou – corria uma câmara a vácuo, diretamente alimentada pela central elétrica que você vê aqui. Imagine um curto-circuito monstruoso, um cabo elétrico que faça um círculo completo, e terá uma idéia do que era este *tokamak*. A corrente chegava, com uma potência de muitos milhões de ampères difundida por arcos magnéticos, e aquecia o circuito a mais de dez milhões de graus, em uma fração de segundo. Os pesquisadores injetavam então uma mistura gasosa de átomos de trítio e instantaneamente os átomos se agitavam e corriam para o interior da câmara, aproximando-se da velocidade da luz. Então o milagre se produzia: os elétrons deixavam seu núcleo e atingiam o quinto estado da matéria – o plasma. A temperatura subia ainda mais e, por fim, o segundo prodígio se realizava: os núcleos de trítio uniam-se e se transformavam em outros átomos – isótopos de hélio. Na verdade, como já falei, isso só aconteceu mesmo uma vez.

– Qual era o objetivo da experiência?

– Com o tempo, essa transmutação atômica deveria difundir uma energia titânica, ultrapassando a de nossas centrais nucleares atuais. E não consumiria nada além dos materiais provenientes da água do mar. Infelizmente, o sítio foi fechado em 1972 e os russos parecem ter perdido o interesse por essa técnica. Os europeus quiseram continuar o processo, mas ninguém ainda conseguiu chegar a resultados verdadeiramente competitivos nessa área.

Diane tentou engolir a saliva, mas a poeira lhe secava a garganta.

– E... isso era perigoso? – perguntou. – Isto é: radioativo?

– Na sala, sim. O bombardeio de nêutrons tornava radioativos os materiais que formavam as estruturas da máquina, como o cobalto, por exemplo. E essa radioatividade podia durar vários anos. Mas fora isso não havia perigo algum. As próprias paredes da sala, em chumbo e cádmio, absorviam os nêutrons.

Diane não chegava a imaginar Rolf van Kaen, médico acupunturista, e Philippe Thomas, psicólogo dissidente, em tal ambiente.

– Possuo o nome de duas pessoas que, acredito, trabalharam neste sítio – disse ela. – Pode verificar se elas pertenceram às equipes daquela época?

– Sem problema.

Diane soletrou os nomes dos homens e resumiu suas especialidades. Kamil folheou as listas. A papelada se esfarelava entre seus dedos como pergaminhos.

– Não estão aqui – disse ele, por fim.

– Essas listas estão completas?

– Estão. Se eles realmente trabalharam no *tokamak*, deveriam estar aqui.

– O que quer dizer com isso?

– O sítio do TK 17 era imenso. Uma verdadeira cidade. Milhares de pessoas trabalhavam ali. E havia departamentos anexos.

Uma luz iluminou o espírito de Diane.

– Que tipos de departamentos? Os perfis de van Kaen e de Thomas poderiam corresponder a uma outra especialidade do sítio?

Kamil tamborilou sobre os dossiês. Um ar de malícia brilhava nos seus olhos de amêndoa.

– Um acupunturista e um psicólogo: eles poderiam ter pertencido à unidade mais secreta do TK 17. A que se dedicava à parapsicologia.

– O quê?

– O sítio possuía um laboratório de psicologia experimental. Uma unidade que se interessava pelos fenômenos de percepção e de influências não explicados. Telepatia, clarividência, psicocinese... Nessa época, existiam vários centros desse tipo na União Soviética.

Era como uma porta que Diane não tinha imaginado e que se abria de repente sobre uma claridade que cegava.

– Em que consistiam as experiências feitas nesses laboratórios? – perguntou.

O rapaz fez um trejeito estranho.

– Não sei exatamente. Não é a minha área. Acho que os psicólogos e os físicos procuravam provocar estados modificados de consciência, sob hipnose, por exemplo, e suscitar fenômenos psíquicos, como relações telepáticas ou curas pelo magnetismo. Eles os estudaram não apenas sob o ponto de vista fisiológico, mas também magnético, elétrico...

– Por que um laboratório como esse existia perto do *tokamak*?

Kamil deu uma gargalhada.

– Por causa de Talikh! Ele era apaixonado por essas coisas. Ele próprio, paralelamente às suas atividades sobre fusão, trabalhava com o que apelidou de "bioastronomia". A influência das estrelas sobre o corpo humano, sobre os temperamentos.

– Como a astrologia?

– Na versão mais científica. Por exemplo, ele se interessava pela suposta interação entre o cérebro e o magnetismo solar. Parece existir, estatisticamente, uma relação entre a atividade do Sol e a multiplicação de acidentes, suicídios, ataques cardíacos... Pelo que me contaram, o próprio Talikh possuía dons reais. Ele podia prever fenômenos astrais, como os eclipses. Mas, francamente, nesse ponto caímos no lado místico do personagem. De minha parte, não acredito nessas histórias. Até acho graça disso tudo.

Diane não achava graça. Ela começava a captar, ao contrário, um aspecto insuspeitado do caso: Eugen Talikh, prodígio da fusão nuclear, era também um tseven, uma criança da taiga, que crescera no seio de uma cultura xamanista e atravessara fenômenos inexplicáveis. Depois de se tornar físico, ele sem dúvida se convencera de que poderia estudar racionalmente esses fenômenos. Chamara então os melhores especialistas nessas áreas, como Rolf van Kaen, virtuose da acupuntura, ou Philippe Thomas, dissidente francês apaixonado pela psicocinese.

Diane estava convencida de que tocara no coração da verdade. Precisava aprofundar esse filão, considerar o contexto que havia permitido tal projeto.

– Há uma coisa que não entendo – disse ela. – A era do marxismo foi o século do materialismo, do pragmatismo absoluto. O século em que igrejas foram fechadas, em que a história teve como base um realismo muito rígido. Como as autoridades soviéticas poderiam levar a sério essas histórias de fenômenos paranormais?

Kamil franziu o cenho para expressar sua desconfiança.

– Isso lhe interessa também... a parapsicologia?

– Tudo o que diz respeito à ciência soviética me interessa.

O físico pareceu mais descontraído.

– As relações entre a Rússia e a parapsicologia... isso daria um romance.

– Faça-me um resumo.

Ele apoiou-se contra as caixas velhas e pareceu relaxar. As lâmpadas continuavam a difundir os reflexos violáceos sobre seus traços marcantes.

– Você tem razão. De um lado, o comunismo fundou o século mais pragmático, mais racional possível. Ao mesmo tempo, os russos continuam sendo os russos. Eles são fortemente impregnados de espiritualidade. Não apenas de religião, mas também de crenças ancestrais, de temores supersticiosos. Por exemplo, eles sempre pensaram que a vitória de Stalingrado foi favorecida por espíritos xamanistas, liberados na região do Volga. Da mesma forma, sempre acreditaram que a conquista espacial foi assistida por forças celestes. – O rapaz cruzou os braços, com ar resignado. – Costumamos dizer que é o lado asiático de nosso povo. Afinal de contas, a maior parte de nosso território é coberta pela taiga, o reino dos espíritos...

– Entre as crenças populares e os laboratórios de pesquisa há uma grande diferença, não? – interrompeu-o Diane.

– É verdade. Mas há também uma tradição científica da parapsicologia em nosso país. É preciso nunca esquecer que nosso grande Prêmio Nobel é Ivan Petrovitch Pavlov, o homem dos reflexos condicionados, o inventor da psicologia moderna. Bem, Pavlov admitia certos estados distintos da consciência. Na década de vinte, seu instituto tinha até um departamento dedicado à clarividência. – Kamil parecia sentir uma mistura de ironia e fascínio em relação a esse tema. Prosseguiu: – Nos anos quarenta, os expurgos stalinistas e a Segunda Guerra Mundial anularam essas pesquisas. No entanto, após a morte de Stalin, a onda da parapsicologia reapareceu, como se jamais tivesse abandonado o espírito dos russos. Vou contar-lhe um fato que resume bem a mentalidade dos anos sessenta. Conhece a história de nosso país?

– Não muito bem.

Sua expressão de ceticismo reapareceu.

– Nunca ouviu falar do XXII Congresso do Partido Comunista, em 1961?

– Não.

– Esse Congresso é muito famoso. Naquele ano, pela primeira vez, Nikita Kruchev evocou em público os crimes stalinistas. Ele deu a entender que Stalin talvez não tivesse sido o guia sábio que se pretendia, mas um tirano que cometera erros criminosos. O mestre caiu do pedestal. Algum tempo mais tarde, seu corpo mumificado foi retirado do mausoléu onde repousava ao lado de Lenin.

– Qual a relação com fatos paranormais?

– Por ocasião desse mesmo Congresso, uma deputada, Darya Lazurkina, fez uma intervenção. Ela explicou, com a maior seriedade possível, que Lenin tinha aparecido para ela, na véspera, em sonho, e que lhe dissera que sofria por estar ao lado de Stalin no mausoléu. As palavras de Lazurkina foram consignadas nas atas oficiais do Congresso e posso garantir que esse testemunho pesou tanto na decisão de remover o corpo quanto o discurso de Kruchev. Assim são os russos. A idéia de que um homem morto volte a se expressar através da fantasia de uma velha senhora não espanta ninguém, e assim, de certa forma, Lenin participara do Congresso.

Diane já vira as imagens desses congressos do Partido – a sala imensa, os assentos em filas escalonadas ocupados por milhares de deputados comunistas, senhores de uma das nações mais poderosas da época. Ela estava perturbada pela idéia de que um simples sonho pudesse estar entre as preocupações dos membros do Partido. Sendo assim, uma luz sombria continuava a brilhar no fundo de suas consciências. Sob o temor do poder humano reinava sempre outro temor: o do universo, do desconhecido, dos espíritos, que pareciam controlar os russos através da taiga siberiana.

– Continue – falou ela em voz baixa.

– A partir dessa época, a psicologia e depois, em seu rastro, a parapsicologia voltaram com força. Laboratórios foram abertos por todo o território. Os mais famosos eram o Instituto Neurocirúrgico de Leningrado, onde se estudavam as experiências psíquicas através de sonhos; o Instituto de Psiquiatria e Neurologia de Kharkov, onde os cientistas pesquisavam eventuais partículas psi, que teriam podido explicar os fenômenos de telepatia ou de psicocinese. E também o departamento número 8 da Academia Siberiana de Ciências, em Novosibirsk, onde certos pesquisadores haviam tentado experiências telepáticas com os oficiais de um submarino atômico. Para falar a verdade, nada disso era muito sério.

– O que sabe sobre o TK 17 nessa área? – perguntou Diane, voltando ao tema de sua investigação:

– Nunca li nem ouvi falar a respeito disso. Nenhuma palavra, nenhuma linha sobre essa unidade.

– Como explica esse silêncio?

Kamil balançou os ombros.

– Para falar a verdade, pode significar tudo. Que os pesquisadores não encontraram absolutamente nada, nem sequer material para escrever um relatório, ou, ao contrário, que tenham feito descobertas importantes. Descobertas que mereciam ser divulgadas.

Diane compreendeu que tinha a resposta para essa pergunta. Sim: alguma coisa de importante tinha sido descoberta nesse laboratório. Alguma coisa que não dizia respeito apenas à natureza das faculdades psíquicas, mas que também permitia desenvolvê-las.

Ela não se esquecera das coisas fantásticas que haviam pontuado essas últimas semanas. Um acupunturista que salvara uma criança condenada pela medicina tradicional. Um psicólogo que abria um fecho de metal apenas com a força de sua mente. E agora Eugen Talikh, que manifestava uma verdadeira clarividência em matéria de fenômenos cósmicos. Como não imaginar que esses homens, entre 1969 e 1972, tivessem descoberto em seus laboratórios uma técnica que lhes permitia isolar e dominar as forças ocultas do homem? Como não imaginar que eles compartilhavam, há trinta anos, esse segredo único?

Ela lembrava-se agora dos dedos de Lucien marcados com a data de 20 de outubro de 1999. Teve uma nova certeza. Esses homens tinham um encontro marcado no *tokamak*. E esse encontro cultivava um elo com esse novo mistério – a conquista inexplicável de poderes paranormais.

Diane examinou a data no mostrador de seu relógio: 15 de outubro. Só havia um meio de descobrir a natureza desse encontro. Ela se ouviu perguntando:

– Você se incomodaria de me levar ao aeroporto?

Capítulo 47

De Moscou, era preciso percorrer cerca de oito mil quilômetros na direção leste para chegar a Ulan Bator, a capital da República Popular da Mongólia. Era um vôo noturno, com uma só escala, em Tomsk, na Sibéria ocidental. Durante a viagem, uma paisagem única dominava a superfície da terra: a floresta. Uma infinidade gelada de álamos, olmos, bétulas, pinheiros, lariços, em bosques aglomerados ou em selvas inextricáveis. Diane lembrava-se do mapa de Claude Andreas e de sua imensidão monocromática. A mata: um lugar isolado que tinha a dimensão de um continente e que se abria somente nas proximidades da Mongólia em uma outra imensidão – as estepes.

Kamil não tinha podido contar mais nada sobre a viagem ao interior do mundo: ele jamais pusera os pés na Mongólia. Seus conhecimentos sobre o TK 17 eram apenas teóricos e ele admirava cada vez mais a determinação de Diane. Ele lhe propusera tratar das passagens, em Cheremetievo.

Ela escolhia agora roupas quentes, na loja principal do aeroporto, elaborando mentalmente a lista do que já possuía. Ao experimentar um gorro forrado de pele diante do espelho, constatou que seus hematomas se atenuavam. Sentia-se forte, nervosa, revigorada. Na verdade, estava entusiasmada com seu próprio projeto. E essa excitação era perigosa, porque a impedia de avaliar os reais perigos da expedição.

– Ótimo.

No gelo, o olhar de amêndoa de Kamil surgiu. O físico parecia apreciar o espetáculo do rosto de Diane, emoldurado por mechas fantásticas, cortado por uma viseira de pele. Ele não parecia ver as marcas, as cicatrizes, os curativos. Agitava um bolo de bilhetes azul-claros e preveniu:

– Não dá para perder tempo. O último vôo para Tomsk decola em quarenta minutos.

Kamil enfiou-se com Diane na área de embarque. Quando ela viu seus companheiros de vôo, sentiu nova apreensão: os viajantes pareciam mortificados. Permaneciam imóveis, as mãos fechadas sobre suas malas, lançando de vez em quando um olhar resignado na direção do avião, que manobrava do lado de fora.

– Por que estão com essa cara? – perguntou Diane.

– Para eles, a Mongólia não é nem mais a Sibéria. É ainda mais longe. E o poder russo não existe mais por lá. Em Ulan Bator, tudo o que espera essa gente é a solidão, o frio, a necessidade – e o ódio. O país permaneceu colônia soviética durante quase cem anos. Hoje os mongóis são independentes e nos detestam mais do que tudo no mundo.

Ela olhou detalhadamente a massa que passava pelo portão de embarque: silhuetas cansadas, rostos de êxodo. Um detalhe saltou-lhe aos olhos.

– Por que não há nenhum mongol entre os viajantes? – perguntou ela.

– Os mongóis têm sua própria companhia aérea. Eles preferem cortar um braço a viajar pela Aeroflot. O ódio: você sabe o que isso quer dizer?

Ela sorriu sem entusiasmo.

– Isso promete.

– Adeus, Diane. E coragem.

Ela não conseguia convencer-se de que em um segundo esse jovem teria desaparecido e ela estaria de novo sozinha. Sozinha a um ponto que não conseguia imaginar. O rapaz girou nos calcanhares e falou, por baixo do capuz:

– E lembre-se: os deuses não gostam de quem procura imitá-los.

O velho Tupolev sacudia como um trem. Diane entregou-se ao estranho torpor do vôo noturno. Indiferente ao desconforto do aparelho, às migalhas de biscoitos à guisa de refeição, às luzes demasiadamente vivas que se recusavam a apagar – ou a acender, conforme os lugares –, ela não sentia mais o frio que parecia atravessar a cabine vibrante.

Em Tomsk, tiveram que desembarcar e foram levados no escuro até o saguão, na extremidade da pista. O lugar parecia um hospital, onde ficariam isolados, pelo medo de uma contaminação. Instalaram-se, sem uma palavra, nos bancos colados às paredes. À luz de uma lâmpada nua, Diane percebeu imensas fotografias em preto e branco penduradas nas paredes. Mineiros captados em postura hierática, picareta na mão. Vales minerais com aparência de cânions. Instalações elétricas cortadas por postes e cabos. Todo um sonho de produção e planificação, no qual o grão fotográfico parecia ele próprio incrustado de sujeira e carvão.

Ela olhou o relógio. Dez horas da noite em Moscou. Três horas da manhã em Ulan Bator. Mas em Tomsk, que horas seriam? Voltou-se para seus vizinhos e fez a pergunta em inglês. Ninguém falava a língua. Interrogou outros passageiros. Os russos sequer tiravam o rosto de dentro de suas golas. Por fim, um velho respondeu num arremedo de inglês:

– Quem interessar hora Tomsk?

– Interessa a mim. Gosto de saber onde estou.

O homem baixou os olhos e não os ergueu mais. Diane percebeu sua própria sombra distendida, filiforme, destacando-se sobre as fotografias dos mineiros. Sentou-se e sentiu de repente uma dor intensa no peito, como se uma pedra tivesse atingido seu torso.

A imagem de Patrick Langlois acabava de eclodir na sua memória. Seus olhos de laca negra. A franja de prata viva. O cheiro de roupa lavada. A tristeza abateu-se sobre Diane. Ela se sentia só, perdida, lastimável nesse território sem limites. Mas, acima de tudo, perdida no interior de si mesma...

Sentia vontade de chorar. De chorar como se vomita. À idéia de que aquele homem poderia tê-la amado, sua morte lhe pareceu de repente duplamente absurda, duplamente inútil. Porque, se o policial ainda estivesse vivo, ele logo teria percebido que Diane era a mulher do impossível. Suas investidas teriam deslizado sobre ela como a água sobre uma camada de gasolina. Ela jamais teria sido capaz de responder ao seu desejo. O desejo dela jamais seria capaz de se fixar em alguma coisa. Era como uma fera alucinada, um fogo subterrâneo que corria sob sua pele e que jamais encontraria um escape.

Diane olhou os ponteiros de seu relógio, que giravam no meio de nenhum lugar. "Não banque a Alice detetive", dissera-lhe o tenente. Um sorriso encobriu as lágrimas que caíam. Ela não era mais uma Alice. Nem mesmo uma detetive.

Apenas uma mulher jovem perdida numa floresta de fusos horários.

A caminho do continente-monstro.

Capítulo 48

Foi a luz que a acordou.

Ergueu-se no assento e colou a mão contra a janela. Há quanto tempo dormia? Imediatamente depois de voltar para o avião, ferrara no sono. E agora estava ofuscada pela aurora. Botou os óculos e estendeu o olhar para fora. Viu então, na luminosidade violenta da madrugada, o que não existia sem dúvida em nenhuma outra região do mundo, o que golpeava o coração do viajante logo que transpunha as últimas nuvens sobre a terra da Mongólia: a estepe.

Se a cor verde pudesse inflamar-se, engendraria uma luz como essa. Uma queimadura verdejante, fremente. Uma luz brotava da terra. Um braseiro que tinha os contornos do horizonte mas possuía, em seus mínimos interstícios, a intimidade de um suspiro.

O sol poderia continuar a arder: ele jamais alteraria esse frescor.

Diane procurou seus óculos escuros para distinguir melhor o relevo daquela imensidão. Era estranho. Ela tinha a impressão de que sempre conhecera aquela extensão gramada. As colinas que pareciam brincar de pula-carniça em sua solitude maravilhada. A alegria das planícies, como embriagadas de si mesmas, que avançavam em direção a um eterno encontro com o horizonte.

Aproximou-se da janela até tocá-la com a testa. Apesar da distância, apesar do barulho dos reatores, seu pensamento conseguia se precipitar até o solo e perceber o ruído das pastagens, o zumbido dos insetos, o crepitar ínfimo da natureza, quando as rajadas de vento se acalmavam. Sim, era uma terra para ser escutada. Como uma concha. Uma terra da qual se podia captar todas as sutilezas, na superfície, e depois distinguir, abaixo, o eco longínquo do galope dos cavalos de crina curta. E talvez, mais profundamente, o coração surdo do mundo...

O aeroporto de Ulan Bator era uma sala de cimento bruto, onde as bagagens eram marcadas com giz e os balcões de partida e de chegada se resumiam a uma escrivaninha de madeira, sobre a qual estava instalado o único computador do prédio. Através dos vidros, Diane podia ver, no meio de alguns veículos, os primeiros cavaleiros em suas montarias. Todos vestiam uma roupa típica, de cores vibrantes e cinto de seda.

Diane não tinha a menor idéia do que precisava fazer agora. Para ganhar tempo, imitou os outros viajantes e pegou um formulário de informações. Sentiu-se na obrigação de preenchê-lo, apoiando-o contra a parede. Foi então que leu, no alto do documento, algumas linhas em inglês que a fizeram lembrar de uma evidência sobre a qual, em momento algum, pensara.

Às suas costas, uma voz perguntou:

– Você é Diane Thiberge?

Ela teve um sobressalto. Um jovem ocidental sorria. Vestia um casacão de marca inglesa, calça de veludo e botas. Diane pensou: "Não pode ser um tira. Não aqui."

Recuou para melhor examiná-lo. Ele tinha um rosto de boneco, cabelos castanhos encaracolados, óculos com aro dourado muito fino e uma barba de três dias que acentuava a tez morena. Apesar da barba, emanava de seus traços, de sua pele morena e das roupas impecáveis, uma precisão, uma regularidade da qual Diane sentiu logo inveja – ela tinha a impressão de estar sempre pálida e vestida de maneira inadequada.

O homem apresentou-se, com um leve sotaque que soava rouco sob sua língua:

– Giovanni Santis. Adido da embaixada italiana. Tenho o hábito de receber todos os recém-chegados da Europa. Vi seu nome no computador de chegadas e...

– O que deseja?

Ele pareceu surpreso com sua agressividade.

– Bem... ajudá-la, aconselhá-la, orientá-la – respondeu. – Não estamos num país fácil e...

– Obrigada. Vai dar tudo certo.

Diane retomou o preenchimento da ficha, observando-o com o canto do olho. O jovem adido, por sua vez, examinava os ferimentos de seu rosto. Ele insistiu, com suavidade:

– Tem certeza que não precisa de nada?

– Obrigada. Minha viagem está toda preparada. Não há nenhum problema.

– Um hotel? – arriscou o italiano. – Um intérprete?

Ela virou-se e o interrompeu:

– Quer realmente me ajudar?

Giovanni inclinou-se, à maneira de um cavalheiro veneziano. Diane brandiu a ficha de informações, com cara fechada:

– Então, veja: não tenho visto para entrar neste país.

Os olhos do italiano apertaram-se numa expressão de pura surpresa.

– Não tem visto? – repetiu.

Suas sobrancelhas ergueram-se como dois arcos suspensos. Era uma expressão de surpresa de tal intensidade, carregada de tanta inocência, que Diane começou a rir. Ela entendeu que essa careta perfeita traçava a natureza das relações que estavam por vir.

Capítulo 49

Giovanni dirigia como um alucinado pela reta que levava a Ulan Bator. Conseguira regularizar o problema administrativo em menos de uma hora. Diane compreendera então com quem estava se relacionando: um mágico da burocracia, que ainda por cima falava a língua mongol tão bem quanto o francês e o italiano. Ela estava, a partir daquele momento, sob a responsabilidade da embaixada italiana – uma espécie de convidada surpresa –, e essa nova situação não a incomodava. Pelo menos, não até aquele momento.

Ela abriu a janela e botou o rosto para fora. A poeira branca da estrada secava-lhe a garganta. Sentia os lábios racharem, a pele ressecar na velocidade do vento. Ao longe, era possível ver a cidade, plana e cinzenta como um escudo, encimada pelas duas imensas chaminés de uma central térmica.

Diane fechou os olhos e respirou, a plenos pulmões, esse sopro árido. Ela gritou, para encobrir o barulho da caminhonete:

– O ar, está sentindo?

– O quê?

– É tão... seco.

Giovanni riu dentro da gola de seu casaco.

– Você nunca viajou pela Ásia central? – replicou, gritando.

– Não.

– O mar mais próximo deve estar a mais de três mil quilômetros. Nunca uma corrente úmida nem um vento alísio chega até aqui para atenuar as diferenças de temperatura. Os invernos descem a cinqüenta graus negativos. Os verões sobem a mais de quarenta. Em um único dia, é possível que a diferença chegue a quarenta graus. É um clima hipercontinental, Diane. Um clima puro e duro, sem qualquer nuance.

– Bem-vindos à Mongólia!

Ela fechou de novo os olhos e deixou-se embalar pelos solavancos da pista. Quando os reabriu, estavam chegando à cidade. Ulan Bator era uma cidade de arquitetura stalinista, cortada por grandes artérias, às vezes asfaltadas, com mais freqüência de terra batida, cheias de prédios colossais perfurados por janelas enfileiradas como lâminas de barbear. À sombra desses gigantes, as cidades pequenas, uniformes e tristes, dividiam entre si o resto do território. Tudo parecia ter sido concebido, desenhado e construído de uma só vez, por arquitetos com pressa de aplicar os grandes princípios da urbanização socialista: grandiosidade e poder para a administração, simetria e repetição para o mundo humano.

No entanto a população que caminhava pelas ruas desmentia esse projeto global. Muitos habitantes usavam o *deel* tradicional, como dizia Giovanni: uma roupa em matelassê com abotoamento oblíquo, preso por um cinto de tecido. Outros seguiam a cavalo, entre veículos de marca japonesa e alguns Tchaïkas que pareciam ter se enganado de época. Esse contraste anunciava o duelo implícito do país: Stalin contra Gêngis Khan. E, ao comparar as rachaduras das paredes com o brilho das roupas, não restava nenhuma dúvida quanto à identidade do vencedor.

Diane viu um grande hotel, cujo estacionamento estava ocupado por diversos carros.

– Não vamos parar ali? – perguntou.

– Não vamos para o hotel. Está lotado. Um congresso, não sei do quê. Mas não se preocupe: tenho uma solução alternativa. Vamos alojá-la no mosteiro budista de Gandan, na entrada da cidade. Os monges possuem quartos preparados para receber hóspedes de passagem.

Alguns minutos mais tarde, chegaram a um enorme bloco de concreto, rodeado por um muro vermelho envelhecido. O edifício não tinha nada de especial, à exceção do telhado com o contorno levantado, no mais puro estilo chinês. Do lado de dentro do muro, ao contrário, todos os detalhes competiam em beleza. As paredes de pedra ostentavam uma pátina ocre. O pátio, uma simples extensão de cimento, era varrido pelas folhas mortas que se agitavam como chamas pelo chão. Os contornos das janelas, marrons e escamadas, assemelhavam-se a molduras misteriosas que deixavam quem as olhava com vontade de se debruçar nelas e mergulhar nos segredos do mosteiro. Em alguns segundos, aberto o portal de traves, o lugar se metamorfoseava em um berço de ouro que cativava o olhar e deixava no coração uma poeira resplandecente e preciosa.

Diane esboçou alguns passos e notou, à direita, em um jardim interno, os moinhos de orações. Gigantescos tonéis verticais, que giravam sem parar sobre seu eixo. Ela já tinha visto isso, na China, na fronteira do Tibete. A simples idéia desses papeizinhos escritos e depositados pelos fiéis, manuseados, misturados, revirados nesses tonéis como fragmentos de fervor, a fascinava.

Os monges apareceram. Eles não se pareciam com os bonzos carecas e delicados de Ra-Nong, na Tailândia. Vestiam burel vermelho e botas de couro, com o bico levantado. Sorriram para Giovanni, mas pareciam ter dificuldade em renunciar à sua melancolia natural – uma dureza típica de cavaleiros isolados por longo tempo nas estepes. Por fim, o italiano, com uma piscadela, deu a entender a Diane que tudo estava acertado.

Acomodaram-na em um pequeno quarto com piso de madeira, onde ela reencontrou com prazer a solidão. Giovanni havia prometido tratar das autorizações necessárias para chegar ao norte do país. Ela precisara dar algumas explicações sobre o projeto. Dessa vez, explicou que preparava um livro sobre os vestígios de sítios científicos soviéticos na Sibéria e na Mongólia. A idéia tinha agradado ao intelectual: "Estou entendendo", dissera ele. "Arqueologia contemporânea." E imediatamente propusera acompanhá-la. No início ela recusou, mas acabou se rendendo aos seus argumentos. Ela não teria nenhuma chance de chegar sozinha, e a tempo, ao *tokamak*.

Por volta das quatro da tarde, Diane desceu para o pátio do mosteiro. Queria saborear a quietude da esplanada. Nenhum odor, a não ser o perfume de ervas queimadas que vinha das estepes próximas. Nenhum ruído, salvo alguns galopes longínquos, que ressoavam atrás dos muros escuros. Nenhum rosto, a não ser que pousasse os olhos nos raros monges que passavam de vez em quando, na sombra da varanda, enrolados em suas togas cor de tijolo.

Reinava aqui uma evidência e uma pureza desconcertantes. O sol. O frio. O bosque. A pedra. E nada mais. Os grandes tonéis verticais gemiam às vezes, ao girar lentamente, e embalavam essa quintessência de sensações. Diane sorriu. Tudo nesse lugar lhe era estranho e no entanto ela sentia uma familiaridade singular com o canteiro atapetado de folhas carmesim, com o sol que alongava as sombras. Revia o pátio de sua escola primária, os detalhes minerais nos quais colocava toda a sua concentração, procurando entrar em contato com a textura secreta do mundo. Reencontrava aqui a mesma mistura de dureza e intimidade, de frieza e doçura, que a conquistara totalmente nos momentos de recreação de sua infância.

De repente, uma revoada de pombos. O bater das asas ressoou em Diane como uma lucarna de papel que fosse aberta bruscamente. O instante se afigurava tão puro, tão íntimo, que parecia brotar de sua própria expectativa, de seu próprio desejo.

Passos, atrás dela.

Giovanni apareceu no patamar, enfiado no seu casaco, acariciando a barba com as costas da mão. Havia uma verdadeira doçura em torno desse personagem. Diane pensou em um menino a quem tivessem dado doce em demasia. Ou ainda nas tratorias italianas, mal-iluminadas, onde brilham atrás das vitrines coisas gostosas excessivamente coloridas. Todo o seu ser evocava essa tendência doce, esse pequeno ruído seco de guloseima que se apodera da gente quando soam as cinco horas...

Ela esperou que o jovem pronunciasse algumas palavras magníficas – palavras perfeitamente adequadas que se incrustariam na pedra do instante. Mas o italiano botou a mão na barriga e perguntou:

– Você não está com uma pontinha de fome?

Capítulo 50

Giovanni levou-a diretamente ao refeitório do mosteiro. Os monges preparavam, segundo ele, o melhor *booz* da cidade, uma especialidade mongol: ravióli recheado com carne de carneiro. De tarde, o italiano conseguira todas as autorizações necessárias e organizara a partida para a manhã seguinte, na primeira hora. Para ganhar tempo, tinha decidido dormir numa das celas do primeiro andar. Encerrou suas explicações com um sorriso sólido: parecia determinado a não abandonar Diane nem um instante.

Ela não teve vontade de responder. A intimidade que se tecia com ele a incomodava, irritava até. Sentia-se ainda profundamente impregnada da presença de Patrick Langlois – sua voz grave, seu cheiro de limpo, seus gestos matizados de humor. A intromissão do italiano na sua vida perturbava essas reminiscências, profanava, de alguma forma, suas lembranças.

Na cantina, sentou-se no lado oposto de uma mesa grande, na frente de Giovanni, mas num ângulo um pouco enviesado. Não podiam ao mesmo tempo jantar juntos e manter distância um do outro. O diplomata não fez nenhum comentário – parecia estar conformado com os mistérios de Diane. Preferiu atacar o prato de *booz*, comendo os raviólis com um belo apetite. Ela, por sua vez, serviu-se de alguns pãezinhos, recusando-se a tocar naquelas coisas gordurosas que constituíam o prato principal.

O italiano não parava de falar. Ele era, na verdade, etnólogo. Redigira uma tese, na década de noventa, sobre a perseguição do poder comunista às etnias siberianas. Tentara, depois, partir para a tundra do Círculo Polar, mas as autorizações da embaixada tinham demorado a chegar. Voltara-se então para a diplomacia e acabara conseguindo esse posto em Ulan Bator, que ninguém queria. Cheio de entusiasmo, tinha-se lançado ao estudo das etnias desse novo território.

Diane ouvia suas explicações com ouvido distraído. Estava preocupada com outro detalhe: na sala deserta, mal-iluminada por lâmpadas precárias, jantava um outro personagem. Tinha o tipo ocidental e usava óculos escuros. Parecia ter uns sessenta anos, mas seus cabelos penteados para trás eram de um amarelo nicotina que não coincidia com nenhuma idade. Giovanni não parecia ter reparado na estranha figura. Ele pousou o prato e tirou da mochila um computador portátil.

– Preparei nosso itinerário no computador. Quer dar uma olhada?

Diane deu a volta na mesa e debruçou-se para ver a tela luminosa, que mostrava um mapa da República Popular da Mongólia. Todos os nomes estavam escritos em caracteres cirílicos. Giovanni apontou com o cursor um círculo preto no centro do mapa. "Estamos aqui." A seguir, puxou um longo traço oblíquo para o alto, chegando a um ponto azul que representava, sem dúvida, um lago perto da fronteira russa.

– Vamos até lá. A Tsagaan-Nuur. Ao lago Branco.

O traço atravessava quase todo o desenho.

– É... tão longe assim? – perguntou Diane.

– Mil quilômetros a noroeste, sim. Tomaremos primeiro um avião até Mörön. Aqui. Em seguida um outro até a aldeia de Tsagaan-Nuur. Depois disso, devemos comprar renas para chegar ao lago propriamente dito.

– Renas?

– Não há estradas. Nenhum veículo consegue chegar lá.

– Mas... por que não cavalos?

– Precisaremos passar um desfiladeiro a mais de três mil metros.

Nessa altitude fica a tundra. Lá só crescem musgos e liquens. Nenhum cavalo conseguiria sobreviver.

Diane começou a avaliar a extensão da empreitada. Como para adquirir confiança, procurou um detalhe, um objeto familiar. Seus olhos se fixaram na garrafa térmica em cima da mesa. Uma garrafa laqueada em vermelho com desenhos de flores chinesas. Serviu-se de outra xícara de chá e observou as longas folhas marrons que boiavam no líquido avermelhado. Prosseguiu com as perguntas:

– De Ulan Bator até a aldeia de Tsagaan-Nuur, quanto tempo levaremos?

– Um dia. Se conseguirmos pegar os dois aviões.

– Depois, quanto tempo para chegar ao lago?

– Mais ou menos, um dia.

– E do lago ao *tokamak*?

– Algumas horas apenas. O laboratório fica nas proximidades, adiante da primeira montanha da cadeia Khoridol Saridag.

Ela lembrou-se da data fatídica – 20 de outubro – e fez as contas. Partindo no dia seguinte, 17 de outubro, poderia chegar a tempo, e disporia até mesmo de um dia. Tomou um gole de chá e recomeçou:

– Você nunca esteve lá?

– Ninguém jamais esteve lá! Até a metade dos anos noventa, era ainda uma zona proibida e...

– O que sabe sobre o *tokamak*? – perguntou ela.

Giovanni demonstrou indecisão.

– Não muita coisa – respondeu. – Era um sítio consagrado à fusão nuclear, eu acho. Mas não posso dizer mais nada. Não é realmente minha área.

– Você sabia que o TK 17 abrigava um laboratório de parapsicologia?

– Não. Primeira novidade. Essa área lhe interessa também?

– Tudo o que se refere a esse sítio me interessa.

Giovanni pareceu de repente preocupado. Ele murmurou, depois de alguns segundos:

– É curioso que me diga isso.

– Por quê?

– Porque já lidei com esses laboratórios, quando redigi minha tese de doutorado.

Diane espantou-se:

– Pensei que seu trabalho fosse sobre a perseguição a etnias siberianas.

– Justamente.

– Justamente o quê?

O italiano assumiu um ar de conspiração. Lançou um olhar rápido na direção do homem de óculos escuros e riu com sarcasmo:

– Atenção aos espiões eslavos.

Aproximou-se dela, os dois cotovelos plantados na mesa.

– Escute – disse. – Um capítulo de minha tese foi dedicado às perseguições religiosas, entre os anos cinqüenta e sessenta. Costumamos pensar que o período Kruchev foi mais liberal, mas, sob o ponto de vista religioso, é uma idéia falsa. Na verdade, a opressão voltou-se especificamente para as confissões minoritárias: os batistas, por exemplo, entre os cristãos, mas também os budistas ou os animistas, entre as etnias que povoavam a taiga e a tundra. Kruchev mandou então prender todos os lamas, todos os xamãs e depois mandou queimar templos e santuários.

– Onde está a relação com os laboratórios de parapsicologia?

– Para a minha tese, em 1992, pude consultar os arquivos do famoso arquipélago do *gulag*: Norilsk, Kolyma, Sakhaline, Tchukotka... Em resumo, recenseei todos os xamãs que tinham sido aprisionados nesses campos de trabalhos forçados. Foi uma tarefa chata, mas fácil: a origem de cada interno era assinalada nos registros, assim como o motivo de sua detenção. Foi então que, progressivamente, descobri uma coisa incrível.

– O quê?

– A partir do fim dos anos sessenta, muitos desses xamãs – os Iakutes, os Nenets, os Samoyèdes – foram transferidos.

– Transferidos para onde?

O italiano olhou de novo para o homem de cabelos amarelos, absolutamente imóvel.

– Aí é que as coisas começam a esquentar – disse ele. – Segui as pistas deles e descobri que não tinham sido enviados para outros campos, mas para os laboratórios.

– Laboratórios?

– Sim, como o departamento número 8 da Academia Siberiana de Ciências, em Novosibirsk. Laboratórios de parapsicologia.

O italiano parecia fascinado por sua própria investigação. Na superfície de seus óculos, o brilho das luzes se refletia em suas pupilas. Ele disse – sua voz não era mais do que um sussurro:

– Você entende, não é? Para praticar suas experiências, os parapsicólogos precisavam de sujeitos psi, seres humanos presumivelmente possuidores de dons telepáticos, de faculdades de percepção paranormais. Ora, sob esse ponto de vista, o *gulag* constituía um verdadeiro viveiro, pois abrigava numerosos feiticeiros asiáticos.

Diane não conseguia admitir essa nova história.

– Nada prova que esses xamãs possuíam algum poder!

– É claro que não. E de todo modo, não os vejo revelando seus segredos para os cientistas russos. Mas esses homens estavam familiarizados com transes, hipnose, meditação... tudo isso que agrupamos sob o nome de estados modificados de consciência. Eles constituem, assim, o material mais propício para experiências parapsicológicas.

Diane sentia o sangue fugindo do rosto. Ela pensou no TK 17 e fez a si mesma, uma vez mais, a seguinte indagação: seria possível que os pesquisadores do laboratório tivessem descoberto o meio de decifrar e se apropriar dos poderes dos xamãs que tinham estudado em sua unidade?

– O que descobriu sobre essas experiências? – perguntou.

– É um dos setores mais secretos da ciência soviética. Nada do que pude ler fazia a menor menção a resultados sensíveis. Mas quem pode saber o que se passou nesses laboratórios? Não gostaria de ter estado no lugar desses xamãs. Os russos devem tê-los tratado como simples cobaias.

Ela imaginava esses homens arrancados de sua terra, internados nos campos gelados e depois manipulados em experiências ocultas. A náusea subia à sua garganta na forma de uma maré escura.

– No TK 17 – perguntou ela – devem ter utilizado xamãs tsevens, não?

– Como conhece esse nome? – replicou Giovanni, surpreso.

– Informei-me sobre a região. Acredita que eles tenham envolvido os tsevens?

– Não há hipótese de terem feito isso.

– Por quê?

– Porque não existe mais o povo tseven desde a década de sessenta.

– O que está dizendo?

– A verdade. É um fato incontestável, que foi recentemente demonstrado por diversos etnólogos mongóis. Os tsevens não sobreviveram à coletivização.

– Dê-me detalhes.

– A coletivização não se efetivou na Mongólia Exterior antes dos anos cinqüenta. Em 1960, uma assembléia decretou que não existia mais um único proprietário particular no país. Todo o território foi dividido, remembrado, organizado em *kolkhozes*. Os nômades foram obrigados a se tornar sedentários. Suas barracas foram destruídas e casas foram construídas para eles. O gado foi confiscado e depois redistribuído. Os tsevens não aceitaram essa situação. Preferiram matar seus animais com as próprias mãos a cedê-los ao Partido. Era inverno: a maior parte morreu de fome. Repito: essa etnia não existe mais. Hoje restam sem dúvida alguns indivíduos dessa origem, mas aculturados e casados com mongóis.

Diane visualizava as planícies cobertas de renas ensangüentadas. Um massacre organizado contra seus próprios recursos. Uma espécie de suicídio coletivo. Ela imaginava as mulheres, as crianças tsevens expostas ao frio e à fome. Cada passo que dava aproximava-a do epicentro do Mal.

Ao mesmo tempo, esse fato não coincidia com suas informações. Diane tinha a prova de que os tsevens – e suas tradições – ainda existiam. O simples fato de os "Lüü-Si-An" existirem demonstrava isso. Eles eram de origem tseven. Eram os Sentinelas, que tinham sido iniciados pelos xamãs.

Giovanni estava enganado, portanto, mas ela desistiu de se explicar. Era exatamente um novo mistério – que se juntaria à grande quantidade de enigmas e impossibilidades – que traçava sua rota.

O italiano procurava agora um contato telefônico para consultar sua secretária eletrônica. Essa deambulação despertou no espírito de Diane uma lembrança longínqua, enterrada, quase esquecida – mas que brilhava de repente como um diamante agudo. Quando Patrick Langlois a acompanhou até em casa, depois do massacre de Saint-Germain-en-Laye, disse: "No dia em que eu tiver uma confissão a lhe fazer, farei por e-mail."

E se o policial tivesse lhe mandado uma mensagem eletrônica no dia seguinte, quando ele imaginava que ela teria fugido definitivamente? Com o queixo ela apontou o computador de Giovanni e perguntou:

– Posso consultar minha caixa postal no seu computador?

Capítulo 51

Instalaram-se em uma das salas de estudo do mosteiro. As paredes tinham revestimento de madeira e o chão era de parquê de tábuas grandes. As escrivaninhas traziam o ar de outros bosques. Uma lâmpada anêmica irradiava claridade acobreada sobre as superfícies marrons. Tudo parecia ainda habitado pela paciência e concentração dos monges, dia após dia debruçados sobre seus livros nesses poucos metros quadrados, como expoentes da pura meditação.

Conectaram o computador à única linha telefônica. Por cortesia, Giovanni deixou Diane consultar primeiro sua caixa de mensagens. Utilizaram os mesmos *softwares* de busca e comunicação. Com poucos movimentos, ela conseguiu acessar sua conta e abrir a caixa postal. As mensagens estavam acumuladas em uma lista de nomes e siglas familiares.

Alguns segundos de busca foram o suficiente. Entre os e-mails de 14 de outubro, havia um assinado por Langlois. A mensagem havia sido recebida às treze horas e trinta e quatro minutos, ou seja, meia hora antes de ela contatá-lo por telefone, do hospital de Nice. Ela imaginara certo: o policial, acreditando que ela fugira, tinha deixado algumas linhas eletrônicas, na esperança de informá-la sobre suas descobertas.

Ela clicou sobre o pequeno ícone e a mensagem se abriu. Sentia, literalmente, o coração bater dentro de seu corpo.

De: Patrick Langlois
Para: Diane Thiberge
14 de outubro de 1999

Diane,

Onde você está? Há várias horas todos os meus homens estão atrás de você. O que mais passou pela sua cabeça? Onde quer que você esteja, o que quer que tenha decidido, é preciso que receba as últimas informações. Assim que ler esta mensagem, por favor, me telefone. Não há outro caminho para você a não ser o da confiança.

Diane clicou sobre o *mouse* para rolar o texto:

Os investigadores alemães me telefonaram hoje de manhã. Eles descobriram que van Kaen efetuou várias transferências de dinheiro para um casal jovem de Potsdam, perto de Berlim. Segundo informações, parece que a mulher, Ruth Finster, foi operada das trompas no hospital Die Charité e que lá conheceu van Kaen, em 1997. Ao que parece, o homem tornou-se seu amante.

Mas isso não é o importante. O caso é que a mulher, que ficou estéril depois da operação, adotou agora em setembro um pequeno vietnamita em um orfanato de Hanói, com a ajuda financeira do próprio van Kaen.

Diane precisou contrair todos os músculos do rosto para não gritar. Mais um clique. Mais um desfile de texto:

Peguei imediatamente informações sobre Philippe Thomas, codinome François Bruner. Em uma hora, encontrei o que procurava: ainda em 1997, o antigo espião tomou sob sua proteção uma de suas colaboradoras, Martine Vendhoven, trinta e cinco anos, especialista em pintura expressionista. Sinal particular: a mulher, casada, sofre de insuficiência ovariana e não pode ter filhos. Ela adotou um pequeno cambojano no fim de agosto, no centro de Siem-Reap, perto dos templos de Angkor. A adoção foi organizada por uma fundação cambojana, da qual Philippe Thomas é um dos principais financiadores.

Diane não deixava escapar uma linha. Cada palavra tinha a violência de um prego penetrando na sua carne.

É claro que essas semelhanças não podem ser simples coincidências. Esses homens, antigos comunistas, que têm um mesmo passado ligado à Mongólia e ao tokamak, *deram um jeito de conseguir fazer vir, nas mesmas datas, crianças asiáticas. Sem dúvida, os Sentinelas, originários da região do sítio nuclear.*

Diane, é claro que você adotou, sem saber, uma criança por conta de alguém próximo. Um homem de idade que poderia ter um passado soviético. Quem poderia ser? Cabe a você descobrir. Cabe a você me informar.

Cabe a você, sobretudo, entrar em contato comigo o mais rápido possível.

Carl Gustav Jung dizia que não são os autores que escolhem seus personagens, mas os personagens que escolhem seus autores. Acredito que com o destino aconteça a mesma coisa. Quando fecho os olhos, tento imaginar você casada, feliz, mãe de vários filhos sem história. Não leve a mal, mas não consigo. E isso é um elogio. Me telefone.

Um abraço.

Patrick.

Com um comando no teclado, Diane apagou a mensagem. Giovanni, que se mantinha, por discrição, a alguns metros de distância, aproximou-se e perguntou:

– As novidades são boas?

Ela nem chegou a levantar os olhos. Respondeu simplesmente:

– Vou me deitar.

Capítulo 52

Tudo acontecera na sua vila de Lubéron, na hora em que os insetos, por fim, se calam. Diane lembrava-se sobretudo das cores, que se intensificavam à medida que a noite caía. O ocre das pedreiras, sob olmos e pinheiros. O violeta do céu que se coloria pouco a pouco no crepúsculo. E o azul forte demais, artificial demais, da piscina a poucos metros de distância.

O homem falara com voz grave, entre duas baforadas de charuto, enquanto ela observava as volutas de fumaça se perderem na noite que chegava. Ela tinha imaginado sonhos de poder, ressonâncias de autoridade, se insinuando na natureza indiferente.

Em agosto de 1997, ele a aconselhara a adotar uma criança. Diane já tinha pensado nisso, mas naquela noite consolidara a decisão.

Quase um ano mais tarde, em março de 1998, ele propusera interceder pessoalmente, a fim de acelerar os trâmites. Podia telefonar para o diretor da DDASS. Podia contatar o ministro da Ação Social. Podia tudo. Diane tinha primeiro recusado, mas depois, quando percebeu que sua inscrição estava relegada à masmorra, aceitara a ajuda – com a condição de que sua mãe não fosse informada.

Alguns meses mais tarde, conseguira a permissão e pudera providenciar uma solicitação de adoção internacional. O homem lhe tinha então indicado um orfanato mantido por uma organização que ele mesmo financiava: a Fundação Boria-Mundi.

Em setembro, Diane tinha voado para Ra-Nong e adotado Lucien. Uma lembrança precisa lhe veio à memória: na noite do acidente, quando levara Lucien para a casa de sua mãe, o homem a encontrara no patamar e observara o menino por longo tempo. Ele parecia perturbado, mas depois, sem que ninguém pudesse prever o gesto, a abraçara. No momento ela não entendera o motivo. Não conseguia admitir uma tentativa vulgar de paquera por parte dele, e ela tinha razão. O abraço abrigava uma outra realidade. A de um homem com o rosto escondido, que acabava de receber seu Sentinela. Um homem com um passado de terror e que esperava, postado atrás de um sorriso indecifrável, uma data precisa para partir de novo rumo às terras obscuras de sua juventude.

Charles Helikian, cinqüenta e oito anos. Proprietário de vários consultórios de aconselhamento psicológico empresarial. Conselheiro pessoal de grandes empresários franceses, consultor estratégico de alguns ministros e personalidades políticas. Homem bem-conceituado e influente, que circulava nas esferas mais altas do poder, mas que jamais perdera seu altruísmo, sua humanidade.

Diane não conhecia nada de seu passado. Havia apenas uma exceção, que podia constituir um elo com o caso: Charles fora esquerdista, de tendência trotskista. Pelo menos era o que ele alardeava, evocando, com um brilho no olhar, sua juventude atormentada. Mas não tinha ele sido acima de tudo um comunista genuíno e duro, filiado ao Partido, fanático o suficiente para transpor a Cortina de Ferro, em 1960, como Philippe Thomas? Helikian era suficientemente inteligente para confessar hoje uma meia verdade e frustrar assim qualquer outra pesquisa a propósito de seu passado.

Ela podia muito bem imaginá-lo, jovem e esbelto, gritando sua cólera durante as barricadas de maio de 68. Imaginava também seu encontro com Philippe Thomas nos bancos da faculdade de psicologia, em Nanterre. Depois do fracasso da insurreição parisiense, os dois homens, unidos no mesmo fervor, se lançaram a um projeto insano: instalar-se no coração do continente vermelho. Sem dúvida, compartilhavam a mesma paixão pelas faculdades paranormais e esperavam aprofundar esses estudos na União Soviética.

O quadro começava a se desenhar. Ao chegarem à União Soviética, os dois dissidentes tinham integrado o laboratório de parapsicologia do *tokamak*. Tinham então participado das experiências do TK 17. Tinham pertencido ao círculo de homens que buscavam o impossível.

No seu quarto minúsculo, Diane não tinha acendido nenhuma luz. Enfiara-se, ainda vestida, embaixo das cobertas, e ali ficara encolhida, as pernas dobradas contra o tronco. Há mais de três horas ela refletia. E suas convicções não cessavam de se aprofundar. Ela fora enganada, manipulada, usada por seu padrasto, que tinha encontrado nela a presa ideal. A mãe perfeita para seu Sentinela.

Ela tentava agora coordenar os outros fatos, ocorridos desde a chegada de Lucien a Paris. Por uma razão que ela ignorava, Philippe Thomas e Charles Helikian eram hoje inimigos. Por isso o curador do museu tentara destruir o mensageiro de Helikian – ele queria, com isso, evitar que o outro conhecesse o dia do encontro e, em conseqüência, fosse ao *tokamak*. Por que essa tentativa? Charles representava um perigo para ele? Se ele também possuía um poder paranormal, que poder era esse? Diane supunha que seu padrasto contatara Rolf van Kaen, outro companheiro do círculo, para que ele tentasse uma intervenção por meio da acupuntura. Ela via se desenharem alianças e rivalidades entre os antigos membros do laboratório – mas em nome do quê?

Charles Helikian ainda estaria vivo?

Se estivesse, estaria também se encaminhando para o círculo de pedra?

Era o fato mais fácil de verificar. Diane sentou-se em cima da cama e consultou o relógio. No escuro, os ponteiros fluorescentes indicavam três horas da manhã. Em Paris eram, portanto, oito da noite.

Ela levantou-se e aproximou-se da parede, tateando. Pegou o telefone via satélite. À noite, ela sempre virava o aparelho na direção do pequeno quadrado azul-escuro da janela. No mostrador a quartzo, constatou que a conexão não se completava.

Sem se preocupar em calçar os sapatos, Diane saiu para o corredor.

Capítulo 53

Tudo estava deserto. Ela sentia as tábuas irregulares oscilarem sob seus pés. Pouco a pouco, seus olhos se habituaram à penumbra. Percebeu, no fundo do corredor, o luar que entrava por uma janela de vidro: exatamente o que precisava.

Ao chegar à janela, segurou o batente e a abriu. O vento gelado chicoteou-a, mas, por outro lado, foi como se retomasse o contato com o mundo distante dos satélites. Estendeu o telefone para fora da janela e examinou o mostrador: o aparelho captava o sinal. Rapidamente, discou o número do apartamento do bulevar Suchet. Nenhuma resposta. Teclou os algarismos do telefone celular de sua mãe. Alguns ruídos eletrônicos, três toques distantes e depois o "Alô?" familiar.

Ela permaneceu em silêncio. Logo Sybille perguntou:

– Diane, é você?

– Sim, sou eu.

Sua mãe começou, sem rodeios:

– Minha filha, o que está acontecendo? Onde você está?

– Não posso dizer. Como vai Lucien?

– Você desaparece, a polícia está à sua procura e você telefona assim, sem nenhuma explicação?

– Como vai Lucien?

– Diga primeiro onde você está.

O milagre da tecnologia funcionava a pleno vapor. Dez mil quilômetros de distância e as duas mulheres discutiam como se estivessem frente a frente. Debruçada no parapeito da janela, Diane falou mais alto:

– Não acabaremos nunca essa história. Repito que não posso dizer mais nada. Eu tinha prevenido você de que isso aconteceria.

Sybille parecia sem fôlego. Continuou:

– O policial que estava tratando do caso...

– Eu sei.

– Dizem que você está metida nisso e também na morte de uma mulher, eu...

– Eu disse para você confiar em mim.

A voz de sua mãe enfraqueceu:

– Afinal, você se dá conta do que está acontecendo?

Sybille começava a recriminar a empreitada.

– Como vai Lucien? – perguntou novamente Diane.

A voz ficou mais fraca ainda – sua respiração entrecortava cada palavra:

– Muito bem. Cada vez melhor. O sorriso já aparece nos seus lábios. Segundo Daguerre, sua saída do coma é agora uma questão de dias.

Uma onda de calor percorreu as veias de Diane. Ela reviu as pequenas comissuras dos lábios que se erguiam em uma demonstração de alegria. Um dia, talvez, eles estariam de novo juntos, em paz e felizes.

– E a febre?

– Desapareceu. A temperatura está estável.

– E... no hospital? Não aconteceu nada de estranho?

– O que você queria que tivesse acontecido? Não basta o que já houve?

Diane via se confirmar cada uma de suas suposições. Não se tratava mais de transe nem de crise. Os Lüü-Si-An estavam a partir de agora fora do complô, fora de perigo. As apostas se deslocavam então para o *tokamak*.

– Como pode me fazer uma coisa dessas? – gritou sua mãe de novo. – Estou morta de apreensão.

Diane lançou um olhar para a cidade confusa, nas trevas. Avistou a grande avenida que margeava o mosteiro, os faróis de alguns carros japoneses, brancos de poeira, que atravessavam a noite gelada. Do outro lado do fio, atrás da voz de sua mãe, percebeu o ruído do tráfego. Imaginou os carros vistosos, as luzes modernas das ruas parisienses. E agora a pergunta crucial:

– Charles está com você?

– Estou indo ao encontro dele.

Vinte horas. A hora de todas as noites. Diane compreendeu por que a mãe parecia estar sem fôlego: ela caminhava sem dúvida a passos largos rumo ao lugar onde marcara o encontro – um jantar ou um espetáculo qualquer.

– E Charles, como vai? – perguntou.

– Está preocupado, como eu.

– Não há nada de especial em relação a ele?

– O que quer dizer com isso?

– Não sei: ele não vai viajar?

– Mas... é claro que não. Que história é essa agora?

De novo sua hipótese ia por água abaixo. Suas suposições acabavam em impasses. Diane avaliou de repente a pretensão de suas suposições. Como pudera associar seu padrasto ao caos de sua aventura? Envolver a vida parisiense, calma e serena, às engrenagens de seu próprio pesadelo?

Um barulho ressoou atrás dela. Ela olhou na direção do corredor, que se abria para a esquerda. Ninguém. Mas o barulho se repetiu, com mais precisão. Ela murmurou, antes de desligar:

– Ligo para você de novo.

No mesmo instante, uma sombra apareceu, a vinte metros mais ou menos. Um homem de estatura baixa, de costas, vestido com um casaco comprido e um gorro de pele mal colocado. Num *flash*, Diane reviu a fotografia do físico tseven, usando o mesmo chapéu. Murmurou: "Talikh..."

Ela seguiu-o de muito perto. A silhueta vacilava levemente, apoiando-se de vez em quando contra as paredes. Um detalhe a intrigou: sua manga direita estava erguida até o cotovelo. O homem alcançou a extremidade do corredor. Curvou-se sobre a bomba d´água que havia em cada andar e que constituía uma espécie de sala de banho comum. Diane aproximou-se ainda mais. A sombra acionou o mecanismo, com a mão esquerda, ao mesmo tempo que erguia o braço direito sob o bico de latão. A água ainda não jorrava.

Ela ficou imóvel. Movida pela intuição, virou a cabeça para a parede da direita e percebeu a marca de uma mão minúscula: uma marca de sangue. No mesmo instante, olhou de novo para a silhueta curvada e percebeu os reflexos escuros de seu antebraço estendido. Atônita, Diane compreendeu a situação: o assassino estava ali, a poucos metros dela. Ele acabava de matar, no interior do mosteiro.

O homem com o gorro de pele virou-se para ela. Ele usava também um capuz preto que lhe cobria quase todo o rosto. Através das pequenas aberturas na lã, Diane fixou os olhos ou, melhor dizendo, seu brilho, cintilando na noite como duas gotas de verniz. Ela teve a impressão de que o assassino acabava de ler seus pensamentos – que acabava de contemplar, como num espelho, sua própria identidade de assassino no olhar da mulher. No segundo seguinte, ele desaparecera. Sem saber o que fazer, Diane correu em disparada. Dobrou na primeira curva do corredor e viu apenas o vazio. O corredor se estendia por mais de cinqüenta metros. O assassino não poderia ter coberto essa distância em poucos segundos. Os quartos. Ele se metera em uma das celas daquele andar...

Diane diminuiu o passo, examinando as portas à direita e à esquerda. Bruscamente, sentiu um frio mais intenso e ergueu os olhos. Havia uma clarabóia entreaberta. À esquerda, a parede, forrada de tábuas irregulares, oferecia uma escada perfeita. De um pulo só, subiu no parapeito, apoiando as duas mãos no batente de madeira.

O esplendor da noite tomou conta dela. O céu anil, salpicado de estrelas. As telhas inclinadas em suave declive. Os detalhes levantados da borda, curvando-se para o vazio como a proa de um navio antigo. Era como se ela acabasse de transpor um tapume de papel de arroz, de atravessar o reverso de um quadro asiático. Ela se movimentava agora qual um pincel de tinta sobre um esboço – na própria essência da graça.

Não havia ninguém. Apenas a chaminé oferecia um refúgio. Diane subiu na direção da linha da cumeeira. Apesar do medo, apesar do frio, o encantamento não se dissipava. Ela teve a sensação de caminhar sobre um mar de terracota, ao sabor de pequenas vagas vermelhas. Chegou na quina e aproximou-se da chaminé. Fez a volta lentamente. Ninguém. Nenhum ruído, nenhum movimento.

Nesse momento ela percebeu, bem na sua frente, a sombra de um homem dobrado sobre si mesmo, no topo da chaminé. De novo teve a impressão de que o assassino lia seus pensamentos e de que ela mesma, por sua vez, decifrava a resolução dele: era preciso matá-la para impedi-la de falar. No tempo que levou para perceber isso, a sombra cresceu, alongou-se como um traço preto. A seguir, um peso terrível a esmagou. Diane caiu, mas uma mão a parou imediatamente. Ela levantou os olhos: ele estava lá, segurando-a pelo suéter, acocorado sobre a cumeeira como um animal. A parte de trás de seu gorro de pele desenhava-se sobre o azul cru da noite.

Diane estava sem coragem para lutar. A fadiga e o desespero a enfraqueciam, mais ainda do que o terror. E também algo mais oculto, mais confuso, que se amplificava: o sentimento de já ter vivido essa cena. Entreabriu os lábios, talvez para gemer, talvez para suplicar, mas o homem tirou-a de sua posição e levou-a de volta até o alto do telhado. Ela estava de costas.

O monstro debruçou-se sobre ela e abriu a boca de forma desmesurada. Lentamente, como em um gesto de encantamento, aproximou os dedos ensangüentados de seus lábios. Diane percebeu subitamente o que a mão buscava: plantada sob a língua, cintilava uma lâmina. Ela ergueu-se com violência. Não podia morrer assim. As telhas se abriam sob seus pés. Uma esperança tola tomou conta dela: deslizar pelo telhado, lançar-se no vazio. Juntou as pernas e projetou-as contra o torso do assassino. Rolou sobre a direita, precipitando com isso escamas de terra. Os segundos se transformaram em frenesi. Sua velocidade acelerou. Ela nada mais sentia a não ser as saliências das telhas, o frio da noite, a amplidão do abismo que a esperava, a aspirava. A morte. A paz. As trevas.

Ela oscilou, ultrapassou a beirada do telhado e sentiu seu corpo cair.

Mas não caiu. Alguma coisa nela se tinha agarrado na borda. As lascas sob os dedos, o vento gelado que a balançava da direita para a esquerda – e suas mãos que se recusavam a se desprender da vida... A consciência de Diane não conseguia mais nada: seu corpo decidia por ela. Era uma coalizão de seus músculos, de seus nervos – para sobreviver.

De repente, duas mãos seguraram seus pulsos. Ela ficou paralisada ao levantar os olhos. Acima dela, o rosto de Giovanni, e essa expressão de estupor da qual ele tinha o segredo, delineou-se contra o céu. Ele desapareceu de novo. Ela ouviu sua respiração ofegante pelo esforço e depois sentiu-se levantar com um único impulso. Caiu de novo sobre o teto como um saco, quebrada, destruída.

– Tudo bem? – perguntou Giovanni.

Ela mal conseguiu murmurar:

– Estou com frio.

Ele tirou o suéter e cobriu-lhe os ombros.

– O que aconteceu? – perguntou.

Diane encolheu-se, sem responder. Giovanni ajoelhou-se. Sua voz vibrava na noite:

– Os monges... Eles descobriram... um morto em um dos quartos...

Os joelhos apertados entre os braços, ela se balançava lentamente, para a frente e para trás:

– Estou com frio.

O italiano hesitou e depois disse, em voz baixa:

– É preciso descer. A polícia vai chegar.

Ela o olhou, quase espantada por sua presença. Fixou os traços suaves de menino mimado, o espanto de um homem normal, que vivia no seio de um mundo normal.

– Giovanni... – sussurrou por fim –, será preciso aprender...

– Aprender?

Ela adivinhava que as lágrimas lhe iluminavam as faces:

– Aprender a me conhecer.

Capítulo 54

Os monges sonolentos estavam sentados lado a lado ao longo do corredor mal-iluminado. Os policiais – ou os militares, Diane não entendia disso – tinham optado por uma detenção em massa, esvaziando o mosteiro de toda a sua população e levando-a para um prédio administrativo, em algum lugar de Ulan Bator. Era um gigantesco cubo de cimento, atravessado por longos corredores e pontilhado de pequenas peças com paredes nuas e janelas quebradas, cobertas com papelão. O parquê estava cheio de buracos e as paredes estavam tão rachadas que desenhavam, na penumbra, contornos de árvores fossilizadas.

Diane e Giovanni tinham recebido um tratamento privilegiado. Eles aguardavam no escritório de um oficial, junto a um aquecedor escurecido e desesperadamente apagado. Embora agasalhados, tremiam, sem conseguir se aquecer. Por uma razão misteriosa – ou por causa de alguma confusão – estavam sozinhos no aposento e tinham como única companhia a mala e as roupas recuperadas do quarto da vítima. Depois de olhar rapidamente pela porta entreaberta, Diane aproximou-se dos objetos.

– O que está fazendo?

A voz de Giovanni, na escuridão gelada, possuía um caráter irreal, quase mágico. Ela respondeu, sem olhar para ele:

– O que você está vendo. Examinando as coisas.

Diane enfiou a mão nos bolsos do casaco de lã preta. Encontrou um passaporte verde-oliva. Identificou a sigla dourada e as letras gravadas sobre a capa: República Tcheca. Folheou as páginas e leu o nome: JOCHUM HUGO. Reconheceu a fotografia sem dificuldade: era o velhote de óculos escuros que tinha jantado atrás deles, algumas horas antes, na cantina do mosteiro. O rosto enrugado cor de cobre, a testa manchada de marrom.

Sem dúvida alguma, um outro membro do *tokamak*, a caminho do anel de pedra.

Remexeu nos outros bolsos, mas não encontrou nada. Giovanni se aproximara:

– Está maluca ou o quê?

Diane mexia agora na mala. O fecho não estava trancado. Com alguns gestos rápidos, explorou o conteúdo. Roupas de baixo caras, pulôveres de caxemira, camisas de boa marca. O homem parecia ter uma situação financeira muito acima da maioria dos tchecos. Ela continuou a bisbilhotar. Dois pacotes de cigarro. Um envelope contendo dois mil dólares. E, no meio das roupas, um livro redigido em alemão, assinado Hugo Jochum, publicado por uma editora universitária.

– Você está doente, vamos... – balbuciou Giovanni.

– Você lê alemão?

– Hein? Bem... sim, eu...

Ela jogou o livro para ele:

– Traduza isso para mim. O dorso e a capa. A apresentação do autor.

O italiano olhou na direção da porta. Reinava um silêncio completo adiante da soleira: jamais alguém adivinharia que cerca de trinta pessoas estavam sentadas ali, esperando um hipotético interrogatório. Tremendo, Giovanni concentrou-se na leitura.

Diane continuava sua busca. Nenhuma arma, nem mesmo uma faca, nada. O homem não desconfiava de nada. E conhecia o país: sua mala não continha nenhum guia, nem sequer um mapa, por menor que fosse. Giovanni disse de repente:

– É inacreditável.

Ela virou-se para ele. O contrário é que a teria espantado. Com um sinal, ela o incitou a se explicar:

– Ele era professor de geologia no Instituto Politécnico Charles, em Praga.

– O que é inacreditável?

– Ele era também um feiticeiro. Segundo estas anotações, era capaz de detectar fontes profundas na terra. Falam de um verdadeiro poder sobrenatural. Na condição de cientista, Jochum estudava esses fenômenos no seu próprio corpo.

Mentalmente, Diane completou a lista de parapsicólogos do TK 17: Eugen Talikh e a bioastronomia, Rolf van Kaen e a acupuntura, Philippe Thomas e a psicocinese. E agora, Hugo Jochum e o magnetismo humano.

Uma silhueta apareceu sobre a soleira da porta.

Diane mal teve tempo de fechar a mala, depois de Giovanni escorregar o livro para dentro dela. Os dois companheiros se viraram, as mãos nas costas.

O recém-chegado era o homem que supervisionara a detenção dos monges: um gigante de boné preto, vestido com um casaco de couro. O chefe de polícia, ou qualquer coisa do gênero. Tinha na mão os passaportes de dois europeus como para deixar claro quem era o gato e quem eram os ratos.

Dirigiu-se diretamente a Giovanni, em língua mongol, sílabas entrecortadas e contrapontos guturais. O adido da embaixada concordou com presteza. Depois, ajeitando os óculos no nariz como se fossem um instrumento de cirurgia, sussurrou para Diane:

– Ele nos pede que o acompanhemos para ver o corpo.

Capítulo 55

Não era um necrotério, nem mesmo um hospital.

Diane supôs que podiam estar na faculdade de medicina ou na Academia de Ciências de Ulan Bator. Chegaram a um anfiteatro feericamente iluminado. O chão era de terra batida. As carteiras e os assentos estavam dispostos em níveis e em círculo, chegando quase até o teto.

À esquerda, acima de um quadro-negro, enormes painéis pintados exibiam ainda os perfis de Karl Marx, Friedrich Engels e Vladimir Ilitch Lenin.

No centro do anfiteatro havia uma mesa de ferro, fixa no chão.

E sobre a mesa estava o corpo.

De um lado e de outro, dois enfermeiros permaneciam imóveis. Vestiam aventais longos de plástico, que cobriam suas roupas tradicionais. Ao lado deles, policiais com casacos em matelassê, à moda chinesa, boné bordado em ouro e vermelho, patinhavam no chão gelado, soprando dentro das mãos para se aquecer.

O chefe de polícia aproximou-se, seguido de Diane e Giovanni. O italiano não entendia por que o mongol os havia levado até lá. Eles não podiam ser considerados suspeitos no caso, nem mesmo testemunhas – Diane não falara nada sobre sua escaramuça com o assassino. Ela supunha que o tira com casaco de couro os associava à vítima, pela simples razão de que eram os únicos ocupantes do mosteiro que tinham origem caucasiana.

Com um gesto brusco, o homem desvelou o rosto e o torso de Hugo Jochum.

Diane viu em detalhes o rosto magro, de traços salientes, aureolado por cabelos amarelados. A carne, enrijecida sobre os ossos, tinha a cor amarela do âmbar fossilizado. Mas um detalhe exigia toda a sua atenção: o cadáver tinha a pele salpicada de manchas marrons. Sobre o torso, essas marcas de velhice se multiplicavam. Pretas, granuladas, desenhando uma geografia infatigável sobre a carne. Por um breve instante, ela pensou na pelagem de um leopardo.

Depois, reparou na leve incisão no eixo do esterno – a marca do assassino. Cerrando os punhos dentro dos bolsos, ela curvou-se e observou o ferimento. O peito de Jochum estava levemente arqueado, como se levantado de dentro para fora. Esse torso carregava ainda a marca do braço que havia passado por baixo de suas costelas para alcançar o coração através do calor dos órgãos.

Diane levantou os olhos: todos os homens a olhavam. Ela pôde ler nos seus rostos consternados uma nova evidência. Em Paris, a técnica usada nos assassinatos não significava nada, a não ser a patologia de um assassino. Em Ulan Bator era diferente. Todos conheciam essa cicatriz. Todos estavam familiarizados com esse método. O assassino matava suas vítimas, de propósito, como teria matado animais. Relegava suas vítimas, com esse método, ao nível das bestas. Ela pensou em Eugen Talikh e na certeza de que ele a tinha agarrado no corredor do mosteiro. Se ele fosse realmente o culpado, como explicar que um físico inofensivo se transformasse em um assassino selvagem? Estaria praticando uma vingança? Qual seria o erro desses homens para acabarem mortos como animais?

O policial deu um passo e colocou-se diante de Diane. Ele tinha os dois passaportes na mão. Dirigiu-se a Giovanni sem desviar o olhar dela. O italiano aproximou-se, por sua vez, e falou em voz baixa:

– Ele quer saber se você conhece esse homem.

Diane fez sinal que não. Ela temia agora que o homem os retivesse ali, em nome da investigação ou de qualquer outro procedimento. E não dispunha de mais do que três dias para chegar ao *tokamak*. Com voz baixa, explicou sua preocupação a Giovanni. O diplomata iniciou um breve diálogo com o gigante. Contra todas as expectativas, o policial deu uma gargalhada e concluiu com uma resposta curta.

– O que ele disse? – perguntou ela.

– Temos autorizações oficiais. Ele não tem nenhum motivo para nos reter aqui.

– Por que ele está rindo?

– Ele acha que, de qualquer forma, não teremos condições de escapar.

– Por quê?

O italiano dirigiu um sorriso cortês para o policial e olhou para Diane com o canto do olho.

– Ele disse, textualmente: "É sempre possível escapar de uma prisão. Mas da liberdade?"

Capítulo 56

O Tupolev não tinha mais assentos nem cabine. Era um cargueiro com laterais cor de cinza, cem metros de comprimento, provido de redes para segurar ou liberar as bagagens. Apertados uns contra os outros, várias centenas de mongóis estavam instalados ali dentro, sentados no chão, encolhidos sobre suas bolsas, caixas, pacotes e tentando controlar crianças e carneiros.

Diane estava agachada no meio da multidão. Sua excitação beirava a histeria. Ela não dormira, mas não estava nem um pouco cansada. Não sentia uma dor sequer depois da briga no telhado. As violências da noite pareciam tê-la atravessado de um lado ao outro sem deixar sinal aparente, a não ser um intenso nervosismo, uma vibração no interior de seu corpo.

Apesar do assassinato, apesar dos mistérios do mosteiro, apesar do fato de Diane, ao que parecia, ter revelado um pouco menos de dez por cento da verdade, Giovanni não se esquivara – ele queria conduzir esse périplo até a fronteira siberiana. Foi só o tempo de fecharem as malas, beberem um chá quente, e os dois cúmplices já estavam a caminho do aeroporto para pegar o vôo semanal para Mörön, vilarejo situado a quinhentos quilômetros a noroeste da capital.

O avião já voava há mais de uma hora. O barulho dos motores ensurdecia os tímpanos, adormecia os membros. Nem os carneiros se mexiam, imóveis como estátuas. Apenas Diane continuava agitada, levantando-se e em seguida enfiando-se de novo entre a bagagem e os passageiros. Ela procurava reencontrar a calma observando os homens e as mulheres que a rodeavam.

Os rostos já não eram os mesmos de quando estavam em Ulan Bator. Os homens tinham a tez arroxeada, a pele sulcada, enquanto as mulheres e as crianças possuíam uma pele diáfana, imaculada. Diana contemplava também os tons radiantes dos *deels*. Havia ali tons de azul, de verde, de amarelo, reflexos de branco, de vermelho, vibrações de laranja, de rosa, de violeta...

Diane apontou para um garoto sentado perto dela, sobre uma caixa de papelão desarmada, e perguntou a Giovanni:

– Como ele se chama?

O italiano indagou à mãe, ouviu a resposta e traduziu:

– Khoserdene: Duas vezes jóia. Na Mongólia, cada prenome tem um significado.

– E ele? – perguntou ela.

Ela se referia agora a um menino mais novo, aninhado nos braços de uma mulher com turbante índigo.

– Sol de março – traduziu o adido.

– E ele?

– Armadura de ferro.

Diane interrompeu o jogo de perguntas. Ela pousava agora o olhar nos lenços das mulheres, que envolviam suas cabeleiras negras. Entre os motivos decorativos, reconheceu os animais. Renas com galhadas soberanas, águias cujas asas acabavam em debruns de ouro, ursos com patas, que se ramificavam em afrescos marrons. Ao olhar melhor, percebeu mais uma coisa. Nos reflexos da seda, as galhadas, as asas, as patas se transformavam em braços, silhuetas, rostos humanos... Na verdade, em cada tecido as duas leituras eram possíveis. Era uma espécie de segredo de duas faces, cúmplice da luz. Diane pressentia que esse efeito óptico era proposital – e que tinha sua importância.

– Na taiga – explicou Giovanni – o homem e o animal se identificam. Para sobreviver na floresta, o caçador se inspira sempre na fauna. Tira dali seus próprios métodos de adaptação. O animal é ao mesmo tempo presa e modelo. Inimigo e cúmplice.

O italiano falava em altos brados, para encobrir o barulho do cargueiro:

– Isso vai mais longe com os xamãs. Segundo as crendices antigas, eles têm o poder de se transformar, realmente, em animais. Quando precisam se comunicar com os espíritos, partem para a floresta, abandonam os hábitos dos homens – não comem mais carne cozida, por exemplo – e se submetem à última transmutação para encontrar o mundo dos espíritos.

O adido calou-se por alguns segundos, para retomar o fôlego, depois aproximou-se de Diane, como para lhe confiar um segredo. As paredes cinzentas da carlinga do avião se refletiam em seus óculos, transformando-os em duas copas de bronze.

– Uma tradição tseven é muito conhecida: na época em que ainda existiam, os xamãs de cada clã precisavam voltar aos lugares secretos e lutarem entre si, sob a forma de seu animal fetiche. Esses combates aterrorizavam os tsevens e representavam para eles uma quadra crucial de suas vidas.

– Por quê?

– Porque o xamã vencedor conquistava os poderes do vencido e os levava para dentro de seu clã.

Diane fechou os olhos. Há mais de dez anos ela estudava os predadores, analisava seu comportamento, observava suas reações. No fundo dessas pesquisas, havia apenas um objetivo: compreender a violência desses animais e, talvez, descobrir seu fundamento secreto.

Essas tradições xamanistas não estavam tão longe de suas próprias preocupações. E a idéia de um duelo sem misericórdia, praticado por homens-animais, a seduzia. Ela mesma se refugiara no espírito dos predadores, para sobreviver, moralmente, depois do acidente de sua adolescência.

Diane reabriu as pálpebras e examinou, através da luz poeirenta do cargueiro, os passageiros com *deels* coloridos, os xales furta-cor das mulheres. De uma maneira estranha, teve a sensação de que ela também tinha um encontro marcado no fundo da taiga.

Encontro marcado consigo mesma.

Capítulo 57

No fim da tarde, quando viajavam a bordo do segundo avião – um biplano minúsculo, que sacudia com o vento e as nuvens –, a estepe cobriu-se toda de florestas imensas. As colinas se elevaram em vertentes de vermelho e ouro, as clareiras se aprofundaram em tons escuros, a terra se pôs a cintilar com centenas de rios. Chegavam à fronteira norte do país. Às portas da Sibéria.

Em lugar de ter suas energias renovadas diante de tanta beleza, Diane sentia-se invadida pela fadiga. Giovanni se entusiasmava, ao contrário, com a visão dessa paisagem. "A região dos lagos. A Suíça mongol!", gritou, ao se aproximar da janela. Pegou um mapa geográfico, enfiou-se no fundo da cabine e fez comentários em voz alta, gritando até, para encobrir a barulheira das hélices: "Vai ser uma viagem incrível. Somos pioneiros, Diane!"

Dezoito horas. Aterrissagem na planície. Tsagaan-Nuur não comportava mais do que umas trinta cabanas: isbás pintados em tons pastel. Se os passageiros do cargueiro de Mörön não tivessem manifestado nenhum interesse pelos viajantes europeus, a atenção dos autóctones despertaria bruscamente aqui, sobretudo em relação a Diane e suas madeixas louras, que caíam por baixo de seu gorro de lã.

Enquanto Giovanni se distraía com um velho criador de renas, Diane aproximou-se do cercado que abrigava os cervídeos. Pequenos, manchados de preto ou de branco, eles pareciam miniaturas, oscilando entre o animal de pano e a figura de granito. Todos os animais tinham a cabeça coroada com galhadas revestidas de uma espécie de veludo pardo, que se desfiava nessa estação.

O etnólogo voltou a explicar a situação a Diane. O criador podia "alugar" seis ou sete montarias, mas com uma única condição: ele queria primeiro avaliar as aptidões deles para cavalgar uma rena. Estimulado, Giovanni decidiu montar imediatamente um dos animais. Na terceira queda, pareceu cansar-se dos risos dos mongóis, agrupados para assistir ao espetáculo. Na quinta, verificou seu equipamento: por que a sela não estava fixa? Na sétima, considerou em voz alta a possibilidade de uma viagem a pé. Por fim, o proprietário dignou-se a dar algumas explicações. A pelagem das renas era tão lisa que não segurava nenhum material – era, portanto, impossível fixar uma cilha, por menor que fosse. Era preciso, ao contrário, deixar os arreios livres e moldar-se ao passo do animal – flutuar sobre sua espinha, conduzindo-se de acordo com seu andar. Unindo os atos à palavra, o criador montou um de seus animais e deu uma volta pelo cercado.

Diane e Giovanni começaram seu aprendizado. Houve novas quedas, novos risos. Encharcados, enlameados, os dois viajantes abandonaram-se à atmosfera jovial do vilarejo. Diane, que não usou os estribos, era tão grande que podia montar o animal e pousar os pés no chão. Esse exagero provocou a hilaridade dos espectadores. Nessa explosão de alegria, os companheiros pareciam afinal harmonizar seus humores.

No entanto, depois de cada queda, depois de cada risada, uma melancolia secreta os invadia. Eles levantavam os olhos e descobriam as altas muralhas da cadeia Khoridol Saridag que fechavam o horizonte, em um silêncio de quartzo. O vento dourado do crepúsculo retomava de repente seus direitos, fustigando os rostos incandescentes. O olhar de Diane cruzava com o de Giovanni, e eles percebiam subitamente, quando a vegetação se deitava em grandes ondas langorosas, o que lhes murmurava cada rajada: canções tristes de corações partidos, de separações sem retorno. Quando a noite caiu, quando conseguiram por fim montar os pequenos dorsos cinzentos, eles tinham também surpreendido um outro segredo: a nostalgia inquieta da taiga.

Capítulo 58

No raiar do dia, o périplo começou.

Diane e Giovanni estavam finalmente escoltados pelo criador e seu filho. Sete montarias compunham o comboio, das quais três carregavam a bagagem: fuzis, gamelas, lonas e pinos de barracas militares soviéticas, porções de carneiro embrulhadas em panos e um bocado de coisas que Diane desistira de identificar. A cadência era lenta, as renas avançavam a passos curtos, rasgando a ondulação das planícies, deslizando sob a folhagem avermelhada, agarrando-se às primeiras encostas de pedra, no clique-claque do pedregulho. A situação estava tranqüila, não havia perigo e poderia ser até monótona se não tivesse havido a tortura do frio.

Ele se insinuava pela menor fresta das roupas, cobrindo a pele com uma membrana de gelo, petrificando os membros, enregelando os dedos dos pés e das mãos. A cada hora, era preciso parar para caminhar, fazer movimentos, beber chá – tentar se reanimar. Enquanto os mongóis raspavam o interior de suas pálpebras com suas facas, Diane e Giovanni permaneciam imóveis, trêmulos, incapazes de dizer uma palavra, martelando a terra com os pés entorpecidos. Não podiam sequer pensar em tirar as luvas – a menor superfície de pedra gelada lhes teria arrancado as palmas das mãos. Era preciso evitar também qualquer bebida muito quente, pois o esmalte dos dentes racharia sob uma diferença muito grande de temperatura. Quando os cavaleiros remontaram por fim suas renas, o corpo apenas um pouco relaxado, foi com um gosto de derrota no coração, de morte invencível: o frio não os tinha deixado.

Outras vezes, ao contrário, o sol chegava com raios tórridos. Os viajantes precisavam, então, vestir capuzes para se proteger da fornalha, como se estivessem em pleno deserto. A queimadura do vento tornava-se tão dura, tão voraz, que parecia inverter seu próprio movimento, descolar a epiderme do rosto em finas películas calcinadas. Depois, de repente, o disco ofuscante se eclipsava e a montanha reencontrava sua profundeza funesta, o frio voltava a se aferrolhar ao redor dos ossos, como se fosse uma coleira de gelo.

No começo da tarde, chegaram à passagem, a três mil metros de altura. A paisagem se metamorfoseou. Sob as nuvens, tudo se tornou escuro, lunar, estéril. A vegetação limitava-se a musgos e liquens. As árvores se espaçavam, se descarnavam, depois desapareciam de vez, cedendo lugar a rochas esverdeadas, a abismos de pedra, flechas austeras. Às vezes a passagem atravessava pântanos monótonos, eriçados por algumas coníferas. Outras vezes ainda, a paisagem parecia literalmente sangrar, revelando canteiros de urzes, cujas flores violáceas lembravam a hemoglobina. A tundra, a terra com entalhes gelados, inacessível e esquecida, envolvia-os como uma maldição.

No céu, Diane observava os pássaros migradores, que voavam na direção inversa – rumo ao calor. Ela os via se afastarem com uma coragem surda. Lábios branqueados pelo filtro protetor, óculos presos sobre a testa, estava mais do que nunca disposta a voltar às montanhas. Ela encaixava cada sensação, cada sofrimento, dali tirando até mesmo um prazer ambíguo. Via nesse périplo uma espécie de prova legítima. Era preciso enfrentar esse país. Era preciso escalar esses flancos de rocha, suportar o frio, a fornalha, o deserto de granito e de aspereza.

Porque se tratava da terra de Lucien.

Era como se recuasse até as origens da criança. As muralhas que a rodeavam, os obstáculos que se erguiam, as ranhuras que marcavam sua pele formavam as etapas necessárias de uma espécie de chegada ao mundo. Os laços que a uniam ao filho adotivo se reforçavam nesse corredor de granito. Essa viagem implacável, sem misericórdia, representava o seu parto. Um parto de gelo e de fogo, que serviria para uma união total com o filho – se ela sobrevivesse.

Percebeu de repente que a paisagem continuava a se transmutar. Uma suavidade, um murmúrio atenuavam agora a aspereza do ambiente. Finos flocos planavam no ar e cobriam progressivamente a tundra. Uma brancura imaculada salpicava os galhos, atenuava os ângulos, modelava cada forma, cada contorno, como uma obra discreta, íntima. Diane sorriu. Eles chegavam ao cume da vertente e tocavam agora o domínio sagrado da neve. O comboio movimentava-se no meio de uma claridade cada vez mais fina, cada vez mais transparente, na fronteira exata entre a terra, a água e o ar.

Gradualmente, o cortejo reduziu a velocidade, enlanguescendo no ritmo dos passos silenciosos das renas. O criador mongol se pôs a gritar, os animais exaustos bramaram em resposta, tomaram outra cadência, atravessaram a fronteira branca e alcançaram, pouco a pouco, o outro lado da montanha. A terra aplainou-se, pareceu hesitar, fundiu-se em um declive primeiro suave, depois abrupto, que descia pelos bancos de neve e pelos tapetes de musgo. A vegetação reapareceu, as árvores se multiplicaram. De repente, os cavaleiros chegaram a uma vertente que se abria, num nível inferior, sobre o último vale.

Os cimos dos lariços estendiam-se em brumas inflamadas. A folhagem das bétulas cobriam-se de ocre e de púrpura ou às vezes, já secas, contorciam-se em arabescos acinzentados. Os pinheiros fervilhavam de sombra e de verde. Embaixo, as pastagens apresentavam tal brilho, tal frescor, que suscitavam um sentimento inteiramente novo – um maravilhamento infantil, uma renovação do sangue. O mais importante é que, no fundo desse imenso berço, havia o lago.

Tsagaan-Nuur.

O lago Branco.

Acima dessas águas imaculadas, erguiam-se as montanhas da cadeia Khoridol Saridag, azuis e brancas, enquanto que abaixo, no fundo das águas absolutamente paradas, os mesmos cimos se exibiam, de cabeça para baixo, parecendo curvar-se diante de seus modelos e, ao mesmo tempo, superá-los em pureza e majestade. Havia paz. Amor. Unidos em um abraço perturbador, no ponto em que as verdadeiras montanhas e suas raízes d'água se uniam em uma linha indistinta e misteriosa.

O cortejo parou, tomado pelo deslumbramento. Apenas ressoavam o clicar dos estribos e a respiração rouca das renas. Diane precisou de algum esforço para permanecer em equilíbrio sobre sua montaria. Ela passou o polegar sobre os óculos para enxugar as pequenas gotas de condensação que lhe nublavam a vista.

Mas não conseguiu.

Porque eram lágrimas que corriam de suas pálpebras geladas.

Capítulo 59

Naquela noite, instalaram-se na beira do lago. Armaram as barracas sob os ramos dos pinheiros e jantaram do lado de fora, apesar do frio. Depois de uma prece aos espíritos, os dois mongóis prepararam o cardápio tradicional: carneiro cozido e chá perfumado com a gordura animal. Diane não teria acreditado que pudesse engolir semelhante coisa. No entanto, naquela noite, como na véspera, devorara sua parte, sem uma palavra, encolhida perto do fogo.

Acima deles, o céu era de uma pureza absoluta. Diane tinha muitas vezes admirado céus noturnos, principalmente nos desertos da África, mas não se lembrava de ter contemplado um espetáculo de uma precisão, de uma proximidade tão violentas. Teve a sensação de estar situada exatamente abaixo da explosão inicial. A Via Láctea estendia suas miríades de estrelas em uma sarabanda sem limite. Às vezes, as concentrações estelares eram tão intensas que fervilhavam de fogos ofuscantes. Outras vezes, feneciam, ao contrário, em brumas de nácar. Ainda em outras, as bordas extremas do círculo se perdiam em reflexos vibrantes, como se estivessem perto de evaporar na imensidão intersideral.

Ao baixar os olhos, Diane percebeu que seus guias, sentados a poucos metros, discutiam com um recém-chegado, invisível na sombra. Sem dúvida um criador solitário que avistara o fogo e se aproximara para compartilhar a comida. Ela apurou o ouvido. Era a primeira vez que escutava com atenção a língua mongol, uma seqüência de sílabas roucas, bizarramente pontuadas de fonemas guturais, como o jota espanhol, e de vogais melodiosas. O recém-chegado estendia os braços para o céu.

– Giovanni?

O italiano, enfiado dentro de sua jaqueta, levantou a borda do capuz.

– Sabe quem é? – perguntou ela:

Ele botou de novo as mãos nos bolsos.

– Alguém daqui de perto, acredito. Ele tem um sotaque incrível.

– Entende o que ele diz?

– Está contando lendas antigas. Histórias tsevens. – Diane endireitou-se.

– Acha que ele é tseven?

– Você é cabeça-dura: já disse e repito que esse povo não existe mais!

– Mas se ele está contando...

– Isso faz parte do folclore da região. Ao atravessar a passagem, penetramos no território das etnias turcas. Aqui, todo mundo tem um pouco de sangue tseven. Ou, pelo menos, todo mundo conhece essas histórias antigas. Isso não quer dizer nada.

– Mas você pode perguntar a ele, não?

O italiano suspirou, levantando-se. Giovanni fez primeiro as apresentações. O visitante chamava-se Gambokhuu. Tinha o rosto envelhecido, a pele enrugada. Sua fisionomia, à luz das estrelas, escondia sombras inquietadoras. O etnólogo traduzia suas respostas:

– Ele diz que é mongol. Que é pescador do lago Branco.

– Ele já estava aqui na época em que o *tokamak* funcionava?

Giovanni dirigiu-se ao pescador e depois falou:

– Ele nasceu aqui. Lembra-se perfeitamente do anel.

Diane sentiu correr sob a pele uma excitação nova: pela primeira vez encontrava-se diante de um homem que se aproximara do círculo de pedra em funcionamento.

– O que ele sabe sobre as atividades do *tokamak*?

– Diane, ele é realmente um pescador. Ele não pode...

– Pergunte a ele!

Giovanni resignou-se. O vento gelado agitava os pinheiros, destilando na noite perfumes de resina tão fortes, tão penetrantes, que se agarravam à garganta como a fumaça de um fogo. Diane sentia-se cercada, impregnada pela textura da taiga. O velho mongol negava com a cabeça.

– Ele não quer falar – explicou o italiano. – Segundo ele, o lugar era maldito.

– Por que era maldito? – Diane elevou o tom de voz. – Insista. Isto é muito importante para mim! – O etnólogo olhou-a com ar suspeito. Diane recomeçou, mais calma: – Giovanni, por favor.

O italiano continuou seu diálogo com o pescador. Com um gesto, o homem tirou do bolso um cachimbo, uma espécie de chave metálica em quina, e encheu-o de fumo. Depois de iluminar seu minúsculo coração de brasa, concordou em falar. Giovanni fez a tradução simultânea:

– Ele lembra principalmente do laboratório de parapsicologia. Dos comboios que chegavam aqui por via férrea, vindos da fronteira siberiana. Comboios de xamãs, que eram levados para um dos prédios do conjunto. Todos falavam dessas chegadas. Aos olhos dos trabalhadores, não poderia haver profanação mais grave. Aprisionar os feiticeiros era desafiar os espíritos.

– Pergunte se ele sabe o que acontecia, exatamente, no laboratório.

Giovanni fez a pergunta, mas o visitante nem se mexeu. Seu cachimbo aceso piscava como se fosse um farol distante.

– Ele não quer responder – concluiu o italiano. – Repete apenas que o lugar era maldito.

– Por quê? Por causa das experiências?

Diane tinha quase gritado. De repente, a voz de corda velha retomou a palavra, entre duas pulsações de brasa.

– Ele afirma que houve muito sangue – explicou o etnólogo. – Que os sábios eram malucos, que praticavam experiências horríveis. Não sabe mais nada. Repete que houve muito sangue. E que foi por isso que os espíritos se vingaram.

– Se vingaram como?

Gambokhuu parecia agora decidido a falar tudo. Falava sem esperar a tradução de Giovanni. O etnólogo resumiu o fluxo de palavras:

– Provocaram o acidente.

– Que acidente?

A fisionomia de Giovanni endurecia-se na noite. Ele sussurrou:

– Na primavera de 1972, o anel de pedra explodiu. Um raio o atravessou.

Parecia a Diane que esse raio destruía a si própria. Seu foco sempre tinha sido o laboratório de parapsicologia, pensando que o drama original acontecera durante as pesquisas sobre os estados limítrofes. Mas a última tragédia tinha, na verdade, acontecido com a máquina infernal.

– Houve alguma vítima? – perguntou ela.

Giovanni perguntou ao homem e ouviu a resposta, lívido.

– Ele fala em cento e cinqüenta mortos, pelo menos. Segundo ele, todos os trabalhadores estavam presentes no anel quando a máquina explodiu. Uma operação de manutenção, não entendo muito bem. O plasma atravessou o conduíte e os queimou vivos.

Gambokhuu não parava agora de repetir a mesma palavra – uma palavra que Diane reconhecia.

– Por que ele fala dos tsevens? – perguntou ela.

– Todos os trabalhadores eram tsevens. Os últimos da região.

Tanto Diane quanto Giovanni tinham então razão. O povo solitário tinha primeiro sido destruído pela opressão soviética, mas alguns de seus membros tinham sobrevivido. Sedentarizados, sujeitados a um *kolkhose*, tornaram-se trabalhadores submissos, condenados à morte nuclear.

– Ele diz que certos sobreviventes seguravam os intestinos entre as mãos – continuou o etnólogo –, que as mulheres recusavam-se a cuidar de seus maridos, porque não os reconheciam. Diz que os moribundos gritavam, apesar das chagas, e que sentiam sede. Quando morreram, seus maxilares partiram-se como vidro. Havia tanta mosca sobre os agonizantes que não se sabia mais se eram as queimaduras ou os insetos que pululavam sobre os corpos...

Diane pensava nos outros sobreviventes – nos que tinham acreditado escapar do incêndio. Ela não conhecia as conseqüências exatas da radioatividade do trítio, mas conhecia as seqüelas da irradiação do urânio. Os sobreviventes de Hiroshima tinham compreendido, durante as semanas seguintes à explosão, que a própria noção de sobrevida não pertencia mais ao mundo do átomo. Tinham começado por perder os cabelos, depois haviam sucumbido a diarréias, vômitos, hemorragias internas. Então as doenças irreversíveis tinham aparecido: cânceres, leucemias, tumores... Os trabalhadores tsevens tinham precisado enfrentar esses mesmos tormentos. Sem contar as mulheres que, meses após a explosão, tinham dado à luz monstros, ou aquelas que não tinham jamais engravidado, porque a infecção atômica destruíra seus gametas.

Diane examinou o céu. Ela recusava qualquer compaixão. Não devia se destruir nem se apiedar, mas conservar suas faculdades de dedução a fim de arrancar qualquer luz possível desses fatos novos. A lembrança de Eugen Talikh brotou na sua memória: indiretamente, o físico tinha lançado o infortúnio e a morte sobre seu próprio povo ao organizar os ensaios nucleares. O cientista genial, o grande herói tseven provocara a extinção de sua própria etnia...

Mas uma outra idéia a invadiu. Ao admitir que Eugen Talikh não estava diretamente envolvido na experiência fatal, ao supor que o acidente não fora culpa sua, não havia ali um irredutível motivo para vingança? Diane imaginou uma nova hipótese. E se, por uma razão que ela ainda ignorava, fossem os pesquisadores do laboratório de parapsicologia os responsáveis pelo incêndio? Talikh, o dissidente tranqüilo, não poderia se transformar em assassino feroz ao saber que os pesquisadores voltariam ao local do crime?

Capítulo 60

À primeira claridade do dia, Diane despertou. Vestiu-se, enfiou uma calça sobre outra hermeticamente fechada, colocou o casaco, e, por cima de tudo, um poncho impermeável. Preparou a mochila: lanternas halogênicas, cordas, grampos de metal, pilhas sobressalentes. Ela não possuía nenhuma arma: nem mesmo uma faca. Por um breve instante, pensou em roubar um fuzil dos mongóis que dormiam sob uma das barracas vizinhas, mas imediatamente desistiu: arriscado demais. Fechou a mochila e enfrentou a aurora.

Tudo estava congelado. A vegetação estava branca, às vezes atravessada por manchas azuladas. As gotas de orvalho brilhavam em sua rigidez de gelo. Em todas as árvores, estalactites frágeis pendiam dos galhos. Todas essas cintilações pareciam mais vivas, mais luminosas, graças à bruma que as envolvia, acariciava e protegia em uma leve opacidade.

Ao longe, ela adivinhava a presença das renas. Ouvia seus cascos que faziam rachar as crostas de gelo, sua respiração grave perfurando as zonas de calor desse mundo de frio total. Ela as imaginava, cinzentas, invisíveis na neblina, à procura do sal no meio das pedras, dos liquens, das cascas das árvores. Mais longe ainda, captava o marulho regular das águas do lago. Diane inalou o ar frio e observou o acampamento. Nenhum movimento, nenhum barulho: todos dormiam. Mergulhou no mato baixo, esforçando-se para não quebrar as moitas de cristal. Cem metros adiante, precisou parar para urinar, insultando-se por não ter pensado nisso mais cedo, antes de se vestir inteiramente.

Atrás das árvores, livrou-se como pôde de suas calças e acocorou-se. Imediatamente as renas, sentindo o sal contido na urina, se precipitaram em sua direção, provocando um alarido de animais entre os galhos gelados. Ela mal teve tempo de vestir-se de novo e escapar a toda velocidade. A uma boa distância, diminuiu o passo e caiu na risada. Um riso nervoso, crispado, silencioso, mas que a aliviou. Encaixou os polegares nas alças da mochila e se pôs em marcha. Ao chegar à borda do lago, examinou, à direita, a vertente da colina além da qual, segundo os guias mongóis, situava-se o *tokamak*. Devia estar a uns dois quilômetros. Ela enfiou-se no meio dos lariços e começou a subir.

Sua respiração tornou-se logo dolorosa, seu corpo ficou encharcado de suor. As gotas de orvalho perolavam como jóias sobre seu poncho. O ar que saía de sua boca se transformava em chuva cristalina. Ela percebeu cavidades de sombra no meio da vegetação. Aproximou-se. Eram os leitos noturnos de cervos ou gamos, ainda quentes de sua presença. Diane tirou uma luva e acariciou seus contornos com os dedos nus. Depois estendeu o olhar até as raízes marrons que corriam entre seus pés. Tocou-as também, saboreando sua rugosidade.

Continuou a subir. Somente então se lembrou das palavras de Gambokhuu. A descrição da catástrofe atômica e da agonia de suas vítimas. Em conseqüência, suas conclusões da véspera se aprofundaram. Por uma razão que ignorava, os parapsicólogos compartilhavam uma responsabilidade no fracasso do *tokamak*. De uma maneira ou de outra, estavam ligados ao acidente. De repente, despertou dentro dela uma sucessão de lembranças. Reviu a pele marcada de manchas escuras de Hugo Jochum. A epiderme rosada de Philippe Thomas, cujo eczema provocava verdadeiras trocas de pele. Lembrava-se também – detalhe gravado na sua memória – da estranha atrofia do estômago de Rolf van Kaen, que o obrigava a ruminar frutas vermelhas...

Como não pensara nisso já na noite anterior?

Os parapsicólogos também tinham recebido irradiação.

Cada um deles carregava a marca da mordedura atômica a que certamente se submeteram a uma distância maior – e, portanto, com intensidade menor. Os estigmas de uma irradiação podiam surgir depois de décadas, sob a aparência de deformidades ou doenças. A singularidade das seqüelas desses homens se explicava, sem dúvida, pela novidade da experiência. Na verdade, ninguém jamais estivera exposto a uma irradiação de trítio.

Diane desenvolveu sua hipótese: e se a explosão atômica, da mesma forma como havia alterado o metabolismo desses homens, tivesse modificado qualquer coisa nos seus espíritos? O átomo podia talvez ampliar o suposto poder de uma consciência – desenvolver poderes paranormais?

Numa questão como essa, era difícil acreditar no acaso. Em conseqüência, por que não imaginar que os pesquisadores estavam se expondo voluntariamente às radiações? Que tivessem feito, paralelamente às suas próprias experiências, estigmas nos trabalhadores tsevens, deixando que se pensasse que a exposição ao trítio provocava mutações mentais? Então os parapsicólogos tinham provocado o raio atômico a título de uma experiência extrema. Alguma coisa tinha dado errado, os homens – um povo – estavam mortos, mas os aprendizes de feiticeiro tinham conseguido o resultado esperado. Seus poderes tinham aumentado sob o efeito do átomo. Esses homens eram magos. Magos dos tempos nucleares.

Caminhando com passo decidido através da floresta, esquentando o sangue no ritmo de seus passos, Diane convencia-se cada vez mais dessa verdade. Tudo se encaixava. O acidente baseava-se numa sabotagem organizada por um punhado de cientistas. Eis por que Talikh os perseguia hoje, tratando-os, no limiar da morte, como animais.

E eis por que, sem dúvida, esses homens voltavam ao anel de pedra. Para renovar a experiência: expor-se à irradiação e regenerar seus poderes...

Diane parou. Ao atingir o topo da colina, percebeu, no meio da neblina, a depressão do novo vale.

E, no centro da clareira, a imensa coroa do *tokamak*.

Capítulo 61

Diane imaginou uma cidade. Em torno do anel de pedra, um labirinto de construções, de estruturas enferrujadas, estendia-se por vários hectares, com cimos que se perdiam na bruma. À direita, junto da montanha, erguiam-se as turbinas da central elétrica que havia alimentado o circuito termonuclear. Ela continuou a descer. Distinguia, diante dos prédios, cavados entre as paredes rochosas, os sulcos um tanto apagados das estradas e das vias férreas. Graças a essa infra-estrutura, os soviéticos haviam transportado as equipes e o material necessário à construção da obra. Diane foi tomada por uma vertigem: quantos engenheiros, operários e rublos tinham sido engolidos nesse projeto que resultara numa chama mortífera?

Contornou a coroa pelo flanco oeste. A seus pés, as lajes de cimento substituíam pouco a pouco o chão de grama. Passou por cima dos destroços, dos amontoados de ferro, e entrou no primeiro edifício. No interior, o espaço estava compartimentado por divisórias com janelas de vidros quebrados.

No fim de um corredor, Diane emergiu em um pátio interno de cimento bruto, rachado pelo frio, com um canteiro coberto de cascalho e ramos secos de pinheiros. À sua aproximação, andorinhas de bico vermelho levantaram vôo. O bater de suas asas repercutiu nas paredes de concreto, cortando com um traço carmim as paredes esverdeadas. Ela não sentia nenhum medo. O lugar era tão gigantesco, tão abandonado, que parecia irreal. Infiltrando-se pela esquerda, entrou em um bloco cujas janelas deixavam penetrar a luz do amanhecer. Seguiu em frente, ao longo das paredes rachadas, de onde brotavam urzes e frutas silvestres.

Atravessou novas salas que abrigavam bancadas rachadas, equipamentos colossais, máquinas desconhecidas. Mais adiante, percebeu uma escada que levava a um nível inferior. Acendeu a lanterna. Ao pé dos degraus, Diane foi detida por uma fileira de barras verticais. Empurrou o portão de ferro, que não estava trancado. Dominando a apreensão, mergulhou na sombra estreita. Era como se sua respiração enchesse todo o espaço.

Ao que parecia, estava no cárcere. O feixe de sua lanterna descobria as fileiras de celas em cada lado da sala. Pequenos compartimentos separados por muretas, onde ainda havia correntes presas ao chão. Diane pensava nos xamãs "importados" das prisões e campos de concentração siberianos. Pensava nos hospitais psiquiátricos russos, onde haviam sido "tratados" milhares de dissidentes. O que se passara neste local secreto? A prisão parecia ainda ressoar com os gritos, os gemidos dos feiticeiros enregelados, assustados, na escuridão, à espera de conhecer seu destino.

No clarão da lanterna, percebeu de repente uma inscrição, escavada na parede. Aproximou-se. Eram letras cirílicas, que reconheceu de imediato, por tê-las já visto nos arquivos do Instituto Kurchatov. Elas formavam o nome TALIKH. Ao lado, estava gravada uma palavra que não compreendia, mas que era seguida de números: 1972. Na consciência de Diane ressoou um ruído vazio, uma espécie de eco assustado. Eugen Talikh, o grande patrono do *tokamak*, havia sido, ele também, aprisionado aqui. Havia compartilhado os sofrimentos dos outros xamãs.

Tentou encontrar uma explicação. No fundo, esse fato solucionava mais problemas do que criava. Se o TK 17 fora palco de experiências sádicas relacionadas com os feiticeiros, Eugen Talikh não deveria ter apoiado tais práticas. Ao contrário, devia ter se insurgido, ameaçado os torturadores com um inquérito dentro do Partido. Tudo se passara então ao contrário. Os parapsicólogos, sem dúvida ligados aos militares do local, tinham aprisionado o físico sob um pretexto qualquer de antipatriotismo. Afinal de contas, um tseven era sempre um tseven. E os soldados russos deveriam ter se regozijado por conseguir esmagar o orgulho daquele pequeno asiático. Diane passou os dedos na inscrição. Parecia sentir, incrustada na pedra, a cólera do pesquisador. Ainda que fosse incapaz de decifrar aqueles minúsculos rabiscos, estava certa de que a data era vizinha da do acidente, na primavera de 1972.

Assim, imaginara certo: no momento da explosão, Talikh não dirigia mais o *tokamak* – estava na prisão, como um simples preso político.

Diane subiu os degraus e retomou o caminho ao acaso, atônita com a descoberta. Levou algum tempo para perceber que a arquitetura crescia em tamanho. O batente das portas se elevava, os tetos se içavam a alturas desmesuradas. Diane aproximava-se do *tokamak*.

Deu enfim com uma porta chumbada, revestida de aço, equipada com um volante para a sua abertura, como o de um submarino. Acima do alizar, estava pintado um símbolo vermelho, um tanto apagado: a hélice que anuncia, em todos os países do mundo, a proximidade de uma fonte de radioatividade.

Diane colocou a lanterna entre os dentes e segurou o volante com as mãos enluvadas. À custa de muito esforço, conseguiu desbloqueá-lo. Com persistência, rodou-o completamente e puxou-o para si, músculos tensos, rasgando as juntas de líquen de cima a baixo do alizar. A porta afastou-se de repente e a seguir deslizou lateralmente ao longo de um trilho. Ela estava estupefata: a espessura do bloco – metade concreto, metade chumbo – devia passar de um metro.

Transposto o portal, uma surpresa a aguardava: o corredor estava iluminado. Tubos fluorescentes difundiam uma forte luz branca. Como podia a eletricidade funcionar num lugar desses? Pensou nos outros membros do *tokamak*. Os homens já teriam chegado na rotunda? Não se sentia capaz de recuar agora. Não tão perto do fim.

Com prudência, penetrou no círculo de pedra.

Capítulo 62

Diane encontrava-se num corredor circular de quinze metros de largura. No centro dessa artéria corria um conduíte cilíndrico, círculo dentro do círculo, sumido embaixo do aglomerado de fios, de bobinas, de ímãs. Acima dessa mistura de coisas, arcos magnéticos subiam e pareciam oferecer um apoio de aço a essa estranha tubulação. Tudo ali dava a impressão de ter sido concebido sob o signo do círculo, da curva, da espiral...

Ela aproximou-se. Os cabos misturados caíam como cipós. As bobinas de cobre encaixavam-se com regularidade ao longo do circuito. Brilhavam com um tom rosa envelhecido que destilava em sua boca um gosto de bombom passado. Abaixo, geometrias de metal preto sustentavam o conjunto. Diane estava a apenas alguns passos do tubo. Distinguia, através da complexidade dos equipamentos, a cobertura de aço liso e escuro, a câmara de vácuo na qual, tempos atrás, o plasma se aproximara da velocidade da luz, atingindo a temperatura de fusão das estrelas.

Ela retomou sua caminhada prudente, esforçando-se para não fazer nenhum ruído, nenhum estalo entre os destroços que cobriam o chão. Nunca se sentira tão minúscula, tão insignificante. Essa máquina pertencia a uma outra escala, a uma outra lógica. Diane sentia uma angústia confusa diante desse edifício inteiramente forjado pela megalomania do homem – por essa vontade de violar as leis terrestres, de convulsionar a matéria em suas estruturas mais profundas. Kamil havia evocado Prometeu, o ladrão do raio. Gambokhuu havia falado dos espíritos que tinham se vingado da audácia dos homens. Quaisquer que tivessem sido os desafios experimentados nessa rotunda, Diane compreendia que o *tokamak* fora palco de uma profanação, de uma bravata dirigida às forças superiores.

Caminhou assim durante vários minutos, seguindo a curva do corredor, até que pensou em voltar. Nada havia para ela naquele círculo. Esses delírios tecnológicos não lhe ofereciam a menor pista e... O rugido eclodiu como uma vociferação metálica.

Apertou os ouvidos com as mãos. Logo o grito se repetiu, ainda com mais violência. Era uma onda aguda, um redemoinho insustentável. Em estado de choque, Diane compreendeu então que a estridência não era um rugido, mas um sinal de alarme: o *tokamak* começava a funcionar.

Como uma confirmação maléfica, uma porta de chumbo na parede à sua direita bateu violentamente e trancou. Diane viu o volante girar, enquanto uma lâmpada vermelha se acendia acima do alizar da porta. Parecia-lhe que todo o anel voltava à vida. Na verdade, todos os locais de alto risco funcionam da mesma maneira: em caso de alerta, a primeira medida é isolar a zona de perigo, cortar todas as saídas – com o risco de sacrificar uma presença humana. Fora assim que os tsevens tinham sido queimados vivos. Era assim que ela iria morrer.

Pensou na porta que deixara aberta. Deu meia-volta e correu a toda velocidade. Correu, correu, correu, os olhos lacerados pelos giroscópios, os ouvidos violentados pelo alarme. Atravessou diversas portas que se fechavam assim que ela passava. Haveria alguma chance de ela correr mais depressa do que esse mecanismo de segurança?

De repente, uma vibração fremiu sob seus pés: o circuito estremeceu. Os pensamentos se atropelaram em sua mente. Poderia uma onda elétrica ter se desencadeado? Restaria gás de trítio na câmara a vácuo? Em quanto tempo os átomos se transformariam em um arco de muitos milhões de graus? Ela corria sem parar, o coração em chamas, ao longo do anel. O rugido aumentava. O tremor fazia oscilar as paredes, o chão, os cabos, invadindo seu corpo em ondas de terror. Por fim, percebeu a porta por onde entrara: ainda estava aberta. No mesmo instante, porém, ela deslizou no seu trilho. Diane viu as polias negras girarem, os gonzos se deslocarem lateralmente e a seguir a espessura de concreto chumbado afundar no eixo do batente.

Deu um salto sobre-humano, passou pela fresta e sentiu a aresta do concreto lhe roçar as costas. Tropeçou na soleira de aço, caiu, encolheu-se imediatamente contra a porta metálica que acabava de ser bloqueada. Quase sem fôlego, quase sem pensar, ela não parava de gritar, sapateando, os punhos socando o chão. O pânico se liberava nela – um pânico que vinha de longe, de todas as provações que já enfrentara.

O estremecimento atingiu o auge e cortou-lhe a voz. A parede pareceu saltar de seu eixo, à maneira de um circuito sonoro. Diane encolheu-se mais, músculos contraídos, dentes cerrados, sentindo o chão erguer-se em onda poderosa. Tudo isso durou apenas um breve instante. Um fragmento, uma fração de segundo. Depois o silêncio se impôs, abafou a onda ensurdecedora do alarme. A sirene diminuiu. O chão recuperou a estabilidade. Diane permanecia imóvel, prostrada, os olhos fixos.

Pouco a pouco, os pensamentos foram de novo se formando em seu cérebro. Um fato, um murmúrio subia longe, muito longe, do fundo de sua consciência: estava tudo terminado. A entrada em funcionamento do *tokamak* não durara mais do que alguns segundos. Os mecanismos de segurança, vestígios de uma outra época, haviam detido o ímpeto destruidor. Diane deu-se conta de que via o circuito termonuclear como uma entidade autônoma – animal ou vulcão. A verdade era diferente. Uma mão humana provocara o novo circuito elétrico? Quem? E por quê? Para matá-la? Estava demasiadamente cansada para continuar a se interrogar. Esgotada demais para fazer novas perguntas.

Curvou o corpo e ergueu-se. Observou então que seu poncho, do lado esquerdo, estava derretido. Ela o arrancou. Seu casaco também estava enegrecido, rasgado numa fenda comprida. Diane mergulhou a mão no buraco e tocou a lã, as fibras de poliéster. Também queimadas. Com um único movimento desnudou seu flanco. Da virilha à axila, sua pele ainda apresentava as marcas do fogo. Era um machucado vermelho, que estriava a pele e lembrava as gravuras anatômicas dos esfolados. Diane não entendia. E a ausência de dor completava seu pânico.

Abaixou-se e examinou a divisória de chumbo, à altura de onde ela estivera sentada – ínfimas fissuras verticais perfuravam o material. O gelo dos invernos, a ardência dos verões tinham acabado por alterar a inteireza do chumbo. Por esses interstícios, os raios atômicos haviam se filtrado e a tinham atingido, até seu interior mais profundo. Recuou, atônita. Acreditava ter escapado à morte. Estava errada. Totalmente errada. Porque não estava apenas queimada. Estava irradiada.

Virtualmente morta.

Capítulo 63

O sol se levantava sobre o vale. As planuras verdejantes subiam ao encontro do horizonte, emolduradas, à direita, pelas florestas da colina e, à esquerda, pelos contrafortes da montanha ainda velados pela bruma. Diane observou, a cem metros de distância, um ponto que se destacava. Apertou os olhos e reconheceu a silhueta de Giovanni, que avançava em sua direção, fuzil a tiracolo. O pasto, em compridos tufos lascivos, deixava-o escondido até a metade das pernas.

– O que está acontecendo? – gritou ele. – Senti uma vibração e...

Uma forte lufada de vento engoliu o resto de suas palavras. Cambaleando, Diane foi ao seu encontro. Não sentia mais a queimadura, mas percebia com precisão as rajadas de vento que lhe fustigavam o rosto, a carícia das ervas em suas pernas, os perfumes de frescor que subiam em colunas até sua alma.

– Você podia ter me esperado – resmungou o italiano, quando chegou bem perto. – O que aconteceu?

– O *tokamak* entrou em funcionamento. Não sei o que...

– E você? – perguntou ele. – Está com cara de quem vai morrer.

Diane sorriu para refrear os soluços.

– Você tem senso de observação – disse.

Mergulhou os dedos nos cabelos e arrancou, sem esforço, um punhado de fios. A irradiação já fazia sua parte. Os milhões de átomos que compunham seu ser já estavam se desintegrando, provocando uma reação em cadeia, que não cessaria até sua decomposição total. De quanto tempo dispunha? Alguns dias? Algumas semanas?

– Eu estava na máquina, Giovanni – murmurou. – Fui irradiada. Irradiada até os ossos.

O etnólogo observou então o traço negro do rasgão de seu casaco. Com dois dedos, separou o tecido e descobriu a queimadura avermelhada – a pele começava a rachar, a se soltar em pedaços.

– Você... – balbuciou –, você vai ficar boa, Diane. É preciso antes de mais nada não perder a cabeça.

Ela não escutava. Não queria encher-se de esperança, tampouco de angústia. Somente o tempo que restava lhe interessava. Ela precisava viver o tempo suficiente para desmascarar os demônios, desvendar a verdade – e assegurar uma tranqüilidade definitiva para seu filho adotivo.

– Você vai ficar boa – repetia com obstinação o italiano.

– Fique calado.

– Garanto que vai ser repatriada rapidamente e...

– Já lhe disse para ficar calado.

Giovanni parou.

– Não está ouvindo? – disse Diane.

– O quê?

– A terra está tremendo.

O *tokamak* fora de novo acionado? Ela imaginou o vale pegando fogo sob o sopro atômico. Depois, compreendeu que a vibração provinha não do sítio atômico, mas do lado contrário do vale. Estendeu o olhar, bem à frente, entre a colina e a falésia de pedra. Uma imensa nuvem de poeira, uma espécie de bruma de terra e talos de grama, se apossava do horizonte.

Então ela os viu.

E reconheceu-os imediatamente.

Os tsevens.

Não dez.

Não cem.

Mas milhares.

Uma miríade de cavaleiros, montados em uma massa de renas, cujos lombos brilhavam sob o espelho das nuvens – ondulação contínua de dorsos e reflexos. Uma onda sem limites engolia as encostas, dominava a planície, estendia-se, irradiando vigor, tumulto, beleza. Não era mais uma questão de cores: os homens vestiam exclusivamente *deels* pretos e, em torno deles, as renas caracolavam, em branco e cinza. Elas corriam, esfregando umas contra as outras os flancos poeirentos e cheios de moscas, entrechocando suas galhadas de veludo – como arbustos animados, corais fantásticos, concreções de vento e de vida.

Diane não sabia mais para onde olhar, de tal modo o espetáculo a encantava, inundava, sufocava. Procurava um ponto preciso onde focar sua atenção quando, de súbito, o encontrou. Se devesse morrer nesse momento, morreria com essa visão gravada no fundo dos olhos: as mulheres.

Eram elas, e somente elas, que comandavam, nas duas extremidades da horda, os animais. A maior parte delas montava cavalos. Gritavam, rostos afogueados, calcanhares plantados nos estribos. Diane adivinhava os desenhos em seus lenços de pescoço, que deviam representar as transmutações mágicas que percebera no avião cargueiro. Agora, era como se esses seres lendários houvessem saltado da seda para pisar a terra, devastar a clareira à força de torrões arrancados, de grama desaparecida.

Em cima de suas montarias elas giravam, partiam, voltavam, ventre e coxas colados no cavalo, parecendo atravessar o corpo do animal para tomar impulso do chão, numa arremetida de raiva, um salto de graça – uma explosão de vitalidade que subia até o céu. Cobrindo o barulho do galope, Giovanni gritou:

– O que é isso? Eles vão nos esmagar!

Diane retrucou, afastando suas mechas rebeldes:

– Não. Acho... acho que eles estão à nossa procura.

Ela então avançou por entre as ervas altas. Diante dela, a linha de renas, neve e cinza, rasgava as ondas vegetais e não diminuía o galope. Diane continuava a caminhar. Atrás dos cavaleiros, percebia agora as crianças, equilibradas sobre selas de madeira, no alto dos animais menores. Seus rostos vermelhos apareciam de quando em quando, ao acaso, no meio da galhada dos animais. Bem agasalhadas, impassíveis, reinavam como príncipes sobre suas montarias cor de tempestade.

A tropa não estava a mais de uma centena de metros. Diane percebeu que um homem se adiantava aos demais. Sua postura e aparência exibiam um brilho específico, que indicava ser ele o comandante do cortejo. No entanto era apenas um jovem – quase uma criança – protegido por um grande chapéu preto. Uma convicção a invadiu: esse rei criança era um Sentinela, um Sentinela tornado homem, venerado por seu povo. Pensou em Lucien. De maneira confusa, viu desfilarem os acontecimentos caóticos, os roubos de crianças, os sinais em fogo na carne, as fronteiras transpostas entre a vida e a morte, os assassinatos, as torturas... tudo isso acabaria fazendo sentido. E, no momento, nada disso importava. Porque no fundo desse turbilhão, no fundo desse povo surgido do meio dos mortos, ela via uma luz resplandecer.

Se esse povo ainda estava vivo, então talvez existisse uma esperança para ela...

Como um mar refreado por bancos de areia, todas as montarias se detiveram num só movimento. A vinte metros de Diane. Ela avançou. As primeiras renas já espichavam o pescoço à procura do sal nas suas faces maculadas por lágrimas. Exausta, vacilante, ela se perguntou o que poderia dizer, e em que língua, para estabelecer um contato.

Mas foi inútil.

O rei adolescente já apontava um animal selado, que a observava com grandes olhos plácidos.

Capítulo 64

O imenso comboio tomou logo a direção dos contrafortes da montanha. A tropa marchava agora a passo, com docilidade. Em pouco tempo a horda tomou conta do cascalho, insinuando-se por entre os capões, deslizando ao longo da mata rala, contornando as últimas árvores até atingir a paisagem lívida da tundra. O cortejo chegou então a um vasto platô coberto de erva espessa, rodeado por blocos de granito que lembravam balaustradas de proteção. Dezenas de homens e mulheres erguiam tendas, armando lonas militares sobre altas pirâmides de galhos.

Giovanni, que escoltava Diane, murmurou:

– As *urts*, as tendas tsevens. Jamais acreditei que as veria um dia.

Outros grupos formavam cercados, com a ajuda de troncos de bétula, enquanto as renas já se agrupavam por perto. Tripas de animais, as membranas orgânicas que envolvem as vísceras, secavam como bandeiras sobre estacas de madeira. Diane deixava-se guiar por sua montaria. Sua pele se eletrizava com arrepios, endurecia em placas exangues, enquanto a queimadura se definia sob sua carne, confundindo-se em sua aspereza com as dores do frio.

Ela não conseguia desviar o olhar do objeto de seu fascínio. Contemplava esse povo surgido de lugar nenhum, que havia sem dúvida escapado até então da observação aérea graças às brumas que coroavam as montanhas. Seus rostos eram grandes, duros, sulcados. Feições devastadas pelo vento e pelo frio. Rostos angulosos, endurecidos pelo rigor do clima, mas também consumidos pelo atavismo, pela proximidade do sangue. Todos – homens, mulheres, crianças – vestiam *deels* escuros, em nuances de violeta ou índigo. Mas era sobretudo a diversidade de seus acessórios de cabeça que assinalava sua característica única: chapéu de gaúcho, gorro de pele, barrete frígio, boné de feltro macio, capuz... uma verdadeira miscelânea que pulava sobre seus crânios de acordo com as sacudidas das montarias.

Quando chegaram ao centro do acampamento, várias mulheres fizeram Diane desmontar. Ela não opôs qualquer resistência. Teve tempo apenas de murmurar a Giovanni: "Não se preocupe." As mulheres a conduziram até uma tenda isolada, a mais de cem metros de distância, próximo aos rochedos em círculo. No interior, o espaço estendia-se por vários metros quadrados. Sobre o chão nada havia, exceto grama e pedregulho coberto de musgo. Diane ergueu os olhos: viu pedaços de carne congelada pelo frio suspensos nas estruturas da *urts*. À direita, objetos ritualísticos estavam pendurados ou depositados sobre pedaços de casca de árvore: guirlandas de crinas, ninhos de pássaros, uma seqüência de pequenos maxilares que deveriam ter pertencido a filhotes de renas. Observou também formas petrificadas e escurecidas que pareciam patas e pênis ressecados de animais.

Duas de suas "seguidoras" a despiram, enquanto a terceira lançava no centro da fornalha crina de cavalo e gotas de vodca. Em alguns segundos, Diane viu-se nua, sobre uma espécie de um estrado de couro mais duro do que uma placa de ferro. Ela tiritava, os olhos fixos no próprio corpo, que parecia desmesurado, esquelético, descorado sobre o leito escuro. Três homens entraram na *urts*. Diane encolheu-se. Os intrusos, no entanto, sequer olharam para ela. Jogaram longe seus chapéus – gorro de esqui, capuz, boné de feltro macio – e se apossaram de tambores, colocados perto do santuário. As batidas logo encheram o ar. Golpes secos, abafados, sem ressonância. Diane lembrou-se de um pormenor evocado por Giovanni: os tambores usados nos rituais, na taiga, eram sempre esculpidos na madeira de árvores fulminadas por raios.

Uma sucessão de sons acompanhou o ritmo: um ruído rouco insinuava-se entre as pulsações, tecendo um murmúrio defasado, um eco surdo diante do barulho dos tambores. Os homens – três rostos de pedra –, vestidos com *deels* escuros e puídos, puseram-se a pular de um pé para o outro, erguendo suas baquetas. Lembravam ursos mal-humorados, ainda maculados de floresta.

As mulheres forçaram Diane a se deitar. Ela teve o ímpeto de cobrir sua nudez, mas notou que a fumaça da fornalha se tornara tão densa que sua carne não estava mais visível. Uma das seguidoras lançou um punhado de talco sobre seu torso, enquanto outra a fazia engolir uma bebida quente. As sensações se espalhavam nela, sem que nenhuma assumisse prioridade: frio, pânico, sufocação... Deitou a cabeça sobre o couro e compreendeu que era tarde demais para recuar. Olhos fechados, mãos palpitantes abraçando os ombros, surpreendeu-se a rezar. A desejar que aquilo acontecesse de verdade. Que a magia tseven a levasse embora e a salvasse...

As batidas se amplificaram. Em contraponto, a floresta de sopros subia, brotando dos lábios fechados, produzindo uma pulsação obsedante. Instintivamente, Diane abriu os olhos. Estava encharcada de suor. Os homens, sombras vagas na fumaça espessa, se movimentavam lateralmente, dobrando as pernas a cada batida de tambor. As mulheres estavam de cócoras, ao redor de Diane. Pálpebras baixas, elas se inclinavam, se erguiam, inclinavam-se novamente, as mãos postas em oferenda sobre os joelhos. Um detalhe chamou sua atenção: seus brincos representavam silhuetas de pássaros migratórios.

De repente, o andamento da cerimônia foi interrompido. As mulheres acabavam de tirar flautas de suas mangas e sopravam em uníssono nos tubos de chifre. Os sons eram tão agudos, tão persistentes, que pareciam prestes a superar o ruído dos tambores. Sempre agachadas, as mulheres músicas giravam e rodopiavam como piões de sons, seda e fogo. Seus lábios pareciam aparafusados aos instrumentos maléficos. Suas faces inchadas lembravam incensórios, incubando brasas sagradas.

Então, do fundo dessa barulheira, através dos vapores, ela apareceu.

Um gorro enfeitado com plumas de águia derramava-se sobre seu rosto em franjas de tecido. Sua silhueta minúscula sumia sob um manto revestido de pesadas peças de metal. Encolhida como um punho fechado, ela avançava em pequenos passos cadenciados, apertando entre as mãos um objeto misterioso. Uma espécie de bolsa revestida de pêlo. Diane, atônita, viu-a aproximar-se. Uma estridência fora do comum cobriu o ritmo dos tambores e a ondulação das flautas. Ao cabo de alguns segundos, compreendeu que se tratava de um grito. Pensou a princípio na feiticeira, que talvez vociferasse sob sua franja, mas depois compreendeu: não era a mulher-xamã que gritava, mas o objeto de pêlo em suas mãos.

A coisa estava viva.

Um roedor de longos pêlos pretos se torcia de medo entre as mãos da velha. Diane encolheu-se no fundo da tenda, acuada por essas imagens sucessivas: os homens jogando furiosamente o peito para a frente e para trás, as mulheres curvadas sobre suas flautas, e a feiticeira, braços erguidos, aureolada de franjas como se fosse um pássaro, agitando a cabeça de um mamífero que gritava.

Era preciso fugir desse pesadelo, esquecer esse... Seus ombros foram violentamente apertados contra o colchão. As seguidoras haviam abandonado seus instrumentos para imobilizá-la. Ela quis gritar, mas uma baforada de fumaça invadiu sua boca. Quis se debater, mas o pânico a imobilizou: a fisionomia das mulheres músicas tinha mudado. Seus olhos estavam injetados de sangue. Como laqueados de vermelho. Diane compreendeu que a cerimônia entregava os corpos ao caos original, à torrente da vida primitiva. Os corações enlouqueciam, os vasos sangüíneos se rompiam.

A mulher-xamã agora estava ali, muito próximo. O animal entre suas mãos gritava sem parar, emitindo guinchos agudos, veementes. A velha aproximou o monstro da queimadura. Diane baixou os olhos para seu ventre salpicado de talco. Sob os traços brancos, a pele estava inchada, riscada, já rachando em alguns pontos sob a pressão irreversível da putrefação. Numa última contração, tentou escapar, mas a perplexidade a paralisou.

A feiticeira acabava de apertar o animal contra a ferida, esmagando seu corpo peludo contra as carnes purulentas. Num instante, os olhos do roedor se cobriram de um filme vermelho – uma película de sangue. A mulher-xamã passava e repassava com tenacidade, com obstinação, a bola de pêlo sobre a ferida – uma espécie de aplicação furiosa.

Essa era a lógica obscura da intervenção: a maga procurava apagar os estigmas do átomo com a ajuda do roedor. Utilizava o animal como uma esponja de sofrimento, um ímã curador que varreria as marcas do fogo e sugaria a morte.

De repente, o animal se pôs a estremecer. Centelhas jorraram de seu pêlo.

Diane não podia acreditar: o mamífero, ao contato com suas queimaduras, pegava fogo. Seu corpo fumegava entre os dedos crispados da feiticeira.

E então tudo aconteceu em alguns segundos.

A mulher-xamã jogou o animal em chamas para o alto da tenda. Girou sobre si mesma, provocando um redemoinho de franjas e de metal, depois esmagou o animal sobre uma pedra, as garras para cima. Com um só movimento, puxou uma faca da manga e cortou, do sexo à garganta, o corpo do animal. Diane viu o ventre abrir sua bolsa de vísceras fumegantes. Viu os dedos retorcidos da feiticeira remexerem as entranhas e depois percebeu, no meio das formas escuras dos órgãos, uma pululância mais escura, uma geração de células malignas, que exsudava fibras e tecidos. Fragmentos de medo. Indícios de sofrimento. Caviar de morte.

Diane compreendeu a verdade antes de desmaiar.

O câncer.

O câncer do átomo havia passado para o corpo do animal.

Capítulo 65

Quando Diane acordou, o dia consumia suas últimas horas. Ela se espichou, sentiu os músculos se distenderem até as suas mais finas extremidades, depois saboreou o calor da fornalha que ronronava no centro do espaço. Percebia ao longe os ruídos do acampamento. Tudo era tão doce, tão familiar...

Ela se encontrava dentro de uma *urts*, ocupada somente por algumas selas de madeira, uma estrutura para fiação e as inevitáveis rochas cinzentas, que faziam o papel de mobiliário. Não havia mais nenhum vestígio de xamanismo, à exceção de roupas penduradas, de vestidos cosidos em materiais estranhos e de colares feitos com focinhos de pequenos roedores. Ao levantar o olhar, percebeu o céu através da abertura do teto. Lembrou-se das palavras de Giovanni: as tendas mongóis são sempre abertas no alto, para que a moradia fique em contato com o cosmo.

Sentou-se no colchão e afastou a coberta de feltro. Estava vestida com novas roupas de baixo. Sua calça *jeans* e um suéter de gola alta repousavam perto dela, cuidadosamente dobrados. Ali estavam até mesmo – brilho de luz no meio da grama – seus óculos, ao alcance da mão. Ela os colocou maquinalmente sobre o nariz, depois ergueu a camiseta a fim de observar a queimadura. O que viu não a surpreendeu. Sentiu-se inundada pelo reconhecimento, atravessada por uma força de amor como um rio pelo sol. Acabou de se vestir e saiu da *urts*.

A instalação do acampamento estava terminada. Umas quarenta tendas se espalhavam pela clareira. A paisagem da tundra, sob a luz cortante da noite, parecia mais lunar do que nunca. Cada nômade estava entregue às suas ocupações. Nas *urts*, as mulheres preparavam a comida. Os homens levavam as últimas tropas de animais para os cercados. Crianças corriam em todos os sentidos, atravessando a fumaça, cortando o ar melancólico com suas risadas.

Um sorriso aflorou nos lábios de Diane quando ela viu Giovanni, sentado junto a uma fogueira solitária. Foi instalar-se perto dele, entre as selas e os embrulhos. O italiano estendeu-lhe uma caneca de chá.

– Como está se sentindo?

Ela pegou a bebida, aspirou seu vapor, mas não respondeu. Ele não insistiu. Enfiado em seu casacão, ele mexia no fogo com a ajuda de um galho seco.

– Nunca mais seremos os mesmos, Giovanni – murmurou Diane.

– Como está se sentindo? – insistiu o itialiano, fazendo cara de quem não tinha entendido.

Diane prosseguiu, olhos voltados para as chamas:

– No Ocidente, pensamos que os conhecimentos xamanistas não passam de superstições, de crenças ingênuas. Consideramos essas convicções fraquezas. Estamos errados: essa fé é uma força.

Para disfarçar o embaraço, o etnólogo inclinou-se para soprar o fogo. O capim em brasa enrolava-se em filamentos alaranjados, criando uma minúscula dança de incandescência.

– É uma força, Giovanni – repetiu ela. – Compreendi isso hoje. Porque, quando o espírito crê, ele já tem acesso ao poder. Ele próprio talvez seja o poder. A vertente humana de um poderio que compartilha todos os elementos do universo.

O italiano endireitou-se bruscamente. Estava hirsuto, como emboscado atrás de sua barba.

– Diane, compreendo sua emoção, mas não creio que...

– Não é mais uma questão de crer ou não crer.

Ela levantou o suéter e a camiseta, desnudando o ventre: sua pele estava branca, lisa, quase incólume. Distinguia-se apenas uma vermelhidão, no lugar onde, poucas horas antes, as carnes estavam destruídas pelo fogo. Giovanni ficou boquiaberto.

– A feiticeira conseguiu curar minha queimadura – continuou Diane. – Ela foi capaz de deter os efeitos da radioatividade. Arrancou esse câncer com a ajuda de um roedor que pegou fogo. Chame isso do que quiser: feitiçaria, poder psíquico, intervenção dos espíritos. Mas a força espiritual de que falo é de uma pureza insuspeitável. E foi essa força que me salvou.

A intimidade se instalara entre eles espontaneamente. Eles não se comunicavam mais em uma dimensão formal. Giovanni entreabriu os olhos e, de repente, capitulou:

– Concordo. Além do mais, isso pouco importa: estou muito feliz, Diane.

Pegou algumas cascas de árvore e jogou-as na fogueira. Os filamentos ganharam vida imediatamente.

– Agora – continuou –, é preciso que me conte tudo. E quando digo "tudo", não é uma maneira de falar.

Diane bebeu um gole de chá, levou um bom tempo para concatenar as idéias, depois começou. Falou da adoção de Lucien, da armadilha do bulevar periférico, da intervenção de Rolf van Kaen. Da origem do menino e dos homens interessados nele. Falou do *tokamak*, de sua equipe, da unidade parapsicológica. Contou como os Sentinelas haviam sido encarregados de carregar a data de um encontro enigmático na ponta dos dedos. Explicou sua convicção de que os pesquisadores do TK 17 tinham descoberto um segredo que lhes havia permitido adquirir e desenvolver poderes psíquicos. E concluiu com alguma certeza: os homens estariam de volta hoje por causa desse segredo. Tinham um encontro no *tokamak*, em 20 de outubro de 1999, isto é, dentro de algumas horas, para regenerarem as próprias faculdades mentais.

Giovanni não a interrompera. Não deixara escapar nenhum sinal de espanto, nem esboçara qualquer gesto de incredulidade. Perguntou simplesmente, ao término da narrativa:

– Como esses homens puderam adquirir esses poderes? Como puderam desenvolver faculdades... impossíveis?

Diane sentiu a mordida do fogo no rosto, enquanto, pelas costas, o frio do crepúsculo a assaltava. Imaginava seu sangue em plena fusão. Via-o adquirir a cor alaranjada de uma resina fervente.

– Não sei exatamente – murmurou. – O que posso dizer é que até aqui eu estava totalmente equivocada.

– Como assim?

Ela ganhou uma nova inspiração. A fumaça acre encheu sua boca como se fosse um gole de incenso. Pensou na cerimônia que a tinha curado e disse:

– Minha primeira suposição era que os parapsicólogos tinham feito, ao estudar os xamãs vindos da Sibéria, uma descoberta importante.

– Tudo leva a crer que foi o que aconteceu, não?

– Não da maneira que se imagina. Não foram essas pesquisas que deram a eles seus poderes.

– Por que não?

– Por várias razões. Para começar, imagine esses xamãs exaustos, depois de anos em campos de concentração, em prisões. Como os cientistas teriam descoberto alguma coisa a seu respeito? Como seria possível suscitar neles estados mentais privilegiados, como transes ou sonos acordados?

– Talvez os tenham simplesmente interrogado.

– Os feiticeiros não falariam nada.

– Os soviéticos dispunham de métodos persuasivos.

– É verdade, mas ainda assim, no meu ponto de vista, esses xamãs estavam acabados, esvaziados. Longe de sua cultura, longe de suas faculdades, nada teriam a revelar aos parapsicólogos. Mesmo que tivessem desejado.

– E então?

Diane bebeu um gole de chá.

– Esta manhã imaginei outra hipótese. A aquisição dos poderes talvez tivesse sido provocada por um fator externo. Um acontecimento que nada tivesse a ver com os trabalhos psíquicos.

– Que acontecimento?

– A explosão do *tokamak*. Se a radioatividade pode transformar as estruturas do corpo humano, por que não transformaria as consciências, a força mental?

– Os pesquisadores também teriam sido irradiados?

– Não tenho certeza. Mas os que foram assassinados traziam no corpo estigmas estranhos. Doenças de pele, atrofias, anomalias que poderiam ter sido provocadas pela radiação. Cheguei a pensar que teriam provocado o acidente, expondo-se voluntariamente.

– E agora não acredita mais nisso?

– Não. A explosão do *tokamak* desempenhou um outro papel. O papel de revelador.

– Não estou entendendo.

Diane inclinou-se por sobre as chamas e olhou Giovanni nos olhos.

– O acidente de 1972 revelou, indiretamente, os poderes espantosos que reinavam neste vale.

Ela contemplou o acampamento e os tsevens entregues às suas tarefas no meio das nuvens de fumaça que se misturavam à noite para ocultar a paisagem.

– Olhe para esses homens e mulheres, Giovanni. De onde saíram? Como pôde um povo sobreviver em segredo à opressão, à coletivização, à fome? Uma coisa é certa: na década de setenta, existiam dois tipos de tsevens. Os que tinham conseguido se abrigar nas montanhas e os que, tendo permanecido no vale, foram submetidos, sedentarizados, aculturados. São estes últimos que foram trabalhar no canteiro de obras do *tokamak* e aceitaram as tarefas mais perigosas. Foram eles que, na primavera de 1972, acabaram queimados na coroa. No entanto, consigo imaginar o que aconteceu então...

Giovanni fez uma careta.

– Eu não.

– Faça um esforço. Imagine esses trabalhadores queimados, irradiados, moribundos. Imagine suas mulheres desesperadas, sabendo perfeitamente que o socorro soviético nunca chegaria. O que acha que elas fizeram?

Atrelaram suas renas e partiram para as montanhas à procura dos xamãs tsevens, dos homens que ainda possuíam os prodigiosos poderes da cura.

– Está brincando?

– De jeito nenhum. Os tsevens do vale sempre souberam que uma parte de sua etnia vivia na altitude, de maneira tradicional, e conservavam uma relação profunda com os espíritos.

– Eu acho que essa história toda deixou você meio...

– Escute! As mulheres chegaram ao topo das montanhas e explicaram a situação aos feiticeiros. Elas imploraram para que eles descessem até o vale para praticar uma cerimônia e salvar os que pudessem ser salvos. Os xamãs aceitaram. Assumiram o risco de serem vistos, presos, mas promoveram uma cerimônia xamanista para salvar seus irmãos. Uma sessão que funcionou perfeitamente, já que a maior parte dos homens queimados ficou curada.

– Como pode ter tanta certeza disso?

Diane abriu um largo sorriso, cheio de fervor.

– Se hoje sobrevivi à irradiação, significa que a mesma coisa aconteceu em 1972.

O rosto do etnólogo assumiu uma expressão de assentimento. Ele começava a se convencer.

– A seu ver, o que aconteceu depois? – perguntou.

– O verdadeiro pesadelo começou para os tsevens. De uma forma ou de outra, os parapsicólogos se deram conta do milagre das curas. Compreenderam esta verdade extraordinária: as faculdades que eles procuravam captar há três anos, estudando os xamãs vindos dos *gulags*, existiam a alguns quilômetros de seu laboratório. Ao alcance da mão. E num nível inimaginável! Compreenderam então que se encontravam no próprio berço dos poderes que há tanto tempo cobiçavam.

– Eles aprisionaram os xamãs?

– Eles ficaram com os virtuoses. As pérolas raras. Recomeçaram suas experiências com esses homens e, dessa vez, obtiveram o que queriam. Conseguiram arrancar-lhes seu saber xamanista.

– Como?

– É o elemento que me falta. Mas esses pesquisadores conseguiram conquistar esses poderes. Eis por que hoje eles detêm faculdades fora do comum. Eis por que minha investigação tem sido balizada por fenômenos inexplicáveis. E eis por que eles hoje retornam: para recomeçar sua experiência – a experiência que lhes permitiu, na época, adquirir essas faculdades.

– Isso tudo é maluquice demais – disse o italiano, balançando lentamente a cabeça.

– Pode-se achar isso, sim. Tenho agora uma última certeza: esse roubo de segredos é o verdadeiro motivo dos assassinatos. Eugen Talikh vinga seu povo, mas não no sentido em que eu acreditava. Ele não vinga, especificamente, o genocídio dos trabalhadores do anel, mas, num sentido mais amplo, a pilhagem de sua cultura. Vinga uma profanação. Os canalhas roubaram os dons dos tsevens. E agora estão pagando um alto preço.

– Por que trinta anos depois? Por que esperar que voltem ao *tokamak*?

– A resposta deve pertencer ao elemento da história que não possuímos – à técnica que utilizaram para captar esses poderes. Ao encontro marcado pelos meninos de dedos queimados...

Ela se levantou. O etnólogo a observava.

– Mas... e agora? O que vai acontecer? O que vamos fazer?

Diane vestiu o casaco. Sentia-se embriagada de vida, embriagada de verdade.

– Vou voltar ao sítio. Devo encontrar o laboratório deles. Foi lá que tudo aconteceu.

Capítulo 66

A noite caía. Giovanni havia levado duas lâmpadas de acetileno, dotadas de refletores, que eles carregavam com grande esforço. Assim, pareciam mineiros de um outro século, perdidos em um labirinto de galerias esquecidas. Quando trocaram os cartuchos de carbureto, tiveram consciência de que caminhavam havia mais de três horas. Recomeçaram a marcha sem uma palavra, descobrindo outras máquinas, outros reatores, outros corredores, mas nenhum vestígio de um lugar que pudesse corresponder ao que procuravam. Por volta da meia-noite, detiveram-se numa sala de paredes nuas, completamente vazia. O frio caía sobre eles, enquanto a fadiga e a fome começavam a dar sinais. Exausta, Diane caiu sobre um monte de destroços.

– Há somente uma zona que ainda não examinamos – sussurrou Giovanni.

Ela concordou. Sem outro comentário, retomaram a marcha e se dirigiram para o círculo de pedra. Depois de tomarem novos corredores e atravessarem outros pátios internos, chegaram a uma sala que Diane reconheceu no ato: a antecâmara do *tokamak*. À esquerda, reparou em uma peça que parecia um vestiário. Lá descobriu capotes, como o que Bruner usava no bulevar periférico. Encontrou também máscaras, luvas e contadores Geiger. Os dois companheiros se apossaram dos equipamentos e dos instrumentos de medição.

Penetraram na coroa. Dessa vez os néons não se acenderam. Giovanni aproximou-se de um grande interruptor e esboçou o gesto de acioná-lo. Diane segurou-o pelo braço e murmurou através de sua máscara:

– Não. Somente nossas lâmpadas.

Prosseguiram, punho cerrado sobre a lanterna que balançava na cadência de seus passos, transpondo as brumas de poeira na escuridão. Margearam a parede curva e repugnante, em busca de um orifício, de uma abertura que revelasse um espaço secreto.

– Ali.

Giovanni estendeu a mão enluvada na direção de uma porta, engastada na parede interna do círculo. Foi necessário o esforço dos dois para destrancá-la. Diane hesitou diante da boca de sombra que se abriu. O etnólogo passou à frente, carregando a lanterna no alto. Pouco depois ela o seguiu e fechou a porta. Em um novo corredor, olhou o contador: a agulha não se mexia – a radioatividade fora absorvida. Arrancou a máscara e descobriu uma escada em espiral, que seu cúmplice já descia. Os degraus seguiam a curva de um enorme pilar de sustentação. Estavam passando sob o platô do *tokamak*, por entre as fundações da máquina.

Chegaram a um portal duplo, não mais de ferro ou de chumbo, mas de cobre. Com o ombro, Giovanni afastou os batentes e deslizou para o interior. Diane o imitou. Uma sala circular foi revelada pelo halo cruzado de suas lanternas e nela apareceram instrumentos que, enfim, possuíam uma dimensão humana. Máquinas ao mesmo tempo rudimentares e complexas, que podiam sugerir trabalhos de psicologia experimental. Por instinto, Diane sabia o que haviam encontrado. O círculo do espírito se mantinha sob o círculo do átomo. Lá onde ninguém teria jamais pensado em procurar: embaixo da rotunda infernal.

Tiraram os capotes e avançaram. A parede estava coberta por um líquen luminescente, que revelava as sombras oblíquas das correntes suspensas no teto. Os elos tilintavam com uma regularidade lúgubre, num balanço de navio-fantasma. Giovanni procurou um interruptor.

Diane não se opôs: não tinha sentido visitar um lugar assim no escuro. Após um clique hesitante, os néons se acenderam. A sala apareceu em toda a sua imensidão. A parede circular não dispunha de qualquer abertura, à exceção do portal. No teto, entre cabos soltos pela metade, os tubos fluorescentes estavam dispostos em círculo, abandonando à sombra tudo o que se situava fora de seu halo.

Nada parecia ter sido pilhado, como se os ladrões não tivessem ousado entrar ali. Os primeiros acessórios que Diane percebeu foram as caixas de Faraday. Caixas quadradas, de cobre, com um metro de lado, que permitiam um total isolamento eletrostático. Ela se ajoelhou e examinou o interior de uma delas. Os eletrodos corriam sobre o chão avermelhado: haviam colocado homens lá dentro. Levantou-se e descobriu, alguns metros adiante, cadeiras de encosto alto, semelhantes a tronos de bispos, equipadas de braceletes de ferro e tiras de couro. Nos lados, medidores escuros estavam ligados a ventosas, deixando pressagiar violentas sessões de eletrochoque. No chão, notou tufos de cabelos, presos entre fungos e poeira – os crânios haviam sido raspados, para facilitar a colocação dos eletrodos.

Mais alguns passos. Diane chegou a caixões de isolamento sensorial – sarcófagos de água salgada, com cerca de dois metros de comprimento. Curvou-se: ossadas flutuavam na superfície. Ossos de tamanho pequeno, vestígios de homens minúsculos ou de crianças. Pensou em Lucien e sentiu-se desfalecer – eclipses atravessavam sua consciência. Giovanni, atrás dela, disse com força:

– Não agüento mais. Não posso continuar aqui.

– Pode sim – disse ela com autoridade. – Precisamos procurar. Entender o que se passou aqui.

– Não há nada a entender! Os malucos torturaram os pobres coitados, é tudo!

Diane passou a língua pelos lábios. A atmosfera estava carregada de sal, como saturada de amargor. Ela reparou em outro espaço no fundo da peça, isolado por biombos de metal. Tomou essa direção e descobriu uma mesa de aço inoxidável, móveis de ferro que, juntos, sustentavam frascos quebrados pela água congelada. Ela avançou. Seus passos rangiam sobre os cacos de vidro. O vapor fluía de seus lábios entreabertos, criando em torno dela um halo de irrealidade. No fundo dos frascos não restava mais do que manchas negras, órgãos escurecidos, embalsamados pelo frio e pela solidão.

Ela começava a entender a lógica do lugar. Cada instrumento, cada máquina, tinha sido pervertido de seu propósito inicial para a prática de sessões de tortura. Os canalhas, não conseguindo qualquer resultado pelos métodos tradicionais de estudo, tinham-se transformado em carrascos, tentando arrancar verdades por meio do sofrimento, perseguindo no fundo da dor e da dissecação uma realidade que lhes escapava. Teria sido assim que conseguiram arrancar os segredos dos xamãs tsevens? Diane não acreditava. Era impossível que os parapsicólogos tivessem adquirido suas faculdades psíquicas por atalhos tão violentos, tão absurdos. Mesmo assim, faltava um último elo.

Ela percebeu, perto da mesa de operações, bancadas com rodinhas, sobre as quais repousavam objetos pontiagudos, lâminas, ganchos. Esses objetos oscilavam entre a arma e o objeto cirúrgico. Seus cabos, curvos, eram revestidos de materiais raros – marfim, madrepérola, osso... – e trabalhados em finos arabescos.

Diane ficou imobilizada. Diz-se que, às vezes, quando um raio atinge um homem, o fenômeno é tão rápido que a combustão não tem tempo de ocorrer. A vítima não queima: ela é, literalmente, atravessada pelo fogo. Então as fibras íntimas de sua carne se recordam para sempre dessa fulguração, dessa possessão. Diane sentia-se exatamente nesse estado. Em um determinado momento, o raio a atingira, a impregnara de uma forma latente – e eis que ele agora despertava em cada interstício de seu ser.

Ela acabava de reconhecer os instrumentos cinzelados. Eles pertenciam a seu próprio passado. Quase desmaiou e agarrou-se, no último momento, à mesa. Giovanni correu para ela:

– Algum problema?

Diane apoiou-se com as duas mãos em uma das mesas metálicas. Os instrumentos afiados se espalharam pelo chão, no meio dos cacos dos frascos. Ruídos de ferro contra ruídos de vidro. As cintilações dançaram sob suas pálpebras que abriam e fechavam sem cessar. Maquinalmente, o italiano olhou as lâminas no chão e perguntou:

– O que está acontecendo?

– Eu... eu conheço esses instrumentos – balbuciou ela.

– O quê? O que está querendo dizer?

– Eles já foram utilizados em mim.

Giovanni envolveu-a com um olhar espantado e, ao mesmo tempo, batido pela exaustão. Diane hesitou alguns segundos, mas era tarde demais para recuar.

– Foi em 1983 – disse. – Numa noite quente do mês de junho. Eu ia completar quatorze anos. Voltava de um casamento, a pé, pelas ruelas de Nogent-sur-Marne, no subúrbio parisiense. Caminhava ao longo do rio quando me atacaram. – Ela parou e engoliu em seco. – Não vi quase nada. Caí de costas. Um homem encapuzado me apertava o rosto, me enfiava ervas na boca, me despia. Eu sufocava, tentava gritar, eu... eu não via senão os salgueiros ao longe e as luzes de algumas casas.

Ofegante, ela aspirou profundamente o ar repleto de sal e sentiu a garganta ainda mais seca. Experimentava, no entanto, um estranho consolo. Jamais acreditara que essas palavras pudessem chegar a seus lábios. O italiano arriscou uma pergunta:

– Esse homem, o que foi que ele fez? Ele a...

– Violentou? – Seu rosto quebrou-se num sorriso. – Não. No momento, senti apenas uma queimadura intensa. Quando ergui os olhos, ele havia desaparecido. Eu estava lá, perto do rio, em estado de choque. O sangue inundava minhas pernas. Consegui voltar para casa.

"Desinfetei o ferimento. Fiz um curativo. Não chamei um médico. Não contei para minha mãe. E o ferimento cicatrizou. Muito mais tarde, com a ajuda de livros de anatomia, compreendi o que o canalha havia feito.

Ela parou. Avaliava agora a familiaridade atroz dessa lembrança. Apesar de todos os seus esforços, apesar de toda a obsessão para apagar o horror, vivera com esse trauma cada minuto, cada segundo de sua vida. E então pronunciou as palavras proibidas – pedras quentes dentro da boca:

– Meu agressor me havia feito uma excisão.

Ela ergueu os olhos e percebeu que o italiano estava petrificado, imobilizado pela própria perplexidade. Por fim, ele falou:

– Mas que relação isso pode ter com o *tokamak*? Com esses instrumentos?

– Naquela noite – disse Diane, com a voz rouca –, a única coisa que vi foi a arma do meu agressor, apertada em sua mão enluvada. – Empurrou com o pé um dos bisturis no chão. – Era um desses instrumentos: o mesmo cabo de marfim, os mesmos arabescos...

A razão de Giovanni parecia se revoltar contra esse último enigma.

– É... é impossível – reagiu ele.

– Ao contrário, tudo é possível. E lógico. Meu papel nesse negócio todo decorre dessa primeira agressão. A menos que seja o contrário: que minha agressão não seja mais do que um elo da história, escrita sob o signo deste anel de pedra. Nasci, como mulher, com essa fenda. E é essa fenda que nos revelará talvez a chave da questão.

Diane deteve-se de súbito.

Aplausos discretos acabavam de ressoar na sombra da sala.

Capítulo 67

O homem que apareceu no halo de luz não apresentava nenhum vestígio de pilosidade.

Debaixo de um enorme gorro marrom, sua fronte revelava total ausência de cabelos. Ele tampouco tinha cílios ou sobrancelhas. Sob a claridade dos néons brilhavam apenas as saliências duras do rosto. A proeminência das arcadas, a aresta curva do nariz e a pele intensamente branca. O movimento das pálpebras nuas lembrava o piscar de uma ave de rapina.

– Admiro seu poder de imaginação – disse o homem, em francês. – Mas receio que a verdade seja ainda diferente...

O personagem tinha na mão uma pistola automática, metade preta, metade cromada. Entre tantas razões para ficar espantada, Diane, naquele momento, se apegava a uma só: a língua falada pelo intruso, com apenas um leve sotaque eslavo.

– Quem é o senhor? – perguntou.

– Evguenei Mavriski. Médico. Psiquiatra. Biólogo. – Inclinou-se com ironia. – Diplomado pela Academia de Ciências de Novosibirsk.

O russo aproximou-se. Pequeno, socado como um tronco, vestia um colete gris com gola de pele fechada sobre o pescoço maciço. Devia ter uns sessenta anos, mas o rosto imberbe possuía uma espécie de intemporalidade assustadora. Diane declarou – mal parecia uma pergunta:

– O senhor pertenceu ao laboratório de parapsicologia...

Mavriski concordou balançando sua viseira de pele.

– Eu dirigia o departamento dedicado aos curandeiros. A influência do espírito sobre a fisiologia humana. O que alguns chamam também de biopsicocinese.

– E o senhor mesmo foi curandeiro?

– Na época, eu possuía apenas parcas faculdades, irregulares, imperceptíveis. Como todos nós, aliás. Em certo sentido, foi o que causou nossa ruína...

Diane tremia. As perguntas martelavam suas têmporas.

– Como o senhor chegou a conquistar poderes verdadeiros?

À guisa de resposta, mais ruídos de vidro. Uma voz grave ressoou:

– Não tenha medo, Diane: você merece uma explicação detalhada.

Ela reconheceu imediatamente o homem que transpunha a orla de luz: Paul Sacher, o hipnotizador do bulevar Saint-Germain.

– Como vai, senhorita?

Ela tentava desesperadamente adequar seus pensamentos à velocidade dos fatos. Mas, no fundo, a presença do homem não era mais tão surpreendente. Sacher tinha o perfil ideal para pertencer ao círculo dos sábios: tcheco, dissidente, especialista em uma vertente oculta da consciência humana – a hipnose. Ela compreendia também que tinha sido ele quem a precedera na casa de Irène Pandove, sem dúvida à procura de Eugen Talikh. Ao dizer: "Os olhos... Eu não teria conseguido resistir...", a mulher evocava o olhar irresistível do hipnotizador.

Ele colocou-se ao lado de Mavriski. Usava um gorro branco de malha bem fechada, casaco azul-escuro e luvas impermeáveis de fibra sintética. Parecia descer as pistas de Val-d'Isère. Se não carregasse também uma pistola automática na mão direita.

Diane sentia os tremores voltarem. A presença de Sacher lhe trazia implacavelmente a imagem de Charles Helikian. Sua antiga idéia apoderou-se de seu espírito. O fumante de charutos teria pertencido a essa ronda infernal? Teria efetuado a viagem em quarenta e oito horas? Estaria por perto? Ou já morto?

O médico tcheco falou com voz neutra:

– Suponho que você conheça agora as linhas gerais de nossa história...

Diane sentia um estranho orgulho em manifestar seus conhecimentos. Ela contou tudo, certezas e suposições entremeadas. O sítio consagrado à parapsicologia iniciado por Talikh, em 1968. O recrutamento de especialistas, através do bloco do Leste, incluindo um ou mais dissidentes franceses. A transformação do laboratório, voltando-se pouco a pouco para a tortura e o sofrimento, a rebelião de Talikh e sua prisão, efetuada com a cumplicidade das forças armadas russas. Depois, o acidente do *tokamak*, sem dúvida ligado à ausência de Talikh no comando. Então o salvamento dos trabalhadores por seus irmãos tinha revelado o segredo dessas montanhas: a presença de um povo absolutamente puro, que abrigava em suas fileiras xamãs detentores de um poder superior.

Ela parou, no limite de suas forças. Mavriski sacudia lentamente a cabeça, fazendo cintilar sob a luz seu rosto de marfim. Seus lábios se abriram em sinal de admiração.

– Parabéns. Você fez um trabalho de investigação... admirável. À exceção de alguns detalhes, as coisas se passaram assim mesmo.

– Que detalhes?

– O acidente do *tokamak*. Não foi dessa forma que ele aconteceu. Falta rigor aos nossos engenheiros, é verdade, mas não ao ponto de acionar inadvertidamente uma máquina dessas. Mesmo na União Soviética, os sistemas de segurança eram numerosos e confiáveis.

– Então, quem ligou o equipamento?

– Eu. – Apontou para Sacher. – Nós. Nossa equipe. Devíamos, de qualquer forma, nos livrar dos trabalhadores tsevens.

– Vocês... vocês fizeram isso? Mas por quê?

Sacher retomou a palavra, com um tom de censura:

– Você não tem idéia do que Talikh representava para esses homens. Ele era seu mestre. Seu deus. Quando souberam que o havíamos aprisionado, imediatamente planejaram libertá-lo à força. Não tínhamos necessidade de uma rebelião naquele momento. Como explicar? Sentíamos a presença de um poder, aqui, neste laboratório. Nós nos sentíamos à beira de uma enorme descoberta. Devíamos, de qualquer forma, prosseguir nossas pesquisas...

– E vocês tiveram medo de uns poucos trabalhadores desarmados?

– Vou contar-lhe uma história – disse Mavriski sorrindo. – Em 1960, o exército russo chegou aos confins da Mongólia e forçou todas as etnias à coletivização. Você sabe: os tsevens preferiram eles mesmos matar seus animais a entregá-los. Os oficiais soviéticos ficaram espantados. Descobriram uma manhã milhares de renas estripadas cobrindo a planície. Quanto aos tsevens, tinham desaparecido. As tropas investigaram, sem nenhum resultado. Concluíram que os nômades tinham fugido para as montanhas. Em outras palavras, que eles tinham preferido a morte. Era inverno, ninguém poderia sobreviver na tundra naquela época do ano, sem comida nem animais. Os soldados foram embora pensando que as montanhas serviriam de túmulo para os tsevens. Estavam enganados. Os nômades não tinham fugido. Tinham simplesmente se escondido, sob os olhos deles.

Diane sentia o coração acelerar.

– Onde?

– Nas renas. Nos corpos das renas estripadas. Homens, mulheres, crianças tinham-se enfiado no meio das vísceras dos animais, esperando que os "brancos" levantassem acampamento. Acredite, há motivo de sobra para temer um povo capaz de um ato desses.

Cada fato soava com precisão implacável. Diane lembrava da técnica dos assassinos: um braço enfiado nas entranhas da vítima. Tudo estava ligado. Tudo tinha relação com tudo. Ela compreendia uma outra verdade.

– Em 1972 – disse ela – vocês utilizaram o *tokamak* como uma máquina assassina. E recomeçaram, ontem, tentando me eliminar.

O russo sacudiu lentamente a cabeça:

– Bastava abrir a barragem da torrente para acionar as turbinas e os alternadores. No momento em que a eletricidade irrompeu, simplesmente liberei os resíduos de trítio. A câmara continuava sob pressão: a irradiação estava assegurada.

– Por que não me abater simplesmente?

– Nossa história é escrita sob o signo do círculo. Matamos graças ao *tokamak*. Pareceu-me lógico utilizá-lo mais uma vez.

– Vocês não passam de assassinos.

Diane olhou de relance para Giovanni. Ele parecia espantado e, ao mesmo tempo, cativado por essa enxurrada de informações. Ambos sabiam: eles iriam morrer. No entanto só pensavam em uma coisa: conhecer a continuação da história.

O hipnotizador retomou o fio da conversa:

– A partir do dia seguinte ao do acidente, bloqueamos o espaço irradiado e retomamos nossas experiências. Foi então que uma coisa espantosa aconteceu. Os soldados encarregados de vigiar os entrepostos onde haviam sido colocados os sobreviventes constataram curas miraculosas.

Diane roubou-lhe a palavra:

– Vocês então compreenderam que, ao provocar esse acidente, tinham forçado os xamãs tsevens a sair de seus refúgios. Que o vale abrigava forças que vocês jamais ousariam esperar. Que os poderes que vocês perseguiam, importando velhos xamãs dos quatro cantos da Sibéria, se encontravam ali, a alguns passos de seu laboratório, em um nível extraordinário de pureza.

Sacher deu um leve sorriso.

– É a ironia de nossa história. Conseguimos capturar os feiticeiros quando eles subiam novamente as montanhas com seus "pacientes". Estávamos convencidos de que, graças a eles, iríamos por fim penetrar nos segredos de uma outra realidade. Os segredos do universo psi.

Diane fechou os olhos. Ela chegara ao estágio final.

– Como roubaram os poderes deles? – perguntou.

Foi a voz de Mavriski que respondeu, tremendo de exaltação:

– Foram os dois franceses.

Ela reabriu as pálpebras. Não esperava essa resposta.

– Que franceses?

Sacher tomou a palavra, um tom mais baixo:

– Maline e Sadko: esses eram seus sobrenomes russos. Dois psicólogos dissidentes, que partilhavam de nossos ideais. Até então, eles nos tinham acompanhado em nossos trabalhos sanguinários, mas de forma mais passiva. Quando os feiticeiros tsevens chegaram, eles nos propuseram uma outra técnica de estudo.

– Que técnica?

– Foi idéia de Sadko: como o poder desses xamãs era puramente mental, só havia uma maneira de descobrir seus segredos. Penetrar nos seus espíritos. Estudá-los... a partir do interior.

– Como?

O russo balançou a cabeça.

– Era preciso que nós mesmos nos tornássemos xamãs.

Mavriski parecia um navegador demente que tivesse ultrapassado os limites da razão. Sacher prosseguiu, em tom mais brando:

– A idéia dos franceses era a seguinte: devíamos nos iniciar nos ritos tsevens. Devíamos nos tornar feiticeiros, a fim de passar para o outro lado da consciência. Sadko insistia. Era aquele o momento ou jamais tentariam a grande passagem.

Diane estava pronta para assimilar essa loucura. De uma certa maneira, era a explicação mais plausível. Mas a lógica dos acontecimentos ainda lhe escapava.

– Como podiam esperar ser iniciados pelos xamãs prisioneiros? – perguntou. – Como podiam esperar que esses homens lhes revelassem seus segredos?

– Tínhamos um intercessor.

– Quem?

– Eugen Talikh.

Diane teve um acesso de riso insano.

– Talikh? Que vocês tinham aprisionado? Cujos irmãos vocês tinham matado?

Mavriski se aproximava. Ele estava a apenas alguns centímetros – ela podia detalhar o mínimo relevo de sua fisionomia de águia.

– Você tem razão – disse ele, com uma voz subitamente muito tranqüila. – Esse canalha não teria jamais aceitado negociar conosco. Tivemos que utilizar outro método.

– Que método?

– O método doce.

– Que método doce?

O homem continuou no seu raciocínio:

– E foi Sadko quem garantiu esse papel.

– O que está dizendo? Como Sadko conseguiria engambelar Talikh?

Mavriski recuou. Suas sobrancelhas ergueram-se bruscamente numa expressão de surpresa. Ele disse, em um tom divertido:

– Percebo que deixei de revelar-lhe um detalhe essencial.

Diane gritou. Sua fúria se debatia contra o frio, sua razão contra a demência.

– QUE DETALHE?

– Sadko era uma mulher.

Diane repetiu, mortificada pelo espanto:

– Uma... uma... uma mulher?

Passos soaram à sua direita. Diane virou-se na direção da zona de sombra, adiante dos néons. Ao longo de sua aventura, ela demonstrara sua força, sua inteligência, seu sangue-frio. No entanto, nesse instante, voltou a ser a jovem submissa, desajeitada, hesitante, de sua adolescência.

Ela perguntou à silhueta que se desenhava na luz:

– Mamãe?

Capítulo 68

Ela jamais lhe parecera tão bela.

Vestia uma roupa branca esportiva e confortável, de uma grande marca italiana. Nenhuma mancha, nenhuma dobra nessa elegância acrílica. Foi na altura do rosto que Diane reparou nas falhas. Sob o gorro vermelho, as mechas louras de sua mãe pareciam quase brancas, despojadas de cor e de vida. E seus olhos, sempre tão claros, tão azuis, pareciam agora duas pedras de gelo. Diane teria adorado encontrar uma fala à altura da situação, mas só conseguiu repetir:

– Mamãe? O que está fazendo aí?

Sybille Thiberge respondeu com um sorriso:

– É a história de toda a minha vida, minha querida.

Diane viu que ela empunhava, como os outros dois, uma pistola automática. Reconheceu o modelo: uma Glock, como a que ela usara na Fundação Bruner. Inexplicavelmente, tirava desses detalhes novas forças.

– Fale – ordenou. – Você nos deve a verdade.

– Sério?

– Sim. Pela simples razão de que viemos até aqui para escutá-la.

Sorriso. Essa fissura tão uniforme, tão familiar, que Diane execrava desde a adolescência.

– É verdade – admitiu Sybille –, mas receio que por um momento...

Diane abraçou a sala com um único olhar: as correntes, os sarcófagos, a mesa cirúrgica.

– A noite está à nossa disposição, não é mesmo? Acredito que sua experiência não começará antes do amanhecer.

Sybille concordou. Os dois eslavos a cercavam agora. Sua respiração se transformava em finas partículas de cristal. O gorro marrom de um e o boné branco do outro cintilavam de geada. O espetáculo desses dois homens imóveis, rodeando sua mãe, atingia uma perfeição alarmante. Mas não era isso que paralisava Diane: era o olhar de adoração que os carrascos lhe dirigiam.

– Não tenho certeza se você entende a essência do meu destino – continuou Sybille. – Suas motivações. Suas razões primordiais.

– E por que não?

Sybille lançou um olhar vago a Giovanni, mas logo voltou a fixar os olhos nos da filha.

– Porque se trata de uma época que você ignora. De um momento do qual não faz a menor idéia. Sua geração não passa de um grupo vazio, de um cepo morto. Nenhum sonho, nenhuma esperança, nem mesmo arrependimento. Nada.

– Do que está falando?

A mãe continuava, como para si mesma:

– Vocês vivem na era do consumo, do materialismo dourado. Nada mais lhes interessa a não ser o próprio umbigo. – Ela suspirou. – No fundo, herdaram talvez essa falta de imaginação do nosso próprio ardor. Fomos tão apaixonados, tão exaltados, que não deixamos nada para vocês...

Diane sentia crescer nela uma raiva familiar.

– Do que está falando? Que sonho deixamos de ter?

Seguiu-se uma pausa. Um silêncio cheio de espanto, como se um abismo separasse a mãe da ignorância da filha. Depois ela falou, os lábios se arredondando em uma curva de respeito:

– A revolução. Falo da revolução. O fim das desigualdades sociais. O poder do proletariado. Os bens enfim entregues aos que dominam os meios de produção. A morte da exploração do homem pelo homem!

Diane estava atônita. Assim, a chave de tudo, a essência do pesadelo, resumia-se a quatro sílabas. A cadência de sua mãe se acelerou:

– Sim, minha filha. A revolução. Não foi uma ilusão. Foi uma indignação, uma evidência. Era possível inverter o sistema que estruturava nossas sociedades, que alienava nossos espíritos. Podíamos liberar o homem de sua prisão social e mental. Criar um mundo de justiça, de generosidade, de lucidez. Quem poderia afirmar que esse sonho não era o maior, o mais maravilhoso de todos?

Diane não conseguia acreditar que era a burguesa do bulevar Suchet quem falava. Ela tentava associar essas palavras a alguma realidade que tivesse conhecido anteriormente. Mas jamais ouvira a mãe falar de comunismo, nem mesmo de política. Desistiu de tentar. A resposta viria. A resposta era toda a história:

– Em 1967, eu tinha vinte e um anos. Estudava psicologia na faculdade de Nanterre. Não passava de uma pequeno-burguesa, mas me dedicava de corpo e alma à minha época. Estava apaixonada pelo comunismo e pela psicologia experimental. Eu esperava, com o mesmo fervor, ir para Moscou impregnar-me dos preceitos do socialismo e estudar no *campus* de Berkeley, nos Estados Unidos, onde os químicos mergulhavam nas zonas inexploradas do cérebro graças ao LSD ou à meditação.

"Meu herói chamava-se Philippe Thomas. Era um dos professores de psicologia mais reputados de Nanterre, mas também uma figura marcante do partido comunista. Eu fazia todos os seus cursos. Achava-o fantástico, imaterial, inacessível...

"Quando fiquei sabendo que ele procurava cobaias para se submeterem a experiências no seu laboratório de psicologia, no hospital de Villejuif, ofereci-me como voluntária. Thomas trabalhava então com o inconsciente e o surgimento de faculdades paranormais. Iniciara uma série de estudos parapsicológicos, na linha dos que certos hospitais americanos praticavam. A partir do início de 68, comecei a ir ao Villejuif. Foi uma decepção: as experiências eram cansativas – era preciso adivinhar, na maioria das vezes, a cor de cartas escondidas –, e Thomas nunca ia àquela unidade.

"No entanto, muitos meses mais tarde, o mestre em pessoa me convocou. Meus resultados eram estatisticamente significativos.

Thomas me propôs iniciar uma série de exames mais constantes, sendo ele mesmo o responsável pelas experiências. Não sei o que me causou, naquele momento, o choque maior: o fato de saber que eu era médium ou que passaria semanas a fio na intimidade de meu ídolo.

"Lancei-me a fundo nesse trabalho. Saboreava todas as horas vividas perto daquele que passei a chamar de Philippe. Contudo sua atitude me inquietava. Eu tinha a impressão de que ele incutia em mim uma força, um fenômeno que o fascinava. Logo compreendi que ele pensava que ele próprio possuía uma faculdade. Não um poder de percepção extra-sensorial, mas um poder de psicocinese. Ele se acreditava capaz de influenciar a matéria a distância – sobretudo os metais. Na verdade, ele chegou, uma vez ou duas, a esse resultado, mas era incapaz de provocar essa faculdade sob comando. Pouco a pouco, percebi uma verdade: ele tinha inveja dos meus dons.

"Os acontecimentos de maio de 68 explodiram. Philippe e eu nos tornamos amantes durante as barricadas. Eu tinha a sensação de acariciar a carne de um sonho, de um ideal que revelava ter um corpo. Mas imediatamente uma onda de terror levantou-se entre nós. Através de um único olhar, durante os segundos-séculos em que ele teve prazer comigo, vi nos seus olhos cintilar o brilho do ódio.

"Somente mais tarde entendi o que estava acontecendo. Thomas era um ser de teoria. Um personagem que se imaginava um fluxo de idéias, de aspirações superiores, de forças espirituais. Bem, eu o chamara à realidade pura e simples: ele não era mais do que um homem, possuído pelo meu corpo. A seus olhos, eu me tornava o instrumento de seu próprio declínio, de seu próprio fracasso. Um objeto do malefício.

"Depois de algumas semanas, a insurreição chegava ao fim. Os operários voltaram ao trabalho e os estudantes retornaram às suas fileiras. Foi na Europa que Thomas lamentou afastar-se da ação revolucionária. Alguns de nossos camaradas, desgostosos, abandonaram o combate político, mas outros, ao contrário, entraram para a luta armada – o terrorismo. Philippe concebeu outro projeto: passar para o Leste. Chegar às terras comunistas, experimentar o sistema que durante tanto tempo defendera. Na verdade, ele queria sobretudo participar dos laboratórios russos de parapsicologia. Estava persuadido de que conseguiria, lá, suscitar seu próprio poder psicocinético. Seu problema era não ter nada a oferecer aos soviéticos. Para alguém transpor a Cortina de Ferro, naquela época, era preciso demonstrar sua utilidade para o sistema. Thomas entendeu então que tinha uma moeda de troca: eu.

"Sob o pretexto de uma viagem oficial a Moscou, fomos diversas vezes à embaixada da União Soviética. Thomas conhecia vários diplomatas. Foi num desses escritórios cinzentos, com cortinas sujas, que nos submetemos a testes psicológicos. Thomas fracassou, mas eu obtive resultados extraordinários. Os russos procuraram primeiro desmascarar a artimanha, depois entenderam que tinham diante de si, em termos de faculdades psíquicas, a pessoa mais poderosa que já haviam encontrado. A partir daquele momento, as coisas se precipitaram.

"Não havia nenhuma dúvida de que eu seguiria Philippe. Mesmo que seu estado mental não parasse de declinar. Em um único ano, precisou passar duas temporadas internado. Ele não parava de alternar fases maníacas e depressivas. Estava obcecado pela dor, pela violência, pelo sangue. Apesar disso – talvez até por causa disso –, eu o amava ainda mais.

"Em janeiro de 69, participamos de um congresso sobre ciências cognitivas em Sofia, na Bulgária. Os homens da KGB nos contataram e nos deram documentos de identidade soviéticos, nos nomes de Maline e Sadko. Era terrível, sombrio, inquietante: era tudo o que esperávamos. Quarenta e oito horas mais tarde, estávamos na União Soviética.

"Desde nossa chegada, a decepção foi total. Pensamos que seríamos acolhidos como heróis: nos trataram como espiões. Tínhamos sonhado com um mundo igualitário. O que encontramos foi um universo de injustiça, trapaça, opressão.

"O rancor de Philippe voltou-se contra mim. Ele tornou-se irascível, cruel. Mais do que nunca ele me desejava, e esse desejo era para ele uma humilhação permanente. De manhã, quando eu acordava, descobria arranhões na minha pele. Era o próprio Philippe que me machucava, durante meu sono, com a ajuda de agulhas e de lâminas que utilizava para suas experiências psicocinéticas.

"Eu definhava a olhos vistos. As torturas de Thomas, o frio, a má nutrição, o isolamento – e as experiências psíquicas às quais eu devia me submeter todos os dias nos laboratórios sujos: tudo contribuía para a minha destruição. Eu perdia a cabeça. Perdia meu corpo. E não possuía nem mais o que constituíra até aquele momento minha identidade de mulher: eu não sangrava mais. Há várias semanas, sabia que estava grávida.

"Em março de 69, os homens do Partido anunciaram nossa transferência para um laboratório situado a oito mil quilômetros de Moscou, em algum lugar na Mongólia. Essa nova perspectiva deixou-me petrificada. Philippe, ao contrário, recobrou a confiança. Quando revelei que esperava um filho, mal me escutou. Ele só tinha olhos para uma coisa: tínhamos sido transferidos para o instituto mais secreto do império soviético. Iríamos por fim poder trabalhar com os fenômenos paranormais, tirar proveito dos conhecimentos dos russos nessa área.

"Eu sabia que meu parto em Moscou não seria nenhuma maravilha em matéria de tecnologia, mas não esperava tamanho grau de barbárie, de violência. Eu estava exausta demais para ter um parto normal. Não conseguia contrair os músculos do diafragma, do abdome. A dilatação do colo uterino não era suficiente. As enfermeiras, assustadas, chamaram o médico de plantão, que chegou completamente bêbado. Seu hálito carregado de vodca era mais forte do que os eflúvios de éter que planavam na sala. E esse beberrão, com gestos trêmulos, usou então fórceps.

"Eu sentia os instrumentos de metal que me abriam, me mutilavam, me machucavam até o fundo de minhas entranhas. Eu gritava, me debatia, e ele voltava a penetrar no meu ventre, com seus ganchos de ferro. Optou, finalmente, por uma cesariana. Mas a anestesia não teve efeito sobre mim. Os produtos estavam vencidos.

"Só havia uma solução: praticar a operação a sangue-frio. Eles me abriram o ventre, sendo que ainda consciente. Senti a atroz queimadura da lâmina, vi meu sangue respingar as roupas e as paredes e depois desmaiei. Quando despertei, doze horas mais tarde, você repousava ao meu lado, em um berço de plástico. Eu ainda não sabia que a operação me tornara estéril, mas essa notícia me teria enchido de alegria. Naquele momento, se eu não estivesse fraca demais para me mexer, teria jogado você com todas as minhas forças contra os ladrilhos.

A maneira como Sybille disse as últimas palavras mortificou Diane. Tinha sido essa então sua chegada ao mundo. Pelas portas do sangue e do ódio. Aí estava afinal uma verdade que lhe dizia respeito, ela era filha de dois monstros: Sybille Thiberge e Philippe Thomas. Sentiu um calor estranho, uma espécie de generosidade. Através desse caos, via apenas uma verdade: escapara ao atavismo deles. Atravessara o determinismo genético como um véu leve, uma cortina sem efeito. Desequilibrada, maluca, estranha, talvez; mas de modo algum se parecia com esses dois animais selvagens.

– Partimos para a Mongólia dois meses mais tarde – prosseguiu sua mãe –, durante o outono de 1969. Descobri o frio absoluto. Descobri a imensidão do continente, que podia descortinar, durante vinte e quatro horas, a mesma floresta, sem que nada nem ninguém aparecesse. As estações de trem rachadas pelo gelo se pareciam com acampamentos militares. Tudo era cáqui, hostil, padronizado em coletes e pistolas soviéticas. Tudo parecia preso por cabos telegráficos ou arame farpado. Eu tinha a impressão de me afundar em um *gulag* sem fim.

"Lembro-me ainda do barulho dos vagões batendo uns contra os outros, do ruído incansável dos trilhos. Era como um bafo de aço, que substituía minha própria respiração. Eu própria me tornei uma mulher de metal, constituída de uma liga implacável. Metal dos instrumentos que haviam vasculhado meu ventre. Metal que Philippe utilizava para me mortificar a cada noite. Metal que eu conservava então comigo, para me defender dele e dos outros. A única coisa que eu sentia era um desejo inextinguível de vingança. E eu sabia – minha intuição privilegiada me avisava: no fim da taiga eu conseguiria concretizar minha vingança.

Capítulo 69

O calor dos néons não bastava para fazer face à mordida do frio. Diane sentia seus membros entorpecerem, paralisarem. Conseguiria resistir até o fim da história? Até a madrugada?

Mavriski e Sacher não se mexiam. Escutavam as palavras de Sybille Thiberge como uma verdadeira palestra sobre as origens. Seus rostos estavam marcados por uma austeridade de estátua. Seus olhos cintilavam sob as cristas de gelo dos chapéus. Diane lembrou-se dos animais de pedra que vigiam a entrada dos templos chineses.

A mãe maldita continuou:

– Quando chegamos ao *tokamak*, os parapsicólogos já tinham corrompido seus trabalhos. Thomas ficou imediatamente seduzido pela crueza dessas manipulações. Eu, por outro lado, via apenas uma nova etapa de minha própria maldição. Vivia tudo aquilo com uma indiferença fria.

"No entanto, quando eles aprisionaram os xamãs tsevens, decidi agir. Em dois anos, a relação de forças tinha mudado totalmente entre mim e os outros pesquisadores. Apesar de sua loucura, apesar de sua barbárie, eles se apaixonaram por mim, um após outro. Fui eu quem lhes ensinou o francês. Era eu quem recolhia suas confidências alcoolizadas. Também lhes oferecia alguns fragmentos de ternura. Eles me adoravam, me veneravam e me respeitavam mais do que tudo naquele inferno.

Diane imaginava esses carrascos eslavos. Sua mãe se apresentava como uma Górgone demente.

– Eu os convenci de que não conseguiriam nada com seus métodos sanguinários, que o único modo de alcançar aqueles poderes era nos iniciando também. Eu sabia como persuadir Talikh a nos ajudar...

– Não acredito – disse Diane, interrompendo-a bruscamente. Você mata os feiticeiros siberianos, faz Talikh ir em cana, queima todos os seus irmãos e bastaria você ir à sua cela e fazer um olhar doce para que ele executasse suas ordens? Essa história é uma balela.

– Você subestima meus encantos, minha querida – disse Sybille, as feições crispadas. – Mas é verdade: eu estava enganada. Nesse momento, Eugen já tinha um outro plano.

– Que plano?

– Tenha calma. Respeite a cronologia da história.

Paul Sacher retomou a palavra. Ele era o homem da precisão:

– No fim do mês de abril, libertamos Talikh e os xamãs tsevens. Eram nove. Nos reunimos aqui mesmo, nesta sala. Ainda os vejo. Os rostos magros, a pele dura como casca de árvore, os *deels* pretos puídos. Nós todos reunidos, fechamos o círculo. O concílio pôde começar.

– O concílio?

– O *iluk*, em língua tseven – esclareceu Sybille. – Um conselho religioso, como as reuniões dos prelados do Vaticano, com a diferença de que aqui se tratava de xamãs. Os xamãs mais poderosos da Mongólia e da Sibéria. Nos colocamos sobre uma coroa de pedra: os tsevens batizaram nosso encontro de "concílio de pedra".

– A iniciação, como se desenrolou? – perguntou Giovanni, sentindo despertar o etnólogo dentro de si.

Sybille envolveu o italiano com um olhar de desprezo.

– Obter um segredo é passar para o outro lado de uma linha. Revelá-lo é voltar para o lado de cá. Fomos guiados pelos xamãs na floresta. Progressivamente, deixamos os hábitos dos homens, esquecemos a palavra, nos alimentamos de carne crua. A taiga então penetrou em nós, nos despedaçou, nos destruiu. A experiência foi uma verdadeira morte, mas, no final voltamos à vida, as mãos carregadas de poder.

– Que poder exatamente? – perguntou Diane.

– A iniciação nos permitiu aprofundar o dom que já possuíamos, até o seu paroxismo.

Ela recomeçava a tremer. O frio e a verdade se injetavam em seu sangue. Ela sabia que nesse estágio psíquico o corpo perde um grau a cada três minutos. Iriam todos morrer de frio? E então perguntou mais uma vez:

– O que você fez dos xamãs tsevens?

Mavriski inclinou-se, adotando uma expressão de falso arrependimento.

– Nós os matamos. Nossa história era a história da infâmia. A história de um poder e de uma ambição sem limites. Queríamos ser os únicos a possuir esses segredos.

– E Talikh? – gritou Diane.

– Não era mais hora de lutarmos entre nós – respondeu Sacher. – Os representantes do Partido chegaram, com novas turmas, para investigar o acidente nuclear. Apenas Suyan, a feiticeira que salvou você, nos escapou.

– Você e Thomas: como voltaram para a França? – perguntou Diane, dirigindo-se à mãe.

– Foi a coisa mais simples do mundo. Depois de passarmos algum tempo em Moscou para que fôssemos esquecidos, conseguimos fazer contato com a embaixada da França. Bastou que fingíssemos ser dissidentes arrependidos.

– E os russos deixaram vocês saírem?

– Dois parapsicólogos franceses, saídos de um laboratório que não tinha dado sequer sombra de resultado. Na União Soviética de Brejnev, não havia mais ninguém a perseguir.

Diane imaginou a continuação em voz alta:

– Então vocês voltaram ao seu país de origem, anônimos entre os anônimos, como van Kaen, Jochum, Mavriski, Sacher... Durante todos esses anos, suas faculdades psíquicas lhes permitiram chegar ao poder, à fortuna.

Sybille deu uma risada forçada. Seus olhos pareciam nublados pela febre.

– Você jamais compreenderá o que possuímos, o que abrigamos dentro de nós. A realidade material não tem nenhuma importância para nossos olhos. Nunca nos interessamos por outra coisa além de nossas próprias faculdades. Esses mecanismos maravilhosos que funcionam em nossos espíritos, que podemos examinar, observar, manipular segundo nossa vontade. Lembre-se: só há uma forma de estudar essas faculdades – possuindo-as. Você não poderá jamais sonhar com horizontes como esses.

– No fundo, pouco importa – respondeu Diane, entediada. – Mas há um último enigma.

– Qual?

Ela abriu as mãos. O frio começava a comer a extremidade de seus dedos. Compreendeu com esse sinal que seu coração já batia mais devagar e não irrigava mais sua pele e seus membros.

– Por que você está de volta aqui, hoje?

– Por causa do duelo.

– Do duelo?

A mulher com o gorro vermelho ameaçou dar alguns passos. Ela parecia insensível ao frio. Com a ponta da luva, acariciou um dos instrumentos cirúrgicos pousados sobre a mesa de ferro e declarou:

– O concílio nos legou poderes. Em troca, devemos seguir suas regras até o fim.

– Que regras? Não estou entendendo nada.

– Desde tempos imemoriais, os feiticeiros xamãs se enfrentam aqui e colocam seus poderes em jogo. O vencedor de cada combate toma o poder do outro. Sempre soubemos que um dia seríamos obrigados a nos enfrentar, a apostar nossos poderes neste vale. O gongo soou. Viemos para nos enfrentar.

Diane e Giovanni se entreolharam. Durante a viagem no avião cargueiro, o etnólogo lhe contara: "Os xamãs de cada clã precisavam voltar aos lugares secretos e se enfrentar, sob a forma de seu animal fetiche..."

Espanto.

Angústia.

Esses iniciados eram os Faustos.

Haviam pactuado com os espíritos e deviam agora pagar o preço de sua iniciação – submeter-se à lei da taiga. À lei do combate.

Capítulo 70

Admitindo-se esse postulado, tudo coincidia. Se os xamãs estavam dispostos a se lutar entre si sob a forma simbólica de um animal, de uma certa maneira seu duelo se constituía numa caçada. Tudo devia, pois, se desenrolar como nas antigas caçadas tsevens.

Era preciso que esse duelo fosse anunciado e orientado pelos Sentinelas.

Eis por que esses feiticeiros modernos tinham recolhido as crianças da taiga. Eis por que tinham esperado que a data fatídica aparecesse nos dedos queimados, por ocasião de um transe. Era esse o rito. Era essa a lei. O Sentinela devia comunicar-lhes o dia do duelo, o dia do retorno.

Um outro fato respondia perfeitamente ao simbolismo animal. Eugen Talikh matava suas vítimas rebentando-lhes o coração, a partir do interior. Ele utilizava o método consagrado na Ásia central para matar animais.

De repente, os pensamentos de Diane tomaram um novo rumo. Ela pensou nas particularidades de comportamento dos iniciados. Patrick Langlois lhe havia revelado que Rolf van Kaen seduzia as mulheres cantando árias de ópera. Ele havia inclusive mencionado que esse canto fascinava toda a ala feminina do hospital. Diane lembrava-se também da seguinte reflexão de Charles Helikian a propósito de Paul Sacher: "Tome cuidado: ele é um conquistador.

Quando dava aulas, apossava-se sempre da aluna mais bonita da sala. As outras só tinham o direito de ficar de bico calado. Um verdadeiro chefe de matilha."

A atitude em relação ao sexo era um excelente revelador da psicologia profunda de um homem. Esses aprendizes de feiticeiros não fugiam à regra. Diane acabava de ter essa certeza: esses homens, com seus conhecimentos, tinham adotado os comportamentos de certos animais.

E não importava de que animais.

Em van Kaen, a etóloga Diane reconhecia o comportamento específico dos cervídeos. Pensou no bramido. Os cervos, as renas, os rangíferes eram os únicos mamíferos que conseguiam despertar a excitação sexual da fêmea graças ao seu grito. Por mais extraordinário que isso possa parecer, o alemão se comportava, ao seduzir pelo canto, como uma rena.

Quanto a Sacher, Helikian fornecera a chave de sua atitude: um chefe de matilha. Sim, um homem que se apropriava da mais bela criatura de suas aulas e dominava todas as outras podia ser comparado a um lobo. A um "alfa", como chamavam o macho dominador do bando, que fecundava a fêmea e exigia dos outros membros respeito e submissão.

Depois, Diane pensou na armadilha de Philippe Thomas. Uma armadilha cuidadosamente preparada com base na hipnose e na dissimulação, repousando sobre uma infinita paciência e uma intervenção fulminante. Uma técnica como essa lhe trazia à lembrança uma outra espécie animal: as serpentes, que capturavam suas presas, apoiadas em seu rabo, graças ao olhar fixo de pálpebras imóveis.

Desde sua iniciação, desde que "morreram" para renascer na vida selvagem, protegidos pelo espírito de um animal fetiche, esses xamãs tinham adotado o comportamento de seu "mestre". Eles estavam possuídos pelo seu próprio totem.

A rena para van Kaen.

O lobo para Paul Sacher.

A serpente para Philippe Thomas.

Uma nova revelação explodiu então no seu espírito. Ela lembrava-se de repente de outros fatos, de outros detalhes. Os indícios físicos que ela confundira, sem querer, com sintomas de irradiação nuclear, mas que podia agora analisar sob um ponto de vista inteiramente diferente.

Rolf van Kaen sofria de uma atrofia do estômago, que o forçava a ruminar os alimentos. O policial apresentara esse fenômeno como uma deficiência, uma anomalia inexplicável. Diane supunha agora o inverso: van Kaen tinha se forçado, durante anos, a regurgitar os alimentos até o momento em que sua morfologia estivesse adaptada a esse hábito absurdo. Então seu estômago se deformara. Seu corpo se modificara – e ele começara a se parecer, até mesmo nas suas entranhas, com seu mentor selvagem: A RENA.

Diane guardava também uma lembrança precisa da sessão de hipnose com Paul Sacher. Na penumbra, ela surpreendera, no fundo dos olhos do homem, um reflexo inesperado, brilhante – como o que disparam as retinas do lobo, dotadas de plaquetas que amplificam a luz. Como explicar essa particularidade? Lentes de contato? Uma deformação natural por ter escrutado as trevas? Sacher tinha, em todo o caso, um atributo, um ponto de semelhança com seu totem: O LOBO.

Philippe Thomas apresentava um exemplo mais evidente ainda. Ela não esquecera o corpo escamado e suas peles mortas, na sala de banho de bronze. Apenas através da força de sua mente, o curador conseguira contrair uma doença psicossomática: um eczema que lhe secava a pele ao ponto de renovar regularmente a epiderme, como um animal na muda. Com força de vontade, com obsessão, ele se tornara A SERPENTE.

Atônita, ela continuava a remontar essa lógica. Revia agora o corpo abominável de Hugo Jochum, marcado por inúmeras manchas marrons. O velho geólogo provocara essa doença dermatológica ao se expor regularmente ao sol. Seu objetivo: conseguir que seu corpo ficasse malhado como o de um animal selvagem. Como O LEOPARDO.

Quais eram os ídolos selvagens de Mavriski, de Talikh? Eles se esforçavam para ficar parecidos com o quê? Uma olhada na direção do russo deu-lhe a resposta. O rosto imberbe colocava em evidência seu nariz adunco, como se fosse um bico. As pálpebras privadas de cílios acentuavam o seu olhar. Ao tirar todos os pêlos do rosto, esse homem tinha favorecido sua semelhança natural com uma ave de rapina. Evguenei Mavriski era A ÁGUIA.

– Vejo que minha Diane não está mais conosco – ecoou de repente a voz de sua mãe. – Está sonhando, querida?

Diane tremia, mas sentia o sangue voltar aos seus membros. Conseguiu balbuciar:

– Vocês... vocês acreditam que são animais.

Sybille brandiu a lâmina com cabo nacarado e a fez brilhar na luz. Ela falou como nas brincadeiras infantis:

– Você está quente, minha querida, está quente. Mas, se sou um animal, já adivinhou qual deles?

Diane percebeu que, sem querer, excluíra a mãe do círculo infernal. Invocou as lembranças que diziam respeito à vida íntima de Sybille. Não via nada. Nenhum gesto, nenhuma mania, nenhum sinal físico que pudesse fazê-la se parecer, ainda que de longe, com um animal. Nada que indicasse a identidade de seu ídolo, a não ser...

De repente, uma série de indícios a cegou.

Sua mãe lambendo os dedos lambuzados de mel.

Sua mãe organizando pacientemente os potes de apicultura.

Sua mãe e suas famosas cápsulas de geléia real.

O mel.

Ela tinha o gosto do mel no sangue. No corpo. No coração.

Diane lembrava-se também dos estranhos beijos que a mãe lhe dava em profusão quando era ainda criança. Beijos em que aparecia sempre a língua, dura e rugosa. Na verdade, Sybille nunca beijara a filha – ela a lambia, segundo uma técnica muito específica a um animal. Diane firmou a voz e disse:

– Você... você é O URSO.

Capítulo 71

As máscaras tinham caído. Três sobreviventes. Três animais, três combatentes. Ela olhou o relógio: quatro horas da manhã. Em uma hora seria dia. Em uma hora o duelo começaria. Sob que forma? Com mãos nuas? Com as armas com cabo de marfim? Com as pistolas automáticas?

Diane pensava agora nos Lüü-Si-An. Ela podia imaginar como esses homens tinham arrancado as crianças dos tsevens que, a partir de então, as veneravam como seus próprios xamãs. Podia entrever como eles tinham cuidadosamente dispersado esses Sentinelas junto dos orfanatos que eles mesmos financiavam. Percebia até que eles tinham tido o cuidado de fazer isso no fim de agosto, no momento em que os centros são esvaziados pelos pais adotivos que aproveitam as férias escolares para vir procurar um órfão.

Mas faltava-lhe o elemento essencial: como tinham conseguido decidir, no mesmo momento, organizar essa rede? Como tinham conseguido saber, com pelo menos dois anos de antecedência, que era hora de recolher os Sentinelas e que a data inscrita nos seus dedos corresponderia ao outono de 1999?

– Tudo chegou através dos sonhos – respondeu Sacher.

– Dos sonhos?

– A partir de 1997, começamos a sonhar com o círculo de pedra. Noite após noite, o sonho se tornava mais preciso. O *tokamak* preenchia nosso espírito. Compreendemos a mensagem: precisávamos agir. O duelo se aproximava.

Como admitir tal explicação? Aceitar a idéia de que sete homens, ao mesmo tempo, nos quatro cantos da Europa, tinham tido o mesmo sonho?

– Na primavera de 1999 – o hipnotizador continuou – os sonhos assumiram tal intensidade que compreendemos que o duelo era iminente. Estava na hora de recolher as crianças eleitas, na hora de descobrir a data marcada em seus corpos...

– Por que vocês mesmos não as adotaram?

– Os Sentinelas são tabu – respondeu Sacher. – Não podemos tocá-los. Apenas olhá-los. Podíamos apenas observar discretamente a aparição do sinal, no seio de um lar que nos estivesse próximo.

Ela pensou na sua mãe, que tinha examinado e observado Lucien, mas que jamais o abraçara ou acariciara. No hospital, durante as visitas, ela esperava, simplesmente, o aparecimento de um sinal. Diane aproximou-se de Sybille.

– Para adotar seu Sentinela, por que pensou em mim?

Sybille Thiberge teve um sobressalto. Seu olhar pousou com indolência na filha.

– Bem... porque você foi sempre a minha escolhida.

– Quer dizer que sempre soube que eu faria esse papel?

– Desde o momento em que fiquei sabendo das regras do conselho.

– Como sabia que eu aceitaria adotar uma criança? Como sabia que eu não teria condições de ter um filho meu mesmo, de...

Diane interrompeu-se, aterrorizada. Ela acabava de captar a última evidência. Fora sua mãe que a agredira e mutilara naquela noite de junho, à beira do Marne. Fora sua mãe que brandira os instrumentos cinzelados do *tokamak*. Ela caiu de joelhos no meio dos cacos de vidro.

– Meu Deus, mamãe, o que fez comigo?

A xamã debruçou-se sobre ela. Sua voz se tornou cortante como uma lâmina:

– Nada além do que fizeram uma vez comigo. Jamais consegui esquecer do sofrimento que me deixou despedaçada quando tentaram arrancá-la de meu ventre. Com você, matei dois coelhos com uma cajadada só. Vinguei-me e preparei-a para o futuro. Eu precisava ter certeza que você jamais teria envolvimento sexual com alguém. Que ninguém a fecundaria. A excisão não apenas anula qualquer prazer físico; ela também transforma qualquer relação sexual em uma verdadeira tortura, se a infecção tiver fechado os pequenos lábios. Eu a operei de qualquer jeito para obter esse resultado. Esperava que o traumatismo afastasse você para sempre das relações sexuais. Devo confessar que você ultrapassou minhas expectativas, minha querida.

Diane soluçava, sem lágrimas. Nesse momento, a voz de Mavriski ergueu-se:

– Está na hora.

Diane levantou os olhos, espantada: os dois homens, armas na mão, recuavam na direção da porta de pedra.

– Não! Esperem! – gritou ela.

Os feiticeiros olharam para ela. Sua mãe não se movimentara. Ela gritou:

– Quero entender os últimos detalhes – gritou ela. – Você me deve isso!

Sybille fixou os olhos na filha.

– O que mais quer saber?

Ela esforçou-se, uma última vez, para se concentrar na cronologia dos fatos. Era a única maneira de não voar aos pedaços.

– Quando os Lüü-Si-An chegaram na Europa, nada aconteceu conforme o previsto.

– É o mínimo que se poderia dizer – disse, rindo, a mãe desnaturada.

– Thomas tentou excluir você do duelo destruindo seu Lüü-Si-An.

– Thomas era um frouxo. Somente a covardia pode explicar uma violação dessas. Ele quis romper o círculo.

– Depois do acidente, quando você compreendeu que não havia mais nenhuma chance de salvar Lucien, chamou van Kaen. Você o contatou por telepatia: por isso nunca foi encontrado nenhum vestígio de telefonema.

– Era o mínimo que eu podia fazer.

– Então Talikh entrou na jogada – continuou Diane. – Ele decidiu eliminar vocês, um a um...

– Talikh sempre nos manipulou. – A voz de Sybille tremia de raiva. – Desde o primeiro dia. Ele sabia que mataríamos os outros xamãs. Sabia que a única chance de salvar sua cultura, que era exclusivamente oral, era com a nossa iniciação. Durante todos esses anos, nós nos tornamos os responsáveis, os receptáculos da magia tseven. A Talikh só restava esperar o dia do duelo sagrado para nos vencer e retomar esses poderes.

Concentrada em si mesma, Diane sentia uma satisfação enorme: ela conhecia enfim a motivação de Talikh, o homem que tinha querido salvar seu povo. Mas um grão de areia bloqueava a máquina.

– Um fato não está muito bem explicado – disse ela. – Talikh não esperou o duelo, uma vez que ele matou van Kaen e Thomas em Paris, e Jochum em Ulan Bator. Por quê?

Houve um momento de silêncio até que a feiticeira sussurrou:

– A resposta é simples: não foi Talikh quem matou os xamãs.

– Quem foi então?

– Eu.

– Você está mentindo! – gritou Diane. – É impossível que você tenha matado Hugo Jochum.

– Por quê?

– Eu estava lá, no corredor do mosteiro. Surpreendi o assassino quando ele saía do quarto de Jochum.

– E daí?

– E daí que eu estava falando com você ao telefone, em Paris!

– Quem lhe disse que eu estava em Paris? São os pequenos milagre da tecnologia, minha querida. Eu estava a poucos metros de você, no quarto de Jochum.

Diane sentiu um choque. A voz ofegante da mãe. O barulho do trânsito, que coincidia com o de Ulan Bator: simplesmente os mesmos veículos. Tinha havido a seguir aquela impressão confusa, no telhado, de já ter vivido a cena. E por uma razão óbvia: a mesma mulher, com dezesseis anos de intervalo, a agredira de novo. Disse então, com voz arrasada:

– Foi... foi você quem matou Langlois?

– Ele tinha descoberto a existência dos Sentinelas de van Kaen e de Thomas. Tinha remexido no passado de Thomas e encontrado uma "Sybille Thiberge" entre seus antigos alunos. Ele me intimou imediatamente. Na sua sala, cortei-lhe a garganta e roubei o dossiê.

– Mas... e os poderes? Matando os outros, você não poderá recuperar seus...

– Estou pouco ligando para os poderes. Minha clarividência me basta. Quero continuar viva e sabê-los mortos. Só isso. Hoje não somos mais do que três no círculo, e a taiga decidirá o vencedor absoluto.

– Está na hora.

Mavriski abriu a porta de chumbo – um raio de luz vinha das escadas: o dia do lado de fora. Diane continuou a gritar:

– Talikh, onde ele está?

– Talikh morreu.

– Quando?

– Talikh teve a mesma idéia que Thomas, mas mais cedo. Entre todos os adversários do concílio, ele temia realmente apenas um: eu. Ele quis me eliminar do círculo, tirar-me do combate. Tentou me atacar de surpresa, durante o mês de agosto, nos arredores de nossa casa de Lubéron. Senti sua presença antes mesmo de ele se aproximar. Li nele, mentalmente, como em um livro. E usei minha arma íntima. – Um sorriso insinuou-se no seu rosto. – Você sabe do que estou falando...

Diane revia a lâmina deslizar por baixo da língua de sua mãe. Pensava nos seus beijos de urso – nas pequenas lambidas que ela lhe dava generosamente quando era criança e que já carregavam em si uma carga assassina. Tudo já estava escrito. Mavriski esgueirou-se rumo às escadas e virou-se na soleira que rangia.

– Está na hora.

– Não!

Diane suplicava agora. Dirigiu-se à mãe:

– Há uma coisa... A coisa mais importante para mim. – Ela fixou suas íris na fina silhueta com o gorro vermelho. – Quem queimou os dedos das crianças? Quem marcou encontro com vocês aqui?

– Bem... ninguém – respondeu Sybille, parecendo surpresa.

– Mas é claro que alguém escreveu a data nos seus dedos, não é mesmo?

– Ninguém tocou nos dedos das crianças. Elas são sagradas.

Um último abismo se abria sob seus pés.

– Quem decidiu a data do duelo? – insistiu ela.

Sua mãe fez um gesto de negação:

– Você não entendeu nada de nossa história. Tínhamos um pacto com as forças superiores.

– Que forças?

– Os espíritos da taiga. As forças que dominam nosso universo.

– Não estou entendendo.

– É o segredo de nossa iniciação. O espírito preexiste à matéria. O espírito habita cada átomo, cada partícula. O espírito é a partição do universo. A força imaterial que forja a realidade concreta.

– Não estou entendendo.

A voz de sua mãe tornou-se mais suave:

– Pense nos dedos dos Sentinelas. Pense nas anomalias físicas de van Kaen, de Thomas, de Jochum... Pense no câncer que brotou do seu próprio ventre para atingir o do pequeno roedor...

Diane via tudo tremer diante de seus olhos. Revia os ferimentos dos pesquisadores, seus corpos atrofiados que ela acreditara estarem dominados por uma obsessão, uma vontade perversa. Ela sabia agora que estava errada.

– O espírito controla a carne – disse sua mãe. – É essa a nossa maldição: nós nos mantemos deste lado da matéria. E voltamos para a última transmutação.

– Que transmutação?

A gargalhada da mulher ressoou no anel imponente:

– Você não entendeu a lei do concílio, minha filha? Não entendeu que *tudo* é verdade?

Capítulo 72

A vegetação alta parecia acariciar o vento gris com suas extremidades tênues, enquanto a aurora, lentamente, a iluminava como uma seiva escarlate. Os três xamãs avançaram pela clareira, a *alaa*, e se afastaram uns dos outros, não trocando mais um olhar sequer e movimentando-se sempre com visível desconfiança, desenhando pouco a pouco, com suas silhuetas, os três pontos de um triângulo perfeito. Diane permanecia com Giovanni sobre uma das elevações de cimento do *tokamak*. Os adversários os tinham abandonado ali, sem nenhuma outra preocupação além de seu próprio combate.

Diane tentava distinguir cada um dos personagens na superfície da planície, mas não via mais do que os ramos inclinados, os caules verdejantes que pareciam pouco a pouco consumi-los, absorvê-los, dissolvê-los. Quando estavam a mais de cem metros um do outro, houve uma imobilidade, uma fixidez de pedra. Uma espécie de suspense na carne da aurora.

Os três xamãs tiraram a roupa. Diane viu as carnes pálidas, as extremidades ossudas. Instintivamente, concentrou-se na mãe. Viu seus ombros, redondos e musculosos, que se misturavam à ondulação vegetal. Viu suas mechas brancas que oscilavam ao vento. Depois percebeu que era a mulher inteira que balançava no movimento da clareira. Sua mãe estava adormecendo. Ela avançava suavemente para o estado velado, intermediário, crucial, que constrói um elo espiritual com os espíritos...

Diane ainda se recusava a compreender a verdade quando o impossível aconteceu.

Uma sombra encobriu-a. Ela levantou os olhos. A dez metros de altura, uma águia gigantesca a sobrevoava. Uma imensa cruz de plumas, como pousada no céu, em perfeita postura de espreita. No instante seguinte, um rugido de entranhas ressoou, cujas notas graves pareciam levantar as profundezas da terra. Diane olhou na direção do ponto de indecisão que sua mãe atravessara ao mergulhar no sono.

Um urso colossal erguia-se no entrelaçamento vegetal. Um urso marrom – um *grizzli* – com mais de dois metros de altura. O pêlo marrom brilhava em mil reflexos. A curvatura de seu dorso parecia um potente contraforte, e sua cara preta, sombria, soberana, perfurada por dois olhos mais pretos ainda, era indecifrável. "Uma fêmea", Diane pensou sem hesitação. O animal curvou-se e gritou, como se até o menor elemento da taiga devesse, a partir de então, ficar ciente de sua cólera.

Diane não sentiu medo, não sentiu pânico. Ela estava acima desses sentimentos. Virou-se para o terceiro pólo: aquele em que Paul Sacher desaparecera entre as pastagens. Ela não procurava mais o velho dândi, mas sim o dorso eriçado do lobo, o *canis lupus campestris* específico da taiga siberiana.

Ela não viu nada, mas sentiu, como lhe acontecera com freqüência durante suas expedições, uma qualidade particular do ar. O odor da caça, saturada de fome e de tensão, parecendo encher a menor parcela do instante. De repente, um murmúrio à sua esquerda. Diane percebeu tudo de uma vez só: o peito branco e preto, projetando-se a toda velocidade, o focinho afilado cortando a vegetação, e os olhos, esses olhos orlados de preto, brilhantes de êxtase, que pareciam já se antecipar ao ataque.

Diane agarrou Giovanni pelo braço e o fez acompanhá-la na corrida. Margearam a clareira, afastando-se das construções do laboratório. De repente, o solo desapareceu sob seus passos. Eles caíram por um declive abrupto, machucando-se contra as quinas de pedra e depois se estatelaram na terra macia. Imediatamente, Diane apalpou a área que a cercava: perdera os óculos. A alguns metros dali, Giovanni estava na mesma posição. Este simples detalhe deixou-a arrasada: dois pobres humanos, quase cegos, empoeirados, vulneráveis, diante de animais superpotentes. No entanto, quando suas mãos encontraram os óculos, ela percebeu que o lobo desaparecera. O caçador desistia, por um momento. Giovanni balbuciou, ajeitando os óculos sobre o nariz:

– Mas o que está acontecendo? O que está acontecendo?

Diane já avaliava a distância que os separava da área em que sua mãe havia transposto o último patamar. Em princípio, quatrocentos metros bem a oeste. Era arriscado, mas não havia outra solução. "Espere por mim", ordenou ela. Apoiou o corpo na encosta, agarrando-se às raízes para que elas a ajudassem a subir. "Nem pensar!", objetou Giovanni, seguindo-a de perto.

Subiram juntos e mergulharam de novo nas ondulações vegetais. Diane não tinha um senso de orientação muito bom, mas a lembrança do urso ardia na sua memória. Avançaram pelo meio da vegetação, até o local da transmutação. Diane encontrou as roupas de sua mãe. Revirou-as e encontrou sem dificuldade a Glock. Calibre 45. Tirou o carregador e contou: quinze balas, mais uma na culatra. Pensou nas armas dos dois outros adversários. Valeria a pena tentar recuperá-las? Não: perigoso demais. Sem um ruído, sem tocar em nada, deram meia-volta e desceram de novo o declive de terra.

Diane esforçou-se para analisar a situação. Eles eram três. Três predadores orientados unicamente por seus instintos de caçadores. Três animais de força e destruição. Bestas intuitivas, sensitivas, dotadas de sensores oniscientes. Combatentes perfeitamente organizados, perfeitamente adaptados a seu ambiente. Essa idéia não era exatamente precisa: eles não eram adaptados à natureza, eles *eram* a natureza. Compartilhavam suas leis, forças e ritmos. Era essa vibração a sua razão de viver. Ela era o seu "ser".

– Giovanni, preste atenção – disse Diane, virando-se para o companheiro. – A única chance de sair daqui é não nos relacionarmos com o ambiente que nos cerca da forma como qualquer ser humano faria, está entendendo?

– Não.

– Não há uma floresta única – continuou ela –, mas tantas florestas quanto há espécies animais. Cada animal percebe, separa, analisa o espaço em função de suas necessidades e percepções. Cada animal constrói seu próprio mundo e não vê nada além dele. É o que chamamos, em etologia, de *Umwelt*. Se quisermos salvar nossa pele, devemos certamente levar em conta o ponto de vista de nossos inimigos. O *Umwelt* do urso, do lobo, da águia. Porque são esses os nossos verdadeiros terrenos de combate e não a paisagem que captamos com os cinco sentidos humanos. Entendeu?

– Mas... mas... não sabemos nada de...

Diane não conseguiu conter um sorriso de orgulho. Há quanto tempo ela estudava esses mecanismos? A que ponto penetrara nesses sistemas de percepção, nessas estratégias de enfrentamento? Na queimação gelada do vento, ela teve tempo de descrever o perfil de cada adversário.

A ÁGUIA: o pássaro via tudo. Seu olho, de forma tubular, lhe permitia efetuar ampliações extraordinárias. Ao sobrevoar uma floresta a cem metros de altura, ela era capaz de concentrar a atenção em um pequeno roedor, ao ponto de ele ocupar totalmente a superfície de sua retina. Nesse instante, ela conseguia realizar um outro milagre: aplicar sua acuidade visual em duas direções diferentes. Ao mesmo tempo que se concentrava no alvo, situado exatamente na sua frente, conseguia mirar abaixo de si, no eixo de suas garras, a fim de preparar o movimento de captura.

Então a grandiosidade de suas asas – três metros mais ou menos – aparecia em sua plenitude. A águia mergulhava na direção de sua presa a uma velocidade de oitenta quilômetros por hora, mas, ao chegar perto dela, reduzia, em frações de segundo, para a velocidade de um homem a passo, no mais perfeito silêncio. A vítima sequer sentia que ia morrer. Bico e garras penetravam sua espinha antes mesmo de qualquer sobressalto.

A única falha da ave de rapina era sua dependência da luz. A extrema profundidade de seu olho sombreava o campo de visão e não lhe permitia ver quando não houvesse claridade total. A águia atacaria, portanto, durante o dia. Nos primeiros instantes do crepúsculo, o combate estaria terminado para ela. Era um tênue consolo. Porque, até lá, nada nem ninguém escaparia da acuidade de seu olhar.

O LOBO: a noite constituía, ao contrário, seu espaço de força, seu território privilegiado. Os olhos do lobo dispõem apenas de uma visão monocrômica, mas possuíam um outro trunfo: um tecido especial sobre a retina, o *tapetum lusidum*, que lhe conferia uma visão perfeita, mesmo na escuridão total. Ele possuía também uma percepção de movimento extraordinária. Capaz de detectar, a mais de um quilômetro, o movimento de uma mão, ele conseguia inclusive captar seu grau de nervosismo. O menor vestígio de ansiedade, de fraqueza, provocava seu reflexo de ataque. Sem contar que, no mesmo instante, o faro lhe permitia analisar as moléculas olfativas próprias da transpiração e, mais profundamente, do medo.

Sim: o lobo esperaria a noite para atacar. Era o que Diane repetia para si mesma, a fim de se outorgar, mentalmente, uma certa tranqüilidade. Na verdade, não estava certa de nada. Porque o animal já os tinha perseguido, detectando sua vulnerabilidade. Essa primeira fulgurância demonstrava que o espécime era um alfa, um chefe de matilha, que não hesitaria em atacar de novo ao menor sinal de medo, de fadiga – ou ao menor ferimento. Diane observava Giovanni, que tremia da cabeça aos pés, e compreendia que o *canis lupus campestris* os seguiria através da floresta sem a menor dificuldade.

O URSO: ele não via nada, ou quase nada, e sua audição não era excepcional. Mas seu sentido olfativo não tinha equivalente. A superfície da mucosa através da qual captava os odores era cem vezes maior do que a do homem. O *grizzli* era capaz de reencontrar seu caminho a mais de trezentos quilômetros de distância orientando-se apenas pelo faro, ou até mesmo de seguir uma fragrância ínfima, levada pelo vento, ainda que estivesse nadando em uma torrente.

Mas o maior perigo do urso vinha de outro lugar: vinha simplesmente de sua força. O *grizzli* era o animal mais forte do mundo. Capaz de quebrar uma coluna vertebral com o golpe de sua pata, ou de fazer trincar os membros de um rangífer com seus maxilares, o urso era o inimigo a evitar entre todos. Fera solitária, tão pouco habituada aos comportamentos sociais que sua cara não traía jamais seu estado de espírito. Animal forte, cruel, implacável, acostumado a reinar sobre seu território, que não temia nenhum outro rival a não ser seus próprios congêneres. As fêmeas sabiam bem o que isso significava. A cada primavera, elas precisavam lutar com seus machos para que não devorassem os filhotes.

Giovanni escutava o discurso de Diane. Estava lívido, como esmagado pelo pânico. No entanto, ao fim das explicações, ele teve uma única pergunta, um único espanto:

– Como sabe tudo isso?

Diane tinha a garganta seca, o palato coberto de terra.

– Sou etóloga. Os predadores constituem minha especialidade há doze anos.

O italiano continuava a encará-la, os olhos fixos. Ela curvou-se na direção dele.

– Ouça bem, Giovanni. Não há dez pessoas no mundo que conseguiriam escapar de uma situação como a nossa. Agora sorria, porque você está com uma dessas dez pessoas.

– Mas... e os tsevens, eles... não vão nos ajudar?

– Ninguém vai nos ajudar. Muito menos os tsevens. É um combate sagrado, compreende? Nessa clareira há apenas dois parasitas: você e eu. E os animais vão procurar em primeiro lugar eliminar nós dois. Durante nossa destruição, eles permanecerão aliados. Somente depois se enfrentarão, no espaço purificado. – Ela fechou o casaco e pôs-se em pé: – Devo encontrar um rio. Preciso verificar uma coisa.

O declive alcançava, mais abaixo, nova vertente da floresta. Deslizaram até as primeiras árvores e depois embrenharam-se na mata. Alguns minutos mais tarde, chegaram a uma torrente que produzia espuma branca. Diane ajoelhou-se. Na água cristalina, percebeu a chama rosa-prata dos salmões.

– O que está procurando? – perguntou o italiano.

– Devo saber o sentido da migração dos salmões.

– Por quê?

– Instintivamente, o urso vai subir nessa direção. Subir até onde os peixes se multiplicam.

– Tem certeza?

– Não. Jamais alguém pode prever a reação de um animal.

"Sobretudo com essas feras", pensou Diane, "de uma espécie tão particular." Qual era a sua parte de instinto animal? Sua parte de instinto humano? Qual era a ressonância do xamã na fera em si?

– Giovanni, você... – murmurou, virando-se.

O espanto partiu-lhe o coração. O italiano estava curvado sobre si mesmo, o rosto exangue, o torso inundado de vermelho. A águia o envolvia com suas asas imensas. As garras enfiadas em seus ombros, o bico já abria sua nuca com voracidade. Diane pegou a arma. O italiano e o pássaro giraram. Uma das asas varreu sua mão. A arma voou a vários metros de distância. Ela precipitou-se sobre a 45. Quando mirou de novo, o homem cambaleava à beira d'água, agitando os braços. Ela procurou uma linha de tiro e gritou de maneira absurda:

– Abaixe os braços!

Giovanni caiu, a cabeça para a frente. O pássaro não o largava. De repente, arrancou com o bico um pedaço de carne. A chaga abriu-se em um fluxo escarlate. Diane só conseguia ver o dorso do pássaro. Impossível atirar.

Ela mergulhou na luta. Deslizou sob a asa da águia, escondeu-se sob as plumas e conseguiu estender o braço até perto do torso palpitante da ave. Virou então o punho armado e atirou. O pássaro arqueou-se. Giovanni gritou. Diane puxou mais uma vez o gatilho.

Tudo parou. O silêncio dominou o local. As penas pretas planaram lentamente. Ela atirou de novo, duas vezes, sentindo a mão penetrar no calor do ferimento. Por fim a águia caiu, carregando, na sua queda, Diane e Giovanni. Os três corpos rolaram até quase a margem. No momento em que ouviu uma das asas cair pesadamente no rio, Diane compreendeu que tudo estava acabado.

O olho redondo da ave de rapina a fixava. Uma mira mortal no coração de um alvo. Mas suas garras continuavam plantadas nas costas do italiano. O pássaro começava a ser levado pela corrente. Diane enfiou a arma no cinto e se pôs a soltar as presas em gancho das costas do italiano. Giovanni não reagia mais. Quando acabou, ela percebeu que os cortes eram menos profundos do que imaginara. Por outro lado, o ferimento na nuca era mortal. O sangue corria às golfadas, em lentas pulsações. Diane estava sufocada pela tristeza, pela repulsa. Mas levantou-se e contraiu de novo os músculos. Apenas o combate devia ocupar seu espírito.

Uma nova urgência a preocupava. O cheiro do sangue, maior marca de fraqueza entre todas, chamaria a atenção do lobo. Era preciso destruir essa fonte. A vinte metros rio acima, ela avistou uma superfície de madeira, contra o relevo da margem. Ajeitou os óculos e encaminhou-se para a placa escura: era uma cavidade de três metros de comprimento, coberta por cinco pranchas de madeira preta.

Conseguiu levantar uma das madeiras. O fosso tinha cerca de um metro de profundidade. Estava coberto por uma treliça de galhos bem fechados. Os pescadores do lago Branco deviam secar ali dentro seus peixes. Era um refúgio perfeito. Diane voltou para perto do italiano. Agarrou-o pelas axilas e o arrastou. Giovanni gritou. O rosto coberto de suor, ele se pôs a recitar litanias apressadas. Por um momento, ela julgou que ele rezava em latim. Estava enganada: o etnólogo apenas gemia na sua língua natal. Ela arrastou-o até o esconderijo, esforçando-se para não ouvir seus gritos. Pouco a pouco, ela própria se forjava um *Umwelt*. Um mundo de percepções, de reflexos aplicados à situação imediata, inteiramente focalizados em um único objetivo: sobreviver.

Diane levantou outra prancha de madeira, entrou na escavação e puxou o corpo. Fechou novamente o tapume sobre suas cabeças. A escuridão os envolveu. Apenas os interstícios muito estreitos entre as pranchas deixavam passar alguma luz. Era o lugar ideal para esperarem. Esperar o quê, Diane não sabia. Pelo menos, poderia conceber aqui uma nova estratégia. Deitou-se perto de Giovanni, passou o braço por baixo de sua nuca e apertou-o contra o peito, como teria feito com uma criança. Com a outra mão, acariciou-lhe o rosto, abraçou-o, alentou-o – era a primeira vez que tocava voluntariamente a pele de um homem. E não havia mais lugar no seu coração para as obsessões habituais. Ela sussurrava no seu ouvido sem cessar:

– Vai dar certo, vai dar certo...

De repente, passos leves ressoaram acima deles, entrecortados por uma respiração ofegante. O alfa estava lá. Ele caminhava sobre a madeira, apertando o focinho ao longo das ranhuras, enchendo as mucosas de eflúvios de sangue.

Diane trouxe Giovanni para mais perto ainda. Ela continuava a falar como se ele fosse uma criança, procurando encobrir os passos do lobo, cada vez mais rápidos, cada vez mais frenéticos. Ele arranhava agora a madeira com suas garras, a poucos centímetros de seus rostos.

De repente, ela percebeu, entre as frestas do tapume, sua cara branca e preta, crispada, atenta, ávida. Vislumbrou o brilho de suas pupilas verdes. Giovanni balbuciou: "O que é?" Diane continuou a murmurar palavras carinhosas, sempre pensando na resistência da madeira: quanto tempo levaria até que a fera conseguisse abrir passagem? "O que é?" Tremores sacudiam o corpo do italiano. Ela o apertou com toda a sua força, lambuzada pelo seu sangue. Com a outra mão, pegou a Glock.

Era impossível atirar. A madeira era espessa demais para que as balas a atravessassem. Havia o risco de, ao contrário, os projéteis ricochetearem e atingirem os dois. Novo movimento acima deles. Ruídos regulares, na outra ponta da escavação. Diane espichou o olho. O lobo arranhava a terra, tentando insinuar-se no fundo do buraco. Em alguns segundos ele chegaria lá. Seu corpo flexível deslizaria para dentro da armadilha e seus dentes afiados estraçalhariam as carnes de ambos.

De repente, um facho de luz clareou o fosso. As patas do animal surgiram, agitando-se com frenesi. "Diane, o que está acontecendo?", perguntou Giovanni, tentando levantar a cabeça, mas ela o reteve, apoiando a mão contra sua testa. Um beijo, uma carícia, e depois ela agarrou seu corpo e subiu até a extremidade da cavidade, ali onde o lobo continuava a avançar. Ela não estava a mais de cinqüenta centímetros do adversário. Distinguia suas patas salpicadas de branco, as garras que cavavam, cavavam, cavavam. Ela respirava seu cheiro, impregnado, pesado, ameaçador. Jamais uma exalação lhe parecera tão distante da humana, tão diferente de seu próprio odor.

A trinta centímetros da abertura, apoiada nos cotovelos, Diane apertou os punhos contra a 45 e levantou, com os dois polegares, o cão da arma.

Dois mundos se enfrentariam.

Umwelt contra *Umwelt*.

O lobo abria a terra, totalmente a descoberto, não esboçando um único recuo prudente. O odor do sangue o enlouquecia. Quando Diane viu surgir o focinho coberto de terra, fechou os olhos e puxou o gatilho. Sentiu um jorro morno. Reabriu os olhos por reflexo e avistou, contra a luz, a cara rebentada. Ela mirou, virou a cabeça e atirou de novo, sentindo a cápsula ricochetear no seu rosto.

Esperava receber um golpe de suas garras, um ferimento de suas presas. Nada aconteceu. Mais uma vez, arriscou um olhar. O vapor dos gases se dissipava. No facho de luz, o corpo se materializou, patas posteriores estendidas, como em um movimento de alongamento. A fera estava inerte. Decapitada.

Diane empurrou-a, fechou de novo o buraco e aproximou-se do rosto de Giovanni. Ela o abraçou, murmurando: "Acabamos com ele, acabamos com ele, acabamos com ele..." Ela chorava e ria ao mesmo tempo, enquanto ejetava o carregador da coronha, para contar as balas que lhe restavam. Continuava a repetir "Acabamos com ele, acabamos com ele...", e pensava que, até aquele momento, não tinham sido realmente seus conhecimentos de etologia que os haviam salvo.

Foi então que o sol surgiu.

Tudo apareceu em bloco. O céu. A luz. O frio. E as sombras oblíquas das pranchas de madeira que, uma a uma, eram arrancadas de sua posição. Diane gritou, largando pistola e carregador. Mas seus gritos não eram nada diante dos rugidos do urso, que mostrava toda a sua estatura no alto da cavidade, deslocando as últimas pranchas como se fossem meros palitos de fósforo. O animal curvou-se na direção do fosso, espichou o focinho preto e deu um novo rugido, o pêlo marrom de cobre eriçado, o ar repleto de sua cólera.

Diane e Giovanni apertaram-se um contra o outro no fundo do buraco. A fera continuava a se inclinar, fustigando o ar com suas garras. As costas contra a parede de terra, Giovanni conseguiu levantar-se, dobrado sobre si mesmo. Ela lançou-lhe um olhar perplexo. Ele segurou-a pela gola e disse:

– Saia daqui. Corra! Para mim acabou.

No instante seguinte ele cambaleou sobre a treliça, na direção do monstro. Diane estava apavorada. Precisou de alguns segundos para entender que Giovanni, o bom etnólogo, o jovem de físico frágil, se sacrificava por ela.

Viu-o titubear diante do animal enquanto ela própria, com o apoio das duas mãos, subia à superfície. No tempo em que fez esse gesto, ouviu novo rugido do animal. Levantou os olhos. Do outro lado da escavação, a pata do urso jogava o italiano a dois metros de distância. Encolhida na borda do buraco, Diane não conseguia fugir. Com novo ímpeto de furor, o *grizzli* rasgou o peito de sua vítima. Ela viu, em imagens convulsivas, bolhas de sangue correrem dos lábios do amigo.

E foi a sua vez de gritar: "NÃO!"

Saltou de novo dentro da escavação, agarrou a Glock, encaixou o carregador na coronha. O urso devorava o rosto do italiano. Ela atravessou a trincheira. Tomou um último impulso e apoiou-se, os dois pés juntos, na malha de madeira para ficar no mesmo nível do animal.

O urso ergueu-se, segurando nas patas a máscara de carne. Ela pendurou-se nele, pela frente, as duas pernas afastadas, e agarrou-se à sua nuca com a mão esquerda. Com a direita, enfiou a arma na boca do animal, sentindo a cavidade queimante do palato misturada a pedaços de rosto humano. Puxou o gatilho. Viu o topo do crânio explodir em restos sangrentos. Atirou de novo. O cérebro respingou o céu. Ela atirou, atirou, atirou, e continuou com o dedo apoiado no gatilho, ainda que seu gesto não produzisse nada além de ruídos absorvidos pelos rugidos do monstro. E pareceu que atirava ainda quando o urso morto arrancou-lhe o braço e arrastou-a na sua queda até as profundezas do rio.

Epílogo

O sol se espalhava pelo recinto como leite quente.

Os lambris do escritório lançavam reflexos cor de chocolate, enquanto o parquê irradiava cintilações acobreadas, como se tivesse sido pintado com chá. Um verdadeiro cenário de café da manhã, onde pairava ainda a ternura matinal, alimentada de sonhos e de emoções vagas.

– Não entendo – repetiu a mulher. – A senhora quer mudar o nome de seu filho, é isso?

Diane limitou-se a concordar. Ela encontrava-se nas dependências do registro civil da subprefeitura do quinto distrito.

– Não é um procedimento muito comum – voltou a dizer a funcionária.

Ela não parava de olhar o braço enfaixado da interlocutora, as cicatrizes do rosto. Resmungou enquanto abria uma pasta:

– Nem sei se é possível...

– Deixe para lá.

– O que foi?

Diane levantou-se com um movimento rápido.

– Estou dizendo para deixar para lá. Não tenho mais certeza. Telefonarei outra hora.

Na saída do prédio ela parou, respirando o ar gelado do mês de dezembro. Contemplou as leves guirlandas de luzes que circundavam a praça do Panthéon. Ela gostava dessa fragilidade um tanto arcaica da decoração de Natal diante da grandeza do monumento.

Desceu a rua Soufflot e retomou o fio do pensamento. Há alguns dias vivia com essa obsessão: dar a Lucien os prenomes dos dois homens que tinham morrido em função do concílio de pedra. No entanto, diante da funcionária do registro civil, compreendera o absurdo de seu projeto.

Lucien não era uma placa de mármore sobre a qual se gravam nomes de heróis mortos. E, para ser sincera, ela não gostava desses nomes – nem de Patrick nem de Giovanni. Sobretudo, não tinha necessidade de atos simbólicos para lembrar-se dos amigos que perdera durante aquele martírio. Eles continuariam para sempre presentes na sua memória como as únicas vítimas inocentes, ao lado de Irène Pandove, da história do *tokamak*.

Na sua volta a Paris, Diane não tivera nenhuma dificuldade em se defender da morte de Patrick Langlois. Na verdade, jamais fora acusada desse crime, como também não fora considerada suspeita do massacre da Fundação Bruner nem do "suicídio" de Irène Pandove. A única coisa que causou espanto foi seu alegado refúgio na Itália. Hoje, o caso estava encerrado. O juiz de instrução concluíra o processo com base na hipótese confusa de um acerto de contas entre dissidentes comunistas sobre fundos para pesquisas nucleares.

Ninguém percebera, apesar de seu desaparecimento, o papel central de Sybille Thiberge na trama. No início, Charles Helikian ficou preocupado, mas depois imaginou que a esposa tivesse fugido com algum amante. Diane o via de vez em quando. Juntos, recordavam a partida misteriosa da mãe. Ela sustentava então a tese de uma existência clandestina. Essas teorias mergulhavam seu padrasto no abismo do desespero, mas, aos olhos de Diane, esse era um mal menor: ela conhecia outros abismos, outras verdades, que não lhe teria confessado por nada no mundo.

Atravessou a praça Edmond-Rostand e entrou nos Jardins de Luxemburgo. Caminhou ao redor da mureta do lago central e chegou aos degraus que levam à área do teatro Guignol, do café, dos balanços. Avistou um círculo de pedra sob os galhos nus dos castanheiros.

Lembrou-se do *tokamak*, do laboratório circular, dos sete xamãs que fizeram um pacto com os espíritos e pagaram com a própria alma. Mas tratava-se simplesmente de uma caixa de areia onde brincavam crianças bem agasalhadas. De repente, ela o viu, sob o gorro de lã, concentrado em suas construções de areia – diques, fossos e fortalezas.

Ela escondeu-se atrás de uma árvore e, através do vapor de sua própria respiração, contemplou-o, por puro prazer. Nos primeiros dias de novembro, Lucien recobrara a consciência. Em 22 de novembro, deixara o hospital Necker. A partir da primeira quinzena de dezembro, retomara suas brincadeiras preferidas. Em 14 de dezembro pronunciara, pela primeira vez, as duas sílabas ao mesmo tempo temidas e esperadas: "mamãe". Diane compreendera então que estava definitivamente livre do passado.

Prometera a si mesma não pensar mais nos desvarios de crueldade que precisara enfrentar, nas experiências absurdas que vivera – nessas anomalias do universo, que ela vira saltar diante de seus olhos. À medida que as semanas passavam, uma nova convicção tomava forma dentro dela. Uma idéia que lhe confortava por dentro. Pensou em Eugen Talikh, o homem que quisera reconquistar os poderes de seu povo. Diane achava que, com ele, tinha instaurado uma espécie de continuidade espiritual. Em troca, ela usufruía de uma clareza e de um conhecimento difusos. Apesar do sangue, apesar da loucura, a prova do círculo a tinha iniciado. Graças a isso, ela se tornaria a melhor das mães para Lucien. Fizera contato com as famílias que tinham adotado os outros Sentinelas – entre elas a de Irène Pandove, que recolhera a criança do lago. Prometera a si mesma aconselhá-las e ajudá-las, no caso de o crescimento das crianças ser marcado pelo aparecimento de poderes estranhos.

Saiu de seu esconderijo e caminhou na direção da caixa de areia. Lucien estava de novo sob os cuidados da jovem babá tailandesa do Instituto Franco-Asiático. Ele a viu e correu em sua direção. Ela reprimiu um grito quando ele apoiou todo o seu peso no braço suturado, mas buscou imediatamente o frescor de suas faces. Diane possuía uma única certeza: ela estava em convalescença e não existia melhor elixir para curá-la do que essa proximidade infantil, esse bálsamo preparado com os desejos inocentes de Lucien. Cada detalhe a purificava. Até mesmo o tamanho de suas mãos, de seus pés, de suas roupas tinha para ela uma nova textura, uma quintessência particular, diáfana e leve.

De repente, deu uma boa risada e rodopiou com o filho sob as árvores do parque. Sim, ela tinha hoje uma única missão: adaptar-se a essa "clareira" de inocência, a essa vertente de ternura que constituía o único círculo de seu destino. Fechou os olhos, e tudo o que viu foram partículas de luz.

Este livro foi composto na tipologia *Goudy*,
em corpo 11/14, e impresso em papel
offset 90g/m² no Sistema Cameron da
Divisão Gráfica da Distribuidora Record.